10|18
12, avenue d'Italie — Paris XIIIe

Sur l'auteur

Bruce Alexander, né à Chicago en 1932, est le pseudonyme de Bruce Cook. Après des études de lettres, il entre dans l'armée et sert d'interprète en Allemagne, au milieu des années cinquante. À son retour, il s'occupe de relations publiques puis devient critique littéraire et critique de cinéma pour des journaux à Detroit, Washington et Los Angeles. Il publie dans le même temps plusieurs livres, notamment sur la *Beat Generation* et le blues, et un premier roman – *Sex Life* – en 1978. Fervent lecteur de John Le Carré et de Ross Macdonal, il publie en 1988, *Mexican Standoff*, premier d'une série de quatre romans policiers qui ont pour héros un détective privé américano-mexicain, Chico Cervantes. Mais c'est véritablement avec les enquêtes de sir John Fielding, série inaugurée en 1994 par *Les Audiences de sir John,* que Bruce Alexander rencontre un grand succès critique et public. Il vit aujourd'hui à Los Angeles.

LE FER ET LE FEU

PAR

BRUCE ALEXANDER

Traduit de l'américain
par Jean-Noël CHATAIN

10|18

INÉDIT

« Grands Détectives »
dirigé par Jean-Claude Zylberstein

Du même auteur
aux Éditions 10/18

LES AUDIENCES DE SIR JOHN, nº 3001
L'ONDE SÉPULCRALE, nº 3110
VENELLES SANGLANTES, nº 3156
LE FOURBE ET L'HISTRION, nº 3205
LA VEUVE ET L'IMPOSTEUR, nº 3271

Titre original : *Murder in Grub Street*

ISBN 2-264-02571-9

Effroyable massacre dans Grub Street

Hier au soir, peu après minuit, de formidables cris et hurlements se sont échappés de la boutique et résidence d'Ezekiel Crabb, libraire et éditeur de Grub Street. Un groupe de courageux individus s'est rassemblé à l'extérieur et, sous la conduite d'un sergent qui faisait sa ronde, a cherché à pénétrer dans l'établissement.

En forçant la porte, ils n'ont rien découvert d'anormal dans la librairie donnant sur la rue, pas plus que dans l'atelier d'imprimerie à l'arrière, jusqu'à ce que l'un d'entre eux pose sa lanterne au sol et y remarque des empreintes de pas maculées de sang. Il pousse alors un cri pour témoigner de son horrible découverte et, tout en suivant les traces à rebours, nos hommes se retrouvent à l'étage, au cœur même du logement de la famille Crabb. Quelle épouvantable scène s'offre alors à leurs yeux !

Ezekiel Crabb, le propriétaire des lieux, et sa respectable épouse gisent dans leur lit, découpés en morceaux. Le sang a souillé leur chambre de toutes parts. De même qu'il a inondé les draps et couvertures de leur couche, qu'ils n'ont point eu la possibilité de quitter. Le bras de M. Crabb est détaché de son corps, tandis que la tête de sa femme est tranchée en deux. Une visite à la chambre où dormaient leurs fils révèle un carnage encore plus atroce. L'aîné de la progéniture, James de son prénom, selon l'un des hommes présents qui le connaissait, a bondi hors de son lit et des coups répétés à son endroit sont venus punir ses efforts pour échapper au massacre. Il est découvert dans un coin de la pièce, la tête fauchée du tronc, comme sous la hache du bourreau, l'avant-bras pareillement tranché et le corps quasiment divisé en son milieu. Son frère, dont nul ne connaît le prénom, est mort paisiblement en son sommeil, d'un unique coup porté à la tête, dont la blessure le laissera méconnaissable.

Les membres du groupe s'interrogent quant à l'auteur d'aussi horribles méfaits. L'un d'entre eux, récemment rentré des colonies d'Amérique du Nord, affirme qu'une telle boucherie ne peut qu'être le fruit d'une bande de Peaux-Rouges.

Mais écoutez donc ! On perçoit des bruits à l'étage au-dessus... des pas, le craquement du plancher et un long gémissement qui vous glace le sang dans les veines. Y a-t-il un survivant ou l'assassin est-t-il encore sur les lieux ? Pour en avoir le cœur net, le groupe en alerte gravit lentement mais sûrement les marches menant à la mansarde, où sont logés les apprentis. Quelles nouvelles horreurs vont-ils découvrir encore ?

Dans leur lit, les deux garçons, « petits démons de la typographie », tels qu'on les surnomme familièrement dans Grub Street, ont en effet succombé aux coups assenés à leur poitrine et à leur tête. Mais une autre silhouette se dresse, menaçante, au-dessus d'eux ; celle du meurtrier, la hache en main, véritable incarnation du Malin, qui s'est livré à l'abominable massacre des apprentis et des quatre membres de la famille Crabb à l'étage au-dessous.

De son arme, voilà qu'il menace les investigateurs et les invective en une langue étrange que nul ne comprend. Voyant que tenter de raisonner pareil dément se révélerait impossible, le sergent de ville dénommé Cowley s'avance et le menace de son pistolet. Bien que les autres l'exhortent à abattre l'individu sur-le-champ, Cowley lui ordonne à nouveau de poser sa hache. Une lueur de compréhension semble enfin poindre dans les yeux de l'assassin. Il lâche son arme et le groupe vengeur s'abat sur lui, le maîtrisant sans la moindre merci, lui infligeant les pires coups à la tête qui le laisseront inanimé.

Finalement, ils obéissent à Cowley qui les enjoint de cesser, et l'agent emmène le prisonnier jusqu'au tribunal de Bow Street, où il demeure à présent sous bonne garde. Son identité désormais établie n'est autre que celle de John Clayton, un poète fou du comté de Somerset. Ces derniers jours, il résidait à l'établissement Crabb, où il a prémédité les assassinats. C'est ainsi qu'il a payé en retour l'hospitalité de son hôte.

CHAPITRE PREMIER

Où j'échappe de justesse à un assassinat

Dans ma quête d'éléments se rapportant aux meurtres de Grub Street, lesquels constituèrent effectivement l'une des enquêtes les plus abominables que dut mener sir John Fielding, je tombai par hasard sur le document qui précède, que j'avais conservé pendant près de trente ans, comme témoin du début de cette épouvantable affaire. Bien qu'il s'agisse là d'une gazette rédigée et imprimée à la hâte le lendemain du crime, afin d'être vendue aux quatre coins de Londres, celui-ci n'en est pas moins un compte rendu honnête et précis de la façon dont fut découvert le massacre par ceux qui arrivèrent les premiers sur les lieux. L'auteur de ladite gazette, que j'eus plus tard l'occasion de rencontrer, ne comptait point parmi les individus présents, mais il s'entretint longuement avec trois d'entre eux, dont le jeune sergent Cowley, lequel se trouvait quelque peu en disgrâce à ce moment-là. L'information ainsi glanée, quoique colorée et parfumée au goût des lecteurs de la rue, s'avéra tout à fait utile à l'enquête de sir John Fielding, magistrat au tribunal de Bow Street. Il prit néanmoins ombrage du fait que pareils renseignements fussent divulgués au public si peu de temps après le drame.

Pourtant, tout cela m'était totalement étranger lorsque j'eus connaissance pour la première fois de l'affaire de

Grub Street. Je dormais alors d'un sommeil profond, croyant qu'il s'agissait de ma dernière nuit en la demeure de sir John Fielding, lorsque j'en fus tiré par la gouvernante du magistrat, Mme Gredge.

— Jeremy, me dit-elle, tu dois te lever et t'habiller prestement, car sir John désire que tu l'accompagnes au-dehors de toute urgence.

— Oh, n'ayez crainte, répondis-je encore ensommeillé, je vais y aller !

— Je n'en crois pas un traître mot, répliqua-t-elle. Je veux te voir debout et habillé, avant que je quitte cette pièce. Lorsqu'ils dorment, les garçons de ton âge font de belles promesses qu'ils n'ont jamais l'intention de tenir.

Elle tenait la bougie sous mon nez et sa lumière m'obligea à ouvrir les paupières.

— Réveille-toi ! ordonna-t-elle. Et sors du lit !

— Mais je ne suis point vêtu, protestai-je avec pudeur.

— En effet, et je tiens à ce que tu y remédies séance tenante.

N'ayant pas d'autre choix en la matière, je repoussai les couvertures et obtempérai. En vérité, j'arborais ma chemise de tous les jours pour me prémunir de la fraîcheur de la nuit et n'étais donc point aussi nu que je le prétendais. Mme Gredge me lança mes bas et ma culotte, et je les revêtis tant bien que mal, alors que je dormais encore à demi. Levant la bougie, elle désigna mon habit, accroché au dossier de l'unique chaise de ma mansarde, ainsi que mes souliers logés au-dessous. Silencieux et renfrogné, je les enfilai et me tins enfin prêt.

Elle hocha la tête d'un air satisfait.

— Suis-moi, dit-elle, et n'oublie pas ton chapeau.

En bas de l'escalier, j'avançai à tâtons dans le noir, car elle me précédait, emportant avec elle la faible lueur de sa chandelle. Une fois à l'office, la lumière brillait cependant à foison, comme si l'on eût été en début de soirée, et j'y retrouvai, en pleine conversation, sir John Fielding et son brigadier, Benjamin Bailey, capitaine des sergents de ville de Bow Street. Ils ne me prêtèrent aucune attention, tant leurs propos semblaient pressants. Sir John était ainsi placé qu'il pouvait me voir arriver, mais sa cécité l'en empêchait.

Je m'assis non loin d'eux et attendis paisiblement. Soudain, je n'eus plus du tout sommeil. Ma rancœur à l'endroit de Mme Gredge, eu égard à sa rude manière de me réveiller, avait fait place à une vive curiosité pour l'affaire dont il était question. Si je devais quitter le foyer de sir John pour commencer une carrière dans l'imprimerie, autant que cela se fît en pareille effervescence, comme tout semblait le laisser croire.

Je réfléchis aux incroyables événements qui m'avaient conduit en ce lieu. J'étais venu à Londres voilà deux mois, alors que des circonstances des plus déplorables me laissaient orphelin, suite à la mort de mon père au pilori. J'avais fui ce village immonde qui avait traité ce dernier, imprimeur de son état, de façon si abjecte, et j'étais parvenu à la grande cité avec seulement une poignée de shillings pour m'épargner le dénuement. Le premier jour dans cette ville, j'avais été dupé par un chasseur de voleurs indépendant, lequel m'avait traîné devant le tribunal le plus proche et déloyalement accusé de vol. Quelle chance pour moi que le magistrat qui entendit mon affaire ne fût autre que sir John Fielding ! Bien qu'aveugle, il avait deviné que j'étais l'objet d'une fourberie et m'avait mis sous tutelle judiciaire. Toutefois, avant de me trouver une place d'apprenti typographe, tel qu'il en avait le dessein, il avait dû mener l'enquête concernant le décès de lord Goodhope[1], dans laquelle je me révélai d'une modeste assistance. J'avais espéré que mon concours en la matière l'influencerait pour me garder à son service de quelque manière que ce fût, mais en vain, semblait-il. Abattu par la mort de sa femme, à la suite d'une longue maladie, il ne pouvait m'accueillir de façon permanente

1. Cf. *Les Audiences de Sir John*, 10/18, n° 3001.

en son foyer. Avec l'aide du Dr Samuel Johnson, il m'avait donc placé en qualité d'apprenti chez un imprimeur.

Tandis que j'attendais, à présent, j'avais toutefois le sentiment que quelque chose d'important se préparait. Si je ne pouvais point voir se dérouler cette enquête jusqu'à son dénouement, j'allais à tout le moins assister à ses prémices. En me remémorant ce fameux soir, peu de temps auparavant, où nous nous rendîmes pour la première fois à la résidence de lord Goodhope et où le mystère de sa mort commença à nous être dévoilé, je songeai, plein d'espoir, que j'allais peut-être revivre une semblable soirée. J'étais loin de me douter de la vision choquante et des horreurs concomitantes qui m'attendaient.

Ainsi, me tenant à distance respectueuse, je tendis l'oreille, percevant ici un mot, là un nom ou une bribe de phrase de la conversation qui se prolongeait entre sir John et M. Bailey. J'entendis distinctement le brigadier prononcer le nom de John Clayton, suivi, une phrase ou deux plus tard, par : « sous les verrous ».

Sir John réfléchit, hocha la tête et dit :

— Je vais certainement lui parler.

M. Bailey éclata d'un rire sonore et répliqua :

— Vous ne soutirerez pas grand-chose à ce diable de lascar !

— Peut-être, mais je dois essayer. Mettez-vous donc en route, monsieur Bailey. Jusqu'ici tout a été accompli de guingois, vous devez faire votre possible pour redresser la situation.

— À votre guise, sir John.

— Qui est de service en bas ?

— M. Baker.

— Bien. Allez-y, à présent.

Et, en effleurant le bord de son tricorne pour saluer le magistrat, M. Bailey disparut par la porte restée ouverte et descendit l'escalier quatre à quatre.

— Madame Gredge, appela sir John, avez-vous réveillé Jeremy ?

Elle n'était plus à l'office ; peut-être avait-elle regagné son lit.

— Je suis là, sir John, répondis-je.

— Ah, je l'ignorais. Vêtu de pied en cap, n'est-ce pas ? Prêt à partir ?

— Oui, tout à fait.

— Alors nous devons faire une visite dans la chambre de sûreté, afin de nous entretenir avec quelqu'un en bien piteux état, puis nous nous rendrons sur les lieux de son arrestation.

Annoncé tel quel, voilà qui me semblait des plus raisonnables, mais ô combien de souffrances tout cela dissimulait ! Il devait souhaiter ne point m'effrayer.

— Dois-je éteindre les bougies, monsieur ?

— Oui, acquiesça-t-il, je te laisse le soin de t'en charger, mais laisse brûler la plus longue pour notre retour.

Je m'exécutai et nous descendîmes tous deux l'escalier... moi, ouvrant la marche, et lui, la main posée sur mon épaule. Nous gagnâmes ainsi le rez-de-chaussée où quelques pas à peine nous séparaient de la chambre de sûreté. M. Baker s'y tenait, l'œil rivé avec fascination sur l'occupant de la pièce. Depuis notre angle d'approche, il m'était au début impossible de jeter un coup d'œil à l'intérieur, mais dès cet instant, toutefois, comme j'ignorais tout du prisonnier et de la raison de son incarcération, j'étais dévoré de curiosité, ne sachant trop à quoi m'attendre.

Je dois avouer qu'en posant les yeux sur l'individu, dont nous apprendrions sous peu qu'il s'appelait John Clayton, je fus tant soit peu déçu. En raison de l'heure tardive, de l'attitude solennelle de sir John et du vif intérêt de M. Baker, j'avais espéré découvrir quelque silhouette plus impressionnante derrière les barreaux. Ce que j'y vis, en réalité, n'était autre qu'un homme de haute stature, vêtu d'une chemise de nuit et paraissant l'individu le plus désespéré que j'eusse eu le loisir de croiser jusque-là. Assis sur un tabouret, il se tenait les jambes écartées et les mains si étroitement serrées qu'on eût dit qu'elles formaient un seul et unique poing. Impossible de lire dans ses yeux, car ils demeuraient clos. Rien ne semblait le distinguer d'autrui, si ce n'était ce sentiment de désespoir qui émanait de sa posture et le fait qu'il était habillé pour aller au lit. Je notai alors que le bas de sa chemise de nuit était éclaboussé de sang.

Je portai mon regard vers sir John, me demandant si je devais l'informer d'un tel détail. Ceux-ci, m'avait-il répété à l'envi, se révélaient souvent d'une importance extrême. Mais il s'était déjà déplacé, à présent, et écoutait attentivement ce que M. Baker lui murmurait à l'oreille.

Quel que fût l'objet de ce chuchotement, il ne dura guère, car sir John se détourna du sergent de ville d'un bref hochement de tête et interpella le détenu :

— Vous ici présent, déclinez votre identité. Comment vous appelez-vous ?

En guise de réponse, il n'obtint qu'un long et triste gémissement.

— Êtes-vous John Clayton ? C'est bien cela ?

À ces propos, celui auquel on s'adressait secoua vigoureusement la tête et s'exprima pour la première fois dans un grognement caverneux et fruste.

— Je suis Petrus, déclara-t-il.

Et, tout en prononçant ces mots, il parut s'enhardir, ouvrant les paupières et contemplant celui qui l'interrogeait pour la première fois, avant de se lever de son tabouret pour s'approcher d'un pas assuré, semblait-il, des barreaux qui le séparaient du magistrat.

— M'est avis que vous ne l'êtes point, répliqua ce dernier. Peu importe qui vous pensez être ou affirmez être, je crois que vous êtes John Clayton.

— Et qui êtes-vous donc ? s'enquit le prisonnier.

— Je suis John Fielding, le juge devant lequel vous devez comparaître demain. Je ne saurais trop vous conseiller, monsieur, de prendre vos dispositions. Préparez-vous à répondre aux questions, car j'en ai bon nombre à vous poser. M'entendez-vous ?

— Je vous entends.

— *Comprenez-vous* ce que je vous dis ? rétorqua sir John non sans la plus grande sévérité.

Son visage se trouvait à quelques pouces à peine du détenu, que seuls les barreaux de la chambre de sûreté séparaient de lui. Eût-il joui du sens de la vue, on eût juré qu'il fixait l'individu droit dans les yeux, lesquels s'avéraient tout à la fois indomptables, troubles et les plus effrayants qui fussent à contempler.

L'espace d'un instant, ils demeurèrent tous deux ainsi. Enfin, comme il n'obtenait aucune réponse, sir John se tourna dans ma direction.

— Partons, Jeremy, dit-il. Je crains que nous ne trouvions aucune voiture de louage à pareille heure. Nul doute que nous devrons y aller à pied.

Tandis que je commençais à le suivre pour gagner la porte donnant sur Bow Street, M. Baker me tira de côté et, portant l'index à ses lèvres afin de m'enjoindre au silence, fourra un petit pistolet dans la poche de mon habit. Puis, me gratifiant d'une œillade et d'une tape dans le dos, il me laissa poursuivre mon chemin.

— Jeremy ?

— J'arrive, sir John.

Comme il l'avait prévu, aucune voiture n'attendait devant l'entrée, bien que M. Bailey eût promis de nous en dépêcher une, s'il en croisait sur son chemin. Nous n'en aperçûmes pas l'ombre d'une seule, tandis que nous arpentions les rues presque désertes de la ville, quoique pas entièrement paisibles.

J'eus tôt fait de comprendre pourquoi il avait souhaité que je l'accompagne.

— Mon garçon, me dit-il, voilà une ou deux semaines que tu te rends régulièrement à Grub Street. Peux-tu me guider ? Je n'en connais point l'itinéraire.

— Assurément, monsieur.

— Tu sauras te diriger dans l'obscurité de la nuit ?

Je lorgnai la rue, faiblement éclairée par les réverbères.

Le vent s'était levé, chassant ainsi le brouillard qui, si souvent alors, et encore aujourd'hui, enveloppait Londres. La nuit était claire.

— Oui, sir John, par ici, déclarai-je en effleurant à peine son coude, afin de l'orienter dans la bonne direction.

Et nous voilà partis ; je le fis obliquer sur la droite ou la gauche, au croisement des rues, le prévins lorsque le trottoir s'affaissait ou disparaissait totalement, sinon il se débrouilla fort bien tout seul avec l'aide de sa canne. Nous cheminâmes donc avec aisance, encore que le trajet ne se passât pas sans encombre.

Je me souviens qu'au coin d'une rue nous nous retrouvâmes en présence d'un groupe d'hommes, accompagnés de leurs drôlesses, devant un établissement de bas étage qui tenait à la fois du débit de boissons et de la salle de jeu, et connu sous le nom de *Cock of the Walk*. J'entendis des murmures parmi eux. Ma main droite s'insinua dans la poche de mon habit, où M. Baker avait glissé le pistolet. Un jour qu'il disposait d'un moment d'oisiveté, il m'avait montré comment l'objet fonctionnait ; il suffisait de ramener le chien en arrière et d'appuyer sur la détente. N'ayant point sa passion des armes à feu, j'étais maladroit à les manier. Pourtant, en pareille circonstance, il paraissait juste d'en avoir une à portée de main. Je m'agrippai fermement à la crosse du pistolet. Une balle n'aurait guère d'effet dans un tel attroupement. Pourtant, la menace les tiendrait sans doute à distance respectueuse. Peut-être devais-je le sortir de ma poche et leur montrer que j'étais armé.

Alors que je réfléchissais aux conséquences d'un tel acte et m'apprêtais à traverser le groupe, quelle ne fut pas ma surprise de voir ces gens s'écarter pour nous laisser le passage ! Sir John fut salué ici et là, même par les plus rustres d'entre eux. Certains l'affublaient du sobriquet de « Curieux », d'autres s'adressaient à lui de manière plus conventionnelle, mais tous semblaient le connaître et lui témoignaient un certain respect. Nous traversâmes donc le plus pacifiquement du monde, sir John répondant aux salutations de ceux qu'il reconnaissait, gratifiant les autres d'un « Bonsoir ! » à la cantonade. Tout en marchant à ses côtés, je scrutai ces durs visages qui se tournaient vers lui pour exprimer leur approbation et m'en émerveillai quelque peu, me demandant comment il avait pu y parvenir. Il n'était point laxiste, songeai-je en toute logique, mais demeurait juste. Lorsqu'il siégeait en son tribunal, il exigeait des preuves et souhaitait uniquement apprendre de la bouche des témoins ce qu'ils avaient vu et entendu, et non point glané par ouï-dire. En d'autres termes, si des rufians, semblables à ceux-là mêmes qui étaient rassemblés devant le *Cock of the Walk*, devaient comparaître devant lui, ils savaient qu'ils auraient une chance de prouver leur innocence, ou du moins d'atténuer leur culpabilité ; et ils n'espéraient rien de plus. Ils avaient foi en lui.

En passant devant eux, j'observai que sir John ne pressait point le pas, alors que j'avais hâte, pour ma part, de m'éloigner. Lorsque nous fûmes à quelque distance, je hasardai un coup d'œil par-dessus mon épaule, et constatai avec soulagement que nous n'étions pas suivis.

— Nul n'oserait, déclara sir John.

— Pardon, monsieur ? dis-je, soupçonnant un instant qu'il eût lu dans mes pensées.

— Tu as lambiné quelque peu. À l'instar de n'importe quel soldat pétri de bon sens, j'ai deviné que tu t'assurais de la sûreté de nos arrières. Je t'en sais gré, même si ton attitude n'est point justifiée. L'éminence de ma position me protège... elle te préserve tout autant, j'imagine. Et si d'aventure elle nous faisait défaut, il y a toujours le pistolet dans ta poche... que M. Baker t'a prêté, je crois, n'est-ce pas ?

— Certes, monsieur... Mais... hésitai-je, passablement ahuri. Comment le savez-vous ?

— Oh, je connais ce brave M. Baker ! Il croit, semble-t-il, qu'un garde armé s'avère indispensable à chacune de mes sorties nocturnes. Mais il n'en est rien. Rien de la sorte. Voyons... si je ne m'abuse, il t'a glissé le pistolet — sans doute un petit modèle — au moment où nous quittions Bow Street. Est-ce que je me trompe ?

— Non, en effet, répondis-je. Mais il n'en a rien dit. Et moi non plus.

— Ta poche a parlé pour toi. D'ordinaire, elle contient toujours quelques pièces, sans doute guère plus d'une poignée de shillings... A ce propos, rappelle-moi de te verser quelque émolument pour services rendus... De temps à autre, lesdites pièces tintent dans ta poche. Mais depuis notre départ, elles heurtent un objet métallique plus gros, en acier, sans doute. N'ignorant point que M. Baker se soucie de ma sécurité et qu'il raffole des armes à feu, je me suis dit qu'il avait dû te doter d'un pistolet. Si je ne réprouve pas ses précautions en général, je trouve en revanche qu'il manque de discernement en confiant un pistolet chargé à un garçon de treize ans... C'est bien ton âge, n'est-ce pas, Jeremy ?

— Oui, sir John.

— Prends garde à ne pas te tirer dans le pied.

Sur ce conseil, il abandonna le sujet. Quoi qu'il en fût, nous arrivions alors dans les parages de Grub Street ; il ne nous restait plus qu'une rue à traverser. J'avais la rue en vue et, à vrai dire, je connaissais bien le chemin pour l'avoir effectué trois ou quatre fois dans la semaine, depuis Bow Street, et peut-être une fois la semaine précédente. Grub Street abritait surtout à l'époque — bien qu'on ne puisse en dire autant de nos jours — libraires, éditeurs et autres écrivains impécunieux à leur solde. À la demande de sir John, le Dr Samuel Johnson — excusez du peu — avait fait circuler mon nom parmi les éditeurs et les imprimeurs de la rue, me présentant comme un adolescent susceptible de devenir leur apprenti. Plusieurs exprimèrent leur intérêt, et le Dr Johnson choisit celui qu'il estimait comme le plus respectable. On m'y dépêcha donc avec une lettre de recommandation et l'employeur pressenti prit le temps dès lors de converser longuement avec moi. Il présumait que j'étais un jeune protégé du Dr Johnson et, en apprenant que j'étais natif de Lichfield (célèbre ville natale du lexicographe), en déduisit que tel était le lien entre nous ; je ne cherchai point à le détromper. Il manifesta d'autant plus d'intérêt à mon endroit lorsque je lui confiai que mon père avait exercé le métier d'imprimeur et possédé son propre petit atelier. Il supposa que ce dernier était sis à Lichfield ; je ne cherchai pas à l'en détromper non plus.

— Et qu'est-ce qui t'a donc amené à Londres ? s'enquit mon employeur éventuel, se demandant sans doute pourquoi je n'avais point selon l'usage fait mon apprentissage chez mon père.

— Ma mère est décédée voilà trois ans. Mon père l'a récemment rejointe, répondis-je, sans faire allusion aux circonstances infamantes du décès de ce dernier. Je suis orphelin.

— Ah, bien sûr... dit-il. Toutes mes condoléances, jeune homme.

— Mais je puis composer un texte, répliquai-je, vivement désireux de faire mes preuves.

— Si jeune ?

— Tout à fait, monsieur. Je suis rompu à la tâche depuis l'âge de neuf ans et je crois sincèrement m'être montré de quelque assistance pour mon père dans sa dernière ou même ses deux dernières années.

Il me gratifia d'un regard pénétrant, lequel s'animait d'une expression oscillant entre le doute et la curiosité.

— Aurais-tu l'amabilité de faire montre de tes talents ? me demanda-t-il.

— J'en serais ravi.

Et il m'entraîna dans l'arrière-boutique, bourdonnante d'activité. Assez vaste, l'endroit contenait des pupitres, une presse et un petit atelier de reliure. Un compagnon typographe œuvrait à l'un des pupitres et un apprenti plus âgé s'affairait à un autre. Un second ouvrier travaillait à la presse, tandis qu'un relieur besognait avec l'aide d'un autre apprenti dont l'âge devait avoisiner le mien. N'ayant jamais vu d'officine se consacrant à l'impression d'ouvrages, j'étais fasciné par l'animation qui y régnait.

Le maître ordonna au compagnon le plus âgé de s'écarter ; on alla quérir une caisse, afin que je grimpe dessus, et je les ébahis vraiment par ma dextérité. L'ouvrier n'hésita pas à m'applaudir et le maître me qualifia de « prodige ». Même l'apprenti fut impressionné, bien qu'il déployât moult efforts pour ne le point montrer. Je ne manquai en effet ni de précision ni de célérité.

Suite à ma démonstration, on m'annonça que ma place parmi eux était assurée. Je m'en réjouis, puis, m'apercevant que mon acceptation signifiait une certaine séparation d'avec la maisonnée de sir John, je me demandai si je n'eusse pas mieux servi ma cause en me montrant moins adroit. Mais, à vrai dire, que j'eusse été compétent ou non, ladite séparation me semblait certaine, aussi m'abandonnai-je à la joie de l'instant et je les remerciai le plus aimablement du monde.

Mon contrat d'apprentissage fut donc établi en mon absence. J'allai le quérir au jour convenu et le rapportai à sir John, comme il me l'avait demandé, afin qu'il en prît connaissance. Je lui en fis lecture, pour sa plus grande satisfaction. Mais il me surprit tant soit peu en me demandant une plume et de l'encre, afin qu'il y apposât son seing. Il m'expliqua alors qu'il convenait de faire ainsi car, eu égard au décès de mes parents, il demeurait mon représentant légal tant que je resterais sous tutelle judiciaire. J'obtempérai donc en plaçant la plume dans sa main, puis celle-ci au bon endroit sur le papier. Il exécuta ensuite une signature des plus élégantes, allant jusqu'à y ajouter un paraphe que personne d'autre que lui ne pouvait reproduire. Je l'avais vu auparavant signer missives et documents, établis par M. Marsden, le greffier, et je ne cessais depuis lors de m'émerveiller de l'adresse de cet homme aveugle.

Nous ne discutâmes pas plus avant, et il se borna à me renvoyer d'où je venais avec le document, après que j'y eus moi-même porté ma signature. Mon nouveau maître accepta le contrat et le parapha à son tour, puis nous décidâmes d'un commun accord que je n'entrerais à son service que sous huitaine, à compter de ce jour-là. Il s'excusa d'un tel ajournement, en me confiant qu'il fallait entre-temps me faire de la place en sa demeure. Ainsi s'achevaient mes périples vers Grub Street, hormis une dernière visite à la requête de mon futur maître que je rendis deux ou trois jours plus tard. Il avait, semblait-il, vanté dans toute la rue les talents de son nouvel apprenti, autrement dit moi, et souhaitait que je fisse exhibition de mon adresse en présence de ses confrères. Il me fit mander par le plus âgé de ses apprentis et, avec la permission de Mme Gredge, je pris avec ce dernier le chemin de l'atelier. Ce jeune homme s'appelait Clarence, si j'ai bonne souvenance, et se montra des plus désagréables à mon endroit. Tout au long du trajet, ce garçon, de quatre ou cinq ans mon aîné, multiplia les insinuations et les menaces voilées. En termes clairs, il me fit comprendre qu'aussi « prodige » que je pusse être, je n'en demeurerais pas moins sous sa coupe, tant qu'il resterait lui-même apprenti. Certes, l'arrangement ne m'enchantait guère, mais j'étais décidé à m'en accommoder aussi longtemps que nécessaire. Quant à ma démonstration, elle se déroula fort bien : je fus de nouveau loué par mon maître et acclamé par ses concurrents. Je pris congé, connaissant le chemin désormais par cœur, mais appréhendant ce qui m'attendrait en mon nouveau foyer de Grub Street.

Et c'était à présent dans Grub Street que nous arrivions, sir John et moi, si tardivement, à presque trois heures du matin, par cette nuit qui allait modifier tout le cours de mon existence à venir.

Comme nous tournions au coin de la rue, j'aperçus un petit attroupement sous la faible lumière des réverbères. Les gens s'étaient rassemblés devant une bâtisse de taille imposante, sise à mi-hauteur de la rue. Je compris alors que l'endroit m'était tout à fait familier. Mes pas m'y avaient amené, chaque fois que j'étais précédemment venu dans le quartier. Ce bâtiment abritait la demeure et l'atelier d'Ezekiel Crabb, libraire et éditeur de son état, le maître chez lequel j'allais faire mon apprentissage ; l'endroit devait devenir mon foyer et mon lieu de travail dès huit heures ce matin-là. Sir John avait-il décidé de m'y emmener très tôt ? Cela n'avait aucun sens. Et pourquoi ce groupe de badauds ?

— Est-ce *là* que nous nous rendons, monsieur ? m'enquis-je, désireux d'en avoir le cœur net.

— Oui, répondit le magistrat. Le domicile et le siège du négoce d'Ezekiel Crabb. Un épouvantable méfait vient d'y être commis.

Il ne précisa pas la nature de l'acte criminel, pas plus qu'il ne l'avait fait plus tôt. Une multitude de questions me taraudèrent alors, mais je tins ma langue, songeant qu'il valait mieux me taire. Comme nous nous approchions, je fis à peine allusion aux curieux devant la porte.

— J'ai senti leur présence, Jeremy. Suis-moi à l'intérieur.

À ces mots, tout en braillant : « Faites place ! Faites place ! » en guise d'avertissement, il plongea dans l'attroupement en agitant sa canne devant lui. Et je lui emboîtai le pas comme il me l'avait demandé. Il n'y avait guère plus d'une douzaine de personnes, mais certaines d'entre elles paraissaient des moins recommandables. Dociles, elles nous livrèrent le passage en silence, jusqu'à ce que nous parvenions à la porte. Le jeune sergent William Cowley y montait la garde.

N'ayant guère plus de dix-huit ans, c'était le benjamin des sergents de ville et le moins expérimenté de tous, puisqu'il les avait rejoints, sous le parrainage de M. Baker, un mois seulement avant mon installation à Bow Street. Il n'en était pas moins de bonne volonté et solidement constitué, de même qu'il avait prouvé sa bravoure à maintes occasions depuis son arrivée.

Cowley se mit au garde-à-vous.

— Sir John, annonça-t-il, M. Bailey se trouve à l'intérieur et il étudie la situation. Il m'a placé ici pour tenir les curieux à l'écart.

— Ce que vous auriez dû faire lorsque vous êtes arrivé le premier sur les lieux, sergent Cowley.

— Je sais, monsieur. M. Bailey m'a sérieusement gourmandé pour la manière dont j'ai conduit l'affaire. Et je le regrette, monsieur. J'ai peut-être commis des erreurs de jugement, mais les circonstances ont également joué contre moi.

— Et quelles étaient-elles ? Pourquoi ne pas avoir mandaté certains de ceux ayant pénétré sur les lieux avec vous pour conduire le prisonnier à Bow Street, de sorte que vous puissiez rester sur place et protéger les alentours ?

— Parce que je craignais qu'une fois hors de ma vue ils ne le tuent. Je les ai entendus en causer. L'un d'entre eux était même parti quérir une corde.

— Alors pourquoi ne pas avoir verrouillé la porte ?

— Nous l'avons forcée pour pénétrer, monsieur. Elle est dégondée à moitié, maintenant.

Sir John médita un instant.

— Elle était donc fermée à clé de l'intérieur. En existe-t-il une à l'arrière ? Était-elle aussi verrouillée ?

— Une robuste porte de cave, monsieur, et elle était tout aussi solidement fermée.

— Ma foi, les choses se présentent assez mal pour notre prévenu, n'est-ce pas ?

— Plutôt mal, en effet, admit le sergent Cowley, plutôt mal. Je l'ai surpris, monsieur, avec l'arme dans la main.

— Certes... Eh bien, nous en discuterons à l'intérieur, sergent.

Ce disant, le magistrat se tourna vers le groupe de badauds, lesquels avaient reculé de quelques pas, et il s'adressa à eux d'une voix forte et très solennelle :

— Ceux qui parmi vous ont pénétré dans les lieux en compagnie du sergent Cowley doivent rester devant cette demeure. Nous aurons des questions à leur poser. Je demande aux autres de se disperser. Je suis sir John Fielding, magistrat au tribunal de Bow Street. Quiconque refusera d'exécuter cet ordre qui émane de ma personne se verra arrêté, verbalisé et condamné à pas moins de trente jours d'emprisonnement. Ne songez point à vous éloigner pour mieux revenir, et vous autres qui devez rester, n'envisagez pas de rentrer encore ; vous avez d'ores et déjà commis suffisamment de dégâts, à ce qu'on m'a dit. Je laisse un vigile devant la porte. Ce jeune homme s'emporte facilement et j'ajoute qu'il est armé.

Je compris tout à coup que sir John faisait allusion à moi. Je m'emportais facilement ? Assurément point. Toutefois, je fis une grimace qui convenait à sa description, en espérant ainsi tous les effrayer.

— Montre-leur ton pistolet, Jeremy, me glissa sir John à mi-voix.

Je sortis l'arme de la poche de mon habit et la brandis avec audace.

— Il est chargé et amorcé, poursuivit-il, et j'ai ordonné à ce garçon de tirer sur quiconque tenterait de forcer le passage. Est-ce bien compris ?

Pour toute réponse, un grognement s'éleva parmi les hommes postés devant la porte.

— À présent, vous connaissez mes instructions. Ceux qui sont entrés tout à l'heure doivent attendre ici. Aux autres, je vous dis maintenant...

Il se tut un instant, puis aboya d'une voix grandement autoritaire :

— ... *Déguerpissez !*

Et ils obtempérèrent. Ils reculèrent, puis, en regardant par-dessus leur épaule, rompirent les rangs comme une compagnie de soldats. Il n'y en avait plus que quatre.

— Regardez ceux qui restent, reprit sir John à l'adresse du sergent Cowley. Se trouvaient-ils avec vous ?

Cowley scruta les visages à tour de rôle et hocha la tête :

— Tous ceux qui sont ici, oui, sir John. Mais il en manque un. Ils étaient cinq au début.

— Avez-vous pris son nom ?

— Euh... je n'en ai pris aucun, monsieur.

— Ah... eh bien, lorsque M. Bailey les interrogera, peut-être apprendra-t-il l'identité de l'absent de la bouche de ses camarades.

— Oui, monsieur.

— Et Jeremy, me murmura-t-il, cette permission de tirer ne sert qu'à les impressionner et tu ne dois point la prendre au pied de la lettre. Un simple appel suffira amplement. L'un de nous t'entendra sans doute.

Ce disant, il me laissa à la porte, avec le sergent Cowley posté tout près derrière moi. Je conservai cette mine féroce le plus longtemps possible, puis, lentement, la laissai se muer en une expression de froide indifférence. Je lorgnais ici et là par-dessus la tête des quatre compères et, de temps à autre, les fixai droit dans les yeux. Les bras croisés, j'avais gardé le pistolet en main. En y repensant aujourd'hui, il semble indéniable que leur intérêt se portait davantage sur l'arme que sur moi, et l'autoritarisme de sir John les impressionnait beaucoup plus que le pistolet ou le garçon qui le tenait.

Les quatre témoins se regroupèrent et conversèrent à voix si basse que je ne pus les entendre. Ils agirent ainsi pendant un certain temps. Soudain, ils éclatèrent en chœur d'un rire bestial qui, compte tenu de ce qu'ils savaient et avaient entendu, se révéla des plus malséants.

Mais bien sûr, j'ignorais en cet instant ce dont, eux, étaient au courant, bien que je pusse évidemment me douter de ce qu'ils avaient vu. Lorsque sir John faisait allusion à « un épouvantable méfait », il ne pouvait s'agir que d'un meurtre. Celui du maître en personne ? Le cas échéant, songeai-je, qu'est-ce que cela pouvait signifier eu égard à mon contrat d'apprentissage ? J'appréciais

M. Crabb. Nul doute qu'il n'estimait en retour. J'espérais qu'il n'était point la victime. Était-ce ce Clarence, l'aîné des apprentis ? Que Dieu me pardonne, mais en réfléchissant à l'expérience que j'en avais et à la funeste existence qui m'attendait avec lui en qualité de sous-maître, je décidai alors que, s'il devait y avoir une victime, autant que ce fût lui et non un autre. Je n'envisageai point d'autre éventualité. Certes, je savais que la maisonnée Crabb comprenait également un autre apprenti, des fils et une épouse dont on m'avait fait mention, mais que je n'avais pas vue. Les compagnons vivaient certainement à l'extérieur, comme ç'avait été le cas pour mon père, à Lichfield, mais alors la question restait posée : qui était la victime ?

Bientôt les lascars restants commencèrent à me railler. L'un d'entre eux dit aux autres :

— J' savais point qu' sir John engageait des apprentis sergents... tu savais ça, toi, Harry ?

— Que non, répondit Harry. Quel âge tu lui donnerais, à celui-là ?

— Une dizaine d'années, je dirais. T'aurais point dit ça, toi ?

— Pas si vieux... dans les sept ou huit ans, peut-être.

— Faudrait point l' met' en colère en l'imaginant trop jeune. Les gamins d' son âge ont tôt fait d' se fâcher pour ces choses-là. Rappelle-toi d' l'avertissement d' sir John... il s'emporte facilement, Bert.

— Et il a un pistolet en main !

— Drôles de joujoux qu'ils donnent à leurs enfants à not' époque.

— T'as ben raison, ma foi.

Et ils continuèrent ainsi leur badinage, largement au-delà de ce que ma patience pouvait tolérer, jusqu'à ce qu'ils finissent par se lasser eux-mêmes. À moins que ce ne fût l'apparition annoncée de M. Bailey qui les calma ? En toute franchise, je ne puis me le rappeler. Quoi qu'il en fût, après qu'une demi-heure environ se fut écoulée, je sursautai lorsqu'on me tapota l'épaule et me tournai pour découvrir derrière moi Benjamin Bailey, lequel se déplaçait toujours à pas feutrés.

— Comment cela se passe, jeune Jeremy ?

— Assez bien, répondis-je.

— Ces propres-à-rien t'ont-ils tourmenté ? répliqua-t-il en dévisageant d'un œil sévère les quatre témoins qui attendaient.

— Pas au point de me contraindre à réagir.

— Avec moi, en tout cas, il y en a peut-être un ou deux qui vont réagir.

Il s'avança au milieu du groupe, saisit vigoureusement l'un des hommes et l'attira vers le réverbère le plus proche, à quelques pas de là. Puis, d'une voix basse, insistante et confidentielle, il se mit à interroger l'individu, celui qui s'appelait Harry. Ils se tenaient trop loin pour que moi-même ou les trois autres puissions entendre, ce qui sembla chagriner ces derniers, car, après avoir chuchoté entre eux, ils commencèrent à s'approcher de conserve de M. Bailey et de leur acolyte. Remarquant leur petit manège, le brigadier leur ordonna sans ménagement de regagner leur place initiale. Ils obtempérèrent en se renfrognant et reprirent leurs chuchoteries.

M. Bailey ne passa que quelques minutes en compagnie de Harry. Lorsqu'il en eut fini avec lui, il lui demanda de s'en aller.

— Mais c'est pas juste ! protesta Harry en donnant de la voix. J'aimerais attend' mes camarades.

— Dans ce cas, tu le feras hors de ma vue, rétorqua M. Bailey. À présent, déguerpis ou je te botte le train.

Harry battit en retraite, tout en faisant signe aux autres qu'il les attendrait au coin de la rue.

— Vous ne devriez pas nous traiter comme ça ! s'écria l'un d'eux, indigné, à l'adresse de M. Bailey.

— Dame ! non, vous n' devriez pas ! renchérit un autre.

— Est-ce que c' n'est point nous qu'avons donné

l'alerte ? s'enquit Bert. Est-ce qu'on n'est pas entrés avec vot' jeune sergent, à nos risques et périls ? Est-ce qu'on n'a point aidé à maîtriser l'assassin ?

— *Et*, s'enquit M. Bailey, en s'approchant à grandes enjambées, n'est-ce pas vous qui êtes entrés dans la place pour la mettre sens dessus dessous, dès lors que l'agent n'était plus dans les parages ?

Il s'arrêta, les toisa de toute sa hauteur, les poings sur les hanches.

— Qu'est-ce que vous cherchiez donc ? La caisse ?

— Oui, répondit Bert. On l'a r'trouvée et on l'a donnée à l'agent dès qu'il est rev'nu.

— Je dirais plutôt qu'on vous a pris la main dans le sac. Et l'un de vous a filé avec l'arme du crime. Le sergent vous a ordonné de ne point revenir à l'intérieur de la demeure, n'est-ce pas ?

— On essayait juste de s' rend' utiles.

— Viens par ici, dit M. Bailey à Bert. Maintenant, tu vas te montrer utile.

À ces paroles, il fondit sur lui et le traîna *manu militari* à l'endroit qu'il avait choisi, sous le réverbère. Il se mit alors à lui poser des questions sur le même ton confidentiel qu'il avait employé plus tôt, d'autant plus intimidant qu'il s'exprimait avec une maîtrise placide.

Mon attention étant prise par la confrontation que je viens de vous rapporter, ce fut à cet instant seulement que j'entendis des sabots caracoler sur le pavé, non loin de là. Ils étaient si près, à vrai dire, que je ne tardai point à apercevoir un fardier, tiré par deux chevaux, remontant Grub Street dans notre direction.

Une scène étrange se produisit alors. Je n'étais pas le seul à m'être tourné pour voir, les autres firent de même. Les deux témoins qui attendaient cessèrent leur conversation étouffée, tandis que M. Bailey interrompait aussi son implacable interrogatoire. Bref, tous concentrèrent leur attention sur l'attelage qui semblait apparaître puis disparaître, tel un spectre, selon qu'il passait d'un réverbère à l'autre. Tous se bornèrent à regarder, si bien que l'acrimonie bruyante qui avait prévalu un peu plus tôt cédait à présent la place au silence, entrecoupé du bruit régulier des sabots et du craquement des roues de la carriole.

Comme le haquet s'arrêtait devant la demeure d'Ezekiel Crabb, les deux hommes placés face à moi reculèrent jusqu'à l'autre côté de la rue. J'eus alors tout loisir de contempler ce mystérieux nouveau venu et son surprenant attelage. Quelle que fût la couleur dont la charrette avait été peinte jadis, elle était à présent fanée en un gris sombre, strié de crasse, à l'exception d'un panneau central qu'on avait nettoyé et sur lequel on avait peint en blanc une tête de mort, offrant ainsi un contraste saisissant avec le reste. Les chevaux aussi étaient gris, squelettiques et boiteux, si bien qu'on les aurait jurés à demi morts, comme ils courbaient la tête sous un épuisement manifeste. Ils demeurèrent ainsi, immobiles comme des statues, tout le temps qu'ils restèrent dans la rue.

Le cocher, indifférent à leur présence, lâcha les rênes et descendit du fardier. Il se déplaça avec calme et assurance; pas très grand, il n'en était pas moins large d'épaules et pourvu d'une taille épaisse. Lorsqu'il se tourna vers moi et s'apprêta à gagner la porte, je notai sa démarche simiesque, comme ses longs bras semblaient pendiller et ses jambes courtes basculer vers l'avant à chaque pas. Cet homme laid arborait un visage rond, qui n'avait point connu le rasoir depuis une semaine.

En s'approchant, il projeta ce faciès sous mon nez, me gratifia d'un sourire aux dents cariées et cligna d'un œil... celui qui était plus petit que l'autre.

— Sois un brave garçon, me souffla-t-il d'une voix rauque, et va leur annoncer que le Faucheux est là.

Manquant défaillir sous son haleine fétide, je reculai tout en essayant de conserver ma conduite austère.

M. Bailey m'interpella :

— Laisse-le passer, Jeremy ! Conduis-le à l'étage.

Je m'écartai alors.

— Vous avez entendu ? demandai-je. C'est au-dessus.

— J'ai entendu, répondit-il en passant lourdement devant moi.

Je ne savais trop que penser de cet individu... la tête de mort sur la carriole, la peur apparente qu'il avait inspirée à des adultes. Pouvait-il s'agir d'un pirate ? Bien sûr que non. Il n'en existait point à Londres, hormis peut-être Black Jack Bilbo, lequel était retiré des affaires. Qui donc alors ? Et quoi ? Que voulait-il dire en se faisant appeler « le Faucheux » ? (J'eus tôt fait de le découvrir.)

M. Bailey procéda prestement à son interrogatoire, qu'il acheva en un tournemain avec le bavard et facétieux Bert. Ce dernier fut lui aussi congédié et ne s'en plaignit pas. Les deux qui restaient semblaient avoir tout aussi hâte de s'en aller. Le témoin suivant traversa la rue en trottinant et se présenta de lui-même au brigadier sans qu'on l'eût mandé.

Comme j'entendais qu'on traînait des pieds et peinait dans mon dos, je m'écartai du seuil et attendis un instant que le sergent Cowley et le Faucheux apparussent en portant un lourd fardeau. C'était un corps enveloppé d'un drap maculé de sang et, à en croire sa taille et sa silhouette, il pouvait s'agir de M. Crabb lui-même. Les deux porteurs arrivèrent non sans peine jusqu'au fardier.

— Prêt ? lança le Faucheux. Alors... un... deux... trois !

Et ils soulevèrent leur faix, drap y compris, pour le déposer dans la charrette. Mais durant l'opération, le drap se défit et laissa entrevoir suffisamment de son contenu pour confirmer mes déductions.

C'était donc cela. Ezekiel était la victime. Je pleurai sa perte en pensée, car il m'avait paru être assurément un brave homme. L'estime qu'il me portait en aurait fait un bon et généreux maître. Et comme tous les enfants qui, bien souvent, ne songent qu'à eux-mêmes, je m'apitoyai autant sur mon propre sort. Allais-je trouver un autre maître aussi bon ? Chez qui ferais-je désormais mon apprentissage ?

Mais tandis que le sergent et le Faucheux retournaient dans la demeure, mes pensées s'orientèrent sur la question de la culpabilité. Qui avait pu assassiner M. Crabb ? Pouvait-il s'agir de cet individu menaçant prénommé Clarence ? Peut-être allait-on me céder sa place au pupitre de composition. Peut-être avait-il ruminé cette décision et frappé son maître pendant qu'il dormait. Non, l'aliéné dans la chambre de sûreté de Bow Street constituait un meurtrier plus plausible. On l'avait fait prisonnier, après tout. Qu'est-ce qui l'avait irrité au point de frapper à mort M. Crabb ? Mais, bien sûr, la folie n'avait pas besoin de raison.

J'entendis alors d'autres grognements et mises en garde mutuelles, comme : « Attention, maintenant », et : « Soyez prudent », en provenance de la pièce située derrière moi. Et j'eus la surprise de voir le sergent de ville et le Faucheux réapparaître avec un autre cadavre. Celui-ci était également enveloppé d'un drap ensanglanté, quoique avec un soin moindre, si bien que je ne manquai pas de remarquer une masse de cheveux gris s'échappant à l'une des extrémités. S'agissait-il donc de Mme Crabb, que je n'avais point rencontrée mais dont on m'avait parlé ? On ne la respecta pas davantage eu égard à son sexe. Elle reçut le même traitement — *Oh ! hisse !* et *hop !* dans le fardier — que son époux. Et le Faucheux ouvrit la marche derechef en retournant dans la maison. Je l'entendis prononcer de cette voix flegmatique et discordante :

— Une vieille dame fort grasse, pas vrai ? Je parie qu'elle pesait davantage que son mari.

Il gloussa de sa remarque comme s'il eût lâché quelque boutade.

Ainsi avait commencé le défilé des morts. Enveloppés dans des draps et couvertures, ils passèrent sous mes yeux, toujours portés par nos deux individus et déposés avec la même rudesse dans la carriole. Était-ce dû au pénible labeur ou à la nature de la tâche ? Quoi qu'il en fût, le sergent Cowley transpirait à grosses gouttes, alors que la nuit était fraîche. En y réfléchissant, aujourd'hui, peut-être étaient-ce des larmes qui ruisselaient sur ses joues, car il témoignait d'une nature sensible et n'était point encore aguerri à pareil carnage.

Le Faucheux, pour sa part, œuvrait avec délectation, gagnant en jovialité à chaque fardeau qu'il transportait, lançant de petites badineries macabres que lui seul et nul autre appréciait. La plus effroyable de toutes fut sa réaction à un incident sur le pas de la porte. Le sergent Cowley trébucha légèrement en sortant et, de dessous la couverture maintenue avec un poids, jaillit un bras tranché au-dessus de l'épaule, au bout de laquelle on entrevit l'os sanguinolent, la chair et les tendons. Et où le membre ne tomba-t-il pas si ce ne fut à mes pieds ? Horrifié, je reculai d'un bond. Vif comme l'éclair, le Faucheux vint le ramasser par la main. Incroyablement robuste, il continua à tenir l'extrémité de son faix et, tout en gagnant la charrette, engagea la conversation avec le défunt possesseur dudit bras.

— Eh bien, croyez-moi, je suis heureux de faire votre connaissance, mon brave, déclara-t-il en serrant la main du membre mort, comme s'il l'avait salué lors d'une première rencontre. Comment allez-vous par cette belle nuit ? Vous avez été surpris, n'est-ce pas ? Eh bien, cela se passe souvent ainsi... au moment où l'on s'y attend le moins, dit-on.

Arrivé à la charrette, il lança le bras sur la pile qui grossissait et, après un « Oh ! hisse ! » et avec l'aide du sergent, fit suivre le reste du corps.

— Pour l'amour du Ciel ! lui dit Cowley, sanglotant presque de rage. Comment pouvez-vous agir de la sorte ?

Le Faucheux demeura un instant immobile et le considéra d'un air perplexe et amusé.

— Les morts s'en moquent, finit-il par répondre.

Cowley passa devant lui en le bousculant et rentra dans la demeure. Le Faucheux lui emboîta le pas en pouffant à part lui.

Je sentis qu'on m'étreignait doucement le bras et découvris M. Bailey à mes côtés.

— Navré que tu doives assister à cela, Jeremy, déclara-t-il.

— J'aurais préféré m'en dispenser.

— J'ai parlé au dernier larron de la troupe qui avait suivi à l'intérieur. Tu n'as plus besoin de rester devant la porte. Entre, si tu veux.

— Est-ce que... hésitai-je, est-ce qu'il y a encore des morts dans la demeure ?

— Oui, dit-il, mais aucun au rez-de-chaussée.

— Eh bien, tant mieux.

Je m'aperçus que j'avais toujours le pistolet en main. À dire vrai, il me semblait tout à coup peser fort lourd. Aussi le fourrai-je dans ma poche et franchis la porte dans le sillage de M. Bailey.

Ayant précédemment rendu visite à l'établissement Crabb, je savais cette partie de la bâtisse réservée au commerce des livres. Bien que de taille modeste, elle était bien pourvue, tant des propres publications Crabb que des ouvrages d'éditeurs concurrents. Une seule bougie éclairait le lieu à ce moment-là. Sous cette lumière, j'entrevis sir John assis sur une chaise, dans un coin de la pièce, les mains posées sur sa canne, le tricorne vissé sur la tête. Il arborait ce masque inexpressif que je lui connaissais d'ores et déjà lorsqu'il était plongé dans ses pensées. Après quelques instants, il sortit de sa torpeur et se tourna vers nous.

— Est-ce vous, monsieur Bailey ?

— Oui, monsieur, Jeremy est avec moi.

— Ah oui, Jeremy. J'eusse préféré l'avoir laissé au lit et ne point m'être attardé à converser avec ce pauvre hère, là-bas à Bow Street. Ma démarche ne s'avéra guère bénéfique.

Il se leva ensuite de sa chaise et ajouta :

— Monsieur Bailey, j'aimerais que vous me conduisiez à la cave. J'ai cru comprendre qu'on y accède par l'arrière de l'atelier. Est-ce le bon chemin, Jeremy ?

— Je crois, répondis-je.

— Pourquoi ne resterais-tu point ici ? Nous aurons tôt fait de revenir.

Et ils me laissèrent donc dans le noir, car M. Bailey s'était emparé de la bougie qui éclairait la pièce. Certes, je n'étais pas entièrement dans l'obscurité, car les chandelles du premier étage projetaient quelque lumière au rez-de-chaussée, tandis qu'à travers la vitrine on voyait briller le réverbère de la rue et peut-être les premières lueurs de l'aube qui allait poindre.

Tandis que j'attendais, deux autres cadavres furent enlevés et déposés dans la carriole. Une fois son chargement au complet, le Faucheux s'affaira à la disposition des corps pour le trajet ; il les souleva et les déplaça ici ou là, comme autant de sacs de blé, sans se préoccuper de les garder recouverts. Dès qu'il les eut agencés comme souhaité, il lança une bâche par-dessus et la fixa aux quatre coins du fardier, tout en fredonnant, semble-t-il, quelque ritournelle ou ballade. Je n'en perçus point les paroles, mais elles paraissaient l'égayer.

Sir John revint en compagnie de M. Bailey et appela le sergent Cowley. Il demanda aux deux hommes de fermer la bâtisse le mieux possible, leur suggérant d'utiliser au besoin une corde pour maintenir la porte close.

— Vous devez également fixer un écriteau, précisa-t-il, éloignant les intrus, sous peine d'amende et d'emprisonnement. Signez-le de mon nom, mais ne tentez aucunement d'imiter mon paraphe.

— À votre guise, monsieur.

— À ma guise ? Certes, monsieur Bailey, je ne puis que déplorer que tout cela ne se soit pas déroulé selon ma volonté ou plutôt que cela se soit passé à l'inverse de celle-ci. Enfin, peu importe. Jeremy ? Es-tu prêt à nous reconduire par le chemin que nous avons emprunté à l'aller ?

— Je le suis, sir John.

— Ne souhaiteriez-vous point attendre, sir John ?

s'enquit M. Bailey. Le sergent Cowley et moi, nous pourrions vous raccompagner à Bow Street.

— Que nenni, répliqua-t-il non sans emphase. Je dois ramener ce garçon à son lit, s'il parvient toutefois à dormir après les horreurs dont il fut le témoin cette nuit.

Il inclina la tête plus ou moins dans ma direction :

— Jeremy ?

— Oui, sir John.

— Mettons-nous en route.

Je le pris alors par le bras et le guidai pour quitter cet endroit, où l'infâme « massacre de Grub Street » avait eu lieu. Nous sortîmes ensemble dans la rue. J'y aperçus le Faucheux qui avait grimpé à la place du cocher et s'apprêtait à partir.

— Jolie récolte, sir John, lui lança-t-il. Je n'avais pas eu une telle prise depuis des mois ou même depuis un an.

— Nous vous dédommagerons, bien entendu, répondit sir John.

— Ah oui, cela fait partie du travail. Est-ce que le garçon et vous souhaiteriez m'accompagner ? C'est sur mon chemin.

— Non, je pense que nous rentrerons à pied, merci.

La réponse suscita son hilarité :

— Peu de gens le souhaitent, dit le Faucheux. Peu, en vérité.

Et, à ces mots, son attelage s'ébranla dans un claquement de fouet et les chevaux se mirent en route. Je les observai s'en aller. Sir John partit d'un bon pas et je trottinai pour le rattraper.

— Qui est cet homme ? m'enquis-je. Pourquoi se fait-il donc appeler « le Faucheux » ?

— J'ignore à vrai dire qui il est, répondit le magistrat. Il se fait simplement appeler ainsi... le Faucheux. Ce titre lui vient du siècle dernier, durant les années où sévit la peste, lorsque quelque ancêtre de sa lignée parcourait les rues de Londres, en ramassant les gens ayant succombé à l'épidémie. Il s'agissait d'un dangereux labeur et ceux qui s'en chargeaient risquaient l'infection. Quoi qu'il en soit, sa famille survécut et cette tâche immonde lui fut transmise. La ville l'emploie pour enlever les cadavres et les conserver jusqu'à ce qu'on les réclame. Si ce n'est pas le cas, il veille à ce qu'ils soient inhumés au cimetière des indigents.

— Il semble effrayer tout le monde, hasardai-je.

Sir John soupira :

— Il raffole trop de son travail. Il y a quelque chose de malsain chez cet homme. Des rumeurs circulent à son sujet dont nous n'avons pas lieu de discuter.

— Je comprends, monsieur.

Mais, en vérité, je n'y entendais rien.

Nous cheminâmes en silence, jusqu'au croisement emprunté plus tôt pour obliquer dans Grub Street. Je guidai sir John au coin de la rue, en touchant à peine son coude. Et nous reprîmes notre allure en nous dirigeant vers l'est.

— Euh... sir John ?

— Oui, Jeremy ?

— Je vais devoir trouver un nouveau maître.

— Cela ne fait pas l'ombre d'un doute.

Je crus que telle serait peut-être son unique remarque à ce sujet, car il n'ajouta rien pendant un long moment. Puis il reprit enfin :

— Je dois y réfléchir. Sans doute devrai-je en reparler à Samuel Johnson.

— À votre guise, sir John.

— À ma guise, à ma guise... répéta-t-il en me singeant. Décidément, vous semblez tous me laisser agir selon mon gré dans tous les domaines. Mon *souhait* le plus cher, c'est que cet effroyable événement ne se soit jamais produit, et que ce qui paraît si simple ne soit pas si complexe. Rends-toi compte, Jeremy. Nous avons un prisonnier appréhendé avec l'arme du crime, ou du moins l'une d'elles, en main. Comment l'a-t-on découvert ? En suivant des empreintes de bottes maculées de sang, qui provenaient des étages supérieurs. Notre homme détenu dans la chambre de sûreté de Bow Street portait-il des bottes ? En vérité, non. Il était pieds nus lorsqu'on l'a capturé et il a été traîné ainsi jusqu'en cellule par le sergent Cowley, sans doute par le même chemin que nous empruntons en ce moment. Un seul homme a-t-il pu assassiner autant de ses semblables ? J'en doute fort. Les cris des uns auraient réveillé les autres. Tous ont été plus ou moins tués dans leur sommeil. Je trouve peu vraisemblable qu'un seul homme ait pu se déplacer sans être vu et passer aussi hâtivement d'un groupe de dormeurs à un autre. Il se trouvait pourtant sur les lieux, la hache en main, une flaque de vomi au sol, à l'instar de n'importe quel meurtrier qui aurait eu des haut-le-cœur à la vision de son propre ouvrage. Tout le monde s'accorde à le penser. La vomissure demeure, mais la hache a disparu. Notre sergent l'a laissée — puisse-t-il en tirer une leçon à l'avenir ! — et elle aura sans doute été dérobée, comme quelque souvenir morbide de cet événement atroce, par l'un de ces volontaires qui se sont ensuite déchaînés dans toute la demeure des Crabb, en multipliant *leurs* empreintes aux quatre coins de la bâtisse. J'en ferai arrêter au moins un pour obstruction au bon déroulement de l'enquête, tu peux me croire. Toute cette affaire a été maladroitement conduite du début à la fin !

Je n'avais jamais entendu sir John s'exprimer avec une telle colère. Bien qu'il maintînt sa vive allure, il soufflait sous l'effort. Mon seul souci étant de me maintenir à sa hauteur, peut-être étais-je trop préoccupé pour prêter attention à ce qui nous attendait. Je me souviens que nous avions passé le *Cock of the Walk* et, à mon soulagement, nous n'avions croisé personne devant cet estaminet. Nous traversions alors une portion de rue plongée dans la pénombre, lorsque, tout à coup, deux hommes surgirent sous nos yeux, dont l'un tenait un coutelas des plus menaçants. Je saisis le bras de sir John et le contraignis à s'arrêter.

— Qu'est-ce ? s'enquit-il à voix haute, tournant la tête de toutes parts.

— Des voleurs, répondis-je dans un murmure.

— Oui, des voleurs, répéta l'un des individus, assez près pour m'avoir entendu.

Il surgit, forçant son comparse à s'avancer :

— On est des voleurs, pardi ! Alors, viens donc voir le poisson qu'on a pris dans not' filet, Tom. Grand Dieu, c't' un aveugle et un gamin. Viens donc par ici, j' te dis !

Si Tom semblait plus timoré que son compagnon, c'était néanmoins lui qui tenait le poignard. Il s'approcha prudemment, la pointe de l'arme blanche dirigée vers nous, en l'agitant de l'un à l'autre.

— Il est clair, répliqua sir John, restant de marbre sous leur menace, que vous ne savez point qui je suis.

— Et on s'en moque ! Donnez-nous c' que vous avez !

À ces mots, je plongeai aussitôt la main dans ma poche, en quête de mes shillings, mais elle heurta la crosse du pistolet. D'un même geste, j'extirpai l'arme et la brandis sous le nez des brigands. Je dus faire usage de mes deux pouces pour tirer le chien en arrière, mais il céda. Ensuite, je tentai d'afficher le regard féroce que j'avais arboré sur le seuil de la maison Crabb, ce qui s'avéra vraiment difficile en la circonstance.

Chacun des détrousseurs recula d'un pas tranquille, en respect pour le modeste pistolet. Je ne puis croire que mon visage les effraya autant.

— Allons, mon garçon, déclara le plus courageux des deux, sois prudent avec ça. Tu pourrais blesser quelqu'un.

— Je suis sir John...

— *Je m'emporte facilement !* lançai-je de ma voix la plus grave.

— Mais tu n'as qu'un pistolet, objecta le plus bavard. Tu peux seulement tirer sur l'un de nous deux.

Il s'avança d'un pouce.

— À cette distance, je ne puis manquer mon coup !

Six pieds à peine nous séparaient.

— Serez-vous celui que j'abattrai ? ajoutai-je en pointant l'arme directement sur le porteur du couteau.

— *Sir John Fielding, vous dis-je, et je suis...*

— Non ! s'écria Tom au poignard, et il recula de trois bons pas.

— Ou vous ? poursuivis-je en dirigeant l'arme vers le plus brave.

En vérité, cher lecteur, je n'aurais pu les manquer à si courte portée, car mes mains maintenaient fermement le pistolet et mon doigt ne tremblait point sur la détente. Aurais-je tiré ? Je l'ignore, mais je crois que j'aurais pu.

Il ne répondit pas mais recula avec son compère Tom.

— Alors si je puis vous abattre l'un ou l'autre, je n'ai qu'un mot à vous dire... *Déguerpissez !*

Et ils s'en allèrent prestement, tout en discutant ferme, chacun accusant l'autre de couardise. Je les contemplai jusqu'à ce qu'ils disparussent, puis informai sir John que la voie était libre. Nous reprîmes notre chemin d'un pas plus lent et avec davantage de vigilance qu'auparavant, tandis que je conservais le pistolet en main, me préparant à leur éventuel retour.

Nous n'échangeâmes aucune parole pendant quelque temps, puis le magistrat déclara enfin :

— Il y en avait deux ?

— Tout à fait, monsieur.

— Ils doivent être nouveaux venus en ville, ne crois-tu pas ? Pour qu'ils ne m'aient point reconnu, je veux dire... c'est si peu courant, si peu courant.

CHAPITRE II

Où sir John requiert l'assistance du Dr Johnson et rabroue Eusebius

Si j'éprouvais souvent quelque difficulté à suivre sir John, lors des fréquentes occasions où je l'accompagnais dans le dédale des rues et ruelles de Londres, il me fut presque impossible de marcher à hauteur de Samuel Johnson lorsque j'allai le quérir, comme prévu, pour le magistrat qui nous attendait dans une maison de café de Haymarket. Le Dr Johnson ouvrit la marche, tandis que je trottinai derrière lui pour le talonner. Comme nul ne l'ignore, c'était un solide individu, mesurant six pieds de haut et pesant deux cent vingt livres à tout le moins, mais sa masse ne le gênait pas du tout. Ses jambes robustes n'étaient guère plus longues que celles auxquelles on pouvait s'attendre chez un homme de pareil acabit, mais il les déplaçait avec une puissance et une agilité remarquables pour quelqu'un qui était alors dans sa soixantième année.

Sir John m'avait dépêché à Johnson's Court, missive en main, à peine plus d'une heure après notre arrivée à Bow Street. Le soleil faisait alors une timide apparition et dardait ses rayons en discontinu entre des bandes de nuages qui filaient dans le ciel. Fort des indications explicites que M. Baker m'avait fournies, je cheminais prestement dans les rues de la ville qui, déjà, se remplissaient de mendiants, de journaliers et d'ouvriers sur le chemin de leur travail. C'était alors, comme aujourd'hui, une cité laborieuse, et son cœur avait commencé à battre la chamade. Il est étrange d'assister à l'éveil de notre grande ville. De nos jours encore, c'est l'heure à laquelle je préfère l'observer.

Ce fut une domestique du Dr Johnson qui m'accueillit à la porte. Comme je lui tendais la lettre, elle me pria d'entrer et m'invita à m'asseoir sur un banc du vestibule, pendant qu'elle présentait la missive à son maître. Et j'attendis... attendis et attendis encore... jusqu'à ce que j'entendisse renifler et tousser quelque part au cœur de la demeure. La servante revint et me conduisit dans une salle à manger où le grand homme déjeunait en solitaire de pain et de bacon. Il m'invita à le rejoindre à sa table et me questionna avec minutie sur les événements de la nuit précédente, ou, à proprement parler, sur ceux survenus avant l'aurore ce matin-là.

Je savais pertinemment ce que le Dr Johnson avait appris dans la missive que je lui avais apportée, car elle était rédigée de ma propre main. En l'absence de M. Marsden, sir John me l'avait dictée. Elle expliquait qu'un terrible assassinat avait été commis dans Grub Street, au domicile de M. Crabb. Un sergent de ville avait appréhendé un individu sur les lieux, lequel se trouvait retenu comme suspect ; le Dr Johnson le connaissait, ne serait-ce que de réputation ou peut-être même personnellement... il répondait au nom de John Clayton et était poète. Sir John sollicitait la présence du lexicographe à la maison de café *Preston*, à Haymarket, afin qu'ils puissent discuter du dénommé Clayton, puisque ce dernier s'était montré fort réticent à répondre aux questions qu'on lui avait posées.

Tel était le contenu de la lettre et rien de plus. Pour un homme à la curiosité dévorante comme Samuel Johnson, le message que je lui avais délivré ne fit qu'aiguiser son appétit à en savoir davantage. Ayant prévu cela, sir John m'avait permis de raconter tout ce que j'avais vu, à l'exception de sa tentative d'interroger John Clayton... rien concernant l'état du prisonnier dans la chambre de sureté, et rien de ce que j'avais pu entendre de la bouche d'autrui, qu'il s'agisse du sergent Cowley ou de ses témoins, à propos de l'arrestation de Clayton ; et certainement rien des hypothèses de sir John eu égard à l'un ou l'autre de ces sujets.

À l'autre bout de la table, le Dr Johnson me considéra d'un regard sévère. Je m'aperçus qu'un de ses yeux était aveugle. L'autre, quoique guère plus vaillant, me fixa avec une gravité telle que je m'attendis au pire, au moment précis où il ouvrit la bouche.

— As-tu déjeuné, mon garçon ? Aurais-tu envie de quoi que ce soit ?

— Une tasse de thé, peut-être, monsieur, répondis-je, car Mme Gredge m'avait fort bien nourri.

— Cela peut assurément s'arranger.

Puis, comme mandée par le seul pouvoir de la pensée de son maître, la domestique apparut avec une grosse tasse et une large soucoupe, qu'elle disposa devant moi. Elle y versa du breuvage de la théière placée sur la table et disparut sans dire un mot. (Sans doute guère loin, car elle devait écouter à la porte, en vérité.)

— À présent, reprit le lexicographe, tu dois me relater plus amplement cet incroyable événement.

— Que souhaiteriez-vous savoir, monsieur ?

— Eh bien... tout... du moins tout ce que tu dois me dire. Dans cette lettre, sir John parle d'un effroyable délit...

— Oui, monsieur.

— De meurtre.

— Oui, monsieur.

— Eh bien, mon garçon, en quoi était-ce si effroyable ? Qui a été assassiné ?

— Aussi effroyable qu'on peut le concevoir, répondis-je en portant la tasse à mes lèvres et en risquant une gorgée de ce thé fort et bien infusé.

Je dois avouer, cher lecteur, qu'en marquant cette pause, j'espérais offrir à mes propos à venir un parfum de tragédie.

— Tous ont été assassinés, monsieur.

— *Tous ?*

Son œil valide s'écarquilla sous le choc de la nouvelle.

— Crabb, veux-tu dire, et son épouse aussi ?

— Ainsi que ses fils, ajoutai-je, et ses deux apprentis. Six personnes au total. J'ai vu leurs cadavres enlevés de la demeure de Grub Street.

Le grand homme se tut un moment, pour le moins abasourdi par les informations que je venais à l'instant de lui livrer. Puis, recouvrant la parole, il s'enquit :

— Tu étais présent ?

— J'ai accompagné sir John sur les lieux. À l'heure où nous sommes partis, il n'y avait point de voiture de louage dans la rue. Il avait besoin de mon aide, en raison de sa... hésitai-je. En raison de son incommodité.

— Oui, oui, bien sûr. Tu te trouvais donc là-bas. Raconte-moi ce que tu as vu et entendu.

Et je le fis, lui livrant un compte rendu dans les limites prescrites par sir John. Malgré tout, j'inclus des détails à foison, destinés à captiver et indigner tout à la fois le Dr Johnson. Je ne lui épargnai point l'épisode de l'arrivée du Faucheux, ni ses railleries macabres, pas plus que son outrageante facétie avec le membre amputé. Certes, il prêta une oreille attentive à mon long récit, mais sans pour autant être captivé ou indigné au point de cesser de manger. Il se régala en vérité d'une quantité phénoménale de pain, de beurre et dévora quasiment toute une flèche de lard. Sa domestique allait et venait entre l'office et la table, afin de garnir son assiette. Il mastiquait avec une telle ferveur et une telle intensité que la sueur perlait à son front.

Le hasard voulut que nous achevions quasiment en même temps, moi mon histoire et lui son repas. Il se recula de la table et me gratifia d'une colossale éructation. Puis il me contempla encore avec insistance, quoique en un sens avec moins de sévérité, semblait-il, qu'auparavant.

— Fort bien relaté, commenta-t-il. Mais que peux-tu me dire de John Clayton, à présent ?

— Qui est-ce, monsieur ? m'enquis-je, tout innocent.

— Eh bien, c'est le détenu. Celui qu'on a arrêté en la maison des Crabb, n'est-ce pas ? Sir John en fait précisément mention dans sa missive.

— Vraiment, monsieur ? C'est fort possible, mais je n'ai point vu emmener quelqu'un lorsque je me trouvais là-bas. Je dois avouer, toutefois, que j'ai entendu prononcer ce nom à Bow Street, avant qu'on me dépêche ici avec la lettre.

— Tu ne peux donc point me parler de lui et de son état présent ?

Lui sachant gré de formuler pareillement sa requête (car je ne souhaitais pas mentir à un aussi respectable personnage), je répondis sincèrement ainsi :

— Je regrette de ne pouvoir vous apporter la moindre lumière à ce sujet.

(Je songeai que les instructions m'avaient rendu incapable de le faire, et j'en étais fort marri, car si ma langue n'avait pas été liée par ma promesse, j'eusse volontiers offert au Dr Johnson une description du sombre Petrus en sa cellule, vêtu seulement d'une chemise de nuit maculée de sang, qui l'eût assurément confondu. Si pareille glose vous semble spécieuse et jésuitique, cher lecteur, elle demeure nonobstant une tournure de pensée qui vient naturellement aux avocats et juristes en herbe.)

— Eh bien, alors... prononça-t-il et, formant un soufflet avec sa bouche, il laissa échapper une grande bouffée d'air qui parut presque vider ses poumons.

Puis, avec une agilité qui me stupéfia, il se leva d'un bond et ajouta :

— Partons à notre rendez-vous.

Il semblait fort pressé de s'en aller. Je le suivis dans le

vestibule et vers la porte d'entrée. Il s'empara ensuite de son tricorne et de sa canne, prêt à partir. Se tournant alors vers moi, il s'enquit, tout en esquissant un vague sourire :

— Pourquoi sir John désire-t-il que nous nous rencontrions dans quelque obscure maison de café et non point en son cabinet ?

— À ce sujet, monsieur, je ne puis que conjecturer.

— Ne t'en prive point, conjecture donc.

Si sir John n'avait prévu ce détail dans ses recommandations, je pouvais assurément en supposer la raison : pour accéder à son cabinet, il fallait passer devant la chambre de sûreté où le prisonnier était enfermé. Il ne désirait pas que le Dr Johnson vît le détenu en pareil état. Ne pouvant répondre cela, je fus contraint d'improviser.

— Il se pourrait, dis-je, qu'il souhaite une rencontre non officielle, afin de vous mettre à votre aise. Ce qui est dit en son cabinet est souvent transcrit par le greffier sous la forme d'une déposition. Ce qui embarrasse parfois certaines personnes, au point qu'elles ont peine à s'exprimer.

— Moi ? Embarrassé ? Bah ! Disons peut-être qu'il ne souhaite point voir ébruiter dans les couloirs de Bow Street qu'il requiert mes conseils !

À cette réplique, il partit d'un grand rire suffisant, ouvrit la porte à la volée et s'engouffra dans la cour.

Je refermai l'huis derrière moi et courut pour le rattraper.

Et je dus courir, sembla-t-il, tout au long de notre trajet. Mais s'il se révélait un diligent et vigoureux marcheur, il n'en demeurait pas moins silencieux. Il nous fallut presque atteindre Haymarket pour qu'il hasardât ses premières paroles à mon adresse. Il les formula en un grognement, lancé par-dessus l'épaule.

— Je présume, dit-il, que je vais devoir te dénicher une nouvelle place d'apprenti.

— Cela paraît probable, répondis-je en sautillant pour le rejoindre, tout en attendant qu'il approfondît le sujet.

Mais en vain. Il se borna à arborer la face d'un individu plongé dans la réflexion et hâta le pas parmi la foule grandissante des piétons. Après quelques foulées, il me distança fatalement.

— J'aurais dû commencer aujourd'hui, monsieur, répliquai-je en courant derechef pour être à sa hauteur.

— La chance t'aura souri pour que ce ne fût pas hier, hein ? On eût alors dénombré sept victimes. As-tu songé à cela ?

— On me l'a fait observer, répondis-je le plus poliment du monde.

— Humm... Oui... eh bien... en effet.

Il s'arrêta soudain et virevolta, regardant ici et là, causant quelque confusion parmi ceux qui l'entouraient. Nous étions arrivés à Haymarket.

— À présent, mon garçon, dis-moi où se trouve cet endroit où nous sommes censés retrouver sir John ?

— Par ici, indiquai-je, et, pour une fois, je pris la tête, en traversant la chaussée pavée, tandis qu'il m'emboîtait impatiemment le pas.

Nous entrâmes dans l'établissement et le fabuleux arôme du breuvage m'assaillit aussitôt les narines ; ce que j'accueillis comme une bénédiction après notre longue immersion dans les odeurs pestilentielles de la rue.

Je jetai un regard à la ronde, aperçus sir John, attablé seul dans un coin, et fis signe au Dr Johnson de me suivre. L'endroit n'était point aussi bondé qu'il eût dû l'être. La table qui nous était attribuée conviendrait à merveille au paisible tête-à-tête souhaité par le magistrat. Mais le Dr Johnson n'était pas coutumier de la quiétude et si le bruit se faisait rare, il pouvait y suppléer à l'envi. Il aboya son salut d'une voix dont la clameur eût aisément suffi à effrayer un bandit de grand chemin.

Les têtes se tournèrent. Telle quelque jument apeurée, la servante la plus proche s'arrêta net et renversa du café sur un sol fréquemment souillé auparavant.

— Docteur Johnson, si je suis aveugle, je ne suis pas

sourd, déclara sir John dans un sourire destiné à adoucir l'acuité de ses propos. Mais asseyez-vous donc, je vous prie, afin que nous discutions de l'affaire à laquelle ma lettre fait allusion.

— Elle vous déconcerte, n'est-ce pas ? Vous souhaitez mon assistance en la matière ?

— Votre assistance est toujours la bienvenue. Mais c'est de votre connaissance que j'ai le plus besoin.

Sir John leva alors la main dans l'espoir que la servante le vît.

— Prenons tout d'abord un café, ajouta-t-il, afin d'aiguiser notre sagacité.

Elle apparut en un clin d'œil, disposant deux tasses et en remplissant trois. Je saisis aussitôt la mienne, buvant le brûlant breuvage à petites gorgées, avide de l'effervescence qu'il m'apporterait. Ma journée avait commencé bien trop tôt.

— Ma connaissance, dites-vous, monsieur ?

— Oui, votre connaissance de cet homme, John Clayton. Je me suis mis en quête de vous, puisque vous semblez connaître, du moins par ouï-dire, la quasi-totalité de la gent littéraire de Londres.

— C'est fort possible, monsieur, mais votre Clayton n'est pas de Londres. Il est seulement *à* Londres... si vous voulez bien m'accorder ce distinguo.

— Assurément, concéda sir John. Vous le connaissez néanmoins ?

— D'une certaine manière. Nous nous sommes rencontrés brièvement voilà un an, à l'occasion de la publication de son premier ouvrage. Un recueil de poésie, pour être précis. Et M. Crabb m'avait invité, avec d'autres personnes, à sa librairie, afin de nous faire connaître sa remarquable découverte.

— Remarquable, dites-vous. Dans quelle mesure ? Vous en parlez comme si l'individu portait en lui quelque chose d'unique.

— Il semble que c'était le cas, déclara le Dr Johnson. Crabb l'a présenté comme un « poète paysan ».

Au même instant, il s'arrêta et ses traits puissants se chiffonnèrent en un formidable froncement de sourcils.

— Et à présent ce pauvre Crabb est décédé, assassiné... n'est-ce pas ? poursuivit-il

— Sans l'ombre d'un doute.

— Ce garçon m'a gratifié d'un récit fort animé... pas moins de *six* victimes, grand Dieu !

Secouant la tête avec gravité, il ajouta :

— Ezekiel Crabb pouvait certes se montrer tracassier, il n'en restait pas moins homme à exiger certains critères. Il ne publiait que ce qu'il estimait digne de l'être. Il contribua certainement à la réputation, si ce n'est à la fortune, de John Clayton. Comme je vous le disais, il présenta l'individu comme étant un « poète paysan ». Et il est vrai que Clayton possédait des origines rurales qui le distinguaient du commun... il avait été laboureur dans quelque inculte paroisse du Somerset. Pouvez-vous imaginer cela ? En dépit de sa faible éducation classique, il ne fait aucun doute, monsieur, qu'il possède une forme de génie poétique, si l'on peut dire.

— Si l'on peut dire ?

— Eh bien, oui. Son art n'est pas tout à fait à mon goût. Il se délecte de la nature, mais pour la seule gloire de celle-ci. À en croire ce premier ouvrage qu'il a publié, je dirais qu'il n'existe pas aujourd'hui meilleur auteur de poésie descriptive en Angleterre... toutefois, elle demeure simplement descriptive. Il ne va pas au-delà, vers la philosophie, et encore moins vers la sagesse. La tâche du poète consiste à tirer des leçons de la nature et non point d'en seulement brosser le portrait. Mais ce serait sans doute trop exiger d'un « poète paysan », ou peut-être de son premier recueil.

— Je vois, dit sir John. Vous diriez cependant que John Clayton possède un véritable talent de versificateur ?

— Oh, sans le moindre doute ! J'ai apporté un exemplaire de ce premier ouvrage qu'il signa, lequel s'intitule : *L'Almanach du campagnard et autres poèmes*.

Ce disant, il plongea la main dans la poche volumineuse de son habit et en retira un opuscule qui tenait aisément dans sa large paume.

— On peut ouvrir ce livre à n'importe quelle page et y trouver des strophes au charme singulier, dont certaines ne manquent pas d'un certaine fraîcheur. Mais laissez-moi plutôt vous en apporter la preuve.

Le Dr Johnson porta l'ouvrage à quelques pouces de ses yeux délicats, tourna une page ou deux, et s'arrêta :

— Ceci conviendra, annonça-t-il. Il s'agit d'un passage du poème le plus long, qui a donné son titre au recueil. Celui-ci s'intitule « Février ».

Et il se mit à lire, sa voix de stentor emplissant la pièce où chacun tendait l'oreille :

— *Dans son dernier soupir, l'hiver prêt à s'enfuir*
Des terres de nos contrées où l'on vit neige mûrir...

Il abaissa le livre et son regard se posa sur sir John puis sur moi. Les conversations reprirent alentour.

— Une expression telle que « où l'on vit neige mûrir » n'a pas de signification propre — la neige ne pousse point sur la terre ; il ne s'agit pas d'une culture —, mais elle offre une image bien distincte pour l'esprit. Les vers de Clayton regorgent de figures saisissantes de ce type. Il est véritablement un poète. Peut-être évoluera-t-il en donnant davantage de sens à de telles tournures.

Sir John baissa la tête et se pencha par-dessus la table vers son interlocuteur.

— Mon enquête au sujet de cet individu, déclara-t-il, a suscité en moi l'idée qu'il puisse être un poète *fou*. Auriez-vous le moindre indice à ce sujet ?

L'attitude du Dr Johnson changea radicalement. J'observai qu'il se redressa et se raidit sur sa chaise. Il ne souffla mot pendant un certain temps puis, lorsqu'il reprit la parole, ce fut d'un ton calme, tout en restant quelque peu sur ses gardes :

— Pourquoi une telle question, monsieur ?

(Sa sensibilité en la matière peut s'expliquer par les

rumeurs colportées après sa mort, selon lesquelles il avait lui-même à cette époque-là subi de violents accès de mélancolie et craint pour sa propre santé mentale.)

— Parce que, comme je vous l'ai dit, déclara sir John, vous disposez d'une connaissance approfondie de ces hommes et de leurs humeurs. N'en prenez point ombrage, docteur Johnson, mais n'est-ce pas Platon qui affirma que tous les poètes étaient fous et devaient en conséquence être bannis ?

— Il entendait cela dans un sens hypothétique, monsieur : bannis d'une république idéale. Par ailleurs, Platon lui-même était à demi poète et cédait aux caprices de l'exagération.

— Cela est fort probable, mais qu'en est-il de ce Clayton ?

Les deux hommes étaient soudain en proie à un semblant d'irritabilité.

— Eh bien, que dire de lui ? fit le Dr Johnson. Cet homme est un rustaud, monsieur... il s'exprime comme tel, prononce mal certains mots et se déplace comme tel. Il se montre timide, bien intentionné, respectueux, quoique aussi grand que moi, et ses années de travaux dans les champs l'ont rendu fort robuste. Bref, c'est un paysan, sans singularité aucune, hormis celle qui fait également de lui un poète... ce qui l'apparente tant soit peu à un phénomène. Il nous fut présenté comme tel par M. Crabb, et ainsi son ouvrage s'est remarquablement bien vendu. J'ai eu vent qu'un second était en préparation. Il s'avère malaisé d'imaginer comment pareil individu — c'est-à-dire celui que j'ai rencontré brièvement — peut être tenu suspect d'un crime tel que celui qu'on m'a décrit. Quant à sa folie, je... eh bien, en réalité, je...

À cet instant, la tonitruante réponse du Dr Johnson perdit de sa superbe pour chuter en un trivial balbutiement. Sir John n'offrit ni suggestion ni question ; il attendit simplement que ce virtuose du langage eût trouvé ses propres mots pour continuer, et ce dernier y parvint enfin :

— En réalité, voilà quelques mois, lors d'un dîner, un gentleman du Somerset de faible influence y a fait allusion. N'ayant rien en commun avec cet homme, j'ai émis une remarque sur le succès soudain de John Clayton et ses descriptions de la beauté de sa région natale. L'individu a répondu de manière pour le moins perfide, en disant qu'autant qu'il le sût Clayton n'était guère respecté en sa province, où il avait la réputation d'un grand buveur, et autres calomnies hors de propos. Mais alors, monsieur, pour couronner le tout, il a ajouté qu'il avait entendu dire que quelques années plus tôt, bien avant que le « poète paysan » eût récolté quelque once de renommée, ce dernier avait séjourné pendant des semaines à l'hôpital d'aliénés du comté. En toute franchise, je n'ai accordé aucun crédit à pareils propos, les tenant pour de fallacieuses rumeurs et de pures médisances, uniquement inspirées par l'envie de la petite noblesse pour la renommée foudroyante d'un individu d'extraction bien moindre. Jusqu'ici, je n'ai jamais rapporté cette anecdote et je n'y prête pas plus d'intérêt qu'à l'époque où j'en ai eu vent. Mais puisque vous me l'avez demandé, monsieur, je suppose que je me devais de vous la relater.

La voix de stentor du Dr Johnson avait décliné tout au long de son récit jusqu'à ne devenir plus qu'un faible murmure. L'honneur de cet homme, qui faisait si justement sa réputation, m'apparut comme jamais dans les scrupules qu'il évoquait.

— Merci, répondit sir John, et soyez certain que je tiendrai fermement compte de vos réserves quant à la source de cette information, lorsque j'aurai à l'estimer. Je n'ai plus qu'une seule question, la voici : vous avez dit qu'Ezekiel Crabb avait fait la renommée de John Clayton, si ce n'est sa fortune. Qu'entendiez-vous par là, monsieur ?

— Sans vouloir décrier les défunts, sir John, il est toutefois de notoriété publique qu'Ezekiel Crabb se montrait assez parcimonieux dans ses relations avec les auteurs, pour ne pas dire qu'il comptait parmi les plus pingres de tous ses concurrents et confrères. Il se justifiait en se vantant de publier des livres de qualité que les autres ne se risqueraient pas à faire paraître. En général, c'était sans doute vrai, mais notre homme possédait un véritable talent pour le commerce, et il payait parfois très peu par habitude, sachant pertinemment qu'il ferait un bénéfice considérable. C'est le cas de *L'Almanach du campagnard* de John Clayton. J'ai entendu dire de source fiable qu'il a acheté tous les droits de l'ouvrage pour vingt-cinq guinées. Crabb a dû gagner plus de cent fois cette somme en pur profit, car le livre s'est vendu par milliers.

— Clayton en a-t-il été irrité ?

— À mon sens, il aurait dû l'être, monsieur, mais cela n'a pas été le cas. Le jour de notre rencontre, et plus tard m'a-t-on dit, il semblait être humblement reconnaissant que Crabb l'eût fait connaître au public. Peut-être avait-il négocié un contrat plus avantageux pour la parution du second ouvrage. Je l'espère, en vérité.

— Eh bien, je vous remercie, docteur Johnson, votre aide m'a été très utile, déclara sir John avec la plus grande affabilité.

— Suis-je donc chassé, monsieur? répliqua le Grand Cham[1], quelque peu interloqué. Où est la contrepartie, le prêté pour le rendu ? Vous m'avez mandé en cet humble endroit et je suis venu dans l'espoir — que dis-je, dans l'attente — d'en apprendre davantage sur cette lamentable affaire. Je vous ai tout dit et n'ai guère reçu en retour. J'aimerais connaître les circonstances du crime, les preuves qui pèsent sur ce pauvre Clayton. Je trouve cela par trop injuste !

— Eh bien, juste ou pas, rétorqua le magistrat, cette affaire doit être instruite et l'on ne peut en discuter. Je

1. Forme archaïque anglo-saxonne de *Khan* (titre princier turco-mongol) : ainsi désignait-on un despote, et notamment le Dr Johnson, auquel on reprochait le caractère autoritaire.

vous invite, toutefois, à nous rendre visite à Bow Street dans trois heures. Vous y trouverez alors, je crois, les réponses à vos interrogations et de quoi satisfaire votre curiosité.

Il se leva ensuite et me pria de lui indiquer la sortie. J'étais debout et ma main prête à le guider par le bras, lorsque sir John s'arrêta tout à coup et, avec un sourire espiègle, présenta une requête à Samuel Johnson :

— Je me demandais, monsieur, si vous consentiriez à me prêter cet ouvrage de Clayton, dont vous nous avez lu un extrait. Il se peut qu'il renferme des renseignements concernant l'affaire. Il vous sera rendu lorsque ces questions seront réglées, je vous le promets.

Bredouillant et fulminant, le Dr Johnson finit par céder. Jamais un livre ne fut prêté d'aussi mauvaise grâce... ou du moins en eus-je l'impression.

Si sir John Fielding siégeait au tribunal de Bow Street avec une sage dignité et un respect certain pour la lettre et l'esprit de la loi, il demeurait ni plus ni moins un magistrat. À ce titre, son autorité directe se limitait à juger des délits mineurs et à régler de modestes litiges civils. Sa plus grande influence était indirecte : c'est à lui qu'incombait la tâche d'estimer les preuves et les témoignages dans les crimes capitaux (lesquels s'avéraient à l'époque encore plus nombreux qu'aujourd'hui), et s'il jugeait les arguments suffisants et accablants, il pouvait déférer le prisonnier devant la cour supérieure de justice, à l'Old Bailey. Et par-dessus tout, il disposait de la compétence, généralement la moins comprise et appréciée, à mener des enquêtes pouvant conduire à la mise en accusation.

Ce jour-là, l'affaire principale présentée au tribunal de Bow Street n'était autre, naturellement, que le terrible massacre de Grub Street. Avant même qu'il en fût réalisé un compte rendu digne de ce nom, on ne parlait que de cela dans la rue. J'ai encore souvenance qu'au sortir de l'établissement *Preston* sir John fut abordé par des membres de la petite noblesse souhaitant connaître les détails de l'affaire. Que leurs questions fussent saugrenues ou pertinentes, il prévenait toute discussion d'une phrase ou deux d'un ton posé. « Vous l'apprendrez en temps voulu », disait-il, ou encore : « Mon tribunal est toujours ouvert au public », *et cætera*. À ceux qui se bornaient à crier sur son passage : « Et Grub Street, alors ? » ou : « Combien de victimes ? », ou quelque question de la même veine, il n'offrait aucune véritable réponse, mais secouait sèchement la tête ou agitait la main d'un air réprobateur. Ces malséantes intrusions, j'en témoigne, le dérangeaient fort; mais tel était le prix à payer pour l'« éminence » d'une position dont il demeurait le premier à s'enorgueillir.

Comme nous quittions la rue pour nous engouffrer dans la bâtisse du tribunal, nos pas nous amenèrent progressivement à apercevoir le prisonnier, John Clayton... ou Petrus, comme il souhaitait qu'on l'appelât. Il tentait de revêtir une culotte, des bas et la suite (vêtements plus idoines, s'il en fût, pour se présenter devant la cour, qu'une chemise de nuit ensanglantée). Sir John parut ne lui prêter aucun intérêt. Il avait tenté de persuader le détenu de lui parler, au moins une fois, depuis notre retour de Grub Street... mais sans résultat. À l'évidence, il sentait que d'autres efforts semblables se révéleraient inutiles, du moins pour l'instant.

Une fois dans son cabinet, il m'envoya quérir M. Bailey, et je découvris, sans surprise, que le prisonnier avait fini de s'habiller et était assis, maussade, dans des atours usés et mal assortis. Sir John m'attela à la tâche en me tendant l'exemplaire de *L'Almanach du campagnard*, emprunté à Samuel Johnson. Je trouvai ses instructions à tout le moins curieuses : « Tâche d'y trouver des opinions, Jeremy... des opinions de toutes sortes. Nous devons découvrir tant soit peu comment fonctionne l'esprit de cet individu dans ses périodes les plus sensées. » Et ainsi, installé sur le banc placé devant la porte de sir John, je me mis à fureter dans l'ouvrage, sans véritablement savoir ce que je cherchais. En un sens, j'y trouvais une multitude d'opinions... sur le bleu d'un ciel d'été particulièrement peu nuageux, des oiseaux fabriquant leur nid sous une pluie d'automne, et les conversations des rossignols au cœur de la nuit. Bref, les poèmes de Clayton ressemblaient fort à ce que le Dr Johnson en avait dit : plus descriptifs que philosophiques, bien qu'émaillés de délices verbales des plus saisissantes. Je lus, examinai et explorai le livre de bout en bout — M. Marsden allait et venait ; le jeune sergent Cowley fit une apparition —, mais lorsque sir John m'appela pour me demander ce que j'avais découvert, je n'eus pas grand-chose à lui offrir :

— Il n'apprécie guère les médecins, semble-t-il, et déteste la réclusion.

— À ce sujet, en tout cas, déclara sir John, il partage l'opinion de l'ensemble de la population. Je suppose que cela pourrait quelque peu étayer le récit que fit à Johnson ce gentleman du Somerset.

Puis, grimaçant, il ajouta :

— Bah ! Une vilaine affaire que celle-ci. Ce Clayton est incompétent.

Tel était donc l'état d'esprit du magistrat lorsqu'il s'apprêtait à siéger ce jour-là. Jusqu'alors, je n'avais jamais vu un public aussi nombreux au tribunal de Bow Street. À mesure que son intérêt s'accroissait, il se montrait bruyant et quelque peu indiscipliné. Outre l'habituelle galerie d'arsouilles et de crapules en provenance de Covent Garden, on dénombrait aussi de distingués gentlemen et leurs ladies, des personnes œuvrant dans l'imprimerie et l'édition, comme M. Boyer et son jeune associé, M. Nicholson, M. Davies, M. Evans, et enfin, assis à l'avant et au centre, le Dr Samuel Johnson.

J'eus tôt fait de comprendre que sir John ne souhaitait pas procéder comme à l'accoutumée, mais plutôt comme s'il s'agissait d'une enquête plus approfondie, une sorte d'audience publique. On n'appela pas le détenu pour le confronter à ses accusateurs, mais on le fit asseoir, sans entraves, entre M. Bailey et le sergent Cowley ; Clayton se comporta sagement, portant de l'intérêt à la procédure et une vive attention à ce qui était dit. Il semblait enfin prêt à répondre.

Sir John appela en premier lieu l'agent Cowley, afin qu'il livrât son compte rendu des événements survenus la veille dans la nuit. Puisque à présent, cher lecteur, ceux-ci vous sont familiers, point n'est besoin de vous répéter ici ce qu'il déclara. Il précisa cependant avec clarté qu'un « individu » avait été découvert dans la mansarde, occupée par les deux défunts apprentis, et que « ledit individu » tenait dans sa main une hache, que tout désignait comme l'arme du crime.

À ce moment-là, sir John intervint :

— Cette arme est-elle à présent en votre possession ?

— Non, monsieur. Nous ignorons où elle se trouve. En conduisant l'individu à Bow Street pour l'interroger, j'ai donné l'ordre aux cinq hommes, entrés sur les lieux avec moi, de demeurer à l'extérieur et de surveiller la demeure jusqu'à mon retour. Lorsque je suis revenu, tous se trouvaient à l'intérieur, hormis un seul, et il avait disparu.

— Tout comme la hache ?

— Oui, monsieur.

— Connaissez-vous l'identité de celui qui manquait à l'appel ?

— Non, monsieur, je ne la connais pas.

— Encore un détail, reprit le magistrat. Vous avez affirmé qu'il avait été nécessaire de forcer la porte donnant sur Grub Street, afin d'accéder à l'intérieur de la bâtisse. En existait-il une autre pour entrer dans l'établissement ?

— Oui, monsieur... à l'arrière, dans la cave.

— Était-elle fermée à clé ou non ?

— Fermée, monsieur, à clé. Elle ne portait aucun verrou.

— Parfait, sergent Cowley. Maintenant, voudriez-vous enfin nous indiquer l'individu que vous avez conduit à Bow Street, pour l'interroger et le mettre sous bonne garde ?

Le jeune sergent s'exécuta et désigna John Clayton, *alias* Petrus.

— Monsieur Marsden, dit le magistrat à l'adresse de son greffier, prenez-en note, voulez-vous ?

Puis il remercia Cowley, lequel revint s'asseoir à côté de l'homme sur lequel il avait pointé l'index, et appela à la barre des témoins un certain Albert Burnley, dont j'ignorais l'existence. Toutefois, lorsque ce dernier s'avança, je reconnus en lui le « Bert » qui, avec son compagnon Harry, m'avait tant raillé la veille.

Tout ce que Burnley put ajouter au récit du sergent constituait une manière de prologue, dans lequel il décrivit les cris en provenance de la maison des Crabb, que lui et les autres avaient perçus, puis la ruée en quête d'un sergent de ville avec lequel ils pourraient éventuellement pénétrer dans la demeure.

Mais le témoin n'avait pas sitôt amorcé son histoire, que sir John l'interrompait en ces termes :

— Pourriez-vous décrire les cris ?

— Les décrire ? répéta l'individu. Ils étaient comme qui dirait horribles... un tohu-bohu de hurlements d' gens en train de s' faire tuer.

— Et combien de temps diriez-vous qu'ils ont duré ?

Comme il se concentrait, la face de Burnley se contracta, puis il finit par répondre :

— Pas longtemps, j' dirais.

— Offrez-moi une estimation, insista le magistrat. Diriez-vous que les cris se sont prolongés pendant le temps nécessaire à un homme pour compter jusqu'à cent ? Deux cents ? Trois cents ?

— J' suis pas très sûr, dit Burnley. J'ai jamais eu l'occasion d' compter aussi loin.

Dans la salle, où jusque-là tout le monde se taisait, les

rires explosèrent subitement. Burnley lança un regard circulaire, fort agacé par son auditoire. Puis, dès que sir John eut réclamé le silence, en martelant de son maillet, le témoin reprit, non sans faire étalage de dignité :

— Je dirais, monsieur, que ça n'a point duré aussi longtemps qu' ça... plutôt jusqu'à cinquante, comm' qui dirait, et p'têt' moins.

— Très bien. À présent, j'aimerais que vous estimiez le temps écoulé entre le moment où vous avez entendu ces hurlements et celui où vous, les autres et le sergent Cowley êtes parvenus à défoncer la porte pour accéder à l'intérieur.

— Comme si j' comptais, vous voulez dire ?

— Oui, monsieur Burnley, comme si vous comptiez.

Le témoin réfléchit quelques instants.

— Oh, ben ça f'rait un sacré grand chiffre, pardi L' temps d'aller quérir l'agent et ainsi d' suite, faut bien compter jusqu'à trois cents et p'têt' même plus. On voulait point entrer d'dans sans avoir un homme armé dans not' groupe, pensez donc !

— J'entends bien, poursuivez votre récit.

Ce qu'il fit, ajoutant quelques détails macabres précédemment laissés de côté et suscitant ainsi soupirs et frissons dans l'assistance. Enhardi par ces réactions, il offrit une intensité dramatique à son récit de leur rencontre avec Clayton dans la mansarde des apprentis décédés et, ce faisant, commit l'erreur de qualifier ce dernier de « meurtrier ».

De la main, sir John frappa violemment sa table en rétorquant :

— Il suffit, monsieur Burnley.

— Monsieur ?

— Je vous saurais gré de laisser aux juges le soin de juger. L'homme en question n'a point comparu, les chefs d'accusation sont loin d'être correctement définis et il reste à établir sa culpabilité.

— Mais il se t'nait là d'vant nous avec sa hache à la main !

— *Il suffit*, vous dis-je !

Un charivari de tous les diables suivit cet échange de propos. Les fripouilles présentes semblaient soutenir Burnley, pour la bonne et simple raison qu'il paraissait faire partie de leur clan. Il fallut plus de temps que d'habitude pour ramener l'ordre dans la salle. Ce fut chose faite lorsque M. Bailey empoigna un individu particulièrement tapageur, assis non loin de lui, et l'escorta jusqu'à la porte pour le chasser. L'aisance avec laquelle il accomplit son geste ramena le calme dans l'auditoire.

Enfin, sir John reprit la parole, détournant Burnley de toute controverse sur ce qu'il avait vu ou non dans cette chambre mansardée et l'amena à justifier sa désobéissance aux ordres du sergent Cowley.

— Les ordres, monsieur ?

— Assurément. Ils stipulaient que vous et les autres individus de votre groupe restiez à l'extérieur de la demeure.

— Ben... en fait, monsieur, on s'est mis à parler, ma foi, et on s'est dit qu'on pourrait vous rend' service à vous et aux sergents, en entrant pour collecter des preuves, comme vous dites.

— Et qui a eu cette idée ?

— Je n' saurais vous l' dire, monsieur.

— Venait-elle de vous ?

— Oh non, monsieur ! Pour sûr, qu'elle v'nait point d' moi.

— Vous n'avez fait que suivre les autres, n'est-ce pas ? Un instrument entre les mains de vos camarades ?

— Comme vous dites, monsieur.

— Monsieur Burnley, est-ce que vous et les autres n'étiez pas à la recherche du tiroir-caisse ? L'avez-vous considéré comme une pièce à conviction ?

— Euh... oui, monsieur, pour sûr. On a pensé qu'un crime aussi considérable n'avait pu êt' commis qu' pour une grosse somme d'argent. Et même qu' si on pouvait trouver où ce... c'te personne... l'avait cachée, ben... ça vous aiderait à établir le mobile du crime. C'est-y clair, monsieur ?

— Poursuivez.

— Alors on a bien cherché partout, monsieur.

— Et vous l'avez trouvée. Dites-nous où.

— Ben... c'était dans l' bureau d' ce pauv' M. Crabb... dans son s'crétaire.

— Fermé à clé ?

— Ben... comm' qui dirait qu'a fallu forcer l' tiroir pour l'ouvrir.

Des ricanements fusèrent çà et là dans l'assistance. Burnley se retourna et scruta la salle, l'air indigné, en quête de leur provenance. Mais le magistrat le rappela bientôt à sa tâche.

— Et qu'avez-vous utilisé, s'enquit sir John, pour fracturer le tiroir ?

— Euh... ben... une hache, monsieur ?

— Était-ce la même hache que le sergent Cowley a saisie des mains de l'individu qu'il a identifié devant nous ?

— Ça *aurait pu* être celle-là, monsieur.

— Et si c'était le cas, alors l'un des membres de votre groupe s'est rendu dans la mansarde pour la quérir, là où on l'avait laissée.

— C'est vrai, monsieur. Ma foi, ça s'est p'têt' bien passé comme ça.

— Qui est cet homme ? Qui est celui qui a disparu avec ce qui, semble-t-il, serait l'arme du crime, au moment où le sergent est revenu et vous a surpris en train d'emporter la caisse ?

— On n'a jamais fait une chose pareille ! On l'a tendue à l'agent dès qu'on l'a vu. On voulait lui rend' service.

— Laissez-moi vous dire une bonne chose, Albert Burnley. Tout ce qui pourra m'empêcher de vous inculper d'obstruction à une enquête criminelle — et de tentative de cambriolage, en outre — consiste à entendre de votre bouche le nom de celui qui a disparu avec cette hache.

— Mais je...

— Et je dois l'entendre à présent, sans plus de palabres ou de paroles équivoques.

Burnley demeura un long moment frappé de mutisme. Il ne raffolait guère de la situation dans laquelle il se retrouvait : moucharder, c'était une chose — tous les gens de sa condition l'avaient fait à un moment ou à un autre —, mais moucharder en audience publique devant la foule de ses condisciples, c'était une autre paire de manches. Visiblement embarrassé, il lança un regard à la ronde. Qu'allait-il bien pouvoir dire ?

— Est-ce que j' pourrais d'abord vous d'mander qu'è'qu' chose, sir John ? finit-il par s'enquérir plein d'espoir.

— Vous pouvez toujours, mais je ne puis vous garantir ma réponse.

— Qu'est-ce qui va arriver à c' bougre qu'a chapardé la hache ?

Le magistrat prit le temps de méditer, puis répondit :

— Excellente question... Disons qu'il ne lui arrivera rien... *à condition que* ladite arme soit rendue avant la fin de cette journée.

À ces paroles, le visage de Burnley s'éclaircit. Il regarda autour de lui, hochant la tête ici et là, comme s'il demandait la permission de parler à l'auditoire.

— Eh bien, déclara-t-il. J' crois qu'il s'appelle Rum Ben Tobin.

— Et où réside-t-il ?

— Oh... euh... ben ça, j'en suis point sûr.

— Dans ce cas, je vous déboute non seulement comme témoin mais aussi de ce tribunal. Tâchez d'aller trouver Ben Tobin et informez-le de ma proposition. Car, si nous ignorons son lieu de résidence, nous connaissons le vôtre, Albert Burnley. Et si j'ai l'intention d'honorer la promesse que je vous ai faite, mais que votre ami Tobin ne se plie pas à mes conditions, je puis alors m'en prendre à vous et vous citer à comparaître derechef. Est-ce clair ?

— Oh oui, monsieur.

— Bien. Alors, allez-vous-en quérir ce qu'on vous a demandé.

Burnley gagna la porte sans demander son reste. Il y fut rejoint par un individu que je reconnus comme étant Harry, son compagnon de la veille. Tous deux s'enfuirent à la hâte, laissant une vague d'éclats de rire dans leur sillage.

— Monsieur Marsden, reprit sir John, on ne m'a point communiqué le nom du prochain témoin mais seulement sa profession. Voudriez-vous l'appeler comme il se doit ?

D'un hochement de tête, le greffier se leva et consulta la première feuille de la liasse qu'il tenait en main.

— Isham Henry veut-il avoir l'obligeance de venir à la barre ?

L'homme qui répondit à cet appel m'était parfaitement inconnu. Grand, les cheveux et le teint sombres, il arborait une mine encore plus lugubre. Il prit place devant sir John mais négligea d'ôter son couvre-chef. Je trouvai cela quelque peu irrespectueux mais le magistrat, bien entendu, n'y prêta pas attention, et son greffier, bien qu'il fronçât les sourcils en signe de réprobation, ne fit pas le moindre commentaire.

— Votre nom, monsieur ? s'enquit sir John.

— Tel qu'on l'a annoncé, répondit le témoin d'une voix grave qui semblait correspondre à merveille à l'ensemble du personnage.

— Répétez-le, je vous prie, afin que la cour en prenne note, et faites-nous part de votre fonction.

— Je me nomme Isham Henry et j'occupe la fonction de compagnon typographe chez Ezekiel Crabb. Ou du moins l'occupais-je jusqu'aux événements survenus la nuit dernière.

Il avait une étrange manière de s'exprimer, légèrement

archaïque, avec une intonation indiquant qu'il venait sans doute du Nord. Je ne me souvenais point de l'avoir vu, lors de mes visites rendues à l'établissement Crabb. En tout cas, ce n'était pas le typographe dont j'avais pris temporairement la place.

— Votre adresse, monsieur ?

— Je loue une chambre dans Half Moon Passage.

— J'en déduis donc que vous logez à l'extérieur de votre lieu de travail.

La réplique provoqua chez lui un grand rire caverneux qui évoquait quelque grondement sardonique.

— Et comment ! Sinon, je serais mort devant vous, à présent.

— Nous ne saurions l'imaginer, n'est-ce pas ? répliqua sir John. On m'a dit que vous vous êtes présenté de votre propre chef pour apporter votre témoignage, mais que vous revenez aujourd'hui même à Londres, après un séjour passé en vos foyers à... où était-ce ?

— Non loin de Nottingham, répondit le témoin. Je me suis présenté à vous, car je savais que le torchon brûlait entre ce John Clayton et M. Crabb.

— Ce Clayton, le connaissez-vous *de visu* ?

— Tout à fait.

— Veuillez le désigner pour M. Marsden.

Isham Henry obtempéra, en indiquant ouvertement l'homme assis entre le sergent Cowley et le brigadier Bailey. M. Marsden en prit note et en informa sir John.

— À présent, pourquoi êtes-vous à ce point convaincu que, selon votre expression, « le torchon brûlait » entre M. Clayton et M. Crabb ?

— Tout le monde le savait.

— À quelles personnes faites-vous allusion ?

— Tous ceux qui travaillaient pour le compte de Crabb ou qui, d'une façon ou d'une autre, avaient un lien avec la publication du premier livre de Clayton.

— Et cela inclut vous-même ?

— N'est-ce pas ce que je suis en train de dire ? Ce

Clayton est devenu fou furieux quand on lui a annoncé le grand nombre d'exemplaires vendus, alors qu'il n'avait reçu qu'une somme dérisoire pour publier son œuvre. Il a menacé M. Crabb, le bougre.

— Vous l'avez entendu ?

— Eh bien, je... hésita Isham Henry.

— De vos propres oreilles ?

— Disons que le bruit a circulé parmi nous.

— Mais vous-même, si j'ai bien saisi, n'avez point été le témoin direct de la moindre menace ou de conversations houleuses entre les deux parties ?

M. Henry ne répondit pas à cette question.

— J'interprète donc votre silence comme une réponse négative.

Sir John attendit, mais le témoin resta muet.

— On m'a mis au courant de la disparité flagrante entre la maigre rétribution de M. Clayton pour la rédaction de son ouvrage et le profit considérable engrangé par M. Crabb pour sa publication, et à vrai dire, comme vous le suggérez, cela aura pu créer quelque animosité entre eux. Mais ce que vous me livrez, monsieur Henry, n'est que pur ouï-dire, et comme tel n'est point recevable en ce tribunal. Je vous remercie de m'avoir indiqué que l'homme en question n'est autre que John Clayton, ce qui est bien plus que ce que j'ai pu obtenir de sa propre bouche. Néanmoins, je crains de devoir faire abstraction de tout autre commentaire que vous avez fait à son sujet.

Sir John marqua une pause, durant laquelle des murmures parcoururent le public.

— Vous pouvez disposer, monsieur.

Isham Henry regarda à droite et à gauche, comme s'il n'avait pas été capable de saisir ce qui s'était passé dans l'auditoire. Les murmures s'amplifièrent tandis qu'il regagnait enfin la place qu'on lui avait réservée, au fond de la salle. La situation se serait gâtée si sir John n'avait pas alors annoncé à haute et intelligible voix le nom que tout le monde attendait :

— J'appelle John Clayton à la barre.

La réponse ne fut point immédiate. L'auditoire s'était soudain tu, dans l'attente de pouvoir observer longuement celui que, d'ores et déjà, la rue désignait comme l'assassin de toute la maisonnée Crabb. Il parut rechigner à se montrer. Finalement, on le contraignit à se lever et à se présenter, encadré par les sergents Bailey et Cowley, devant sir John.

— Vous ralentissez la procédure, monsieur, déclara le magistrat d'une voix passablement calme. Je vous assure, toutefois, que je vous appelle en qualité de témoin et non point d'accusé. Je souhaite entendre de votre bouche ce que vous vous remémorez des événements survenus la nuit passée.

— Sans vouloir vous manquer de respect, répondit M. Clayton, j'ai hésité à me lever compte tenu du fait qu'on ne m'a pas correctement appelé.

Son attitude tranchait singulièrement avec la nature rustre dont il avait fait montre quelques heures plus tôt à peine. De l'endroit où j'étais assis, je le voyais de profil. Il était alerte, presque trop alerte, même. C'est-à-dire que son noble visage aux traits fins paraissait étrangement empourpré et envahi par quelque émoi fébrile. J'observai que sa main, ballant d'une manche d'habit bien trop courte, se contractait en un mouvement où le pouce semblait perpétuellement compter les quatre autres doigts, comme pour s'assurer qu'il les avait tous au complet. Sa voix demeurait toutefois posée.

— Oh ? fit sir John. Comment donc ? Préféreriez-vous qu'on vous appelle à la barre sous le nom de Petrus ? Le patronyme que vous m'avez donné hier soir, n'est-ce pas ?

— Quelle importance ? répliqua l'autre, et il agita subitement les bras dans un ample haussement de ses larges épaules. Quel que soit son nom, une rose conserverait son délicat parfum.

— Et un maraud passerait pour aussi fourbe, rétorqua

le magistrat d'un ton plus sévère. Je vous somme, monsieur, de décliner votre identité. Êtes-vous John Clayton ?

— Que non. Eusebius est le nom qu'il sied de m'octroyer.

— La nuit dernière, vous répondiez à celui de Petrus et vous êtes à présent Eusebius. Quelles autres surprises nous réservez-vous ?

— Je n'en ai point. Seule l'indulgence motive mes propos et je vais l'utiliser, avec votre sage permission, pour la défense de John Clayton, car si vous affirmez l'avoir mandé en qualité de témoin, je perçois néanmoins autour de moi grandir la colère du peuple assoiffé de sang, de son sang à lui. Mais cessons d'en parler ! Non ! Il s'en est par trop répandu, monsieur, trop de ce qui est insufflé par le cœur dans les artères et coule dans les veines... trop de ce qui ruissela et jaillit hier au soir !

De petits rires sots parcoururent la salle. Le public semblait moins amusé par ce Clayton qu'embarrassé par son comportement.

— Que vous soyez Eusebius, Clayton, ou encore ce rustaud dénommé Petrus, vous devez me parler de *la nuit dernière*, et séance tenante.

Cela dit, sir John serra les mâchoires et attendit. Je ne l'avais jamais vu ainsi en audience : le visage figé en un masque de glaciale détermination.

Clayton se mit alors à faire les cent pas avant de prononcer le moindre mot ; il allait et venait devant la chaire du juge. Les deux policiers, qui avaient regagné leur place, échangèrent des regards, se demandant sans doute s'ils devaient laisser se poursuivre pareille inconvenance. Mais le témoin finit par s'exprimer et, ce faisant, commença à battre l'air avec ses bras de la manière la plus exaltée qui fût.

— Il existe des choses, déclara-t-il, dont on ne doit *pas* se souvenir. Qui sommes-nous, au juste, pour pénétrer dans le passé ? Il s'agit là d'une contrée étrangère. On s'y comporte différemment ! On y parle une autre langue.

Les gens converseraient comme nous, certes, mais uniquement en songe. Quels sont vos rêves, monsieur ? Est-ce que le sang y ruisselle ? Sont-ils peuplés de pendus ? S'adressent-ils à vous ainsi, comme...

— Silence ! beugla sir John en assenant le gros maillet de bois qu'il conservait à portée de main. Si vous ne cessez vos billevesées, je vous inculpe pour outrage à la cour.

— Et vous seriez avisé d'agir ainsi, monsieur, car je tiens cette cour pour méprisable. Ne s'y retrouvent ni le bon sens, ni les lords ou les ladies, pas plus qu'elle n'est un lieu où l'on pourrait y conter fleurette à une jouvencelle. À quoi bon une cour pareille, je vous le demande ? Comment ne point la mépriser ?

— Monsieur Clayton, articula sir John, je crois que vous êtes fou.

— Je m'appelle Eusebius, si je puis me permettre de vous le rappeler, monsieur, encore que je m'exprime pour celui dont vous avez fait mention. Fou, dites-vous ? C'est ce que vous croyez. Vous avez tout loisir de le penser, mais pourquoi votre avis pèserait-il davantage que le mien ? Je pense que John Clayton est sain d'esprit... aussi sain d'esprit que n'importe quel homme que j'ai connu auparavant.

— Prouvez-le donc ! tonna le magistrat.

Un silence de mort avait empli le tribunal, que seule la voix de sir John vint troubler :

— De multiples meurtres ont été commis en une demeure sise non loin d'ici. Vous êtes le seul survivant. Comment en avez-vous réchappé ? Selon les témoignages précédents, on vous a découvert sur les lieux avec l'arme du crime en main. Comment vous l'êtes-vous procurée ? Avez-vous assassiné ces six personnes dans leur lit ? Si ce n'est point le cas, réfutez ces dires. Livrez votre version des faits, que diable !

— Monsieur, puisque, mû par quelque malin plaisir, vous n'avez de cesse de vous adresser à moi comme si j'étais John Clayton, qu'il me soit alors permis de m'exprimer en son nom. John Clayton est un être fort amène. Il a ses défauts, comme tout un chacun, mais je l'ai vu fondre en larmes devant des oiseaux tués par des chasseurs aux champs. Un individu tel que lui ne saurait avoir commis l'horrible crime que vous citez. Je vous en donne ma parole.

— Et vous, Eusebius, auriez-vous pu commettre pareilles actions ?

Le témoin laissa échapper un rire, sans doute le fruit d'une grande inquiétude — quoique provenant du fond de la gorge, il sonnait presque jovial.

— Moi, monsieur ? répliqua-t-il, une fois qu'il se fut enfin calmé. Oh, certainement pas ! Eusebius s'exprime avec la voix de la raison pure. S'emparer de la vie d'autrui relève de l'acte le plus déraisonnable qui soit. Je vous en apporte donc la preuve : Eusebius en est incapable. Il s'agit là d'un syllogisme, monsieur... une *preuve* de la raison ! *Quod erat demonstrandum*.

— Effectivement, reconnut sir John, et qu'en est-il de l'individu que j'ai rencontré hier au soir... un dénommé Petrus ?

À ces mots, l'homme qui se faisait appeler Eusebius se figea, comme paralysé dans une attitude de profonde réflexion.

— Petrus, je ne le connais pas aussi bien, répondit-il. En vérité, il me trouble. Il n'obéit point à la loi de la raison mais seulement à celle des passions. La nature affable de John Clayton lui fait défaut, mais je ne puis croire qu'il se comporterait d'une manière aussi violente, à moins que...

— Oui ? Poursuivez. À moins que... ?

— À moins qu'il ne soit fortement provoqué.

— De quelle façon ?

— Je ne puis le dire. On ne l'a jamais ainsi provoqué.

— Tout me porte à croire, cependant, que vous ne savez rien des activités de votre ami Petrus, pendant la nuit qui vient de s'écouler ?

— Ce n'est *pas* mon ami !

Le témoin avait émis cette objection avec une virulence à nulle autre pareille. Puis, d'une manière qui parut timorée, en comparaison avec l'audace dont il avait fait usage pour proférer ses inepties et impertinences, il ajouta :

— Non, monsieur, j'ai le regret de vous dire que je ne sais rien de Petrus, ni de ses faits et gestes.

Sir John hocha la tête et réfléchit à ce qu'il allait répondre. Je notai alors, comme je ne l'avais jamais fait auparavant, que des gouttes de transpiration constellaient sa face rubiconde. Certes, eu égard à la foule présente en cette grande salle, on manquait un peu d'air, mais le magistrat n'avait point fait d'effort physique et je ne pouvais attribuer sa condition qu'à la tension ambiante.

— Monsieur Clayton, Eusebius ou peu importe le nom que vous souhaitez vous attribuer, déclara-t-il, je n'en ai que trop supporté avec vous. Puisque vous vous montrez incapable de répondre aux questions que je vous pose et que vous présentez tous les symptômes de la folie, tels que je les perçois, je n'ai d'autre choix que de vous confier aux bons soins de l'hôpital Sainte-Marie-de-Bethléem jusqu'à...

Aussitôt, j'entendis chuchoter alentour : « Bedlam... Bedlam ! » J'avais déjà entendu parler de cet endroit.

Sir John fit claquer sa paume sur le bureau et exhorta l'auditoire au silence.

— *Jusqu'à*, répéta-t-il, ce que vous soyez capable de répondre de manière sensée. Et si, monsieur, vous simulez la folie, un séjour en ce misérable endroit vous persuadera, mieux que quiconque, de coopérer à cette enquête.

Un terrible tumulte accueillit la déclaration de sir John. Tout le monde s'était déplacé, de la noblesse aux classes les plus humbles, pour voir le « poète fou » prestement dépêché à la potence. Et on les avait déçus. Il fallut tous les efforts du sergent Cowley pour faire évacuer la salle.

Comme sir John disparaissait dans son cabinet, suivi (comme à l'accoutumée) par M. Marsden, mon chemin croisa par hasard celui du Dr Samuel Johnson. Le lexicographe gagnait la sortie parmi les derniers, or il avait compté parmi les premiers arrivés.

— Eh bien, mon garçon, me dit-il, que penses-tu de cela ?

— À dire vrai, monsieur, je ne sais trop quoi en penser, avouai-je.

— Ton maître n'a point manqué de courage à mener cette affaire comme il l'a fait. Nul doute qu'il en portera le blâme, notamment pour avoir décidé de ne pas déférer ce pauvre bougre en Haute Cour de justice, mais il a bien agi. Assurément. Ce Clayton est fou à lier.

— Je n'en ai jamais vu de tel, dis-je.

— Moi non plus. Je te souhaite le bonjour, lança-t-il en s'éloignant, et présente mes respects à sir John.

Il prit ainsi congé, me laissant à ma flânerie. Personne ne m'avait convoqué au cabinet du magistrat, pas plus que je n'avais besoin de quérir M. Marsden pour lui proposer mes services, puisqu'il consultait sir John et ne serait point visible à son bureau habituel, situé au-delà de la chambre de sûreté. Il ne me restait plus qu'un seul endroit où me rendre, et c'était à l'étage, afin d'offrir mon aide à Mme Gredge. À cette heure tardive, il y aurait encore sans doute quelque chaudron à récurer, sûrement des sols à frotter... mais j'espérais bien ne point me voir confier le nettoyage de l'escalier, tâche fort pénible s'il en fut, même pour quelqu'un ayant la vigueur d'un gamin de treize ans.

Je montai donc à l'étage, traînant un peu la jambe par manque de sommeil, et ouvris la porte de l'office en appelant d'une voix calme pour annoncer ma présence. N'obtenant pas de réponse, j'en déduisis que la gouvernante avait dû s'absenter pour faire les emplettes du souper. Je m'assis à la vieille et rustique table de la cuisine pour attendre son retour... et sombrai promptement dans les bras de Morphée.

Mes rêves se révélèrent mouvementés et, comme souvent avec les rêves, passablement déconcertants. Je ne puis, après tant d'années, vous en livrer un compte rendu exact, mais je me souviens fort bien que la scène se déroulait en grande partie à l'imprimerie de village où feu mon pauvre père œuvra si durement pour couronner de succès son entreprise commerciale avisée. Il se trouvait là, bien sûr, surveillant mes efforts à composer un texte, mais sir John était aussi présent sous l'apparence la plus étrange qui fût — ou comment l'exprimer plus clairement ? —, comme s'il s'était métamorphosé. À un moment précis, je levai le nez de mon pupitre et j'aperçus le magistrat, contemplant mon ouvrage avec une austère approbation. Puis il fit ce que je ne l'avais jamais vu faire : il passa la main sous son tricorne et défit le ruban noir qui recouvrait ses yeux aveugles. Comme le masque tombait, son visage devint celui de mon père. Si cela me paraissait étrange, je n'en fus point effarouché. Ce qui suivit m'effraya cependant : le Faucheux apparut et, aidé d'un second individu que je ne vis que de dos, commença à enlever, l'un après l'autre, les morts de l'appartement à l'étage que je partageais avec mon père. Tout comme il l'avait fait en la demeure des Crabb, bien qu'il ne se livrât à aucune moquerie ni n'esquissât le moindre sourire trivial ; et les cadavres non enveloppés n'étaient pas les mêmes. Les dépouilles de ma mère et de mon jeune frère, morts du typhus à Lichfield, furent descendus les premiers. Ils furent suivis par le corps décharné de lady Fielding, décédée quelques semaines plus tôt d'une tumeur. Tandis qu'elle passait sous nos yeux, je sentis sir John à mes côtés et l'observai, pour le retrouver comme à son habitude, avec son bandeau de soie masquant son regard, d'où ruisselaient de grosses larmes. Enfin, porté par le Faucheux et son assistant inconnu, vint le cadavre de mon père. Sa face demeurait telle que je l'avais vue pour la dernière fois, à demi souillée d'immondices, après qu'on l'eut lapidé au pilori ; pourtant, c'était bel et bien lui... et il était bel et bien mort. Comme il passait devant moi, je regardai sir John, qui baissa la tête vers moi puis posa la main sur mon épaule. Ce fut alors qu'il se mit étrangement à la secouer avec violence.

Et je m'éveillai de mauvaise grâce, sous les secousses de la main de Mme Gredge, placée à l'endroit même où j'avais rêvé celle de sir John. Je fus grandement soulagé de revenir au pays des vivants. Si soulagé, en vérité, que je me souciai peu des cris stridents de la gouvernante, m'exhortant à me lever pour l'aider à préparer le souper. Il y avait moult pommes de terre à peler et carottes à trancher, telles que sir John aimait qu'on les lui serve.

En l'occurrence, Mme Gredge elle-même s'était assoupie le plus clair de l'après-midi. Elle n'en fit aucun secret, se plaignant de la lassitude qu'elle éprouvait ces derniers temps. À dire vrai, cette femme, qui avoisinait alors les soixante-dix ans, s'était exténuée au chevet de lady Fielding, durant la longue maladie qui avait fini par emporter cette dernière. En y songeant, je me demande comment Mme Gredge avait pu s'en accommoder, sans faillir à ses tâches régulières de gouvernante et de cuisinière.

— Je serai navrée de te voir t'en aller, m'avoua-t-elle.

(Encore qu'elle me l'annonçât d'une manière si réticente que je doutai presque de ses propos.)

— Je crains de ne point vous avoir aidée comme je l'aurais dû.

— Plus que tu ne le crois, dit-elle. Cette vieille carcasse ne remue plus comme par le passé. Lorsque je m'agenouille pour nettoyer, je doute parfois de jamais me relever. Ne serait-ce que pour ce labeur, tu vas me manquer, Jeremy. Tu sais frotter un parquet.

Je la remerciai gentiment, puis lui fis remarquer que mon départ de la maison se trouvait quelque peu retardé par le décès d'Ezekiel Crabb. Je savais fort bien que cette brave femme ne prêtait guère attention à ce qui se passait au tribunal, à l'étage au-dessous, et encore moins aux commérages qui circulaient à l'extérieur, dans les rues de la ville.

— Oui, déclara-t-elle. Sir John m'a informée de la mort de l'imprimeur chez qui tu devais faire ton apprentissage. C'est dommage, je présume.

Et ce fut tout ce qu'elle eut à en dire.

Le souper fut préparé avec diligence. Sir John arriva et choisit de prendre son repas avec nous, comme il avait coutume de le faire depuis quelque temps. Il parla peu, ne fit aucune allusion aux événements survenus dans l'après-midi ou la nuit précédente. Vers la fin, il félicita Mme Gredge pour la manière dont elle avait cuisiné la côtelette qu'il venait d'engloutir. Puis il se leva, annonçant qu'il se coucherait tôt ce soir-là, et se dirigea vers l'escalier menant aux étages supérieurs. Il s'attarda cependant, comme si quelque pensée lui avait traversé l'esprit.

— Jeremy, dit-il, j'ai quelque chose dont je dois discuter avec toi.

— Oui, sir John, répondis-je en me levant d'un bond, prêt à le suivre.

— Mais pas tout de suite. Fais la vaisselle pour Mme Gredge. Accomplis les tâches qu'elle te demandera de faire, puis rejoins-moi dans mon bureau.

— À votre guise, monsieur.

Il nous laissa ensuite et je commençai à débarrasser la table, pressé d'en finir avec mes corvées pour retrouver le magistrat comme convenu.

— Allons, dit Mme Gredge encore attablée, ne te hâte pas tant. Je ne tiens pas à ce que tu brises ces plats.

Fort de ses recommandations, je mis l'eau à chauffer, nettoyai les casseroles et, moins d'une demi-heure plus tard, elle m'autorisa à prendre congé pour monter jusqu'à la modeste chambre qui tenait lieu de bureau à sir John. La porte était ouverte, mais la lumière éteinte. Il était assis dans le noir, comme il en avait coutume, car en quoi cela importait-il à un aveugle que la pièce fût sombre ou éclairée ?

Je frappai doucement à l'huis.

— Jeremy ? Entre donc, mon garçon, entre.

Je m'exécutai et, sans trop de difficulté, trouvai la chaise placée en face de lui, avec le bureau nous séparant l'un de l'autre.

— Aimerais-tu avoir un peu de lumière ? Il y a une bougie non loin de toi, je crois.

— Non, monsieur. Cela m'est égal.

— Que t'a inspiré le spectacle grotesque qui nous fut donné en séance, cet après-midi ?

— J'ai été choqué, répondis-je, car je n'avais jamais vu un homme dans un état pareil.

— Je n'aurais pas dû le laisser aller aussi loin, se reprocha-t-il. Mais j'ai pensé que, sous cette nouvelle apparence, il aurait peut-être quelque chose — n'importe quoi ! — à déclarer pour sa défense.

— Le Dr Johnson m'a parlé en quittant le tribunal, annonçai-je. Il a dit que vous avez eu du courage à conduire l'interrogatoire comme vous l'avez fait et que vous auriez pu tout aussi bien éconduire John Clayton. Il m'a demandé de vous présenter ses respects.

— Vraiment ? Eh bien, je ne manquerai pas de m'en souvenir lorsque flèches et pierres commenceront à voler vers moi. En tout état de cause, mes menaces auront servi à ce que nous soit remise l'arme du crime. Albert Burnley l'a rapportée peu de temps après que j'ai quitté mon cabinet. Il a également transmis les excuses de Rum Ben Tobin pour le tracas qu'il avait causé.

Sir John ne dit alors plus un mot pendant un certain temps. Je distinguais à peine sa silhouette sous la faible lumière qui pénétrait par la fenêtre. Et je n'en entrevoyais guère davantage, car les traits et l'expression de son visage m'étaient totalement dissimulés.

— Ce n'est toutefois point pour converser de la séance de cet après-midi que je t'ai mandé ici, Jeremy, déclara-t-il enfin. Lors de l'entretien de ce matin, tu as sans doute espéré qu'on abordât un sujet qui ne fut pas abordé.

— L'entretien avec le Dr Johnson ? Eh bien...

— Il n'y a guère plus de deux semaines, lorsque nous parlions de ton avenir, tu as exprimé le vif désir de demeurer en ma maisonnée. Éprouves-tu encore ce sentiment ?

— Oh oui, monsieur, *absolument* ! répliquai-je de tout cœur.

— Il y a deux semaines, il me semblait que la bonne voie — la seule voie — que tu devais suivre n'était autre que celle dans laquelle tu t'étais engagé avant de venir à Londres. Il me semblait alors que tu étais fait pour le métier de l'imprimerie, l'édition... et quel avenir plus souriant pourrait espérer un garçon de ton intelligence et de ton habileté à manier les mots ? Je voulais simplement ce qui pouvait le mieux te convenir. Crois-moi, je te prie, Jeremy. Mais il était peut-être présomptueux de ma part de décider de l'avenir d'autrui. L'idée m'est venue à la lumière des événements de la nuit dernière. De prime abord, je dus me rendre à l'atroce évidence qu'en nous quittant un jour plus tôt pour ton apprentissage, tu aurais été la septième victime de ce carnage, en la demeure des Crabb. Je ne suis point, même selon d'indulgents critères, un homme religieux, mais lorsqu'un mauvais présage s'offre à moi, je reste assez humble pour l'accepter comme tel. L'ayant donc admis, je me suis mis à reconsidérer le problème. Parmi les éléments à réexaminer se trouvait l'aide précieuse que tu m'apportas dans l'enquête au sujet de l'affaire Goodhope : tu as accédé à toutes mes requêtes et même au-delà. Tu as appris avec promptitude. Tu as témoigné d'une certaine hardiesse lorsque la situation l'exigeait. Et tu as effectivement fait preuve de courage hier au soir en chassant ces deux malandrins avec ton pistolet, tandis que moi, dans ma fatuité, je me croyais à l'abri de toute attaque. J'ai pris tout cela en compte, de même que ta nature affable, ta serviabilité envers Mme Gredge, et la manière dont tu as ravi le cœur de ma pauvre, chère Kitty, lorsqu'elle était encore parmi nous. C'était contre son gré, je le confesse, que je t'ai envoyé faire ton apprentissage chez M. Crabb. Tu mesures à présent les limites extrêmes de mon outrecuidance ?

Il conclut enfin :

— Or donc, en m'entretenant aujourd'hui avec le Dr Johnson, il m'a semblé inutile de solliciter son aide dans la quête d'une nouvelle place d'apprenti typographe, avant que je n'en discute avec toi. Et puisque tu caresses toujours le souhait de demeurer ici, je serais enchanté de le combler.

J'étais aux anges. Je bredouillai tant bien que mal mes remerciements et commençai à lui offrir l'assurance de ma loyauté et mon désir de le satisfaire chaque jour. Mais dans la pénombre de la pièce, je vis sa main se lever et m'enjoindre au silence.

— Considère mon invitation et ton acceptation comme un engagement mutuel. Je n'y mets aucune condition et aucune période probatoire. À compter d'aujourd'hui, tu deviens un membre permanent de ma maisonnée. Tu continueras à aider Mme Gredge. Elle a pris soudainement de l'âge et a besoin qu'on lui porte assistance de toutes les manières qui soient. Dans ses meilleurs jours, elle peut se révéler intraitable. Continue de te montrer patient avec elle. Il y aura également certaines tâches que tu devras accomplir pour moi. Je n'ai aucune idée de la forme qu'elles prendront. Elles varieront d'un jour à l'autre, voire d'un instant à l'autre. Je t'invite à me poser des questions, même à me défier en privé, lorsque tu auras le sentiment que je me fourvoie grandement. Si tu ignores bon nombre des réalités de ce bas monde, tu n'en possèdes pas moins une bonne tournure d'esprit. Je souhaite que tu la mettes à profit.

Ayant ainsi parlé, il sombra dans un silence si long que je crus bel et bien qu'il s'était assoupi dans son fauteuil.

Mais comme je me levais tranquillement de ma chaise, il reprit :

— Nous devons t'acheter de nouveaux vêtements. Mme Gredge m'a confié que ceux que tu portais étaient élimés.

CHAPITRE III

*Où je prends ma place
au sein de la maisonnée de sir John
et porte secours à une dame en détresse*

Les jours passèrent. Le printemps s'épanouissait dans toute sa splendeur... même à Londres, où les fleurs éclosent dans des parcelles poussiéreuses et des jardins sur cour, où la plupart des arbres se couvrent de feuillage seulement dans ces parcs et allées habituellement réservés à la noblesse. Bref, le renouveau avait tout envahi. J'en humais le parfum jusque dans ma propre existence. Comme si je renaissais. Imaginez-vous, cher lecteur, un garçon tel que moi — orphelin, quasiment sans un sou vaillant, venu à la capitale avec ses espérances pour toute richesse —, ce garçon, donc, emmené de force devant un juge, sous de fallacieuses accusations, puis sauvé par le jugement perspicace de ce grand magistrat et à présent membre à part entière du foyer de ce dernier ! Pour la première fois depuis des semaines, j'avais le sentiment d'avoir un avenir. Si je ne pouvais prévoir ce à quoi il ressemblerait, le reste de ma vie semblait désormais s'ouvrir, telle quelque immense aventure qui n'en était qu'à ses débuts.

À vrai dire, au 4, Bow Street, mon existence se poursuivait cependant sur le même mode que celui que j'avais connu durant les dernières semaines. J'effectuais des courses pour le compte de sir John, dont la plupart se révélaient d'un intérêt moindre. Mme Gredge continuait à s'extasier sur mes talents de « bon récureur » et, de plus en plus, me sollicitait pour faire ses emplettes auprès des épiciers et bouchers de Covent Garden, tout proche. En fait, ce fut au marché que je fis une rencontre fortuite qui présagea d'une seconde, plus importante, quelques jours plus tard.

En quel endroit, si ce n'était à l'étal de boucherie de M. Tolliver, à qui Katherine Durham m'avait présenté, devais-je apercevoir cette dernière? J'avais rencontré l'affable veuve Durham par l'entremise de sir John, lequel avait permis à son fils de s'engager dans la marine; elle lui en savait gré et n'avait de cesse de prendre des nouvelles du magistrat, chaque fois que nous nous croisions à Covent Garden. Elle était alors en train de deviser plaisamment avec le boucher en personne, une fois ses achats effectués, et paraissait sur le point de prendre congé. Je me tins à l'écart, ne désirant point les interrompre, lorsqu'elle se tourna pour s'en aller et me vit.

— Jeremy! s'écria-t-elle. Quelle heureuse coïncidence! M. Tolliver me confiait à l'instant que tu comptais désormais parmi ses clients réguliers. Combien de temps s'est-il écoulé depuis la première fois où je t'ai amené ici?

— Oh, répondis-je, trois semaines... un mois, peut-être. Beaucoup de choses se sont passées depuis.

— Je remarque en tout cas que tu as acquis un nouvel habit... et cette chemise me semble également flambant neuve. Tu es splendide.

Je me rengorgeai tant soit peu devant ses compliments et l'en remerciai.

— Sir John m'a offert quelques nouveaux effets, comme il sied à ma nouvelle condition, madame Durham.

— Et quelle est-elle, Jeremy?

— Il m'a accepté en qualité de membre de sa maisonnée.

Je désirais donner un aspect solennel et important à ma

réponse, car tels étaient mes sentiments, mais dans mon enthousiasme à divulguer l'information à quelqu'un qui ne faisait pas partie de mon proche entourage, je la lui livrai tout à trac.

— Comme c'est merveilleux... et fort pertinent ! commenta-t-elle. Mais...

Elle fronça les sourcils non sans grâce et ajouta :

— Tu devais faire ton apprentissage dans l'imprimerie, si je ne m'abuse ?

— Tout à fait. En réalité, le contrat avait été signé avec M. Ezekiel Crabb.

Visiblement ébranlée par la nouvelle, elle porta la main à ses lèvres. Restant muette pendant un moment, elle lâcha ensuite :

— Mon Dieu ! Ces horribles événements de Grub Street... grâce soit rendue au Tout-Puissant que tu y aies échappé !

— De justesse, précisai-je.

Pareille affirmation, vous ne l'ignorez point, cher lecteur, n'avait rien d'erroné, mais j'avoue avoir ajouté à ces deux mots une once de tragique, en roulant des yeux vers le ciel, le tout ponctué d'un soupir. Je souhaitais qu'on eût pitié de moi. Ainsi, en si peu de temps, avais-je commencé à perdre mon ardente innocence.

Soudain, un tumulte éclata à quelque distance de là. Nous nous retournâmes de conserve par curiosité et aperçûmes un groupe d'hommes et de quelques femmes, la plupart vêtus de noir ou de gris foncé, interpellant à l'unisson la foule qui traversait Covent Garden. S'ils parlaient fort, leurs propos demeuraient confus, d'autant que certains passants du marché leur répondaient sur le même ton, si bien qu'il était impossible de déterminer qui beuglait sur qui. Leur attitude trahissait cependant une telle ferveur et leurs voix une telle force de conviction, que leur message, quel qu'il fût, me parut à l'évidence de nature religieuse.

— Qui sont ces gens qui font pareil vacarme ?

m'enquis-je auprès de Mme Durham. Je les ai déjà vus, je crois, mais de loin, et ils n'étaient pas aussi nombreux.

— Je crains, répondit-elle, qu'une horde d'infâmes prédicateurs nous aient envahis. Il semble qu'ils occupent cet endroit du marché chaque jour à cette heure-ci... oh, mais je les ai vus ailleurs aussi.

— Sont-ce des méthodistes ?

— Que non, rien d'aussi conventionnel. Comme s'ils venaient tout droit du siècle dernier... des Ranters, des Levellers[1], tous persuadés que l'Apocalypse nous guettait. Ils se font appeler les Frères spirituels. Venus de quelque lointaine contrée, ils se sont installés en ville depuis peu.

— Ils viennent des Midlands ?

— Non point, des colonies d'Amérique, je crois.

— Et ils prêchent la bonne parole ?

— Tout à fait, répondit-elle. Pour sauver les Londoniens de la perdition. Nul doute que nous devons tous prier pour notre salut, Jeremy, moi plus que les autres, mais ce qu'ils prêchent est si... enfin.

Elle s'interrompit un instant, avant d'enchaîner :

— Rendons-leur justice, toutefois ; ils ont ouvert un refuge pour abriter et nourrir les plus démunis. Ils font œuvre charitable. Et, à mes yeux, c'est ce qui compte le plus.

Elle s'adressait à moi comme à un adulte et je l'appréciais pour cela. Pourtant, comme il arrive parfois entre adultes, notre conversation sembla rester en suspens, comme elle fixait distraitement le groupe de noir vêtu et l'auditoire houleux qu'il avait attiré.

Haussant la voix pour couvrir le tumulte qui se prolongeait, je m'efforçai de relancer le dialogue :

1. Ces mouvements effrayèrent les puritains au temps de Cromwell. Si les *Ranters* s'élevaient contre toute règle sociale ou religieuse, les *Levellers* (littéralement « niveleurs ») s'affirmaient les défenseurs des libertés publiques. (*N.d.T.*)

— J'ai remarqué votre présence aux funérailles de lady Fielding.

— Comment ? Oh... oui, bien sûr. Je ne pouvais que partager le chagrin de ce cher homme. J'ai adressé un message de sympathie à sir John.

— Il en a tant reçu ! Nous nous employons tous deux à y répondre.

— Oui, je comprends. Mais, Jeremy, je dois m'en aller. Rappelle-lui mon bon souvenir, si tu veux bien.

— Au revoir, alors.

Elle s'éloigna en esquissant un bref sourire. Malgré cela comme je l'observais s'en aller, elle décocha un regard mauvais à ceux qui nous avaient interrompus, secoua sa jolie tête et hâta le pas.

Je m'avançai vers l'étal de M. Tolliver, puis m'aperçus que j'avais besoin de consulter la liste rédigée sous la dictée de Mme Gredge, afin de me rappeler ce que j'étais venu acheter.

Comme j'allais ici et là, au hasard des commissions que j'effectuais pour sir John, je me retrouvai au cœur d'autres graves circonstances, qui m'ébranlèrent fortement et faillirent me coûter la vie. Cela me permit de comprendre clairement que Londres était une ville renfermant certains dangers dont j'ignorais jusque-là l'existence.

Comme je l'avais mentionné en croisant la veuve Katherine Durham, sir John mettait un point d'honneur à répondre à chacun des messages de condoléances reçus à la mort de son épouse. Dans cette tâche considérable, je lui servais tout à la fois de scribe et de messager. Chaque matin, il y réservait une heure environ, pendant laquelle il ne dictait que quatre réponses au plus, puisqu'il tâchait d'y glisser quelque référence personnelle au message reçu ou aux liens qu'il entretenait avec le destinataire. Cela nécessitait tant soit peu de réflexion de sa part et parfois même un soupçon d'ingéniosité. Sa prodigieuse mémoire lui fut en la matière d'une précieuse utilité.

Quant à moi, je notais ses paroles hésitantes et me retrouvais en général avec une feuille émaillée de biffures et de corrections, de sorte qu'il m'incombait ensuite de recopier au propre les missives du jour et de les lui présenter, afin qu'il les paraphât. Restait alors à porter les plis, la besogne que je préférais. Mes tournées ici et là avec ces lettres de réponse me conduisirent aux quatre coins de Londres. Elles facilitèrent grandement ma connaissance des rues, venelles et allées de la grande cité. J'eus tôt fait d'assembler dans ma tête une sorte de plan de la ville, et j'empruntais des raccourcis lorsque cela m'arrangeait, mais revenais parfois par l'itinéraire le plus long, afin de profiter de tout ce que je pouvais voir en chemin.

Et Dieu sait que les yeux folâtres d'un gamin de treize ans avaient matière à observer ! Je découvris, par exemple, que notre quartier de Westminster, à savoir la paroisse de Covent Garden, fourmillait de femmes seules en quête de compagnie. Cependant, le lieu où elles désiraient qu'on les conduisît se parait pour moi d'un voile de mystère, encore que, lorsqu'elles m'adressaient la parole, il fût fréquemment fait mention du mot « lit ». Comme mes promenades se déroulaient de jour, il me semblait pour le moins étrange que ce que ces femmes et jeunes filles proposaient, et s'employaient à se faire offrir, fût une sieste en pleine journée. Toutefois, je badine quelque peu, car je dois avouer que j'en étais venu à comprendre, même d'une manière imparfaite, que ces agissements avaient lieu entre hommes et femmes, et si j'ignorais de quoi il retournait au juste, je savais que cela se passait sous les draps. En d'autres termes, je n'étais pas si naïf pour ne pas m'émouvoir tant soit peu, même de manière singulière, d'être sollicité par la gent féminine, bien qu'en vérité je n'aie alors jamais abordé ces dames.

Je me souviens fort bien de la surprise qui m'attendit en apportant la missive de sir John adressée à Peg Button, prostituée et vraisemblablement voleuse. Telle une enfant, elle avait écrit en script au magistrat, regrettant, selon ses propres termes, que sa « fame soit maurte et l'est quité ». Elle continuait en disant qu'elle « savé de quoi elle parlé, parsse qu'il avé fallu à sa maman un long et terible momant pour sans allé ». À cette missive, sir John avait répondu, entre autres : « C'est en vérité la durée que lady Fielding mit à disparaître qui s'avéra le plus pénible. Ni elle ni moi n'aurions souhaité la voir souffrir aussi longtemps, car il n'y a point de prix à vivre dans la douleur. Ayant si longtemps veillé au chevet de votre mère, dans la maladie qui l'emporta, vous comprendrez aisément l'impuissance qui fut ô combien la mienne, encore que ma chère épouse vît sa souffrance atténuée dans ses derniers jours, grâce à certaine médication. » Et ainsi de suite... une réponse tout à fait sincère, s'il en fut, de quelqu'un qui compatissait à la douleur d'autrui, pour en avoir lui-même connu une semblable.

Lorsque j'œuvrai à transmettre ladite réponse à l'adresse d'où provenait le message de condoléances, je découvris que Miss Button avait, pour ainsi dire, fait son chemin dans le monde. Nul doute qu'elle eût considéré sa nouvelle condition, dans l'infâme maison de tolérance de Mme Gould, sur la Little Piazza[1], comme une promotion, eu égard à sa précédente existence sur le trottoir. Je fus accueilli par une femme de couleur en costume de servante, quoique aussi robuste que n'importe quel homme. À dire vrai, lorsqu'elle s'enquit de la raison de ma visite, je n'étais point si sûr qu'elle ne fût *pas* un homme, tant sa voix se révéla grave. Le nom de sir John Fielding m'ouvrit aussitôt les portes et, une fois à l'intérieur, il me suffit de présenter la missive destinée à Peg Button pour qu'on la fît descendre d'une des chambres de l'étage. Elle

1. Conçue par l'architecte Inigo Jones (1573-1652), Covent Garden fut la première réalisation néo-palladienne de Londres. Elle s'inspirait de la place Royale (future place des Vosges) à Paris et de la piazza de Livourne en Italie. (*N.d.T.*)

me retrouva au salon, me salua et me demanda de lui lire la lettre à voix haute.

— J'en ai jamais r'çu avant, avoua-t-elle avec une fierté teintée d'innocence à ses consœurs installées dans le boudoir, qui toutes arboraient comme elle une chemise, voire encore moins.

Et ainsi, devant cette assemblée d'indolentes odalisques, je livrai le contenu du message, que je connaissais fort bien moi-même... si bien, en vérité, qu'à chaque point j'étais capable de lever le nez de la feuille pour observer la pièce, puis revenir à la dernière phrase sans la moindre confusion. Ce fut, à tout prendre, une impressionnante lecture. Elles manifestèrent leur approbation en applaudissant à la conclusion. Je m'inclinai et tendis la lettre à Miss Button. Elles me prièrent de rester pour me désaltérer et deviser, mais je déclinai malgré moi l'invitation, prétextant à juste titre qu'il me restait d'autres missives à porter.

Aucune de celles-ci ne fut livrée en des lieux aussi pittoresques. Certaines, en réalité, furent portées à des établissements de commerce, ainsi qu'à de grandes demeures de la petite noblesse et de l'aristocratie. M. Alfred Humber reçut la sienne à l'endroit où l'on pouvait à toute heure le trouver, semble-t-il, à savoir la maison de café *Lloyd*. Il m'y régala d'une tasse de son breuvage favori, car je ne pouvais le refuser. À la Compagnie des Indes orientales, je portai deux messages de remerciements émanant de sir John : l'un à sir Percival Peeper, qui m'offrit un shilling pour mon dérangement, et l'autre au jeune lieutenant de ce dernier, M. Roger Redding, lequel avait participé à l'instruction de l'affaire Goodhope (lui m'octroya un penny). Bref, j'entrevoyais toutes les couches de la société londonienne, de la plus basse à la plus élevée, mais je n'atteignis jamais les extrêmes comme ce jour fatidique auquel j'ai fait référence plus tôt.

Le vent soufflait alors et la pluie menaçait. Cette première semaine de mai nous avait gratifié d'un véritable climat de mars, ce qui n'était guère courant, mais pas tout à fait inhabituel. Depuis deux jours, de gros nuages sombres venus de l'est filaient à vive allure dans le ciel, semant de grosses averses. Comme je portais les messages de sir John, l'ondée m'avait surpris et avait trempé mes nouveaux effets au début de mes tournées, si bien que je n'eus d'autre choix que de rentrer à Bow Street, afin de revêtir les vieilles frusques que j'avais à mon arrivée à Londres. Par la suite, j'eus tout lieu de me féliciter de les porter... mais pas alors, car ma livraison suivante m'entraîna au domicile de William Murray, comte de Mansfield, président de la Haute Cour de justice du roi.

Le trajet jusqu'à cette prestigieuse demeure ne dura guère, car elle était sise à Bloomsbury Square, juste au-delà de Covent Garden. Tout au long du chemin, le vent soufflait dans mon dos — et Dieu sait qu'il soufflait ! —, me forçant presque à courir. De temps à autre, je lorgnais le ciel d'un air pitoyable, car je n'avais nullement le désir d'être à nouveau trempé jusqu'à l'os. Si les nuages y demeuraient toujours présents et filaient tout aussi prestement, ils étaient blancs et mafflus, telles les voiles d'un trois-mâts.

Avec une telle bourrasque, je parvins en un clin d'œil à Bloomsbury Square, où je trouvai tout aussi promptement la bonne adresse. Il me fallut bien plus longtemps, toutefois, pour pénétrer en la demeure... je ne pus y entrer, en vérité. D'une main, je tirai la sonnette, tandis que l'autre maintenait mon tricorne en place. Un homme arborant une livrée de majordome m'ouvrit la porte. À maints égards, il se révélait plus grand que le Potter de lord Goodhope, et nul ne pouvait imaginer pareil individu en train d'espionner par le trou de la serrure.

— Oui, mon garçon, qu'est-ce ?

— J'ai une missive pour lord Mansfield.

— Donne-la-moi et je veillerai à ce qu'elle lui soit remise.

Il m'apparut alors que les majordomes, portiers et autres huissiers du même acabit devaient se considérer comme l'ultime rempart protégeant leur maître du monde extérieur. Je décidai de tenter d'ouvrir une brèche.

— La lettre émane de sir John Fielding. Elle a un caractère confidentiel.

— Oh ?

— Il préfère me voir la remettre en main propre à son destinataire, répondis-je en beuglant, à cause du vent qui balayait le porche non abrité.

— Sans aucun doute, reprit-il, mais cela est fâcheux, car lord Mansfield ne se trouve point présentement à son domicile. Tu as donc le choix de patienter ici même sur le seuil et de la lui remettre à son retour, ou de me la confier. Tu risques toutefois d'attendre fort longtemps, puisque j'ignore quand il reviendra, et le vent peut te causer moult tracas, d'autant que la pluie menace.

— Il y a un banc derrière vous, dans le vestibule. Pourquoi ne puis-je attendre là ?

Il me considéra des pieds à la tête, d'un air pour le moins sceptique.

— Parce que, mon garçon, finit-il par répondre, tu es par trop déguenillé pour être admis en cette maison.

J'écumai, cherchant au fond de moi quelque moyen de piquer au vif son outrecuidance, mais ne trouvai rien qui satisfît à pareille tâche.

— Je l'attendrai ici, dis-je.

— À ta guise.

Je ne saurais dire combien de temps exactement je restai là ; quelques minutes, sans doute. Dos au vent, je me cramponnai à la balustrade en fer, le col relevé et la tête dans les épaules. Je frissonnai et tremblai ainsi, jusqu'à ce que j'admisse la futilité de mon geste. L'ayant donc acceptée, j'agis comme le voulait le bon sens et tirai derechef la sonnette.

Le majordome réapparut dans l'instant. Il ne devait point se trouver bien loin.

— Oui, mon garçon ?

Le privant de toute autre remarque, j'extirpai de ma poche la missive destinée à lord Mansfield et la lui tendis. Il s'en empara en hochant brièvement la tête et s'apprêta à refermer l'huis, tandis que je redescendais le perron.

— Je possède de plus beaux effets que ceux-ci ! lui criai-je avec hargne, décidé à avoir le dernier mot.

Mais ce fut lui qui l'emporta :

— Bien. Tâche de les porter et, ensuite, nous verrons bien.

Et sur ces mots il fit violemment claquer la porte en la refermant.

J'étais en proie à un tel courroux en prenant congé que je ne me souciais guère de l'endroit où j'allais. Courant contre le vent, je me bornai à cheviller mon couvre-chef à mon crâne, en agrippant le col relevé de mon habit... jusqu'à ce que je découvre que j'ignorais la direction à emprunter. M'abritant sous un porche, je sortis de ma poche la dernière lettre de la journée et examinai l'adresse confuse qui y était notée, ainsi que les indications tout aussi floues de M. Marsden. Dans un soupir, je m'engouffrai de nouveau dans la bourrasque et repris mon chemin, lequel m'amena de l'autre côté de Covent Garden, dans un monde tout à fait dissemblable.

En arrivant pour la première fois à Londres, l'étonnante proximité des opulentes résidences avec les logis les plus sordides suscita, et suscite encore, ma curiosité. Une prospérité indicible côtoyant la misère, on ne s'étonnera guère de la difficulté à maintenir l'ordre dans ces paroisses, même pour les hommes de Benjamin Bailey, les sergents du quartier et les vigiles. Voleurs et cambrioleurs pouvaient s'adonner à leur basse besogne à la faveur de la nuit, souvent une ou deux rues plus loin à peine, puis subrepticement disparaître dans le labyrinthe des venelles sombres où ils évoluaient en terrain conquis.

Il ne me fallut donc guère de temps pour cheminer de Bloomsbury Square à un endroit situé non loin des rues

Chandos et Bedford, communément qualifié de « colonie de freux », grouillante des oiseaux les plus bizarres. M. Marsden avait inscrit sur l'enveloppe que j'étais censé faire une incursion dans « les Caraïbes », puisque tel était le nom du quartier. Ce à quoi il avait ajouté un conseil emprunté à la Bible : « Cherche et tu trouveras. » Ce qui ne m'était point d'un grand secours.

J'avais bonne souvenance de la personne que je cherchais, depuis mon premier jour à la capitale, où, dupé par un chasseur de voleurs indépendant, je m'étais retrouvé accusé de larcin, face à quelqu'un qui m'était alors inconnu, sir John Fielding. Ayant été disculpé par ses bons soins et placé sous tutelle judiciaire, j'avais patienté jusqu'à ce que le magistrat entendît sa dernière affaire de la journée. Il s'agissait d'une dette contractée par Moll Caulfield, marchande des quatre-saisons, auprès de son fournisseur en fruits et légumes... dette que sir John régla lui-même. Par la suite, j'avais aperçu deux ou trois fois cette femme à Covent Garden, tandis qu'elle rentrait de ses tournées; personnage taciturne s'il en fut, elle n'était pas âgée mais le paraissait. Je me souviens qu'on l'appelait la « veuve Caulfield », bien qu'elle n'eût point fait mention de son état matrimonial dans sa missive à sir John; celle-ci était brève, simple et tout à fait touchante : « J'ai vu le chagrin s'inscrire sur votre visage et ça m'a fait peine de voir un brave homme comme vous dégringoler aussi bas. Puisez votre courage dans les paroles de Notre Sauveur : "Aujourd'hui, tu seras à mes côtés au paradis." C'est ainsi qu'Il a causé à lady Fielding et c'est ainsi qu'Il vous causera un beau jour. Vous la rejoindrez, soyez-en sûr. » Dans sa réponse, le magistrat partageait avec elle ses espoirs de salut pour lady Fielding, la remerciait de ne point douter de son salut à lui, puis rendait hommage à sa sollicitude et à sa gentillesse.

C'était donc cette même Moll Caulfield dont j'étais en quête, une fois parvenu aux croisements des rues Chandos et Bedford. Je questionnai à son sujet tous les gens qui me semblaient du quartier, en criant pour couvrir la bourrasque. Certains la connaissaient comme étant « la femme à la charrette à bras », d'autres n'en avaient point entendu parler, et d'autres encore faisaient la sourde oreille. L'après-midi s'avançait et Mme Gredge allait requérir ma présence pour mes habituelles tâches d'avant le souper. J'en vins à me demander si j'allais jamais dénicher la veuve Caulfield en ce jour de tourmente. Mais alors je rencontrai quelqu'un qui la connaissait et savait fort bien où elle logeait.

La personne en question n'était autre qu'une marchande ambulante, à l'instar de Moll Caulfield. Ayant écoulé ses marchandises, elle regagnait lentement son logis lorsque je l'abordai et lui réitérai la question que j'avais posée à tant d'autres.

— Oui-da, me répondit la vieille dame. Pour sûr que j' la connais. On est camarades.

— Et savez-vous alors où elle a élu domicile ?

— Domicile, dis-tu ? Ma foi, j' sais bien où la pauv' remise sa carriole et où c'est qu'elle a sa paillasse, mais « domicile », c'est un bien grand mot pour ça... pour l' mien itou, du reste. Mais suis-moi, j' m'en vais t' montrer.

Et elle joignit le geste à la parole, tout en me parlant en chemin de leur amitié, de leur lecture commune des Écritures le dimanche, en faisant de temps à autre allusion au combat que chacune d'elles livrait pour survivre. Luttant contre les rafales de vent, nous avions rapproché nos têtes pour deviser en marchant. En un clin d'œil, me sembla-t-il, nous parvînmes à St. Martin's Lane. Elle m'entraîna quelque peu dans ce passage infâme, où Benjamin Bailey en personne avait récemment été blessé, lors d'une échauffourée, tard dans la nuit. Nous nous arrêtâmes devant un imposant édifice... imposant, certes, mais délabré.

— Elle habite là-d'dans, ma foi, m'annonça-t-elle.

C'était une ancienne bâtisse en bois, construite sur

cour dans le goût de ces hostelleries ornées de balcons, comme celles que l'on trouve dans les villes jalonnant les grandes routes d'Angleterre. À en juger par son état, celle-ci devait largement dater du siècle dernier, voire du précédent. On y dénombrait trois étages... quatre, en définitive, si l'on tenait compte des pignons en surplomb du toit, dont chacun abritait une mansarde. En regardant alentour, j'estimai qu'une bonne centaine de personnes devaient habiter là... ou peut-être même le double.

— Mais où ? demandai-je à l'amie de Moll Caulfield. Où se trouve-t-elle ?

— Entendu, mon garçon. Tu t'engages à main droite, après le portail, et tu gravis le premier escalier jusqu'au premier étage. Moll y monte sa charrette tous les jours sauf le dimanche. Tu vas ensuite jusqu'à la troisième porte ; c'est juste au coin et tu n'as plus qu'à y tambouriner, car c'est celle de Moll.

Soudain, sa voix prit une intonation des plus graves.

— Seulement, écoute-moi bien. Tâche de ne point trop t'attarder, car il va bientôt faire sombre et je ne supporterai pas de te savoir par ici à la nuit tombée.

— Je ne sais comment vous remercier, dis-je. Je n'aurais jamais trouvé sans votre aide.

— Dis simplement à cette vieille Moll que Dotty t'a mis sur le bon chemin, me lança-t-elle en s'en allant.

— Je n'y manquerai pas !

Et ce disant, je la quittai en lui faisant signe, puis m'engageai dans une vaste entrée, laquelle avait dû jadis contenir un portail.

L'escalier qu'elle m'avait indiqué demeurait à demi exposé à la bourrasque. Avant de m'y engager, je regardai autour de moi et découvris que toutes sortes de débris du vieux bâtiment, soufflés par le vent, avaient dégringolé des étages supérieurs pour s'entasser dans la cour... bardeaux, volets, verre brisé, fragments entiers de rampe. Comme je contemplais ces gravats, un tuyau de cheminée et une grosse brassée de tuiles voltigèrent sous mon nez et s'écrasèrent à mes pieds. Je cherchai aussitôt refuge dans l'escalier.

Mais je n'y étais point à l'abri, car exposé à la tempête comme il l'était, ses marches vacillaient dangereusement sous mes pas, à mesure que je grimpais. Brimbalé par la tourmente, je manquai perdre l'équilibre à un certain moment, tâtonnai pour m'agripper à la rampe... et découvris qu'elle avait disparu ! Toujours à tâtons, j'évitai le pire en me cramponnant à un morceau qui n'était point brisé. Ce fut ainsi que j'atteignis l'étage de Moll... où je n'étais guère plus à l'aise, car la coursive sur laquelle je cheminais branlait tout autant. En vérité, cher lecteur, l'édifice entier tremblait. Je le voyais remuer de mes yeux, les murs cédant sous les rafales de vent, telle la respiration saccadée de quelque gigantesque animal.

Je frôlai la panique lorsque je parvins à la porte de Moll Caulfield ; j'éprouvai ce sentiment d'effroi auquel nul n'échappe lorsqu'il craint pour sa vie. Ma terreur la plus sombre fut confirmée lorsque je vis les occupants de cet étage et ceux du dessous ouvrir leur porte à la volée et s'enfuir coudes au corps. L'un d'entre eux me bouscula au passage, tandis que je martelais l'huis de la veuve Caulfield, en criant son nom. Je frappai encore et l'on m'ouvrit enfin. La pauvre femme semblait paralysée par l'épouvante, les yeux écarquillés, tournant la tête à hue et à dia.

— Moll Caulfield ! m'époumonai-je. Vous devez partir. Cette maison risque de s'effondrer !

Je la saisis au poignet et l'entraînai sur le palier. Elle résista cependant. Sur ces entrefaites, je fus heurté par deux autres fuyards se ruant sur l'escalier.

— Mais je n' puis m'en aller sans ma charrette !

J'aperçus la carriole derrière elle. Peut-être était-elle sur le point de fuir, lorsque j'avais frappé à sa porte.

— Allez-y ! lançai-je. Je m'en charge.

Ce ne fut qu'à cette condition qu'elle accepta de franchir le seuil. Je m'emparai de la charrette à bras et suivis

Moll dans la coursive, qui semblait remuer encore plus dangereusement. Une fenêtre vola en éclats devant nous, ce qui rendit notre cheminement d'autant plus périlleux.

Et ainsi nous atteignîmes l'escalier, où je fus confronté à un problème que je n'avais pas pu envisager. Jusque-là, je tirais la charrette, qui était assez légère et roulait facilement sur ses roues en bois. Il paraissait toutefois risqué de s'aventurer sur les marches ; je craignais qu'elle m'échappât des mains. En haut de l'escalier, Moll se tourna vers moi, comme si elle attendait mes instructions. Je lui fis signe d'avancer, tandis que je faisais pivoter la carriole. Moll continua assez vaillamment et, tout en poussant la voiture, je la suivis, alors qu'elle se trouvait à mi-hauteur des marches qui oscillaient. Je parvenais à peine à garder l'équilibre, d'autant plus que je devais manœuvrer la charrette. Puis, comme je voyais Moll Caulfield atteindre le rez-de-chaussée, une grosse dame terrorisée me poussa en courant. Je chancelai dangereusement, me cramponnant d'une main à ce qu'il restait de la rampe et, de l'autre, à la carriole. Ce fut alors que les fondations frêles et abîmées soutenant l'escalier cédèrent complètement et je vis celui-ci commencer à se désagréger devant moi. La marche se déroba sous mon pied qui flotta dans le vide, je lâchai la charrette et, comme dans un rêve, dégringolai de trois mètres ou davantage, dans la cour au-dessous.

Si celle-ci avait été pavée, je n'aurais point aussi bien amorti ma chute. Eussé-je eu l'âge que j'ai aujourd'hui, j'eusse pu me briser un os ou deux. Bref, j'en réchappai tant bien que mal, mais la charrette de Moll Caulfield n'eut pas cette chance. Dans l'éboulement, j'étais tombé sur le côté, mais la carriole avait glissé au-dessous. Planches, rampe, poutres et autres contremarches l'avaient ensevelie. Comme je recouvrais mes esprits en me relevant de l'endroit où j'avais chu, j'aperçus la pauvre Moll retirer frénétiquement les décombres de l'escalier effondré, afin de récupérer son moyen de subsistance. Je la rejoignis pour lui prêter main-forte puis, levant distraitement les yeux, je me rendis compte que le balcon au-dessus d'elle chancelait tout aussi sérieusement que l'escalier un peu plus tôt. Je lui tendis la main.

— Moll ! Éloignez-vous !

Mais elle me repoussa :

— Je ne le puis ! Ma charrette !

Ce disant, elle délogea la carriole des gravats et nous constatâmes tous deux que celle-ci avait été détruite sous le poids du bois qui s'était écroulé dessus. Moll se redressa de toute sa hauteur, laquelle était un peu inférieure à la mienne, et me décocha le regard le plus funeste que j'eusse jamais vu jusque-là sur un visage humain.

Je la pris alors fermement par la main et l'entraînai par bonheur avec moi, car l'instant d'après une grande partie du balcon dégringolait à l'endroit même où elle s'était tenue. Mais nous n'en étions qu'au début. De larges pans du toit suivirent... une cheminée entière, un pignon. J'eus bel et bien l'impression que toute la charpente allait s'affaisser.

— Nous devons fuir à tout prix ! lui criai-je.

Ayant perdu sa charrette, la malheureuse se laissait faire. Je lui fis franchir l'entrée aussi prestement qu'elle le pouvait, alors que peu à peu la vieille bâtisse commençait à s'effondrer. Comme je me retournais une dernière fois, après avoir poussé Moll au-dehors où elle rejoignit les autres, je vis s'ébouler une grosse portion de son plancher, entraînant dans sa chute la modeste chambre où elle logeait. Au même moment, Moll regardait par-dessus mon épaule. Elle avait tout vu.

— Oh ! s'écria-t-elle. Que vais-je faire ? Que vais-je faire ?

Et l'antique charpente continuait à dégringoler. Nous l'observions, à présent fort nombreux, tandis que le vent causait d'autres ravages, séparant poutres et madriers, délogeant les clous du bois, et l'ensemble échouait inexorablement dans la cour.

Finalement, le désastre arriva à son terme. Derrière moi, des hommes s'élancèrent et m'entraînèrent dans leur course. Ils se mirent à fourrager dans les gravats. Recherchaient-ils des corps? des survivants? L'oreille aux aguets, je n'entendis ni cris ni gémissements. Je compris alors qu'ils étaient seulement en quête de biens... marmites, casseroles, literie, effets, tout ce qui pouvait présenter quelque valeur marchande. De femmes s'étaient jointes à eux, mais seuls les hommes s'agitaient et se bousculaient les uns les autres, tandis que pleuvaient encore les débris soufflés par la bourrasque. On eût dit des pillards, lancés à l'assaut de quelque navire échoué sur un récif. Chacun avait commencé à entasser ses biens sauvés. Les conflits surgirent lorsqu'il s'agit d'établir la propriété de tel ou tel objet. Je fus écarté par deux fois.

— Va-t'en, mon garçon, me dit l'un d'eux. C'est une affaire qui regarde les hommes.

Aussi décidai-je effectivement de m'en aller et de chercher une solution pour aider cette pauvre Moll Caulfield. Je la retrouvai à l'endroit même où je l'avais laissée, avec de grosses larmes ruisselant sur ses joues. Ce n'était point le vent qui irritait ses yeux.

— Il n'y a pas grand-chose à faire, semble-t-il, annonçai-je, et guère de choses à sauver.

— Oui-da, répondit-elle. On n'a même plus d'endroit sûr où loger.

Puis elle se tourna vers moi et, comme si elle se posait la question pour la première fois, s'enquit :

— Qui es-tu donc pour venir me chercher chez moi, au moment où la maison allait s'écrouler?

Elle essuya ses larmes du revers de sa manche et renifla longuement et ostensiblement.

Je lui expliquai en deux mots que j'étais porteur d'une lettre émanant de sir John Fielding, en réponse à son message de condoléances. Je la sortis de ma poche, surpris de l'y trouver encore, quoique froissée et tachée, malgré tout ce que nous venions de vivre. Moll me la prit des mains et la tint d'un air absent, sans se soucier d'examiner son contenu. Je lui confiai que le chemin de son domicile m'avait été indiqué par son amie Dotty.

— Ah oui... Dotty, déclara-t-elle. On lit les Écritures ensemble. C'est une bien brave fille.

— Je... je suis désolé de n'avoir pu sauver votre charrette.

— Oh, je ne t'en blâme point ! Tu as fait ce que tu pouvais. J'ai bien vu. Mais... hésita-t-elle d'un air des plus pitoyables. Mais qu'est-ce que je vais faire ? Je n'ai ni carriole ni endroit où dormir, plus rien... Qu'est-ce que je vais donc faire ?

— Dotty pourrait-elle vous héberger ?

— Elle loge avec la fille de sa sœur. Il y a tout juste assez de place pour elles deux.

— Mais...

Plutôt que de discuter plus avant, je réfléchis et me rappelai ce que Katherine Durham m'avait confié quelques jours plus tôt. Et tout à coup, ma décision fut prise.

— Y a-t-il le moindre objet dans la cour dont vous pourriez clamer la propriété ?

— Je n'oserais pas m'y risquer.

— Alors, venez avec moi, Moll Caulfield, et nous allons voir ce que nous pourrons faire.

Nous prîmes la direction de Covent Garden. Ayant commis ses pires ravages, le vent commença quelque peu à tomber. Comme nous arrivions sur la vaste place, il soufflait déjà deux fois moins fort. Mais la nuit était tombée à présent ; les chalands se faisaient rares, tandis que colporteurs et marchands fermaient leurs étals. Je savais qu'il était tard, beaucoup plus que l'heure à laquelle j'étais censé rentrer au 4 de Bow Street. Ce qui n'entamait en rien ma détermination à faire tout mon possible pour aider cette femme qui venait de perdre tout ce qu'elle possédait.

J'aperçus le groupe de gens que je cherchais à l'extrémité de Covent Garden et nous cheminâmes vers eux.

Tout de noir vêtus comme l'autre jour et facilement reconnaissables, ils ne se livraient cependant point à leur sinistre coutume de prêcher en chœur mais leurs voix s'élevaient à présent à l'unisson pour chanter un cantique qui m'était totalement inconnu. Après tant d'années, même si j'eus maintes fois l'occasion de l'entendre, je ne puis m'en remémorer que quelques lignes à peine :

Nous autres, Frères spirituels,
Qui prions à l'unisson,
Apportons l'heureuse nouvelle :
Les Juifs se convertiront.

Il me sembla alors, et par la suite aussi, qu'il s'agissait là d'une bien étrange préoccupation pour des chrétiens. Mais je n'y songeai guère à ce moment-là, car j'avais en tête un problème autrement plus imminent.

Flanqué de Moll qui faisait peine à voir, j'attendis avec respect qu'ils eussent fini de chanter. Autour de nous on dénombrait une poignée de clients tardifs du marché, quelques musards, voire des sceptiques qui s'arrêtaient un instant, puis s'en allaient, jugeant comme une simple distraction ce que les six hommes en noir et les deux femmes en gris offraient avec tant de gravité.

Les chanteurs achevèrent enfin leur cantique et s'apprêtèrent à prendre congé. Je tirai par la manche celui qui se trouvait le plus près de moi. Il retira son bras avec une telle hâte qu'on aurait cru que je l'avais blessé.

Pourtant, certain de la mission qui m'incombait, je déclarai ce qui me tenait à cœur :

— Monsieur, êtes-vous le chef ? Sinon, pourriez-vous me diriger vers lui ?

Il bredouilla une réponse incompréhensible et parut curieusement incapable de s'exprimer. J'avais pourtant parlé à haute et intelligible voix. Les autres m'avaient bel et bien entendu. Tous les yeux, à l'évidence, convergèrent vers un seul et unique personnage, le plus impressionnant du groupe. Bien que plus petit que ses compagnons, hormis les femmes, son visage témoignait d'une beauté austère. Ses yeux, d'un bleu quasi incolore, semblaient presque étinceler, en dépit de la lumière qui faiblissait. Il s'avança et me lorgna de haut en bas.

— Nous n'avons point de chef, me dit-il. Nous sommes tous frères, égaux aux yeux du Seigneur.

— Peut-être pouvez-vous alors vous exprimer au nom de tous, suggérai-je.

L'ombre d'un sourire éclaira sa face.

— Peut-être le puis-je, admit-il.

Je lui narrai brièvement les événements... l'effondrement de la bâtisse, la fuite de Moll Caulfield, la perte de sa charrette à bras et de tout ce qu'elle possédait.

M'ayant écouté, il se tourna vers elle.

— Tout cela est-il vrai ? s'enquit-il.

— Oui-da, répondit-elle, sauf qu'il a oublié d' vous dire que c'est lui qui m'a tirée d' cet endroit et qu'il a courageusement tenté d' sauver ma carriole. Même qu'il a dégringolé en manquant s' rompre le cou.

Il se tourna alors vers moi :

— Et pourquoi donc te trouvais-tu là-bas ? Vivais-tu aussi dans ce repaire de voleurs et de coupe-jarrets, sur lequel le Tout-Puissant a rendu son jugement ? Oh, nous avons certes entendu le grand fracas, au moment de l'effondrement, et vu la foule se précipiter là-bas, et nous nous sommes réjouis en y voyant une réponse à nos prières pour que le Seigneur nous vienne en aide dans le grand nettoyage de cette cité souillée de Londres. Mais cela n'est qu'une première pierre dans l'édification de notre œuvre immense. Es-tu toi-même un brigand ?

— Non, monsieur ! m'indignai-je. Pas plus que Moll. J'étais venu lui porter une missive.

— Mais elle résidait pourtant parmi les voleurs.

— Et le Seigneur l'aura épargnée. C'est une bonne chrétienne.

— Tu es prompt à la repartie, commenta-t-il. Mais pourquoi t'adresser à nous ?

— J'ai entendu dire que vous autres de noir vêtus possédiez un refuge pour les très pauvres. Moll pourra retravailler, dès qu'elle aura une nouvelle charrette. J'avais pensé que vous pourriez lui offrir le gîte en attendant. Mais à l'évidence, monsieur, je me suis trompé. Venez, Moll, dis-je en la prenant par la main. Allons voir ailleurs.

— Ne t'en va pas si hâtivement ! répliqua-t-il. Il est vrai que nous possédons un pareil endroit et nous serions heureux d'offrir à ta chère Moll le couvert et un toit pendant la durée qui lui sera nécessaire.

— Et où se trouve ce lieu ? m'enquis-je, enhardi par mon succès.

— Pourquoi le demandes-tu ?

— Afin que je puisse lui rendre visite.

Il hésita un instant.

— Oh... dans Half Moon Passage, finit-il par déclarer. Tu n'auras qu'à demander sur place, car l'endroit est fort connu. Mais laisse-moi te poser une question, jeune homme. Tu disais être venu porter une lettre à ton amie. De qui émanait-elle ?

Bien que cela ne le regardât nullement, la fierté me poussa à lui répondre :

— De sir John Fielding, magistrat au tribunal de Bow Street.

J'ajoutai ensuite, tel un faisan qui fait la roue :

— Je suis membre de sa maisonnée.

— Ah, dit-il, et pourquoi ne point avoir proposé à ton amie l'hospitalité de sir John ? Charité bien ordonnée commence par soi-même.

Je savais quoi lui rétorquer sans hésiter, car j'y avais songé tout au long du trajet vers Covent Garden.

— Je ne pouvais lui offrir ce qui ne m'appartenait pas d'offrir, dis-je. Je suis membre du foyer mais non point à sa tête. Si vous préférez, je puis toutefois la conduire à lui.

— Non, non... voilà qui est encore bien argumenté. Il

s'agit là de circonstances peu ordinaires. Je souhaitais plus amplement les connaître, voilà tout.

S'adressant à Moll Caulfield, il ajouta :

— Êtes-vous prête, dans ce cas ? Car nous allons partir.

— Plus prête que jamais, répondit-elle.

Ils prirent leurs dispositions et je retins Moll un instant.

— Êtes-vous satisfaite ? On vous aidera, j'en suis certain.

Elle soupira :

— Pour l'heure, j' suis indigente et les indigents ne sont pas censés avoir le choix.

Sur ces mots, elle se joignit à la procession, prenant place parmi les femmes de gris vêtues, lesquelles marchaient à quelque distance, derrière les hommes en noir, tandis que l'ensemble regagnait Half Moon Passage. Au moment où elle disparaissait dans le noir, elle se retourna pour me faire signe de la main et me cria des paroles qui moururent dans le vent ; il s'agissait sans doute de ses remerciements.

À présent que le crépuscule avait cédé la place à la nuit, je rejoignis Bow Street coudes au corps, espérant que mon histoire suffirait à m'absoudre pour mon retard, tout en demeurant certain d'avoir agi au mieux.

Sir John parut fort aise de ma conduite. Si Mme Gredge se livra à un véritable charivari, coassant, piaillant et me semonçant dès que j'eus franchi la porte, il la fit taire d'une parole cinglante et m'écouta judicieusement, la main sous le menton, tandis que je lui relatais en détail tout ce qui s'était passé, depuis mon départ de la résidence de lord Mansfield. Je ne truffai point mon récit d'effets dramatiques, car il n'en était nul besoin, les événements étant suffisamment tragiques pour qu'il fût de surcroît nécessaire de les rehausser. Même Mme Gredge s'émut de mon compte rendu.

Lorsqu'il m'eut entendu de bout en bout, le magistrat réfléchit un instant puis s'enquit :

— Ces gens-là... ces Frères... ils t'ont paru convenables ?

— D'une manière générale, oui, répondis-je, mais quelque peu étranges.

— Oh ? Dans quelle mesure ?

— Eh bien, celui qui s'exprimait en leur nom semblait grandement se délecter de l'écroulement de ce vieil édifice, persuadé que seuls des brigands y résidaient. J'ai dû le convaincre que Moll Caulfield n'était point une voleuse.

— Il n'avait pas réellement tort. L'endroit a effectivement mauvaise réputation. Ou du moins en avait-il une. Comment s'appelait-il, celui qui parlait pour le reste du groupe ?

Sa question me frappa de mutisme, car je n'avais pas pris la peine de me renseigner à ce sujet. Honteux et embarrassé, je n'eus d'autre choix que de le lui avouer :

— Je... j'ai omis de le lui demander, sir John. Je suis navré.

— Les détails, Jeremy, les détails... ne les néglige point.

— J'ai toutefois appris à quel endroit ils ont élu domicile et dirigent un refuge pour les pauvres. Il est sis dans Half Moon Passage.

— Half Moon, dis-tu ?

Il émit un grognement et médita un instant.

— Eh bien, fais-y donc un saut dans un jour ou deux et vois comment Moll s'en accommode. Nous devrions pouvoir rassembler un peu d'argent pour l'aider. Donne-lui-en l'assurance. Par ailleurs, tu me donneras ton opinion sur ce refuge dont ils s'occupent. J'ignore pourquoi la ville de Londres ne peut prendre meilleur soin de ses indigents. La plus grande partie d'une telle besogne doit-elle être laissée aux mains de ces zélateurs à demi fous, tellement certains de la volonté divine en tous domaines ? J'ai eu peu ou prou vent de cette nouvelle coterie. Ils ont décidé de sauver la ville entière de Londres, mais ont notamment coutume de prêcher à Covent Garden, Haymarket et dans divers quartiers de l'Est. À ce qu'on m'a dit, ils forment une secte singulière... où ils adorent psalmodier en chœur.

— Cela produit une impression étrange, en effet.

— Je n'en doute point. Soit... ils devraient pouvoir garder Moll auprès d'eux, autant qu'il lui sera nécessaire pour se remettre sur pied. Cette brave femme n'a d'autre souhait que de travailler, ce qu'on ne peut dire de la plupart des vauriens, mendiants et autres malandrins que compte Westminster.

Sur ces paroles, il se tourna et gravit l'escalier menant à son bureau, que j'avais fini par considérer comme la pièce où il se livrait à la réflexion.

Mme Gredge me nourrit fort bien ce soir-là. Si la viande et les légumes étaient froids, elle me gratifia d'une belle tranche de pain qu'elle agrémenta, en guise de dessert, d'une bonne rasade de miel.

Ce qui nous amène, cher lecteur, au lendemain qui, au début, se déroula comme nombre de jours précédents... lettres rédigées sous la dictée, copiées au propre et dûment signées, puis apportées à leurs destinataires. Comme les intempéries s'étaient quelque peu dissipées — une seule averse que je parvins à éviter et peu de vent, pour ainsi dire —, je me hâtai d'accomplir mes tâches pour m'accorder du temps libre. Espérant passer celui-ci aux audiences du tribunal de Bow Street, comme j'en avais coutume, je fus pour le moins déçu d'apprendre, de la bouche de Mme Gredge, qu'une missive attendait sir John au bureau de la malle-poste. J'étais censé la quérir là-bas et la lui rapporter sur-le-champ.

Je m'y rendis donc, connaissant le chemin pour être allé déjà y chercher des lettres, émanant de la sœur du magistrat en résidence à Bath. J'optai pour le trajet habituel, traversant Covent Garden en diagonale, me mêlant à la foule mais cheminant d'un bon pas, car il n'était pas question pour moi de flâner lors d'une pareille commission.

Aussi ne prêtai-je qu'une attention distraite en passant non loin du coin que les Frères spirituels avaient fait leur, et bien que me trouvant dans les parages, mes yeux ne se tournèrent pas même vers eux, jusqu'à ce que s'élevât la clameur. On entendit soudain des rires et quelques cris indignés parmi les spectateurs, tandis que les Frères spirituels psalmodiaient à l'unisson : « *Jézabel! Jézabel! Jézabel!* » Me frayant un chemin au milieu des badauds, j'aperçus une femme à laquelle les dévots infligeaient le plus effroyable des traitements. N'appartenant point à leur groupe, elle arborait des effets aux teintes nettement plus vives... mais tout à fait à la mode. Elle me tournait le dos, alors qu'ils la ballottaient de l'un à l'autre, tout en scandant : « *Jézabel! Jézabel!* » La malheureuse tomba ensuite à terre, puis tenta de se relever, sous les lazzis de la foule, et je vis qu'elle n'était autre que Katherine Durham.

Comme les hommes en noir se penchaient pour la rouer de coups, je me précipitai vers la pauvre femme pour lui porter secours. Interposant ma mince silhouette entre elle et eux, mon dos reçut quelques bourrades au passage... quoique rien de bien grave. Tout à coup, ils cessèrent et j'entendis nombre de pas qui refluaient derrière moi. Tandis que j'aidais la veuve Durham à se relever, je compris que son pied gauche accusait quelque faiblesse. Je lançai un regard à la ronde et vis que les Frères spirituels avaient été repoussés par un grand homme robuste en tablier souillé de sang et brandissant un couperet à viande. C'était notre boucher, M. Tolliver. Il nous avait tous deux sauvés.

Les larmes coulaient le long des joues de Mme Durham et gâtaient son fard. Elle était tout échevelée, sa robe crottée et, à un endroit, déchirée. Hors d'elle, visiblement, elle me reconnut toutefois et me dit :

— Oh, Jeremy... merci.

— C'est M. Tolliver que nous devons tous deux remercier.

Je lui indiquai le boucher. Elle leva les yeux et hocha la tête, alors qu'il revenait vers nous.

— Ah, Katherine, dit-il, comment vous sentez-vous ?

— Je n'en mourrai point, monsieur Tolliver. Nous vous sommes redevables.

— C'est un brave garçon, pardi ! Il suffit de voir comme il a bondi à votre secours.

Si je ne restais point indifférent à ses éloges, j'étais au même moment en train de scruter ce groupe tout de noir vêtu, en quête de l'homme avec qui j'avais conversé la veille. Il était absent, apparemment. Je n'aurais su dire pourquoi, mais cela me rassurait quelque peu. Nul doute qu'il n'eût pas été responsable d'un tel comportement. Je fus nonobstant stupéfait d'apercevoir Moll Caulfield parmi les femmes vêtues de gris. Lorsque nos regards se croisèrent, elle écarquilla les yeux, presque aussi effrayée qu'au moment où je l'avais découverte à la porte de sa modeste chambre. Pointant l'index sur elle-même, elle secoua la tête avec vigueur, me faisant ainsi comprendre qu'elle n'avait point participé à ce qui venait de se produire. J'opinai du chef en retour.

— Jeremy, déclara M. Tolliver, peux-tu reconduire Mme Durham chez elle ? Je ne puis abandonner mon étal.

— Je vais devoir m'appuyer sur toi, me dit-elle, car je crains que ma cheville ne soit en piteux état.

— Je serais ravi de vous aider, répondis-je.

Et nous nous mîmes en route. Voyant son intermède s'achever, la foule s'était dispersée. Les Frères spirituels s'apprêtaient aussi à quitter la place plus tôt que prévu. Tout en faisant nos adieux à M. Tolliver, Katherine Durham et moi prîmes la direction de Berry Lane, comme elle m'en instruisit.

Elle s'appuyait lourdement sur moi. Mon bras autour de son épaule, nous cheminâmes ainsi dans King Street, telle quelque bête à trois pattes, lentement mais sûrement vers Bedford Street. Nous attirions tant soit peu l'attention. Si, pour ma part, les curieux me laissaient de marbre, leurs regards parurent la déranger un peu.

— Je suis affligée que tu aies dû être le témoin de pareil événement, me confia-t-elle, mais heureuse que tu sois intervenu.

— Ainsi que M. Tolliver.

— Ne l'oublions point, c'est vrai.

Nous continuâmes à claudiquer ainsi en silence, puis, songeant à justifier ma réaction tardive, je lui dis :

— Je ne suis arrivé qu'au moment où ils vous ont poussée à terre.

— Alors, tu n'étais pas présent lorsque je me suis mise à les interpeller ? Oh, je les ai attaqués comme il sied, leur demandant qui ils étaient pour se permettre de juger, exigeant de savoir ce qu'une pauvre femme était censée faire lorsqu'elle n'avait aucun métier, aucun moyen de subsistance. Croient-ils que nous choisissions pareille situation ?

Bien qu'une partie de ses propos m'échappât, je partageais grandement son courroux. J'eusse souhaité avoir en main le couteau que M. Tolliver avait utilisé pour les menacer. J'eusse aimé leur rendre leurs coups. Plus que tout, j'eusse préféré ne point avoir confié Moll Caulfield à leurs bons soins.

Nous arrivâmes ainsi à son modeste logis, à Berry Lane, non loin du domicile de Benjamin Bailey, chez la veuve Plunkett. En chemin, Mme Durham affirma qu'à son avis sa cheville n'était pas brisée mais seulement foulée. Elle jura que celle-ci commençait à moins l'élancer, encore que je doute qu'elle eût pu gravir l'escalier sans mon assistance. Mais elle se débrouilla tout de même et, sur un pied, ouvrit sa porte.

Sur le point de prendre congé, je lui dis :

— Je veillerai à ce que sir John soit mis au courant.

— Penses-tu que cela soit bien avisé ? s'enquit-elle. Je ne souhaite pas qu'il sache que je me suis donnée pareillement en spectacle.

— Eh bien, peut-être que non.

Comment pouvais-je, moi, un garçon de treize ans, saisir de quoi il retournait ?

— À toi d'en juger...

Elle hésita à peine, puis ajouta :

— Au revoir, Jeremy. Tu ne peux savoir à quel point je te suis reconnaissante.

Puis elle entra chez elle à cloche-pied. Je refermai l'huis et me hâtai de gagner le bureau de la malle-poste.

Malgré mon détour par Berry Lane, j'eus tôt fait de retrouver mon chemin, de quérir ensuite la missive pour sir John et de rentrer à Bow Street. Le tribunal n'était plus en séance. Je trouvai M. Marsden, le greffier, à son bureau, consignant les arbitrages du jour, et lui demandai où trouver le magistrat.

— Il est sorti, pardi, me répondit-il.

— A-t-il par hasard confié l'heure à laquelle il rentrerait ?

— Non point. Il est allé à un rendez-vous avec ce Johnson, qui est si beau parleur. Alors, nul ne saurait dire.

Remarquant la lettre dans ma main, il s'enquit :

— Tu as quelque chose à lui remettre ?

— Une missive.

— Autant l'apporter à l'étage. Rien ne le contraint à revenir ici. Je serai moi-même parti dès l'arrivée des sergents.

Quelque peu dépité, je gravis de mauvaise grâce l'escalier menant à l'office, où j'entrai doucement en tendant l'oreille. Je déduisis, à juste titre, que Mme Gredge avait rejoint sa chambre pour « s'allonger », ainsi qu'elle désignait les siestes dont elle semblait ces temps-ci avoir grand besoin.

Comme aucune tâche ne m'attendait en cuisine, je m'attablai pour réfléchir à un problème. Il s'agissait pour moi, bien sûr, de décider si oui ou non j'allais informer sir John de l'horrible incident auquel avaient participé les Frères spirituels, tels qu'ils se désignaient eux-mêmes, à Covent Garden. À l'évidence, l'affaire avait sérieusement plongé Katherine Durham dans l'embarras et ses sentiments m'importaient infiniment. Mais il y avait plus ample matière à méditer, car j'avais confié Moll Caulfield aux mains de ces gens. Elle paraissait effrayée et offusquée de ce qu'ils avaient fait à Mme Durham. Nul doute que j'avais commis une erreur considérable. Comme j'espérais pouvoir la réparer, il n'y avait donc pas d'autre solution que de tout révéler au magistrat.

Peu de temps après avoir pris ma décision, j'entendis sir John monter à l'étage. J'eusse reconnu son pas lourd entre mille. J'étais déjà debout, préparant mon allocution, lorsqu'il entra.

— Jeremy ?

— Oui, sir John ?

— M. Marsden m'a dit que tu avais une lettre pour moi.

— En effet, mais...

— Lis-la-moi.

— Eh bien, soit...

— Elle ne provient point de ma sœur, je présume, déclara-t-il comme je rompais le sceau.

— Non, d'un certain endroit qui m'est inconnu, dans le Somerset.

— Ah, bien. Je t'écoute.

Je m'exécutai, commençant par une salutation passablement grandiloquente et un premier paragraphe où le rédacteur de la missive exprimait son honneur à la réception d'un message émanant d'un personnage aussi insigne que sir John Fielding.

Le magistrat m'interrompit alors :

— Tu peux m'épargner ce passage. Viens-en à la substance de notre affaire, je te prie.

— À votre guise, sir John.

Je passai donc au paragraphe suivant et repris ma lecture à voix haute :

— « En réponse à votre requête concernant John Clayton, il est vrai qu'il fut voilà trois ans patient dans notre hôpital, pendant une brève période. Les circonstances étaient les suivantes : il s'était retrouvé mêlé à une altercation dans une taverne avec pas moins de trois hommes et, lorsqu'il se défendit contre eux, on qualifia son comportement d'"aliéné", tandis que lui affirmait être quelqu'un d'autre et non point John Clayton. Quoi qu'il en fût, il se défendit si bien qu'il eut raison des trois autres et causa de sérieuses blessures à l'un d'eux. L'agent de police mandé sur les lieux ne put le maîtriser qu'en lui assenant un solide coup de matraque sur la tête. L'aubergiste ayant certifié que John Clayton n'était pas à l'origine de cette querelle, dont seuls les trois autres demeuraient fautifs, le magistrat se montra peu enclin à punir M. Clayton, qu'il y eût eu coups et blessures ou non. Mais comme on avait fait mention de "folie", confirmée par le tavernier, M. Clayton nous fut confié, pour déterminer s'il était réellement aliéné, et ce jusqu'à quel point.

« En l'occurrence, deux semaines tout au plus me suffirent à l'examiner et à juger parfaitement de son état. Dès le début, il se montra tout à fait raisonnable, voire docile, et témoigna d'une curiosité naturelle pour les soins et traitements prodigués aux autres patients, ainsi que d'un intérêt certain pour son propre cas. Il était vif, serviable et d'humeur plaisante. J'en vins alors à la seule conclusion plausible : aussi irraisonnée que fût sa conduite pendant l'algarade à la taverne, celle-ci ne résultait que d'une forte absorption d'alcool. S'il avait eu le comportement d'un aliéné, sans doute était-ce à mettre sur le compte des menaces proférées par l'agent de police. Lorsque j'informai le magistrat local de mes déductions, il me chargea de libérer John Clayton. Puisque l'altercation à la taverne n'était point de son fait, le juge ne fit peser aucune charge contre lui, mais lui demanda seulement de contribuer au quart de la réparation des dégâts occasionnés en l'établissement.

« Depuis son séjour en notre hôpital, j'ai eu loisir de rencontrer John Clayton à deux ou trois occasions, quoique hors du cadre de ma profession. Si son succès littéraire n'a pas manqué de m'enchanter, je ne saurais dire qu'il m'a surpris. Lorsqu'il se trouvait parmi nous, il m'avait présenté des extraits de son œuvre, et je lui avais reconnu alors un véritable talent poétique.

« Vous me voyez naturellement chagriné d'apprendre sa participation, telle que vous me l'avez décrite, à un crime aussi consternant, et doublement affligé qu'il se soit montré incapable de parler pour sa propre défense. Accordez-lui une seconde chance, je vous prie, et je ne doute point qu'il fera mieux. Hélas, l'hôpital Sainte-Marie-de-Bethléem jouit d'une mauvaise réputation. Il y en a tant là-bas dont on ne peut s'occuper ! J'ai foi en votre bonne volonté en la matière et en votre excellente réputation d'homme juste. Sans inquiétude à ce sujet, je demeure votre humble et dévoué serviteur, James Andrews, docteur en médecine, diplômé de l'université d'Oxford. »

Comme j'achevais ma lecture, sir John, resté debout pendant tout ce temps, frappa le sol d'un grand coup de canne, tout en hochant vivement la tête.

— Une bonne missive, commenta-t-il. Jeremy, ne dirais-tu pas qu'il s'agit là d'une bonne missive ?

— Oh, certainement, monsieur !

— Ne semble-t-il pas que le médecin et le magistrat ont témoigné d'un remarquable bon sens ?

— Oh oui, monsieur ! Je n'en disconviens pas.

— Eh bien, conserve-la par-devers toi et nous l'utiliserons demain pour l'ébauche de quelques documents. Je ne serai pas fâché de me soustraire pour un jour à cette rédaction de lettres de remerciements.

Et ce disant, il se mit à gagner l'escalier, subitement fort content de lui. Je sentis qu'il me fallait le retenir, avant qu'il ne gravît les marches et disparût pendant une heure ou deux.

— Sir John ?

— Oui, Jeremy ? Qu'est-ce ?

Je lui livrai alors le récit que j'avais préparé, narrant

l'assaut des Frères spirituels sur la personne de Katherine Durham, atténuant mon rôle dans l'assistance qu'on lui avait portée, mais décrivant aussi Moll Caulfield, stupéfiée par ces événements, et son désir de s'en dissocier.

Il écouta posément, puis, le visage nettement plus grave, me déclara :

— Dieu que je souhaiterais que M. Donnelly soit toujours parmi nous ! J'ai si peu usage des autres médecins et chirurgiens que je ne puis en recommander aucun. Tâche d'obtenir un nom de M. Bailey. Il se trouve au rez-de-chaussée. Puis cours chez celui auquel il t'enverra et conduis-le séance tenante chez Mme Durham. Dis-lui que je réglerai les honoraires. Tu affirmes qu'elle est présentement en son domicile ?

— Oui, je l'ai aidée à rentrer à Berry Lane.

— Brave garçon ! Je ne laisserai point de tels troubles se dérouler sous notre nez. Cet individu à qui tu as parlé hier, celui qui n'a pas de nom, était-il présent pendant l'assaut ?

— Non, sir John. S'il avait été là, je présume que les autres auraient agi de manière plus sensée.

— Oui... eh bien, peut-être. Quoi qu'il en soit, une journée chargée nous attend demain. Nous rendrons cette visite que Mme Durham attend de longue date, puis passerons prendre des nouvelles de Moll Caulfield. Mais, pour l'heure, tant qu'il fait encore jour, va-t'en quérir ce médecin, Jeremy.

CHAPITRE IV

Où je me fais un ami
et où sir John reçoit la visite
du président de la Haute Cour

Le lendemain matin, je me retrouvai assis sur les marches du numéro 3, Berry Lane. Celles-ci menaient au domicile de la veuve Katherine Durham, où sir John Fielding était en grande conversation avec la maîtresse de céans. Si là-haut leurs voix se mêlaient de manière généralement grave, il y avait toutefois des moments de légèreté, où celle de Mme Durham s'élevait en un rire des plus dignes, auquel se joignait celle du magistrat, dans un grognement amusé. En d'autres termes, ils bavardaient comme le feraient des amis, et si j'étais trop en bas des marches pour discerner la nature précise de leur conciliabule, sa substance et sa durée se révélaient propres à m'enchanter. Et pourquoi pas ? Il est toujours plaisant de voir ceux que l'on tient en haute considération partager un agréable moment, où chacun apprécie la compagnie de l'autre.

Ce matin-là, nous étions venus, sir John et moi, guère après neuf heures, nous assurer de l'état de santé de Mme Durham, à l'issue de la visite que lui avait rendue un certain Amos Carr, praticien ayant jadis servi dans l'armée. M. Bailey me l'avait recommandé, comme étant « excellent pour les fractures », ce dont il apporta effectivement la preuve. Après avoir examiné sa patiente, il se présenta au numéro 4 de Bow Street, pour y livrer son diagnostic, et, incidemment, si je puis dire, percevoir ses honoraires. Face aux questions insidieuses de sir John, notre homme rétorqua avec indignation qu'il était suffisamment expérimenté dans son métier pour faire la distinction entre foulure et fracture. Quant au traitement, rien d'autre que ce qui était requis : il avait appliqué un cataplasme et bandé la cheville, prévoyant que la malade remarcherait sans difficulté d'ici à deux ou trois jours.

Son pronostic optimiste sembla se vérifier dès le lendemain matin. Lorsque j'arrivai en haut des marches et frappai à sa porte, Mme Durham m'ouvrit sans tarder et son état parut s'être nettement amélioré depuis la veille, au moment où je l'avais quittée. À l'instar de l'embellie de son humeur, ses joues empourprées respiraient la bonne santé.

— Jeremy, dit-elle, quelle bonne surprise ! Et combien je sais gré à sir John d'avoir dépêché M. Carr, afin qu'il examine ma cheville. Elle va beaucoup mieux.

— C'est ce que nous espérions, madame Durham.

— « Nous », dis-tu ?

— Oui, madame. Je suis porteur d'un message de sir John, qui souhaiterait savoir s'il pourrait vous rendre visite, afin que vous lui relatiez en détail comment votre blessure est survenue... c'est-à-dire l'agression dont vous avez été victime.

— Oh, *certainement* ! Je serais ravie de l'accueillir en toutes circonstances... même celles-ci. Quand arrivera-t-il ?

— Euh... eh bien... il est déjà ici, répondis-je en indiquant d'un geste le bas de l'escalier. Il vous attend au pied des marches.

À ces paroles, elle écarquilla les yeux. Appuyée jusque-là au chambranle de la porte pour ménager son pied endolori, elle s'avança alors brusquement et jeta un coup d'œil en bas. Puis, tout aussi promptement, elle recula, le visage consterné.

— Dieu du Ciel, Jeremy, il est déjà bel et bien là ! Que

faire ? Je ne suis point convenablement vêtue. Et je n'ai pas fait le ménage en mon logis pour une pareille occasion.

Dans un murmure, je la priai alors de se rendre à l'évidence :

— Madame Durham, peu lui chaut. Auriez-vous oublié l'affliction dont il souffre ?

— Non, bien sûr, répondit-elle, tandis qu'une généreuse compassion remplaçait l'anxiété qui se lisait l'instant d'avant sur son visage. Je te prie d'annoncer à sir John qu'il est le bienvenu. Laisse-le monter. Peut-être devrais-tu l'accompagner à l'intérieur.

Je redescendis donc les marches, proposai au magistrat mon bras qu'il refusa, mais je le suivis jusqu'en haut, ne fût-ce que pour lui indiquer, une fois sur le seuil :

— À droite... et vous y êtes.

Mais Mme Durham se trouvait là pour le guider, en le prenant par le coude et en lui parlant à l'oreille. S'il ne pouvait voir le sourire qu'elle affichait, nul doute qu'il n'aurait su se méprendre sur la gaieté de sa voix, tandis qu'à cloche-pied elle l'entraînait vers un confortable fauteuil où elle le fit asseoir.

— Ah, merci, Kate. C'est fort aimable à vous de m'accueillir.

— Pensez-vous ! Votre visite me comble.

Je les laissai donc à leurs civilités et, comme je regagnais la porte, Mme Durham s'interrompit un instant pour me demander de la laisser ouverte.

— Je ne tiens pas à le compromettre, déclara-t-elle. Oh... et, s'il te plaît, Jeremy ?

— Oui, madame ?

— Surveille l'escalier, veux-tu ? Afin que nous ne soyons point dérangés.

Aussi me postai-je sur l'une des dernières marches, tout à la joie d'observer le ballet des passants dans Berry Lane (une foule bigarrée s'il en fut) et d'écouter l'harmonieux murmure de la conversation à l'étage. Je fus ainsi occupé pendant près d'une heure.

Comme j'observais, j'étais à mon tour observé par les promeneurs. Et que voyaient-ils ? Un garçon assez bien vêtu de ses tout nouveaux effets, le menton dans les mains, en proie à quelque songerie matinale. Je croisai le regard d'un certain nombre de passants venant vers moi. Aucun ne s'arrêta... l'un d'entre eux revint sur ses pas. Il s'avança vers moi en disant :

— Hé, l'ami ! Ça t' plairait d'ach'ter un tire-moelle ?

C'était un petit gars à l'allure des plus singulières. À en juger par sa taille, il semblait être mon cadet d'une ou deux années, bien qu'il s'exprimât avec une voix plus masculine que la mienne. Il arborait un habit fort ample aux manches retroussées, d'où jaillissaient ses bras frêles et ses mains souillées, dont l'une tenait un mouchoir usé et crasseux. Son couvre-chef dissimulait presque la moitié de son visage et, s'il ne m'avait point abordé, j'aurais juré qu'il ne me voyait pas, tant son volumineux tricorne effleurait l'arête de son nez. J'étais si fasciné par son allure que j'en perdis momentanément, je le crains, l'usage de la parole.

— L'est à toi cont' cinq ronds, même si, comme on peut l' voir, il vaut bien plus qu' ça.

Je ne parvenais toujours pas à répondre. Quelle était donc cette curieuse manière de s'exprimer ?

— C'est d' la soie.

— Tu veux parler de ce mouchoir ? articulai-je enfin. Tu veux le vendre ? C'est bien cela ?

— C'est-y point c' que j' t'ai dit ? Tu jaspines donc point le *cant*[1] ?

J'ignorai cette réplique arrogante, mais désignai de l'index le chiffon qu'il tenait dans sa main.

1. Le mot proviendrait du nom du prédicateur écossais Andrew Cant, dont le fanatisme s'abritait, paraît-il, derrière des expressions seulement intelligibles des membres de sa congrégation. Quoi qu'il en soit, le *cant* est un idiome de formation ancienne, une sorte d'argot des voleurs, au même titre que le *jar* français. (*N.d.T.*)

— Ce n'est pas de la soie. N'importe quel imbécile pourrait s'en rendre compte.

— C'en est.

— Ce n'en est point.

— C'en est. Mouche-toi donc d'dans et tu l' verras bien.

— Ce n'en est point.

Il commençait à m'agacer et la réciproque était vraie. Il s'approcha d'un pas et je me levai de la marche où j'étais assis. Mon attitude ferme parut le décourager, car il pencha la tête en arrière et me contempla un instant, davantage par curiosité que par hostilité. La tension entre nous s'était dissipée. Il empocha son mouchoir.

— T'es un drôle, toi, me dit-il alors. J'entends une brave daronne qui jabote au-d'ssus, comme qui dirait. C'est-y qu' tu s'rais sa bonne ?

Si la plupart de ses propos m'échappèrent, je crus en saisir suffisamment pour répondre à sa question :

— Je ne suis la bonne de personne, rétorquai-je fièrement (sachant toutefois que Mme Gredge m'eût peut-être considéré comme tel).

— Ben, dans c' cas, ça t' fait rien si j' monte chez elle, pour qu'elle jette un œil sur mes marchandises.

— Elle ne voudra pas de ton mouchoir.

Il soupira fortement, comme pour témoigner de son exaspération :

— J'ai d' la broquille à lui faire voir et une tocante.

Puis, comme pour prouver qu'il ne se vantait pas en vain, il plongea profondément la main dans sa poche et en sortit deux anneaux qui, à l'évidence, étaient en or. Il me les fourra sous les yeux, afin que je les examine, puis extirpa de son autre poche une montre qu'il agita sous mon nez. Devant pareil étalage, je devinai aisément quelles étaient ses activités et ses intentions. Il pouvait certes avoir trouvé un mouchoir souillé dans la rue, mais les autres objets étaient assurément entrés en sa possession par des moyens illicites.

— Tu n'es qu'un voleur, jeune homme, déclarai-je. Et tu ferais mieux de déguerpir, avant que je ne te conduise à Bow Street.

Reculant d'un pas, il rempocha bagues et montre et répondit à ma menace par un petit sourire de guingois.

— Tu pip'ras pas mot, l'ami, répliqua-t-il.

Une phrase que j'interprétai comme une menace.

— Tu f'ras rien, parce qu'y a pas plus d' sergent dans les parages que d' seringue dans ta louche.

Pensant l'avoir à demi compris et eu égard à son aspect chétif, j'entrepris de l'intimider davantage. N'avais-je point, après tout, éloigné des brigands qui cherchaient noise à sir John, quelques nuits plus tôt ?

Pétri de hardiesse, je descendis donc une marche ou deux et, le toisant de toute ma hauteur, lui annonçai :

— Je vais moi-même t'y emmener.

Il s'écoula un long moment avant que lui ou moi ne réagissions. Tout à coup, il se rua sur moi sans crier gare et me poussa dans l'escalier. Je me défendis et nous roulâmes tous deux sur le trottoir, agitant les bras en tous sens pour nous frapper l'un l'autre, nous agrippant ici et là avec fureur. Tandis que je tentai de lutter corps à corps avec lui, aucun mot ne saurait qualifier ce qu'il me fit endurer : jouant de ses poings et de ses pieds tel quelque diablotin, m'enfonçant ses doigts crasseux dans les yeux... Je découvris ensuite qu'il m'avait laissé une belle morsure à l'épaule.

Bien que je n'eusse pas loisir de m'en rendre compte, nous attirâmes un attroupement autour de nous, tant nous mettions de la sauvagerie à notre combat. Nul doute que nous offrions une belle distraction à ces curieux et qu'ils souhaitaient nous voir poursuivre, car personne ne fit un geste pour nous séparer et mettre un terme à notre échauffourée. Qui sait combien de temps cela dura ? Trop longtemps à mon goût, car, je dois l'avouer, cher lecteur, si notre bagarre s'était par trop prolongée, ce jeune chat de gouttière m'eût flanqué une sérieuse correction.

J'échappai à pareille disgrâce lorsque nous fûmes brusquement séparés... lui par Mme Durham et moi par sir John. Pour ma plus grande humiliation, je reçus une sévère claque sur les fesses de la part du magistrat, qui me houspilla avec la même fermeté.

— Je t'aurais cru plus sensé, mon garçon, me dit-il, au comble de la fâcherie. Te battre de la sorte comme un gamin des rues ! Ton père t'aura enseigné tout autre chose, n'est-ce pas ?

— O... o... oui, m... monsieur, bredouillai-je, dans un dernier sursaut d'ardeur.

Comme notre combat était fini, un murmure dépité parcourut l'attroupement alentour. Je constatai que Mme Durham était mise à rude épreuve par mon jeune adversaire, qui se débattait et se tortillait comme un beau diable, pour échapper à sa prise. Mais elle tint bon, jusqu'à ce qu'il reste tout à coup cloué sur place, lorsqu'il lorgna dans ma direction et reconnut le personnage dans l'étau duquel j'étais fermement maintenu.

— Bigre ! s'exclama-t-il. C'est l' Curieux en personne ! Faut qu' j' me calte ou j' suis fini !

Son corps chétif se tordit de toutes ses forces et se libéra de Mme Durham. Il ramassa son chapeau trop grand qui était tombé à terre, puis s'engouffra confusément dans le passage que lui ouvrirent subitement les badauds.

Les rires fusèrent et notre auditoire, satisfait alors que le spectacle était terminé, commença à se disperser. Mme Durham s'approcha en se tordant les mains.

— Eh bien, sir John, annonça-t-elle, je crains qu'il ne m'ait échappé.

— C'est sans importance, répondit-il. Nous tenons ici le véritable vaurien.

— Oh, mais j'en doute ! répliqua-t-elle en me gratifiant d'un regard pour le moins compatissant. Je suis certaine qu'en écoutant sa version des faits...

— C'était un voleur ! m'écriai-je. Il...

— *Silence*, jeune homme ! Le cas échéant, c'est qu'il était de condition inférieure. Et toi, étant mieux éduqué et d'une classe supérieure, tu aurais dû te garder d'en venir aux mains avec lui. Tu portes la plus lourde responsabilité. Et dans la rue, qui plus est ! Vraiment, Jeremy, tu me couvres de honte.

Ne pouvant répondre à cela, je préférai me taire. Il lâcha enfin mon col et j'entrepris d'épousseter mes effets que j'avais crottés en roulant à terre. Mme Durham me décocha un sourire chagrin.

— Peut-être, sir John, pourrais-je emmener Jeremy là-haut, dit-elle, afin de le nettoyer quelque peu.

— Que non, Kate, je dois prendre congé. Si je n'avais pas pris aussi longtemps plaisir à notre conversation et à votre compagnie, pareil incident ne se serait peut-être pas produit. Mais nous reparlerons de notre affaire et je vais m'occuper de son aspect pratique. Quant à Jeremy, laissons-le arborer sa crasse et les stigmates de sa disgrâce. Viens-t'en, mon garçon.

Oh, certes, j'obéis ! Sans renâcler. Tandis que je m'empressais de ramasser mon tricorne dans l'escalier, Mme Durham me glissa ses adieux à l'oreille. Puis je m'en allai en trottinant pour rattraper sir John.

Je crus bel et bien ne jamais y parvenir. Il cheminait d'un pas alerte, ce qu'il n'eût pu accomplir sans connaître aussi bien les rues et ruelles de Covent Garden. Mais je marchais dans son sillage, aussi loyalement que l'eût fait quelque chien battu. Le magistrat ne souffla mot de tout le trajet, hormis vers la fin, lorsqu'il lança par-dessus son épaule :

— Nous venons d'entrer dans Half Moon Passage, si je ne m'abuse ?

Comment l'aurais-je su ? J'accostai le premier passant qui se présenta à moi et lui demandai le nom de cette ruelle étroite entre Maiden Lane et le Strand. Il confirma les dires de sir John. Je courus alors tout droit vers ce dernier, car il n'avait aucunement ralenti sa cadence, et lui fit part de ce que je venais d'apprendre.

— J'ignore comment s'opère la numérotation dans le voisinage, me dit-il. Nous cherchons le numéro 7, je crois.

Cela fut prononcé sur un ton un peu moins sévère qu'auparavant. Songeant que je pourrais m'attirer ses bonnes grâces par une prompte réponse, je filai dans la venelle en éclaireur pour trouver la bonne adresse, mais revins vers lui, déçu, pour lui dire que nous l'avions dépassée.

— Mais où devrait-ce être ?

— Au coin de Chandos Street, je crois, monsieur.

— Vraiment ? Il y avait un endroit où l'on buvait et où l'on se restaurait fort bien, connu sous le nom de *La Clé*. Je dois toutefois avouer que je ne suis pas venu par ici depuis au moins une année, et dans l'établissement depuis plus longtemps encore. S'agit-il d'une bâtisse en bois, quelque peu délabrée ?

— Plus que « quelque peu ».

— Et il n'y a point d'enseigne en forme de clé ?

— Aucune.

— Ma foi, les temps changent, je présume. Allons y tenter notre chance.

Nous revînmes donc sur nos pas jusqu'à l'angle de la rue. En m'approchant de la porte, je remarquai un chiffre 7 de belle taille, peint sur celle-ci, et j'en informai sir John. Mais il n'y avait aucun signe extérieur qui eût offert la moindre indication sur les occupants. Je le guidai doucement vers l'huis. Il l'effleura de sa canne et le heurta vivement. Comme il n'obtenait point de réponse, il frappa d'autant plus fort. Nous perçûmes alors du bruit derrière la porte et patientâmes jusqu'à ce qu'un homme, tout de noir vêtu comme ses compagnons, daignât enfin nous ouvrir. En vérité, à l'exception de l'individu à qui j'avais parlé à Covent Garden et qui avait accepté d'héberger la pauvre Moll Caulfield, j'éprouvais quelque difficulté à les différencier les uns des autres.

— Loué soit le Seigneur, déclara-t-il. En quoi puis-je vous aider ?

— Une salutation fort pieuse, commenta sir John. Elle vous honore. Vous m'obligeriez en me conduisant à votre responsable. Je suis John Fielding, magistrat au tribunal de Bow Street, et je suis ici pour enquêter au sujet de votre secte.

— Nous ne sommes point une secte, rectifia l'homme en noir, mais une confrérie. Et, en cette qualité, nous n'avons pas de chef. Nous sommes tous égaux au regard du Seigneur. Nous sommes les Frères spirituels.

Il psalmodiait ses phrases, comme s'il les eût apprises par cœur.

— S'il en est ainsi, alors vous conviendrez tout aussi bien. Je vous somme donc de nous inviter à entrer, de nous montrer votre refuge et votre lieu de prière, ainsi que de nous présenter à tous ceux ici présents.

Celui qui nous avait ouvert la porte fut de toute évidence déconcerté par l'insistance de sir John. Il se détourna, en regardant çà et là, et surtout derrière lui, comme si la réponse à son problème se trouvait ailleurs.

— Si vous n'accédez point à ma requête, reprit sir John, je reviendrai en compagnie de mes sergents, fracturerai votre porte au besoin, et conduirai de force l'inspection que je me propose d'exécuter céans. Je vous conseille donc de nous accueillir sur-le-champ.

De mauvaise grâce, notre portier recula et nous laissa entrer. Ce faisant, nous nous retrouvâmes dans un étroit corridor, au bout duquel je reconnus le petit homme au visage austère et aux yeux bleu clair avec lequel j'avais conversé. Il se tenait exposé à la lumière qui tombait à l'oblique d'une fenêtre au-dessus. Comme les autres, il était vêtu en noir et coiffé d'un chapeau rond.

Sir John perçut immédiatement sa présence.

— Qui est là ? interpella-t-il.

— C'est moi, frère Abraham.

— Vous, au moins, avez un nom. Peut-être pourriez-vous nous servir de guide en cette demeure.

— Peut-être le pourrais-je, répliqua l'autre dans un sourire qui, à mon sens, frisait tant soit peu l'insolence.

— Il ne s'agit point d'une visite de courtoisie, mais d'une démarche officielle.

— Nous ne reconnaissons nulle autre autorité que celle du Seigneur.

— Tant que vous demeurerez ici, dans la cité de Westminster, vous seriez mieux avisé de reconnaître la mienne.

— Il faut donc rendre à César ce qui est à César ?

— Tout à fait.

— Alors, soyez le bienvenu, sir John Fielding. Je vais vous faire visiter les lieux et je répondrai à vos questions. Mais je crains de vous décevoir, car peu de nos membres sont présents à l'heure qu'il est. Tous se trouvent aux quatre coins de la ville, à prêcher la parole de Dieu.

— Je réprimerai ma déception si vous-même vous montrez accueillant.

— Dans ce cas, par ici, je vous prie...

Il me lança un coup d'œil pour la première fois, me faisant comprendre qu'il m'avait reconnu, et ajouta :

— ... tous les deux.

Tandis qu'il ouvrait la marche, le portier sans nom disparut derrière de lourdes tentures par-delà l'entrée. Je me demandai ce qu'elles dissimulaient.

Frère Abraham nous conduisit dans une salle spacieuse, où des bancs grossièrement taillés étaient disposés en rangées tournées vers l'avant, que dominait une grande et haute chaire de belle facture. Des portes menaient sur la droite, tandis que le vaste espace derrière la chaire était caché par un rideau noir. Notre guide s'était quelque peu avancé dans la pièce. Comme il balayait l'endroit du regard, non sans une fierté manifeste, je murmurai à sir John une brève description de ce que je voyais.

— C'est notre lieu de prière, déclara frère Abraham. Nous y célébrons nos offices le matin et le soir. Ils sont simples. Nous chantons des cantiques. Quelqu'un lit les Saintes Écritures. Quelques paroles sont prononcées et ensemble nous prions.

— Des paroles sont prononcées ? Il y a une chaire, n'est-ce pas ? Qui conduit ces offices ?

— Nous nous en chargeons à tour de rôle, guidé par l'Esprit du Seigneur. Nous sommes tous égaux devant Lui.

— C'est ce que m'a d'ores et déjà confié votre frère à la porte.

Sir John tourna la tête, comme s'il inspectait l'endroit.

— Je connais cette pièce, déclara-t-il. Je connais cette bâtisse. Il n'y a pas si longtemps encore, c'était un établissement appelé *La Clé*. Il était connu pour sa spacieuse salle à manger. Elle pouvait contenir plus d'une centaine de personnes.

— Notre congrégation n'est point aussi importante, mais elle s'accroît.

— Comment avez-vous déniché cette demeure ?

— Elle était libre à notre arrivée à Londres. On nous a dit que sa robustesse laissait à désirer, mais nous avons mis notre confiance en le Seigneur et l'avons acquise à bon prix. Nous comptons des charpentiers parmi nous. Peu à peu, nous avons procédé à des réparations.

— Et quand avez-vous pris possession des lieux ?

— Voilà juste trois mois.

— Vous arrivez d'où ? De quelle région d'Angleterre ? J'ai quelque peine à vous situer selon votre manière de parler. C'est un talent dont je me flatte et j'avoue être confondu par votre style.

Frère Abraham nous gratifia encore de son sourire en coin. Était-ce véritablement de l'insolence ? Nul doute que cet homme affichait un air de supériorité, en parfaite contradiction avec l'égalité entre ses semblables dont il se faisait le chantre.

— Nous ne venons d'aucune région d'Angleterre, répondit-il.

— Alors d'où, monsieur ?

— D'une Nouvelle Jérusalem de notre propre création, au cœur des forêts d'une vallée appelée Monongahela. Nous avons résisté aux Français et combattu les Indiens. Monongahela nous appartient pleinement. Ce nom renferme en lui-même quelque magie, ne trouvez-vous pas ?

— Je me souviens de l'avoir entendu, semble-t-il, dans les récits de notre dernière guerre contre la France. Vous venez donc de nos possessions américaines ?

— Nous possédons notre propre colonie là-bas. Comme je vous l'ai dit, nous ne reconnaissons aucune autre autorité que celle du Seigneur.

— Ah oui, eh bien, nous laisserons cela de côté pour l'instant. Vous êtes par conséquent venu à Londres, investis d'une mission religieuse ?

— Prêcher l'Évangile et convertir le peuple.

— Admirable. Combien êtes-vous ?

— Seuls treize d'entre nous ont effectué la traversée jusqu'à cette Sodome des temps nouveaux. Mais notre confrérie s'est accrue depuis notre arrivée et nous avons charitablement ouvert nos portes à un nombre encore plus important. Certains d'entre eux rejoindront notre communauté. D'autres vont et viennent.

Il orienta directement son regard sur moi, en précisant :

— Comme ton amie Moll Caulfield. Elle nous quittera bientôt.

Cela fut prononcé de la manière la plus dédaigneuse qui fût.

Je ne pus que rétorquer :

— C'est une femme pieuse.

Sir John effleura mon bras, pour refréner tout autre commentaire.

— Pouvons-nous lui parler en privé ?

— Non.

Son ton trahissait un refus catégorique, mais il ajouta :

— Elle est sortie avec les autres, en mission évangélique à Shoreditch.

— Ah... aussi loin. Peut-être une autre fois, alors.

— Comme vous dites, peut-être.

Sir John parut sur le point de réagir violemment à cette réplique, mais il laissa passer l'occasion.

— Vous avez d'autres choses à nous montrer, je crois, déclara-t-il.

Frère Abraham se vit donc contraint de nous offrir le tour du propriétaire. La demeure abritait une vaste cuisine qui communiquait avec le lieu de prière. Au-dessous se trouvait un cellier divisé en un réfectoire et deux chambrées... de simples paillasses à même le sol et rien d'autre. Ces dernières, expliqua-t-il, étaient les dortoirs réservés aux hommes et aux femmes recueillis dans la rue.

— Elles ne sont peut-être pas très confortables, commenta-t-il, mais elles sont propres. Et nous mangeons tous la même nourriture. Nous ne faisons aucune distinction.

— Il existe des étages au-dessus, n'est-ce pas ?

Frère Abraham soupira :

— Je crois qu'ils étaient auparavant réservés à la débauche.

— L'endroit n'avait point une telle réputation ; c'était une petite hostellerie, une auberge, plutôt. Covent Garden abrite de nombreuses maisons closes et les auberges n'y sont pas légion.

— Je ne mettrai pas votre parole en doute à ce sujet.

— Bien. Montrez-moi les pièces, je vous prie.

On nous les montra donc. Quoique modestes, les étages supérieurs se révélaient nettement plus confortables que les dortoirs du sous-sol. Chacune des pièces était pourvue d'un lit rudimentaire, d'un fauteuil et d'une Bible. J'en fis la description à sir John... l'ensemble était propre et soigné.

— Il s'agit là, j'imagine, des chambres à coucher de la confrérie ? s'enquit le magistrat.

— Assurément. Vous ne souhaitez sans doute pas que j'ouvre chacune des portes.

— Il y en a beaucoup, je présume, et toutes identiques ?

— Oui, elles sont nombreuses.

— Alors, ce ne devrait point s'avérer nécessaire. Montrez-nous seulement la vôtre.

Il sembla éprouver quelque difficulté à satisfaire la requête du magistrat. Visiblement embarrassé, il prit le temps de peser le pour et le contre. Enfin, il hocha la tête et nous conduisit au bout du corridor, devant une porte semblable aux autres. Lorsqu'il l'ouvrit, elle révéla toutefois une chambre tout à fait différente. Quoique de dimensions médiocres, elle était cependant mieux aménagée. Outre le lit et le fauteuil spartiates, on y trouvait un second siège plus confortable, un secrétaire doté d'un double candélabre et, au-dessus, une tablette croulant sous les ouvrages. Sur le bureau trônait une large sphère d'un genre qui m'était alors inconnu, mais dont je sais désormais qu'il s'agit d'un astrolabe.

Je commençai à décrire tout cela *mezza voce* à sir John, mais il me fit taire en touchant mon bras. Il se hasarda ensuite de son propre chef dans la pièce, effleurant chaque objet cité ici avec sa canne. Il s'arrêta, particulièrement intrigué par l'astrolabe, et tenta de discerner sa nature en le palpant de la main. Satisfait, il se retourna alors et sortit sur le palier, où frère Abraham l'attendait en arborant une mine renfrognée.

— Merci, dit sir John.

— Est-ce que ce sera tout ?

— Pas tout à fait, mais vous pouvez nous reconduire à la porte.

Nous le suivîmes jusque dans l'étroit vestibule par lequel nous étions entrés. Une fois sur place, sir John écarta à l'aide de sa canne les rideaux derrière lesquels le portier avait disparu. Il n'y avait pas grand-chose à y voir... cela ressemblait moins à une véritable pièce qu'à une simple alcôve. Une table et une chaise s'y trouvaient... mais point de portier. De nouveau, sir John en eut la perception.

— Où est passé l'individu qui nous a accueillis ? questionna-t-il.

— Il vaque à ses occupations, sans doute, répondit frère Abraham. Chacun de nous a ses propres tâches à remplir ici.

— Oh ? Et quelles sont les vôtres ?

— Les miennes s'apparentent à celles des autres, à l'exception...

— Oui, à l'exception de quoi ?

— Vous vous rappelez assurément que j'ai dit que nous comptions des charpentiers parmi nous. S'ils œuvrent avec du bois et des outils, je travaille pour ma part avec une plume. J'écris.

— Et qu'écrivez-vous donc ?

— Ce que le Seigneur m'ordonne d'écrire... des cantiques, des sermons, des exégèses. Je ne suis que son instrument. Il parle à travers moi.

Sir John réfléchit un long moment, puis opina du chef. Tout à coup, il heurta le sol de sa canne, en réclamant l'attention.

— Frère Abraham, énonça-t-il d'un ton passablement sévère. On m'a rapporté un incident survenu hier après-midi à Covent Garden. Une femme a été violemment agressée par des membres de votre confrérie et des blessures corporelles lui ont été infligées. Que savez-vous de cette altercation ?

— Je n'étais point présent.

— C'est ce qu'on m'a dit.

— Mais j'ai cru comprendre qu'elle n'était qu'une vulgaire catin et qu'ils cherchaient à la dénoncer comme telle. Ils se seront certes quelque peu emportés, mais elle a trébuché d'elle-même. Quelle qu'ait pu être sa blessure, elle en demeure la seule et unique responsable.

Sir John agrippait fermement mon bras, m'enjoignant ainsi de ne point intervenir.

— Cette femme est aussi alerte que tout un chacun. Je me suis entretenu avec elle à ce sujet et elle refuse de porter plainte officiellement. Tel est son bon vouloir. Un médecin a tout de même été appelé à son chevet et a demandé une demi-guinée, pour les soins qu'il lui a prodigués. Cette somme sera réglée auprès du tribunal de Bow Street en guise d'amende. Puisque vous êtes tous égaux entre vous, peu importe qui s'en acquittera. Veillez seulement à ce que quelqu'un s'en charge.

Sir John me fit un signe de tête et j'ouvris la porte.

— Veillez de surcroît à ce que pareil trouble ne se reproduise plus à l'avenir. Tâchons d'entretenir de bons rapports de voisinage dans notre quartier de Covent Garden.

Ce disant, il sortit dans la rue. Je refermai l'huis derrière nous et entrevis au passage le regard courroucé que frère Abraham nous adressa.

Si sir John se montra aussi silencieux qu'auparavant, durant le trajet de retour vers Bow Street, je sentis néanmoins qu'il n'était plus en proie à la fâcherie. Tandis que nous cheminions d'un pas plus modéré, il semblait avoir oublié mon inconduite dans Berry Lane. J'envisageai de lui présenter mes excuses, mais j'eus l'impression que le moment ne s'y prêtait guère. À l'évidence, il avait des soucis plus importants en tête.

Lorsque nous arrivâmes, il m'envoya rejoindre Mme Gredge à l'étage, comme je m'y attendais, et s'en alla discuter du rôle des causes du jour avec M. Marsden. La gouvernante m'accueillit en poussant des cris d'orfraie devant mon apparence — comme je m'y attendais aussi —, et déclara que j'étais en aussi piteux état que le jour où elle avait posé les yeux sur moi pour la première fois, alors que je venais de faire le chemin jusqu'à Londres. Je n'étais point aussi malpropre, en vérité, mais je dus filer tout droit au bain, passablement froid, car elle n'eut point pitié de moi. Je découvris alors la morsure à mon épaule. Mon adversaire n'avait pas entaillé la chair, mais je conservais sans nul doute la trace de ses dents. Mme Gredge me désinfecta ensuite avec du cognac et me mit en garde contre les jeux avec des garçons aussi rustres.

— Nous ne jouions pas, me défendis-je. Nous nous battions.

— Tss... tss, souffla-t-elle. Chez les garçons de ton âge, c'est une forme d'amusement. Souviens-toi que j'en ai élevé trois.

Quoiqu'un peu radoucie, sa sympathie n'alla pas jusqu'à m'affranchir de mes corvées ménagères. Celles-ci, qui englobaient un peu de ménage et des emplettes à Covent Garden, furent accomplies en bonne et due forme. Bien que la liste de commissions n'incluât point l'achat de viande, je m'arrêtai cependant à l'étal de M. Tolliver, afin de l'informer du meilleur état de santé de Mme Durham. Il attira alors mon attention sur l'absence de la troupe en noir qui avait molesté la veuve.

— Peut-être que nous leur avons fait peur, hein, mon garçon ?

Ce disant, il éclata d'un gros rire et me pria de souhaiter à Mme Durham un prompt rétablissement de sa part.

Je rentrai ainsi avec amplement le temps d'assister à une heure d'audience au tribunal de sir John. Je ne manquais jamais une occasion de m'y rendre. Je dois confesser, cher lecteur, qu'à l'instar des vauriens et des grues que comptait le public, j'étais fréquemment diverti par le spectacle qu'offrait cette salle. En un tournemain, sir John n'avait pas son pareil pour régler les tromperies et présomptions mesquines, pour notre plus grand amusement à tous, hormis celui des fourbes et des fats. Cependant, d'une façon dont je n'avais pas alors pleinement conscience, ces auditions, où l'on assistait pêle-mêle aux misères, égarements et autres vices du genre humain, me procuraient un enseignement qu'un enfant de treize ans assoiffé de lecture tel que moi n'eût reçu autrement qu'au plus grand péril de sa personnalité. On m'offrait une fenêtre ouverte au travers de laquelle je pouvais tout voir, protégé en l'occurrence par une solide vitre en verre. Et si d'aventure je déduisais des conclusions par trop sombres sur la nature humaine, je trouvais en sir John un exemple de ces qualités dignes de susciter l'émulation. Il demeurait l'acteur vedette de ces drames... non point un simple protagoniste mais plutôt, à mon sens, le héros.

Je me faufilai à une place sur le dernier banc, au fond de la salle, tandis que sir John résumait une affaire de droit civil qu'on lui avait présentée. Le plaignant et le défendeur se tenaient à quelque distance l'un de l'autre, comme si une franche animosité les séparait. Ils échangèrent des regards, mais aucun n'osa marmonner la moindre parole pendant que le magistrat s'exprimait.

— Or donc, tout porte à croire, monsieur Cotter, dit-il, qu'ayant entendu de la bouche du défendeur que la maison que vous lui aviez louée était peu sûre, vous lui avez offert la fallacieuse garantie que toutes les mesures seraient prises et que ladite maison deviendrait propre à l'habitation. Comme les réparations n'étaient point effectuées, M. Lilly a cessé d'acquitter son loyer pendant deux mois consécutifs. Vous venez à présent demander à la cour de le contraindre de régler ces deux termes, *après* que ladite demeure s'est effondrée dans la tempête que nous avons subie voilà deux jours. Est-ce correct ?

— Eh bien, répondit le plus richement vêtu des deux individus, pas tout à fait, Votre Honneur. Je ne dirais point que j'ai fait de fausses promesses à cet homme ici présent.

— Que diriez-vous, alors ?

— J'avais bel et bien l'intention d'agir. Mais je n'avais pas trouvé le charpentier susceptible d'exécuter l'ouvrage, voilà tout.

— Voilà tout, dites-vous ? Et pendant ce temps, vous avez jugé la maison propre à être habitée ?

— Ils l'ont habitée. Je veux dire par là que s'ils vivaient dedans, ils devaient payer le loyer, n'est-ce pas ?

— Monsieur Lilly, dites-moi, reprit sir John en penchant la tête en direction du défendeur, à quel moment et pour quelle raison avez-vous jugé que la maison présentait certains dangers ?

S'il répondit diligemment au magistrat, le défendeur parut cependant s'adresser au plaignant.

— En mars dernier, par un de ces jours de tourmente, comme celui que nous venons de connaître, répondit-il. La demeure grinçait et ballottait férocement. Nous avons bien cru que le toit nous tomberait sur la tête. Et lorsque le vent a cessé, n'importe qui pouvait dire en la voyant qu'elle risquait de s'effondrer.

— J'ai souvenance de cette journée de mars que vous évoquez. Monsieur Cotter, l'état de la maison était-il aussi flagrant ?

— Elle penchait tant soit peu, avoua-t-il comme à regret.

— Pourquoi ne pas avoir simplement déménagé, monsieur Lilly, puisque vous estimiez la demeure peu sûre ?

— Parce que, monsieur, j'avais signé un bail en janvier et ce... cette personne allait m'astreindre à l'honorer coûte que coûte. Il m'a menacé alors de poursuites, comme il le fait à présent ici. Nous sommes tisserands, monsieur, et nous avons besoin d'un espace assez vaste pour le métier à tisser qui assure notre gagne-pain. Nous devions continuer à travailler, en dépit de l'état médiocre de la bâtisse. Je n'ai vu d'autre solution que de ne point acquitter le loyer. J'avais mis l'argent de côté et je l'aurais versé s'il avait correctement consolidé la maison. Il a eu beau jeu de se déchaîner et de se répandre en injures, il a fait une promesse qu'il n'a jamais tenue, en définitive.

— Est-ce une juste version des faits, monsieur Cotter ? demanda sir John.

Le plaignant resta muet.

— *Monsieur Cotter ?*

— Il a signé un bail, Votre Honneur, et un bail, c'est un contrat. Ce n'est pas un crime d'exiger d'un homme qu'il remplisse ce contrat.

— Faites-moi grâce du sermon juridique, monsieur. Je connais mon droit bien mieux que vous.

Puis, à l'adresse du défendeur :

— Monsieur Lilly, vous dites avoir épargné le montant du loyer. Disposez-vous toujours de cette somme ?

Ce dernier soupira :

— Non, monsieur, je ne l'ai... pas en totalité. Mon épouse s'est brisé la jambe en faisant sortir nos deux enfants de la maison. Le linteau de la porte lui est tombé dessus. J'ai payé un médecin pour qu'il lui pose une attelle et un bandage.

— Qu'en est-il de votre métier à tisser ?

— L'éboulement l'a détruit. Il est totalement irréparable.

Sir John se pencha vers le plaignant :

— Eh bien, monsieur Cotter, que plaidez-vous en la matière ? M. Lilly vient d'avouer qu'il n'avait plus en sa possession la totalité de la somme que vous lui réclamez, pas plus qu'il n'a les moyens de la gagner, car son métier a été détruit lorsque la maison s'est effondrée. Quelle solution préconisez-vous ?

— Ce n'est pas *mon* problème, n'est-ce pas ? Qu'il emprunte la somme, pardi ! Et si personne ne veut la lui prêter, eh bien, qu'il aille à la prison des débiteurs.

Sir John se tut pendant un interminable moment, comme s'il réfléchissait à la question. L'auditoire l'imita, dans l'attente de sa conclusion.

— Non, déclara-t-il enfin. Je crois détenir une meilleure solution. Avant toute chose, je réfute votre réclamation concernant l'arriéré de deux mois de loyer, dont devrait s'acquitter M. Lilly. La cour lui fait grâce de sa dette. En second lieu, je dois avouer que toutes ces années où j'ai siégé en cette salle, on ne m'a jamais présenté une requête aussi injuste. Vous, monsieur Cotter, n'avez témoigné que mépris pour ce tribunal en présentant ladite requête, à l'examen de laquelle je vous inflige une amende pour outrage à la cour, du montant exact de la somme qui servira à payer un nouveau métier à tisser à M. Lilly et à sa famille.

Tandis que sir John concluait le jugement d'un martèlement de son maillet, Cotter haussa le ton en proférant un chapelet de protestations incohérentes. Il émit plusieurs « mais », déclara la sentence « injuste » et hurla au « scandale ».

— Je vous préviens, monsieur Cotter, si vous refusez de vous taire, je n'aurai de cesse de vous infliger amende sur amende, jusqu'à ce que vous vous retrouviez *vous-même* à Newgate. *Est-ce clair ?*

Cotter se tut et hocha la tête. Lilly pleurait de soulagement et de félicité. Sir John demanda à M. Marsden d'établir avec M. Lilly le prix d'un métier à tisser et de collecter la somme correspondante auprès de M. Cotter. Il attendit que ce fût fait, puis pria le greffier d'annoncer la dernière affaire de la journée.

— John Bilbo, psalmodia M. Marsden, accusé de coups et blessures dans une rue de la ville, hier au soir ; placé sous bonne garde par le sergent Cowley, lors de sa première ronde nocturne ; mis en liberté sous caution personnelle ; veuillez vous avancer, je vous prie.

Que l'on appelât en audience publique le nom d'une personnalité aussi célèbre suscita quelque émoi dans l'assistance. Black Jack Bilbo, mieux connu ainsi par tout un chacun, possédait alors la maison de jeu la plus réputée et la plus courue de Londres. C'était de surcroît un homme franc, ne mâchant pas ses mots, du genre à témoigner le même respect envers les lords et gentlemen fréquentant son établissement qu'envers les gens qu'il employait. Sir John me l'avait présenté au cours de l'enquête que l'on devait appeler l'affaire Goodhope. Il m'avoua alors qu'en dépit des funestes rumeurs concernant le passé de M. Bilbo — à savoir qu'il avait été pirate, excusez du peu —, il appréciait nonobstant cet homme et le tenait en grande estime. Pour ma part, ce dernier m'intimidait quelque peu.

Nul doute qu'il évoquait un pirate vêtu des plus beaux atours qu'il eût pillés lorsqu'il franchit la porte et traversa la salle pour se placer devant sir John. La barbe noire et le teint basané, il ôta son tricorne et exhiba non point une perruque mais une chevelure sombre, courte, ébouriffée par endroits, clairsemée à d'autres, et s'achevant par une fine natte dans le cou. Se tenant bien droit à la barre, il n'était pas grand mais plutôt râblé. À l'exception éventuelle de Benjamin Bailey, brigadier des sergents de ville, c'était l'homme le plus vigoureux qu'il m'eût été donné de voir à Londres.

— John Bilbo ? Est-ce vous qui vous tenez devant moi ?

— Pour vous servir, sir John.

— Que plaidez-vous face à cette accusation de coups et blessures ?

— Je plaide coupable, monsieur, répondit-il.

Il ajouta néanmoins :

— ... en état de légitime défense.

— Coupable en état de légitime défense. C'est bien cela ? Eh bien, je vois qu'il va nous falloir démêler tant soit peu cet écheveau, avant qu'il nous soit correctement présenté. Le premier témoin à entendre devrait être, semble-t-il, l'agent qui a procédé à l'arrestation. Le sergent Cowley est-il présent ?

— Ici, sir John.

Le jeune Cowley se leva et vint prendre place au côté de Black Jack Bilbo. Il parut en meilleure condition que la dernière fois où je l'avais vu, lorsqu'il enlevait les cadavres de l'imprimerie d'Ezekiel Crabb en compagnie du Faucheux. Dispos, réservé, prêt à livrer son rapport, toute son attitude dénotait le policier de bon aloi.

— Alors, livrez-nous votre version des faits, sergent.

— Je vais le faire, sir John, répondit Cowley, et en quelques mots. Pendant que j'effectuais ma première ronde dans les rues environnantes de Covent Garden, soit vers huit heures du soir, j'ai surpris par hasard une altercation des plus violentes dans Maiden Lane. En dépit de l'attroupement, comme cela se déroulait sous un réverbère, j'ai bien vu que les esprits étaient fort échauffés. J'aperçus des bras qui battaient l'air, une tête qui surgissait de la mêlée, tandis que la foule poussait des cris. J'ai donc hâtivement rejoint les lieux, je me suis imposé en jouant des coudes et en qualité de représentant de l'ordre public. Une fois au milieu du groupe, j'ai vu cet homme, John Bilbo, accroupi sur un individu étendu dans le caniveau, et le frappant de son poing. Un autre homme gisait inerte auprès de son camarade ; son corps reposait à moitié dans la rigole. Tous deux étaient vêtus d'une manière d'uniforme, ou d'une sorte de costume de prédicateur, en noir des pieds à la tête. Quoi qu'il en soit, j'ai flanqué à l'individu ici présent, John Bilbo, une solide bourrade sur l'épaule, en lui disant de cesser ce qu'il faisait. Il s'est tourné, comme s'il allait m'assaillir aussi... ses yeux étaient injectés de sang, pour ainsi dire. C'est alors qu'il a dû remarquer mon gilet rouge, ou bien ma matraque, car il a dit, après avoir repris son souffle : « Êtes-vous un agent du Curieux ? » et j'ai répondu que oui, et voilà.

— Il ne vous a causé aucune difficulté ensuite ? s'enquit sir John.

— Pas la moindre, répondit le sergent Cowley.

— Qu'est-il advenu des victimes ?

— Eh bien, elles posaient un problème, car on ne pouvait les laisser sur place. Pas plus que je ne pouvais leur accorder toute mon attention... puisque j'étais censé conduire ici ce gentleman pour le placer sous les verrous. En définitive, c'est lui qui s'en est occupé.

— Et comment a-t-il procédé ?

— Il a demandé de l'eau, voilà ce qu'il a fait. Il en a jeté un seau au visage de chaque homme. Cela les a bien réveillés. Et même s'ils étaient en piteux état, après l'assaut qu'il leur avait fait subir, j'ai pris leurs noms, en les sommant de se présenter au tribunal de Bow Street aujourd'hui.

— Et où se trouvent-ils à présent ? Qu'ils aient l'obligeance de venir à la barre.

Il y eut un silence, durant lequel le sergent Cowley lança un regard circulaire sur la salle d'audience, comme pour confirmer ce qu'il avait déjà déduit en pensée.

— Non, monsieur, finit-il par répondre, ils ne sont point là. Du reste, ils se sont montrés fort étranges à ce sujet. Bien qu'ils m'aient écouté de bout en bout, ils ne m'ont jamais promis qu'ils se présenteraient. À vrai dire, l'un des deux a déclaré qu'ils ne reconnaissaient pas l'autorité de votre tribunal.

À ces mots, sir John émit un soupir qui retentit jusqu'au dernier rang où j'étais assis.

— Et comment s'appellent-ils ?

— Frère Isaac et frère James. Ce sont les seuls noms qu'ils ont bien voulu me communiquer, sir John.

— Et l'adresse qu'ils vous ont donnée se trouve dans Half Moon Passage, n'est-ce pas ?

— Comment le savez-vous, monsieur ?

— Mon don de double vue... soyez-en sûr. Non, je badine et devrais m'en dispenser, sergent. Les membres de cette communauté religieuse se sont dernièrement fait connaître à moi de différentes façons. Ce n'était qu'une supposition de ma part. Merci, monsieur Cowley. Vous avez agi comme il sied, tant au moment de l'interpellation qu'en venant témoigner en ce tribunal. Vous pouvez disposer ou demeurer pendant l'audience, comme il vous plaira.

Le jeune sergent regagna alors sa place restée vacante au premier rang, laissant Black Jack Bilbo seul face au magistrat. Sir John se pencha en avant et joignit les mains. Eût-il joui de la vue, on eût juré qu'il fixait le témoin, à travers le bandeau de soie noire qui recouvrait ses yeux.

— Monsieur Bilbo, reprit-il, vous avez entendu le compte rendu du sergent Cowley. Trouvez-vous à y redire d'une manière ou d'une autre ?

— Non point, monsieur. C'était un rapport tout à fait juste et clair.

— Vous ne contestez donc pas le fait que vous avez violemment assailli ces hommes et les avez frappés, les laissant sans connaissance ?

— Nenni, monsieur.

— Dans ce cas, que plaidez-vous à votre décharge ?

Jusque-là, Black Jack Bilbo se tenait immobile à la barre, dans une posture quasi militaire. Mains jointes dans le dos, il gardait les jambes écartées, mais, en amorçant son récit, il se mit à se balancer et ne tarda pas à serrer les poings. On eût dit que tous ses muscles, nerfs ou tendons réitéraient l'action à mesure qu'il la décrivait.

— Eh bien, monsieur, commença-t-il, voici comment cela s'est passé. Je marchais dans Maiden Lane, pour me rendre au théâtre de Covent Garden, afin d'y voir une pièce dont le titre n'a guère d'importance. J'avais l'intention d'y rejoindre un groupe de dames et de messieurs, et de les convier ensuite à mon établissement de jeu... il s'agissait de visiteurs, venus de Hollande.

— Vous étiez à pied. Vous déplacez-vous souvent de la sorte ?

— Certes, oui. Étant assis sur mon séant bien trop longtemps matin et soir, je dois profiter de la moindre occasion de me dégourdir les jambes.

— Et vous avez coutume de cheminer armé ?

— Presque jamais. J'aurais trop peur des conséquences pour celui qui se dresserait contre moi. Jusqu'à présent, je n'ai rencontré aucun problème dans la rue. Je ne souhaiterais rien de plus grave que ce qui m'est arrivé hier au soir.

— Fort bien, dit sir John. Poursuivez.

— Comme je le disais, j'étais en train de marcher dans Maiden Lane, lorsque ces deux individus en noir se sont rués sur moi.

— Rués sur vous ? Comment cela ?

— Eh bien, sir John, c'est ce qu'ils ont fait, ils se sont mis à m'évangéliser de la manière la plus singulière qui soit. Oh, on m'a souvent prêché la bonne parole jadis, et je tente à ma façon de respecter le Verbe, si vous voyez ce que je veux dire. Mes tables ne sont point truquées. On me sait généreux avec tout homme ou femme dans le besoin. Par ailleurs, eh bien, j'espère être en paix avec moi-même, avant que mon temps sur terre ne soit écoulé. J'ai une ou deux choses sur ma conscience qu'il n'y a pas lieu d'approfondir ici.

— Il n'en est nullement besoin, en effet.

— Mais revenons à ces deux olibrius. Voilà qu'ils m'emboîtent le pas et ne me lâchent point d'une semelle, en me disant que moi et ceux de mon peuple, nous devons reconnaître que le Christ est le Messie, avant que n'arrive le grand moment. Ils me criaient dessus de la sorte, voyez-vous, et j'en étais fort irrité, aussi ai-je hâté l'allure, et ils se sont alors mis à trottiner à mes côtés, en criant : « Juif ! Juif ! Tu dois écouter ! Tu dois te convertir et t'engager sur la voie ! » En vérité, sir John, on me confond souvent avec les Juifs et ces deux-là m'avaient aussitôt pris pour tel. C'est à cause de la barbe que je porte et que je porterai toujours. Je sais les Juifs bons parieurs et hommes sensés... ce que j'aurais peine à dire de ces deux individus. Ce qu'ils ont fait relève de la pure niaiserie.

À ce moment-là, cher lecteur, le corps de M. Bilbo tremblait tellement à la réminiscence de ce qu'il décrivait, que je songeai qu'il aurait tout aussi bien pu relater par gestes ce qu'il advint. Les bras le long de son corps, les épaules courbées, il décrivait de petits cercles avec les poings. Il prit une profonde respiration avant de continuer comme suit :

— Eh bien, pour me retenir afin de mieux me prêcher la bonne parole, l'un d'entre eux m'a agrippé par l'épaule et s'est arc-bouté, tandis que l'autre... *l'autre !*... a empoigné ma barbe et *a tiré dessus* !

La salle, qui tout au long de cette relation avait observé un silence attentif, se répandit en remarques et commentaires, si bien que sir John fut contraint de jouer du maillet pour rétablir le calme. Pour sa part, il se pencha davantage, visiblement impatient d'entendre la fin du récit.

— Poursuivez.

— Il n'y a guère plus à dire. Car, toucher ma barbe de telle façon...

M. Bilbo hésita, comme si mettre des mots sur un tel forfait exigeait trop de lui.

— ... *la tirer*, c'est un outrage que je ne puis et ne pourrais tolérer. J'ai donc répliqué par des coups et je ne les ai pas ménagés ; je ne saurais dire ce qui s'est exactement produit, ni combien de temps cela a duré, car j'étais en proie à une rage vengeresse, jusqu'à ce que votre jeune sergent me tape sur l'épaule et me demande de cesser. Ce n'est qu'à cet instant que j'ai recouvré mon sang-froid. Il a été fort avisé d'intervenir.

Il ajouta ensuite d'une voix sombre :

— ... et moi de n'avoir aucun couteau à portée de main.

Des murmures semblèrent parcourir l'assistance, un peu comme si chacun eût soupiré. Finalement, sir John s'adossa de nouveau à son fauteuil et joignit sa main gauche à la droite, méticuleusement, doigt après doigt.

— Et vous plaidez coupable en état de légitime défense, John Bilbo. Avez-vous le moindre témoin susceptible de corroborer votre déposition ? Quiconque aurait assisté à...

Il hésita à son tour, puis reprit :

— ... l'outrage que l'on vous a fait subir ?

— Non, répondit M. Bilbo, mais vous avez ma parole que j'ai livré une version véridique des faits.

— Laissez-moi vous assurer, John Bilbo, que je tiens votre parole en grande estime, déclara le magistrat.

Puis, s'adressant à la cour :

— Si nous n'avons aucun témoin, nous n'avons pas plus de victimes présentes. Dans ce cas, attendu que le récit que nous a fait M. Bilbo de l'incident ne diverge aucunement de celui du sergent, et attendu que le sieur

Bilbo n'a opposé aucune résistance et a même aidé à ranimer les victimes, je suis prêt à accepter son témoignage et à considérer qu'on l'avait suffisamment provoqué pour qu'il se permette de châtier de quelque façon que ce soit ses offenseurs. Que le châtiment qu'il leur a fait subir se soit avéré équitable, c'est toutefois une autre affaire. Je n'apprécie guère que M. Bilbo ait été interpellé, retenu et outragé parce qu'on a pensé de lui qu'il était juif. Qu'il le soit ou non n'a en l'espèce aucune pertinence. Si frère Isaac et frère James se trouvaient ici devant moi, je les mettrais sérieusement en garde de ne jamais réitérer pareille action dans les rues de Londres. Mais puisqu'ils ont refusé de venir déposer, alors que le sergent Cowley les en avait sommés, je les condamne pour outrage à la cour et leur ordonne de se présenter à moi, sous peine d'être emprisonnés. Cela étant, pas plus ce tribunal qu'aucun autre ne saurait tolérer de telles algarades dans la rue. John Bilbo, vous êtes adulte et devriez éviter de vous comporter comme vous l'avez fait. Vous méritez donc une sanction. Que celle-ci prenne donc la forme d'une amende. Vous disiez, si je ne m'abuse, être réputé généreux envers ceux qui sont dans le besoin. J'ai connaissance d'une personne particulièrement nécessiteuse : une brave femme qui n'a plus de toit et qui a perdu son moyen de subsistance, dans la tourmente qui a pareillement causé la ruine de M. Lilly. Qu'il soit donc convenu que votre amende permettra à ladite femme de se remettre à pied d'œuvre.

— Je serais ravi de m'en acquitter, déclara M. Bilbo.

— Ne lésinons point. Disons, oh... cinq guinées.

— Tranchons pour dix et n'en parlons plus.

— Votre générosité vous honore, monsieur Bilbo, mais j'ose espérer ne plus vous revoir... en mon tribunal, cela s'entend.

— Pas plus que moi, sir John.

Tout en quittant la salle avec le public, je me demandai

si j'étais le seul à savoir que l'amende de Black Jack Bilbo était destinée à Moll Caulfield. Je me demandai de surcroît si, compte tenu des circonstances, quelqu'un d'autre que moi avait fait un rapprochement entre son affaire et la mienne. Quelle était donc la phrase énoncée par sir John ? « Pas plus ce tribunal qu'aucun autre ne saurait tolérer de telles algarades dans la rue. » Je craignais qu'une sanction quelconque ne m'attendît. Si la colère noire du magistrat à mon endroit s'était tant soit peu apaisée, je crus que cela signifiait seulement qu'il avait désormais tout loisir de réfléchir à la forme que prendrait cette punition.

Ma frayeur ne fit que s'accroître lorsque M. Marsden me retint, comme je passais devant son alcôve, et me confia que sir John désirait me voir en son cabinet. Sachant ce qui m'y attendait et guère enthousiaste à cette perspective, j'obtempérai néanmoins, frappai à l'huis du magistrat, et m'annonçai.

J'entrai et il me pria de m'asseoir.

— Jeremy, commença-t-il, nous avons quelque chose à régler entre nous.

— Oui, monsieur.

— Tu m'as grandement déçu ce matin, à te rouler par terre dans la rue comme tu l'as fait. Je crains qu'un châtiment quelconque ne soit de mise.

— Oui, monsieur. Je suis navré, monsieur. Mais, monsieur...

— Qu'est-ce, Jeremy ?

— Je n'ai pu m'empêcher de remarquer certaines similarités entre l'affaire de M. Bilbo et la mienne.

— Je présume, en faisant un gros effort d'imagination, qu'il en existe certes quelques-unes. Mais je dois te rappeler qu'il lui a été infligé une amende.

— J'ai de l'argent, dis-je. Quelques shillings. Je puis vous les remettre.

— Dieu du ciel ! Je dois réfléchir à te verser des appointements réguliers.

Il secoua la tête, furieux contre lui-même.

— Que non, Jeremy, répliqua-t-il. Je ne souhaite point prendre ton argent. Je désire seulement te faire comprendre que tu ne dois plus jamais me couvrir de honte dans la rue. Si cela doit prendre la forme d'un châtiment corporel, eh bien, soit. Je chargerai le sergent Cowley de te l'administrer... ou M. Bailey, au besoin.

Voilà un problème dont il souhaitait à l'évidence se débarrasser.

— Sir John ?

— Oui, Jeremy ? soupira-t-il.

— Ne diriez-vous pas que, sur un point précis, l'affaire de M. Bilbo s'est distinguée de la mienne ?

Il soupira encore.

— Et sur quel point, mon garçon ?

— Vous avez permis à M. Bilbo de livrer sa propre version des faits.

— Il est vrai, il est vrai. Entendu, Jeremy, tu marques un point. Narre-moi donc ton histoire.

Ce disant, il se cala dans son fauteuil et m'écouta lui relater dans le détail ce qui s'était véritablement produit ce matin-là, sur les marches du 3, Berry Lane. Je ne cédai point à la tentation de m'octroyer le beau rôle dans le récit, et comme je ne pus citer le fruste garçon qui, avec ce langage si étrange, m'avait proposé sa marchandise volée, je ne me privai pas d'insister sur le fait qu'elle provenait assurément d'un larcin. Lorsque je l'avais traité de voleur et menacé de le conduire à Bow Street, c'est *lui* qui m'avait attaqué. Je n'avais fait que me défendre, assurai-je.

— Aucun témoin ne peut parler à ta décharge ? déclara-t-il, alors que cela allait de soi.

— Non, monsieur, aucun, mais vous avez ma parole que cela s'est passé ainsi.

— Je l'accepte. Mais, de même que tu ne disposes à présent d'aucun témoin, tu n'en avais pas plus pour prouver que le garçon était un voleur. Selon toute probabilité, il avait fait quelques poches pour constituer son butin. Encore que les bagues... certes, elles auront pu glisser des doigts de quelque catin endormie par l'alcool. Mais tu n'as point vu ces larcins être commis, pas plus que tu ne pouvais présenter des témoins y ayant assisté. Si tu étais parvenu à l'amener à Bow Street et s'il avait comparu devant moi, il aurait juré avoir trouvé ces objets de valeur dans la rue. Je l'aurais libéré, car, selon la loi anglaise, nous devons présumer de l'innocence du prévenu, à moins qu'il ne soit apporté la preuve de sa culpabilité. Alors tu saisis, Jeremy, combien cela eût été inutile de conduire céans ton captif? Tu saisis cela, n'est-ce pas?

— Oui, sir John, mais...

— Autre chose, mon garçon... en vertu de quelle autorité aurais-tu arrêté ce jeune voleur? Tu n'es point sergent de ville, que je sache. Tu ne disposes d'aucune accréditation. Tu as sans doute toi-même assez souffert entre les mains d'un chasseur de voleurs indépendant pour ne point souhaiter embrasser pareille profession.

Cette dernière réplique me rappelait amèrement comment moi, nouveau venu à Londres, j'avais découvert pour la première fois la société criminelle de Covent Garden et comparu au tribunal de Bow Street. Si nombre de bonheurs avaient jalonné mon existence depuis lors, l'incident comptait parmi ceux que je préférais chasser de mon esprit. Je tentai de formuler tant bien que mal une réponse, mais cela m'était malaisé, car je ne pouvais nier l'évidence selon laquelle moi, un adolescent de treize ans, ne disposais d'aucune autorité officielle.

Ma tentative à concevoir une repartie fut d'autant plus difficile qu'un esclandre éclata tout à coup dans le couloir.

— Jeremy, me dit sir John, va-t'en voir de quoi il retourne, veux-tu?

Je me levai pour gagner la porte, mais elle s'ouvrit à la volée avant même que je ne l'atteignisse, et la tête de M. Marsden apparut dans l'embrasure.

— Sir John, je souhaite vous annoncer...

— Oh, il suffit ! Il suffit !

Ces mots émanaient d'un homme de belle taille, richement vêtu, quoique sans ostentation, qui bouscula le greffier au passage et fila tout droit sur sir John. Bien qu'il me fût parfaitement inconnu, l'individu arborait à n'en point douter cette allure que confère l'autorité. Il entra donc, brandissant les pages de ce qui se révélait un opuscule, qu'il flanqua tout à trac sur le bureau de sir John.

— Avez-vous vu ceci ? beugla le visiteur.

Sir John, qui n'aimait guère être surpris en société sans sa perruque sur la tête, batailla pour la remettre en place.

— Milord, balbutia-t-il, je... je... euh, à quoi faites-vous allusion ?

— Certes, je sais que vous ne l'avez pas *vu*. Même moi, je ne pourrais voir à travers ce bandeau noir qui vous ceint les yeux.

(William Murray, comte de Mansfield, pouvait sans doute être président de la Haute Cour de justice du roi, et pour son époque un bon juge, chacun observera nonobstant à la lumière de cette remarque grossière qu'à l'instar de tant d'hommes puissants il manquait aux règles les plus élémentaires de l'urbanité, et plus encore à la considération pour ses semblables.)

Satisfait de savoir enfin sa perruque en bonne place, sir John recouvra son sang-froid pour lui répondre :

— Si vous voulez bien vous donner la peine de vous asseoir, milord, je serais ravi de converser avec vous de l'affaire qui vous amène, quelle qu'elle soit.

— Il s'agit d'un désagrément, déclara le président de la Haute Cour, presque d'une provocation. En bref, monsieur, c'est un opuscule, proposé et vendu aux quatre coins de la ville. Il s'intitule : *Un appel à la justice pour les victimes de Grub Street*. Et si son auteur anonyme se montre assez présomptueux pour nous rappeler, au fil des lignes, quelles sont les tâches qui nous incombent, je parie qu'il s'est contenté de consigner ce que d'aucuns auront colporté dans la rue.

— Je suppose, reprit sir John, que cela traite du meurtre d'Ezekiel Crabb et de sa maisonnée.

— Absolument ! Écoutez seulement ce qui est écrit dans cette infâme brochure.

Il feuilleta l'ouvrage, jusqu'à ce qu'il trouvât le passage voulu. Il s'éclaircit la voix et commença :

— « Alors que toute la famille Crabb et les deux apprentis malchanceux résidant sous le même toit reposent à présent dans leurs tombes, le scélérat que l'on a capturé sur le lieu du crime, la hache sanguinolente en main, se voit libre de tout jugement, de toute condamnation et de toute pendaison. Le magistrat du tribunal de Bow Street l'a fait disparaître à Bedlam, à l'abri de la justice, à l'abri du bourreau. »

— Mais c'est monstrueux ! répliqua sir John. Cela présume de sa culpabilité. Et quiconque viendrait à lire ces lignes prendrait sur-le-champ parti à l'encontre du prévenu.

— Ce n'est pas tout ! Écoutez la suite : « Peut-être qu'en plaçant l'homme à la hache sanglante à l'hôpital, plutôt qu'à Newgate en attente de jugement, sir John Fielding a agi sur ordre de la Haute Cour. Grub Street, ses imprimeurs, ses éditeurs et ses pauvres plumitifs ont de longue date constitué une entrave à l'autorité licencieuse qui sévit en ce royaume. Ezekiel Crabb lui-même a publié nombre d'œuvres exaltant les Droits de l'homme, tels que... » Oh, qu'importe ce galimatias ! Mais écoutez plutôt la conclusion : « Que soit vengée la famille Crabb. Que John Clayton soit jugé pour son meurtre, *séance tenante* ! » Qu'en pensez-vous, John Fielding ?

— Eh bien, c'est... c'est...

— C'est tout bonnement subversif, voilà tout ! tonna le président de la Haute Cour. Subversif envers la justice du roi. Et il est purement fallacieux de suggérer que vous ayez envoyé ce Clayton à Bedlam sur mon injonction. Vous savez très bien que je vous ai dépêché une note, dans laquelle je désapprouvais votre décision. Mais si pareil pamphlet constituait le seul de nos soucis, je ne viendrais point vous déranger avec cela. Il me suffirait d'en quérir l'auteur et de le reclure à Newgate.

— Qu'y a-t-il d'autre, milord ?

— Un puissant lord whig[1] m'a affirmé que l'individu devait être jugé, quel que soit son état de santé. Ils en discutent à la Chambre des communes. J'ai cru comprendre qu'un membre du Parlement, vieil allié de Wilkes, a menacé de poser la question à l'assemblée.

— Que proposez-vous alors ? s'enquit sir John.

— Que ce Clayton soit déféré en Haute Cour.

— Mais vous ne pouvez juger un homme pour un crime alors qu'il n'est point en état d'en répondre. Si vous aviez vu John Clayton au cours de sa déposition à Bow Street, vous n'auriez pas hésité un seul instant à le faire transférer à Bedlam.

— Était-il en furie ? On a souvent vu des assassins simuler la folie pour échapper au bourreau.

— Il n'était *point* en furie. Il déraisonnait. Il a même sérieusement nié s'appeler John Clayton.

— C'était peut-être un subterfuge, insista le président de la Haute Cour.

— Qui plus est, il a fait, voilà trois ans, un bref séjour dans un asile d'aliénés du Somerset. À cet égard, je dispose d'une lettre émanant du médecin soignant.

— Tout cela compte, certes, mais la seule réponse satisfaisante consiste à l'entendre en privé, afin de déterminer si oui ou non il est en mesure d'affronter un procès.

— Nous devrions nous en charger *nous-mêmes* ? Nous autres hommes de loi ?

— Eh bien, rétorqua lord Mansfield dans un haussement d'épaules, il s'agit d'une question juridique, n'est-ce pas ?

1. Se disait du parti (appelé aujourd'hui libéral) soutenant les droits du Parlement, contre l'autorité du roi et les privilèges de l'anglicanisme, défendus par les *tories* (actuels conservateurs). (*N.d.T.*)

— Pas entièrement, non. Je crois que nous devrions prendre l'avis de ceux qui exercent leur art en pareil domaine... des médecins.

— Des médecins pour les fous ?

— C'est ainsi qu'on les appelle communément, certes.

— Eh bien, ils doivent être légion à Bedlam, je présume. Procédons à l'audition là-bas.

— Quand cela ?

— Je pense qu'il est important d'agir le plus promptement possible. Pourquoi pas demain, dans ce cas ?

— Samedi ? Parfait. Et à quelle heure ? Le matin me conviendrait mieux.

— Moi aussi. Alors retrouvons-nous devant le portail de Bedlam à neuf heures et demie, entendu ?

— Entendu, milord.

CHAPITRE V

Où nous visitons Bedlam
et apprenons un fait nouveau
des plus pénibles

La prison de Newgate, récemment visitée en compagnie de sir John, ne m'avait point offert une image aussi rébarbative que cette morne bâtisse grise, devant laquelle notre fiacre s'arrêta, de l'autre côté de Bishopsgate. Séculaire édifice en pierre, il n'était pas d'une taille démesurée, mais avec sa haute clôture de barreaux et son domaine mal entretenu alentour, le lieu évoquait quelque ancienne forteresse. Les rares fenêtres que j'aperçus étaient elles aussi munies de grilles.

Comme je descendais de la voiture en contemplant ce décor lugubre, sir John régla le cocher et le pria de nous attendre.

— J'aimerais autant point, dit ce dernier.

— Que voulez-vous dire ? rétorqua sir John, irrité.

— J'aime si peu cet endroit que je préfère encore ne pas attendre et perdre l'argent du retour à Bow Street plutôt que de demeurer là. Il y a bien trop de misère dans ce bâtiment. Cela peut paraître idiot, mais je crains en restant là d'être contaminé.

— Allez-vous-en, dans ce cas, répliqua le magistrat. Je ne vous retiens pas de force, bien que j'en aie le droit. Il s'agit d'une visite officielle.

— Je me doutais bien que vous ne veniez pas pour le plaisir... encore que certains le fassent.

— Ne soyez pas impertinent. Allez-vous-en !

À ces mots, le cocher fit pivoter ses deux chevaux et nous laissa sur le bas-côté de la route, devant le portail. La matinée se révélait fraîche pour un mois de mai. Ces dernières semaines, beaux jours et mauvais temps alternaient de manière si capricieuse qu'on ne savait trop à quoi s'attendre. Au-dessus de la bâtisse, de gros nuages bas filaient d'ouest en est dans le ciel. Hormis un portier qui, non loin de là, nous observait comme s'il eût attendu quelque chose, il n'y avait pas âme qui vive alentour. Deux gardiens de pierre flanquaient le portail de chaque côté, robustes silhouettes à la manière de la Grèce antique, plus pathétiques qu'héroïques : l'un arborait une grimace irascible et tendait les bras de façon menaçante, l'autre paraissait abattu, comme vaincu par le chagrin. Fruit de quelque inspiration tardive, selon moi, ils ne s'harmonisaient guère avec l'aspect ramassé du reste.

— Nous y voilà, Jeremy, déclara sir John en agitant sa canne. L'hôpital Sainte-Marie-de-Bethléem, universellement connu sous son appellation altérée de Bedlam. Quelle impression en as-tu ?

— Peu ragoûtante, je le crains, monsieur. C'est une vieille construction hideuse.

— Encore plus hideuse à l'intérieur qu'à l'extérieur, et c'est la pure vérité.

— Il y a deux statues de chaque côté de la porte. Que représentent-elles ?

— Ma foi... hésita-t-il, comme je ne les ai jamais *vues*, en vérité...

— Pardonnez-moi cette question, m'empressai-je de répliquer, en proie au plus vif embarras. Je ne voulais pas...

— Pas d'inepties, voyons ! N'y pense plus. Tout cela pour te dire qu'on m'a confié qu'elles symbolisaient la Démence et la Mélancolie. Tu devrais aisément les différencier, je présume ?

— Certes, oui, répondis-je.

— Je suppose qu'elles sont censées représenter un portrait sommaire des résidents... les déments et les mélancoliques. Du reste, je me demande quels sont les plus nombreux, rumina-t-il à voix haute. Les mélancoliques, sans doute... oui, assurément les mélancoliques, si l'on songe à la condition de notre bas monde.

Ce à quoi je ne pus répondre.

Tandis que nous devisions, nombre d'attelages passèrent devant nous. À chacune de leur approche, sir John y prêtait un instant d'attention, jusqu'à ce que le véhicule se fût éloigné. Une voiture ralentit enfin et s'arrêta quasiment à l'endroit où nous étions. Les chevaux reculèrent nerveusement à dix pas. De belles montures qui me parurent gigantesques. J'étais mal à l'aise en leur présence.

— Ce n'est manifestement pas un attelage de quatre, commenta sir John.

— Non, une voiture de louage sensiblement identique à celle que nous avions pour venir ici.

— Je m'en doutais. Lord Mansfield dispose d'un attelage de quatre. Le président de la Haute Cour ne mérite pas moins pour ses déplacements.

La phrase fut prononcée sur un ton d'ironie badine.

Quatre personnes descendirent du fiacre : deux jeunes gaillards et leurs dulcinées. Même pour des yeux juvéniles comme les miens, le groupe semblait avoir fait ribote toute la nuit. Leur dégaine, à l'instar de leurs effets à la mode, avait un aspect las et blafard. Ils avancèrent en titubant. En proie à une hilarité résolue, ils s'exprimaient confusément, se convainquant les uns les autres des réjouissances qui les attendaient derrière les murs de Bedlam.

— Certains se donnent en spectacle, annonça l'un des lascars. Ils exécutent des tours à la demande.

— Quel genre de tours, Harry ? s'enquit sa maîtresse.

— Tout à fait lestes.

Les femmes émirent des gloussements affectés, tandis que l'autre homme partit d'un rire gras.

Ces personnes nous ignorèrent totalement, tandis que leurs jambes flageolantes les conduisaient droit à la porte, sur laquelle elles tambourinèrent pour qu'on la leur ouvrît. Le portier s'exécuta sans piper mot, acceptant au passage la pièce que lui glissa le dénommé Harry. Il nous décocha un nouveau regard inquisiteur, avant de regagner son lieu de prédilection, à côté du portail.

Sur ces entrefaites, l'attelage de quatre chevaux arriva avec éclat, en caracolant à vive allure. J'écartai sir John pour lui éviter d'être piétiné par les destriers blancs qui fondaient sur nous. Le cocher leur serra la bride au dernier moment, tandis qu'à ses côtés le valet de pied clamait :

— Faites place à lord Mansfield !

Le portier obtempéra vivement, écartant les grilles à l'extrême, afin que le colossal véhicule pût entrer. Il pénétra donc, reprenant sa course folle, pour s'arrêter devant l'entrée proprement dite de Bedlam.

— Oh, sacrebleu! fit sir John. À présent, nous devons suivre à pied pour accueillir Sa Seigneurie. Viens-t'en, Jeremy. Oriente-moi dans la bonne direction.

Il fit signe au gardien, lequel effleura son tricorne en guise de salut, tandis que nous cheminions.

— Il avait dit « *devant* le portail », si je ne m'abuse. Ne t'en souviens-tu point, Jeremy ?

— Absolument, sir John, répondis-je.

— Ah, bon.

Le temps pour nous de parvenir jusqu'à lui, lord Mansfield avait extrait sa corpulente silhouette du coche, non sans l'aide de son valet de pied. L'air impatient, il s'agitait et regardait dans toutes les directions, semblait-il, hormis la nôtre.

— Je vous souhaite le bonjour, milord, déclara sir John.

Le président de la Haute Cour considéra le ciel.

— Pas aussi bon qu'il pourrait l'être, répondit-il. Navré d'être en retard... des affaires à régler d'urgence, vous savez.

Puis, d'un geste destiné sans doute à établir son autorité en la matière, il frappa dans ses mains et dit :

— Parfait ! Si nous réglions cela au plus vite ? Nous avons tous deux d'autres tâches qui nous attendent, n'est-ce pas ?

— En effet. On les aura prévenus de notre arrivée, n'est-ce pas ?

— Bien entendu. J'ai dépêché un commissionnaire qui leur a porté le message.

— Et un médecin sera présent ?

— Oui, que diable ! Tout a été prévu dans les moindres détails.

— Eh bien, allons-y, je vous en prie.

— Henry ! s'écria lord Mansfield, tout en désignant la vaste entrée voûtée.

Le valet de pied, qui attendait à distance respectueuse, gravit quatre à quatre les quelques marches qui nous séparaient de la grande porte, qu'il martela à l'aide d'un heurtoir en forme de main. Elle s'ouvrit en grand et, tandis qu'il conversait avec quelqu'un à l'intérieur, une sorte de gros bourdonnement m'assaillit les oreilles.

Le domestique nous fit signe de le suivre, en ponctuant son geste d'un « milord », et, tous les trois, nous nous avançâmes. Je lançai alors un coup d'œil au visage de la Mélancolie. Si les yeux de pierre n'étaient guère expressifs, les paupières battues évoquaient une détresse si profonde qu'elle parut me transpercer l'âme. J'en tressaillis malgré moi, tout en tâchant de suivre les autres.

L'homme qui nous accueillit à la porte se présenta comme étant le Dr Dillingham. Il fut prompt à flagorner lord Mansfield, se montra affable envers sir John et ne m'accorda pas la moindre attention. Une fois à l'intérieur, le bourdonnement que j'avais perçu se mua en une clameur sourde. Comme je fermais la marche, je n'entendis aucune des paroles du médecin, alors qu'il nous guidait vers une autre vaste porte en chêne massif. Le gardien avait quitté son poste à l'entrée principale et se hâta de nous ouvrir celle-ci. Le brouhaha s'intensifia en une cacophonie atroce. Les bruits n'en demeuraient pas moins humains, moult voix s'élevaient en une épouvantable clabauderie. Nous traversâmes un petit vestibule, qui nous emmena trois marches plus haut, puis obliquâmes sur la droite, et nous parvînmes au cœur du tumulte. Nous n'étions certes pas au milieu des pensionnaires ; une longue rangée de barreaux, comme celle de Newgate, nous épargnait pareille calamité. Mais les internés circulaient à loisir, chacun tentant de crier plus fort que l'autre, semblait-il. Ils hurlaient. Ils gesticulaient. Un violoneux se trouvait dans leur sillage, jouant bruyamment un air sans mélodie.

Ma première impression n'était pas sans rappeler celle que j'avais eue de Newgate. À l'instar de cette abominable prison, l'atmosphère était chargée de l'odeur d'urine et d'excréments. Pourtant, Bedlam paraissait pire à certains égards, meilleur à d'autres. Un ou deux malades étaient enchaînés au mur... je n'avais point vu cela à Newgate. Cependant, la lumière pénétrait davantage en cet endroit — toute la prison m'était apparue comme quelque sombre donjon — et l'on distinguait de petites cellules individuelles, chacune accolée au mur, porte ouverte, certaines occupées, d'autres non.

On remarquait en outre une grande diversité parmi les pensionnaires. Ils me fascinaient. Je dus redoubler d'efforts pour suivre notre groupe, lequel traversait d'un pas allègre le corridor longeant cette vaste salle commune. Si j'en avais eu le temps, j'aurais volontiers musardé et étudié chaque patient, établissant un diagnostic de mon cru, en tentant de percer le secret de leur maladie. Malgré tout, avec des coups d'œil et des regards furtifs, j'observai que toutes sortes d'afflictions s'entremêlaient : les simples d'esprit avec les fous, les mélancoliques exclus du reste, indolents et indifférents le long du mur. Pour la plupart, les déments ne nous prêtaient guère attention, tant ils s'affairaient à leur propre liesse. Ceux qui nous remarquaient nous conspuaient ou proféraient des obscénités à notre endroit. L'un d'entre eux exhiba même ses fesses nues à notre passage.

Un autre... ma foi... alors que arrivions au bout de ce long corridor, nous croisâmes le quatuor qui nous avait précédés dans le bâtiment. Je me trouvai assez près pour entendre le meneur, le dénommé Harry, qui pointa sa canne à travers les barreaux et observa :

— Mais regardez ce bougre ! C'est un véritable Priape. Regardez donc, Betty, Georgina... Regardez !

Mes yeux se dirigèrent vers l'endroit qu'il désignait et je m'empourprai, honteux pour ceux de mon propre sexe.

Certes, on nous offrait un spectacle, mais la plupart des hommes ou des femmes sains d'esprit auraient chèrement payé pour n'y point assister. Je dois confesser derechef qu'il y avait effectivement pour moi quelque chose de fascinant dans cette masse d'humanité misérable et dégénérée. Je ne souhaitais voir aucun « tour », comme les amis de Harry, mais désirais seulement étudier les pensionnaires en détail, afin de les mieux comprendre. (Ce qui suscita dès lors mon vif intérêt en ce domaine et, plus tard, dans ces affaires où la loi devait statuer sur les questions de folie et de santé mentale *.)

Notre époustouflant parcours s'acheva enfin et l'on nous fit descendre trois escaliers, avant de parvenir en une pièce de taille modeste. Elle était sommairement meublée — une table et quelques chaises —, avec pour seul ornement un tapis coloré sans motifs particuliers, et divers tableaux étranges accrochés au mur. Selon moi, l'endroit servait aux visites que les parents et amis rendaient aux malades de l'hôpital. Je guidai discrètement sir John vers un fauteuil, placé derrière une table, et l'aidai à s'y asseoir, m'installant quant à moi derrière lui. À ses côtés, lord Mansfield se laissa lourdement choir sur un siège, tout en grognant sous l'effort.

* J'attire modestement l'attention du lecteur sur mon opuscule : *De Jure et Dementia* ; seul le titre est en latin.

— Eh bien, sir John, commença-t-il, si notre Clayton se trouvait parmi les pauvres hères que je viens de voir, je ne risque point de vous contredire.

— Si je ne les ai point vus, j'ai eu tout loisir de les entendre. La folie offre une sonorité des plus terrifiantes, n'est-ce pas ?

— En effet. C'était un hourvari de tous les diables.

— Vous conviendrez, ce me semble, que je n'ai fait preuve d'aucune indulgence en plaçant Clayton en ce lieu, jusqu'à ce qu'il puisse répondre en homme doué de raison.

Lord Mansfield hésita, puis répondit :

— Je vous l'accorde de mauvaise grâce, mais oui.

La porte s'ouvrit. Le Dr Dillingham entra, suivi par un grand individu que je reconnus comme étant John Clayton — bien qu'il eût précédemment clamé posséder deux autres patronymes —, puis par un surveillant qui la referma derrière lui et attendit.

Debout aux côtés de son patient, le médecin s'adressa en ces termes aux juges assis :

— Je souhaite seulement préciser qu'on a expliqué à M. Clayton la nature de cette enquête et qu'il a accepté d'y coopérer pleinement. Je vais à présent m'asseoir parmi vous, mais soyez assuré que je suis prêt à répondre aux moindres questions que vous souhaiteriez poser et à vous livrer mon opinion, au cas où vous la solliciteriez.

Sur ces paroles, il contourna la table et alla occuper le siège vacant, auprès de sir John.

Pendant que le médecin s'exprimait, je gardais les yeux rivés sur John Clayton et remarquai nombre de détails à son sujet. En premier lieu, il tenait en main une feuille de papier ministre, dont je m'aperçus qu'elle était écrite. Je notai ensuite l'état général de sa personne : il était assurément aussi bien soigné qu'on pouvait l'être en la circonstance ; son col et ses manchettes se révélaient quelque peu souillés, ses joues eussent certes nécessité le passage du rasoir, mais ses cheveux étaient coiffés, ses mains et son visage étaient propres. J'avais vu plus d'un individu dans Londres à l'allure moins respectable. Dernier détail, et non des moindres, ses yeux reflétaient la lumière limpide et manifeste de la raison.

— Votre nom, monsieur ? s'enquit sir John d'une voix sévère.

— John Francis Clayton.

— Et non point Eusebius ? Car c'est ainsi que vous vous êtes présenté à moi lors de notre dernière entrevue.

— Non, monsieur, non point Eusebius.

— Et que lui est-il donc arrivé ?

— Avec tout le respect que je vous dois, c'est difficile à expliquer.

— Avec tout le respect qui vous est dû, monsieur, répliqua sir John, il vous incombe de vous y essayer.

À ces mots, John Clayton commença une histoire qui suscita quelque émoi parmi nous trois, visiteurs de Bedlam. Au fil du récit, sir John et lord Mansfield se penchaient en avant, ébahis de ce qu'ils entendaient. Seul le Dr Dillingham, remarquai-je à mi-chemin de la narration, parut écouter paisiblement, adossé à son fauteuil, hochant la tête, pas le moins du monde surpris, comme s'il avait déjà tout entendu auparavant ; et peut-être était-ce le cas, songeai-je.

— Vous avez devant vous, déclara M. Clayton, quelqu'un dont le corps renferme trois natures distinctes. Eusebius, que vous avez rencontré, mais il en existe un autre, dénommé Petrus, qui...

— Je l'ai aussi rencontré, interrompit sir John.

— Ah oui, sans doute au moment de mon arrestation. Vous les connaissez donc tous. J'ai appris pour la première fois leur existence alors que je n'étais qu'un écolier, aux alentours de ma treizième année. Mes parents, bien que de simples ouvriers agricoles, souhaitaient m'offrir la meilleure éducation qui existât. Jusque-là, j'obtenais de bons résultats, mais en raison de ma taille et de ma gaucherie adolescente, j'attirais l'attention des rustres plus âgés à l'école. Ils me menaçaient. Jusqu'au jour où ils ont mis ces menaces à exécution, après les cours, et Petrus a alors fait sa première apparition. Je ne l'ai point invoqué. En vérité, j'ignorais moi-même tout de ses actes, car ma mémoire a occulté ce qui s'est précisément déroulé. Mais il semble que j'ai alors roué de coups ces deux garçons et que j'ai brisé un bras à l'un d'eux. Mes camarades de classe, ayant assisté à l'altercation, m'ont confié qu'au cours de celle-ci j'ai dit m'appeler Petrus et que j'ai fait la sourde oreille aux suppliques de ces brutes, réclamant ma pitié. L'incident fit grand bruit et il ne pouvait en être autrement, en fait. La famille de celui dont j'avais brisé le bras désirait me voir comparaître en justice pour agression et mis ensuite en prison. Mais en raison de mon jeune âge, le magistrat local considéra l'affaire comme une querelle d'enfants. Il a exigé, néanmoins, que mes parents règlent les honoraires du médecin qui soigna le bras cassé.

— Ce qui n'est que justice, semble-t-il, intervint sir John.

— Sans doute, mais le coût de ce bras cassé faillit briser mes pauvres parents.

— Qu'en est-il d'Eusebius ? Quand est-il apparu pour la première fois ?

— Peu de temps après. L'incident avec Petrus m'avait profondément troublé, d'autant plus que j'étais incapable de me souvenir de ce qui s'était produit. J'ai évité tout contact avec mes camarades, de peur qu'une simple dissension puisse faire surgir ce monstrueux double de ma personne, lequel aurait alors défiguré le moindre innocent. Fort de ces pensées et craignant le pire, j'en suis venu à négliger mes études. Un jour, alors que le maître d'école me demandait de répondre à une question dont j'ignorais la réponse, je me suis levé, j'ai bredouillé tant soit peu, avant de subir la même perte de connaissance. Lorsque j'ai repris mes esprits, j'ai entendu les rires de mes camarades et me suis rendu compte que le professeur me forçait à me rasseoir. Perplexe et confus, je suis resté assis à ma place jusqu'à la fin des cours, en me demandant ce que j'avais bien pu faire. C'est seulement par la suite que j'ai appris qu'au lieu d'admettre mon ignorance je m'étais mis à discourir et à gloser sur le sujet de la manière la plus singulière qui soit, comme si j'étais le dépositaire de quelque grande sagesse et que le maître n'en possédât aucune. Il avait tenté de me faire taire, mais je n'avais rien voulu entendre. Je m'étais mis à déclamer mes billevesées pendant de longues minutes, tout en me réclamant d'Eusebius, jusqu'à ce que l'enseignant intervienne et me contraigne à me rasseoir. Heureusement, Petrus ne s'est pas offusqué de ce qu'on ait porté la main sur moi et il n'a pas surgi.

Lord Mansfield prit la parole pour la première fois :

— Et avez-vous été souvent visité par ces deux...

Il hésita, puis reprit le terme que Clayton avait employé :

— ... par ces deux *natures* ?

— Pas souvent, monsieur.

— L'usage veut qu'on s'adresse à moi en disant « milord ».

— Alors, pas souvent, milord. En raison de ces deux incidents, j'ai découvert qu'on n'appréciait guère ma présence à l'école et j'ai bientôt cessé d'y aller. Bien qu'encore jeune garçon, j'avais la stature d'un adulte et pouvais accomplir la besogne d'un homme. Ensuite, comme je gagnais ma vie et contribuais à la subsistance de ma famille, j'ai fini par me considérer comme un individu tout à fait indépendant et je me suis adonné à la bière et aux spiritueux. Au fil du temps, cela a eu quelques répercussions, au cours desquelles Petrus a refait surface : une fois, cela m'a valu d'être interné dans un petit hôpital de mon comté natal, semblable à celui-ci.

— Je suis au courant de cet incident, déclara sir John. J'ai reçu une lettre d'un certain Dr James Andrews, où il relate l'événement et votre séjour à l'hôpital.

— Un brave homme, commenta M. Clayton. Je crains de ne lui avoir pas tout confié de mon histoire. Je n'ai nullement fait mention de Petrus. En un sens, tout cela m'aura été profitable, car, étant préoccupé par cet aspect trouble de ma vie, je me suis refermé sur moi-même et c'est en moi que j'ai découvert la poésie. Lorsque j'étais écolier, j'avais l'amour des mots et j'ai parfois tenté d'écrire quelques vers puérils. Mais tandis que je grandissais en besognant aux champs, j'ai senti des strophes entières sourdre en moi. Je pouvais à peine attendre que ma tâche soit accomplie pour rentrer à la maison et coucher sur le papier ce qui m'était apparu, voire y donner une suite, guidé par ma seule inspiration. Lorsque je...

— Parfait, parfait... intervint lord Mansfield. Mais qu'en est-il de cette autre présence... comment s'appelle-t-il, déjà ?

— Eusebius, milord. Il m'est également apparu et de façon assez fréquente. Lorsque John Clayton reste muet devant l'autorité, Eusebius s'exprime en son nom. Il jacasse à n'en plus finir, souvent pour dire des sottises, comme à son habitude, sans doute, mais il convainc parfois. Il y a eu ce jour où, face à notre magistrat local, il m'a persuadé de séjourner à l'hôpital du Dr Andrews pour y être examiné. Ce n'était pas moi mais Eusebius. Je me suis retrouvé sur la liste des patients sous le nom d'Eusebius Clayton. J'ai justifié cela en clamant que mon deuxième prénom n'était autre qu'Eusebius. Puis, il n'y a pas si longtemps, lorsque j'étais en négociation avec M. Crabb, Eusebius est intervenu et m'a ridiculisé, je le crains. M. Crabb a aussitôt senti l'étrangeté de mon comportement ; il n'a point tenté de défier Eusebius, mais a attendu que j'aie recouvré la raison et que je me sois calmé. Je lui ai alors confessé ce trouble dont j'étais parfois victime et il l'a accepté.

— Lui avez-vous également parlé de Petrus ? s'enquit sir John.

— Nenni, monsieur.

— Et pourquoi donc ?

M. Clayton ne répondit pas vraiment, mais, après quelques instants de réflexion, il déclara :

— Parce que je ne désirais point l'effrayer.

— Je vois. Racontez-nous à présent ce qui s'est produit, lorsque vous avez comparu devant moi au tribunal de Bow Street.

— Je suis revenu à moi dans cette pièce réservée aux prisonniers, contiguë à la salle d'audience.

— La chambre de sûreté.

— Est-ce ainsi qu'on la désigne ? Quoi qu'il en soit, c'est là-bas que je me suis retrouvé assis, vêtu d'une chemise de nuit maculée de sang. J'étais censé revêtir les effets qui avaient été ramassés au domicile des Crabb. Je suis resté assis, comme je le disais, pendant près d'une heure, en essayant de me remémorer ce qui s'était passé. J'en avais certes souvenance ; des images horribles me venaient à l'esprit, mais dans la plus grande confusion. Pareilles horreurs étaient-elles uniquement le fruit de mon imagination ? Cela semblait peu probable, car la présence de ma chemise de nuit ensanglantée prouvait que ces visions étaient bel et bien réelles. Je me suis habillé de mauvaise grâce, en essayant toujours de me rappeler ce qui s'était passé, en tâchant encore de mettre tant soit peu d'ordre dans les impressions et les scènes que j'avais en tête. Lorsqu'on m'a conduit dans la salle et qu'on m'a fait asseoir devant vous, je me suis abandonné totalement au bon vouloir d'Eusebius qui a donc pris ma place. Nul doute que cela aura eu des conséquences désastreuses.

— S'il en est ainsi, dit sir John, comment se fait-il que vous puissiez à présent vous adresser à nous de façon aussi convaincante et aussi raisonnable ?

— Bien observé ! renchérit le président de la Haute Cour. En effet, en effet... Pourquoi est-ce ainsi, monsieur ?

Il acheva par un rire, comme pour signifier qu'il avait pris Clayton en défaut.

— Parce que, monsieur, milord, depuis mon arrivée à l'hôpital Bethléem, j'ai eu tout loisir de réfléchir à cette affaire. En vérité, je n'ai songé à rien d'autre. J'ai mis de l'ordre dans ma mémoire, je me suis concentré sur les images que je percevais et je crois à présent pouvoir vous offrir un témoignage — partiel, certes — de ce que j'ai vécu en la demeure des Crabb, pendant la nuit dont il est question. En fait, j'étais si sûr de moi que j'ai commencé une lettre qui vous était destinée, sir John Fielding, dans laquelle je demandais si je pouvais vous communiquer ceci. Le Dr Dillingham a eu la bonté de me fournir papier, encre et plume. Je n'ai point achevé la missive, car il m'a parlé hier au soir de cet entretien. Tout ce que ma lettre pouvait contenir, je pouvais désormais vous le dire en personne. En d'autres termes, je suis tout à fait dispos. Lorsque mon esprit est en ordre et que je suis bien préparé, Eusebius n'a pas lieu d'intervenir. Je suis capable de mener à terme mes propres affaires. Voici la lettre.

Sur ces mots, John Clayton s'avança et posa sur la table la feuille de papier ministre. Lord Mansfield s'empara aussitôt de la lettre, adressée bien entendu à sir John, sortit des lunettes de son gilet et commença à la lire avec la plus grande concentration.

Sir John, conscient de ce qu'il s'était passé, se tourna vers le Dr Dillingham à sa gauche et, d'un ton posé, à peine plus haut qu'un murmure, s'enquit :

— Que dites-vous de cela, docteur ? *Trois* natures en un seul corps ? Je n'ai moi-même jamais entendu une chose pareille.

Lord Mansfield leva le nez de la missive.

— En effet ! s'exclama-t-il. Tout cela n'a ni queue ni tête, à mon avis.

— Non, non, je puis vous garantir que de tels cas ne sont point aussi rares que vous le supposeriez, répliqua le médecin. J'en ai connu un certain nombre depuis que j'œuvre ici à l'hôpital Bethléem. Et si la guérison paraît impossible...

— Impossible ?

— Eh bien, évidemment, elle s'avère difficile à déceler, car dès lors que l'individu a recouvré sa véritable nature, son comportement semble des plus ordinaires, tel que celui de M. Clayton présentement. Il peut demeurer ainsi ou, dans certaines circonstances, laisser libre cours à son autre personnalité, plus querelleuse, laquelle peut lui causer des problèmes.

Entre-temps, lord Mansfield s'était désintéressé de la discussion et était revenu à la lettre. John Clayton, quant à lui, trouvait grand intérêt aux propos échangés. Il se pencha en avant, prêtant une oreille attentive au magistrat et au praticien.

— À votre avis, docteur Dillingham, demanda sir John, diriez-vous que John Clayton est un homme sain d'esprit, capable de passer en jugement ?

— Je puis certes l'affirmer, mais je ne saurais en dire autant de Petrus ou de cet autre individu — comment s'appelait-il ? — ah oui... Eusebius. Je n'ai rencontré aucun des deux. Il s'agit, bien entendu, de savoir si John Clayton peut être jugé pour les crimes de Petrus.

— Telle est effectivement la question, n'est-ce pas ? Si nous ne devions pas...

Lord Mansfield se leva d'un bond, ôta ses lunettes et saisit son tricorne.

— Allons-nous-en, sir John, déclara-t-il. Nous n'avons plus rien à faire ici.

Sir John tourna la tête ici et là, passablement confus.

— Qu'est-ce donc ? Que voulez-vous dire ?

— Que tout est là, noir sur blanc dans sa lettre. Votre garçon se chargera de vous la lire. M. Clayton déclare le plus clairement du monde qu'il souhaite être jugé pour les meurtres survenus au sein de la maisonnée Crabb. Tel était l'objet de cet interrogatoire. S'il désire comparaître, nous devons assurément accéder à sa requête.

— Est-ce vrai ? s'enquit sir John à l'adresse de John Clayton. Vous souhaitez passer en jugement devant la Haute Cour de justice ?

— Oh oui, monsieur, répondit le prévenu avec force.

— Mais pourquoi, mon brave ? La question de la responsabilité demeure, à mon humble avis, sujette à caution.

— Parce que je suis certain de mon innocence, voilà tout.

Une pluie dense nous accueillit au sortir de l'hôpital Sainte-Marie-de-Bethléem. Le cocher et le valet de pied tenaient la bride de l'attelage et paraissaient grandement marris de voir l'eau ruisseler des bords étroits de leurs chapeaux ronds. Le valet de pied lâcha les rênes et s'empressa d'ouvrir la portière à lord Mansfield. Pour sa part, ce dernier se rua sur le coche du mieux qu'il put, puis, avec l'aide du domestique, se débrouilla pour grimper dans le véhicule.

Comme il se penchait pour nous saluer, son regard embrassa la route par-delà la grille. Il n'y avait bien sûr aucune voiture de louage en vue.

— Venez donc, sir John ! s'écria-t-il. Je ne vais pas vous laisser patauger sous cette pluie battante, en quête d'un fiacre. Le garçon peut faire le trajet aux côtés du cocher.

— Je préfère qu'il voyage avec nous, rétorqua sir John d'une voix qui ne supportait pas la contradiction.

— Balivernes ! C'est votre domestique, n'est-ce pas ?

— Assurément point. Il est membre de ma maisonnée, sous tutelle judiciaire.

— Au diable pareilles niaiseries ! Allons... venez donc, vous deux.

Ce disant, il ouvrit la portière à la volée et nous trottâmes, sir John et moi, de conserve, traversant les flaques d'eau jusqu'au véhicule. Le valet de pied aida le magistrat à monter, mais, lorsque vint mon tour, il me prêta main-forte jusqu'à l'intérieur, puis me poussa violemment, de sorte que je m'étalai de tout mon long sur le plancher du coche.

— Regarde où tu mets les pieds, mon garçon, me dit lord Mansfield. Sois plus prudent.

— Oui, milord.

— Par ici, Jeremy, assieds-toi à mes côtés.

Tandis que je prenais place auprès de sir John, je lorgnai par la vitre que la pluie fouettait et j'entrevis le sourire narquois du domestique, au moment où il se détournait. Quelques instants plus tard, nous étions partis... nous franchîmes les grilles et rejoignîmes la grand-route.

Comme le coche caracolait, sir John et lord Mansfield gardèrent quelque temps le silence, tandis que je méditais sur le récit que j'avais entendu de la bouche de John Clayton. Il ne m'avait point échappé que ses difficultés avec Petrus et Eusebius avaient surgi alors qu'il avait treize ans... précisément mon âge. Le destin me réservait-il quelque mauvaise surprise du même acabit ? J'espérais sincèrement que non.

En y réfléchissant, je décidai que je n'avais rien à craindre. Car, si d'aventure j'avais eu besoin d'un Petrus pour me venir en aide, c'eût été la veille, lors de cette rencontre pour le moins houleuse avec le voleur présumé. De toute évidence, à en juger par la façon dont il s'était battu au-delà de sa taille et de sa force, il disposait à n'en point douter d'un Petrus à ses côtés. Je réfléchis ensuite au témoignage que Black Jack Bilbo avait livré au tribunal de sir John. Il avait volontiers admis ne plus se souvenir de son agression à l'endroit du frère Isaac et du frère James, de l'instant où on lui avait tiré la barbe à celui où le sergent Cowley lui avait tapé sur l'épaule. Il n'avait aucune idée du temps écoulé dans l'intervalle ; en tout cas, cela avait suffi pour qu'un attroupement se formât alentour. Qu'avait-il donc déclaré à l'issue de sa déposition ?... Qu'il était heureux de ne pas avoir eu de couteau ou de pistolet à portée de main. Ce qui signifiait, bien sûr, qu'il aurait pu tous deux les assassiner. M. Bilbo avait qualifié son état de « rage vengeresse ». N'avait-il point été visité par son Petrus à lui ?

Ruminer de la sorte ne m'apporta aucun réconfort. Mais en songeant à M. Bilbo et à son étrange rencontre avec les Frères spirituels, je me remémorai un détail que je me promis de communiquer à sir John, à la première occasion.

Mais pas en ce coche, ni à ce moment-là. Le silence qui s'était installé entre lord Mansfield et sir John n'invitait pas à la moindre interruption. Nous passâmes devant St. Giles Cripplegate et non loin de Grub Street. Je notai que la pluie s'était plus ou moins atténuée. Malgré tout, je n'étais pas peu satisfait d'effectuer ce trajet au chaud et au sec, plutôt qu'au froid et trempé, sur le siège du cocher. Ainsi n'étais-je donc point un domestique mais un membre de la maisonnée de sir John. Pareille distinction me laissait perplexe.

— Sir John, déclara le président de la Haute Cour, pourquoi ne pas simplement nous dépêcher ce Clayton, à l'Old Bailey ? Vous lui avez laissé un jour entier à Bow Street. Cela ne devrait-il point suffire ?

— Il n'était pas apte à déposer ce jour-là, répliqua fermement sir John. Vous avez tout comme moi entendu ses explications.

— Vous parlez d'Eusebius et de tout ce galimatias ? Certes, l'histoire était palpitante — j'avoue avoir été captivé par sa narration —, mais quelle valeur peut-elle réellement représenter dans une cour de justice ? La loi ne reconnaît pas de telles circonstances. Un seul homme, une seule personnalité... voilà comment elle juge.

— Alors, peut-être faudra-t-il que l'on change la loi.

Lord Mansfield accueillit la réplique avec un rire indulgent.

— Par ailleurs, poursuivit sir John, M. Clayton avait quelque chose, voire plusieurs choses à nous dire. Selon moi, notre départ était prématuré. Je pense que nous aurions dû l'entendre, à l'instar de n'importe quel témoin. Jusqu'ici, il n'a point été reconnu coupable, ni même officiellement inculpé. En ce qui me concerne, il est simple témoin. En qualité d'unique survivant de cet horrible massacre, il peut effectivement se révéler notre meilleur témoin.

— Ah... sir John, vous ne changerez donc jamais, n'est-ce pas? Vous imaginez un dédale de difficultés, quand les faits vous ouvrent une voie toute tracée. Contentez-vous de nous le déférer, vous dis-je.

En guise de réponse, sir John se borna à émettre ni plus ni moins qu'un grognement.

Ils poursuivirent le trajet en silence pendant un certain temps. Nous approchions à présent de Covent Garden. J'entrevis la cathédrale Saint-Paul qui dominait les édifices avoisinants de taille moindre. D'une certaine façon, ces longues périodes silencieuses entre les deux juges m'avaient mis mal à l'aise. Je songeai que je serais heureux une fois le parcours terminé.

Mais le silence fut de nouveau brisé, par sir John, cette fois.

— Monsieur le président de la Haute Cour, déclara-t-il, vous ne tarderez point à recevoir une lettre de requête émanant de ma personne.

— Oh? Quel en sera le contenu, cette fois? Quelques sergents en sus pour vos forces de police?

— Non, encore qu'ils s'avéreraient fort utiles dans les rues de Westminster et de la Cité. Gardez cela à l'esprit, je vous prie, lorsque je déposerai cette requête.

Lord Mansfield soupira :

— Je n'y manquerai point. Qu'avez-vous donc pour l'heure en tête?

— Une œuvre caritative.

— Oh, encore une, n'est-ce pas? Quelque chose de la même veine que ces fonds destinés à envoyer en mer les jeunes criminels, comme vous en avez fait la promotion, voilà quelques années?

— Quelque chose dans ce goût-là, en effet.

— Ma foi, cela vous a valu le titre de chevalier, n'est-ce pas?

— J'étais porté à croire que mes services en qualité de magistrat y avaient contribué.

— Et vos sergents de ville. N'oubliez pas vos sergents de ville. Ils vous ont rendu célèbre. J'ai même entendu quelques esprits retors maugréer qu'ils vous auraient rendu par trop célèbre. Mais de quoi s'agit-il, à présent ?

— Je suis en train de préparer une souscription destinée à une maison qui accueillera les prostituées repenties. J'ai particulièrement à cœur d'arracher les jeunes filles à la rue.

— Une maison pour les catins juvéniles, dites-vous ? Ma foi, vous aurez tôt fait de la remplir.

— Je souhaite avant tout qu'elles reçoivent une éducation et apprennent un métier, afin qu'elles puissent s'élever dans le monde et subvenir à leurs propres besoins.

— Peu vraisemblable, commenta lord Mansfield en riant. Franchement, j'en doute. Neuf fois sur dix, elles choisissent cette vie par goût.

— Souffrez alors que je m'attache à secourir la dixième, répliqua sir John.

De nouveau, un soupir.

— Pourquoi pas ? Combien ai-je offert pour votre souscription concernant les jeunes délinquants ? Celui qui est assis à vos côtés en fait-il partie, à propos ?

— En aucun cas, rétorqua sir John.

En pensée, je lui sus gré de sa réponse.

— Combien, alors ?

— Une centaine de livres ?

— Pas autant, assurément. Pourquoi pas... voyons... cinquante ?

— Un chiffre intermédiaire. Je suis certain que notre projet aboutira.

— Ma contribution hâtera-t-elle quelque peu la comparution de John Clayton à mon tribunal ?

— Pas d'une seule minute.

— Le contraire m'eût étonné.

Le coche s'était arrêté. La pluie avait cessé. Nous

étions à Bow Street. J'ouvris la portière et bondis dans la rue, ne souhaitant point l'aide du valet de pied.

Peu avant de partir pour Bedlam, sir John avait présenté une requête particulière à Benjamin Bailey, capitaine des sergents de ville. Bien que ce dernier eût travaillé toute la nuit durant, le magistrat lui avait demandé d'achever sa ronde par une visite aux Frères spirituels, dans leur refuge et lieu de prière de Half Moon Passage. Il devait y présenter aux frères Isaac et James leur citation à comparaître pour outrage à la cour, puis envoyer Moll Caulfield à Bow Street, afin qu'elle y reçût les dix guinées qui lui étaient affectées et dont s'était acquitté Black Jack Bilbo en guise d'amende.

Sir John avait espéré la voir à Bow Street avant notre départ. Aussi se mit-il en quête d'elle dès notre retour. Il s'adressa à M. Marsden et s'enquit au sujet de Moll.

— Je n'en ai pas vu la moindre trace, répondit le greffier.

— C'est pour le moins étrange, déclara le magistrat.

— M. Bailey est dans nos murs, toutefois.

— Le pauvre doit être épuisé. Il est presque midi.

— C'est l'impression qu'il m'a donnée. Je lui ai prêté mon alcôve, afin qu'il puisse y faire un somme.

Et ce fut là que nous retrouvâmes ce dernier, assis au bureau de M. Marsden, et dormant à poings fermés.

— Secoue-le, Jeremy, afin qu'il se réveille. Il ne serait pas revenu ici, s'il n'avait rien d'important à me communiquer.

Cela ne s'avéra pas chose aisée. M. Bailey était si profondément endormi qu'il me fallut le secouer à plusieurs reprises et lui assener quelques gentilles bourrades, pour l'arracher à sa léthargie. Lorsqu'il se redressa enfin dans le siège de M. Marsden, ouvrant les paupières et plissant les yeux en alternance, sir John le jugea en état de l'écouter.

— Monsieur Bailey, commença-t-il, votre retour en ce

lieu me laisse supposer que vous avez quelque chose à me confier. Rassemblez vos esprits et faites-m'en part.

Les yeux grands ouverts, le brigadier prit deux ou trois profondes inspirations et se leva, étirant à l'extrême son imposante carcasse, en remuant ici et là.

— Effectivement, sir John, articula-t-il comme s'il eût étouffé un bâillement. Comme vous devez vous en douter, c'est à propos de ma visite à ce groupe d'olibrius de Half Moon Passage. Ils ont pris possession de *La Clé*, n'est-ce pas ? Cet endroit aurait dû s'écrouler de longue date, à mon avis.

— Certes, certes, monsieur Bailey, mais poursuivez, je vous prie.

— Oui, monsieur. Navré, monsieur.

Il continua, s'exprimant à présent de manière plus méthodique :

— J'ai frappé à leur porte, en exigeant d'entrer et en montrant les citations à comparaître que M. Marsden avait rédigées, et tout en insistant pour les remettre en main propre à frère Isaac et à frère James. Ils étaient malades, me dit celui à qui je m'adressais. Et je n'en ai pas douté, ayant entendu de la bouche du sergent Cowley ce que ce vieux Black Jack leur avait fait. Mais j'ai insisté, comme je vous le disais, et l'on m'a conduit à l'étage de l'ancienne hostellerie, où je me suis présenté à chacun des frères en question. Ils étaient en piteux état, je n'en disconviens pas, mais sur la voie de la guérison, pour ainsi dire, et je leur ai fait part des risques qu'ils encouraient, s'ils manquaient à comparaître aujourd'hui au tribunal de Bow Street. Ils acceptèrent de s'y rendre, mais à contrecœur.

— Dites-moi, monsieur Bailey, intervint sir John, à quel étage ces deux hommes passaient-ils leur convalescence ?

— Au tout dernier, monsieur.

— On ne nous a point amenés là-haut, commenta sir John presque à part lui, mais assez fort pour que je l'entende. Poursuivez donc, monsieur Bailey.

— Cela étant dit, je leur ai annoncé qu'on m'avait également chargé de soustraire Moll Caulfield à leurs bons soins et de la dépêcher à Bow Street. Ce qui, pour je ne sais quelle raison, causa un grand émoi parmi eux, et ils s'en allèrent arracher un autre de leurs compagnons à ses dévotions matinales. Bien qu'ils affirment n'avoir aucun chef, celui qu'ils sont allés quérir est, selon moi, le responsable.

— Et son nom n'est autre que frère Abraham.

— Parfaitement, monsieur. J'ai donc dit à ce frère Abraham que je souhaitais voir Moll... et comme leur compagnie commençait à me lasser, ma requête a pris la forme d'une exigence, pardi ! Mais il m'a rétorqué le plus aisément du monde qu'elle n'était plus parmi eux, qu'elle était partie la veille au soir de son plein gré. J'ai insisté pour qu'on m'indique où elle dormait et l'on m'a conduit au sous-sol, où l'on m'a montré une paillasse vide. Elle aurait pu être celle de n'importe lequel des pauvres diables que j'ai entrevus à leurs dévotions. Lorsque j'ai demandé pourquoi elle était partie, il m'a répondu tout simplement : « Elle n'aimait point notre compagnie. » Eh bien, en toute honnêteté, je n'ai pas aimé la sienne, car il y avait quelque chose qui m'irritait dans son attitude, comme dans sa façon de relater les circonstances du départ de Moll... je ne saurais vous dire quoi, au juste.

— Quelles étaient ces circonstances ?

— Lui — ce frère Abraham — a prétendu qu'elle était une femme tracassière, qui avait brisé l'harmonie de leur groupe. « Eh bien, lui ai-je rétorqué, vous l'avez chassée. — Non, a-t-il répondu, nous lui avons laissé le choix. Elle pouvait s'en aller ou demeurer à sa guise, mais si elle restait, elle devait tenir sa langue et ne plus clamer des propos impies. » Et il a ajouté qu'elle avait choisi de partir... même qu'elle en était fort indignée !

— A-t-il précisé la teneur des propos impies qu'elle aurait proférés et qui les auraient tant offensés ?

— Non, et je ne le lui ai pas demandé, car je ne m'y

entends guère à ces détails de doctrine qui passionnent tant les prédicateurs.

— Et qui ont suscité tant de conflits entre les peuples.

— Comme vous le dites, sir John.

— Il en résulte donc que Moll Caulfield ne se trouve désormais plus parmi eux. Depuis... quand ?

— Depuis neuf heures environ, hier au soir.

— Eh bien, nous dirons aux sergents de rester à l'affût pendant leurs rondes de ce soir. Rentrez chez vous, monsieur Bailey, vous devez dormir. Je vous sais gré d'être resté pour me livrer votre rapport en personne.

Le brigadier commença à s'en aller, puis il se retourna, l'air visiblement déconcerté.

— Cela ne fait aucun doute que cette vieille Moll est une femme pétrie de volonté, comme on dit, et qu'elle pourrait causer quelque tracas lorsqu'elle l'a fermement décidé, mais la manière dont ils l'ont traitée ne paraît pas juste. Après tout, ces occupants de l'ancienne *Clé*, ils sont censés être chrétiens, non ?

Ce disant, il sursauta, comme frappé par une pensée subite :

— Oh ! Autre chose, monsieur ! Ces frères avec qui j'ai parlé, ce ne sont pas des Anglais bien de chez nous. Ils viennent des colonies d'Amérique. Je reconnaîtrais n'importe où leur étrange façon de parler.

— C'est ce que m'a confié frère Abraham, déclara sir John. Il a cité un lieu au nom fabuleux... Monongahela.

— Monongahela, dites-vous ? Non loin de Fort Pitt, si j'en ai bonne souvenance. Laissez-moi y réfléchir un peu.

— Que non ! Allez plutôt en rêver. Allez-vous-en, vous dis-je ! Et dormez. Vous avez fort bien agi.

Sur ces paroles, M. Bailey prit congé, laissant sir John se caresser le menton d'un air songeur... et moi à ses côtés, tentant de lire dans ses pensées. J'attendis que le magistrat s'arrachât à ses méditations et s'apprêtât à quitter l'alcôve de M. Marsden pour enfin prendre la parole :

— Sir John ?

— Oui, Jeremy ?

— J'aimerais sortir et me mettre en quête de Moll Caulfield.

— Eh bien...

— Pour l'heure, vous disposez seulement de deux hommes de garde : le gardien de la chambre de sûreté et le sergent de jour. Il faut qu'on la retrouve... et le plus tôt sera le mieux, ou du moins ce me semble. En outre...

— Oui, mon garçon, qu'est-ce ?

— Je me sens responsable de sa situation. Si je ne l'avais point conduite chez ces frères, elle serait...

— Précisément où elle est aujourd'hui, interrompit sir John, c'est-à-dire dans la rue. M. Bailey ne s'est pas trompé en la qualifiant de femme volontaire. Elle a certes eu son lot d'ennuis auparavant, mais elle demeure en partie responsable de sa situation.

— Mais, monsieur, il se peut qu'elle ne soit pas dans la rue. Elle a une amie, une vieille dame dénommée Dotty — mais j'ignore son nom de famille —, qui m'a conduite à elle, ce jour de grand vent où sa demeure s'est écroulée. Moll se trouve peut-être à ses côtés.

— Parfait, dit-il. Mets-toi à sa recherche, alors, et si tu ne trouves point Dotty, examine le moindre coin et recoin de Covent Garden. Il se peut que tu y croises Moll, réduite à la mendicité.

— Je n'y manquerai pas. Merci, sir John.

— Et à propos, tu m'obligerais si, en chemin, tu passais chez Mme Durham, afin de voir si elle va mieux. Tu peux également lui confier que j'ai fait part de son projet à lord Mansfield et obtenu une réponse positive.

CHAPITRE VI

Où je retrouve mon ancien adversaire et où Moses Martinez se présente à sir John

Si Moll Caulfield semblait avoir disparu, il en allait de même pour son amie Dotty. Je sillonnai de long en large les rues aux alentours de Covent Garden, puis allai au-delà, en continuant à chercher et à demander aux passants s'ils les avaient vues toutes les deux... mais sans résultat. Au hasard des rues, je croisai trois femmes qui poussaient des carrioles de légumes, chacune semblable à l'autre. Je les interrogeai à tour de rôle au sujet de Moll, puis de Dotty. Toutes répondirent qu'elles les connaissaient. Aucune n'affirma avoir aperçu l'une ou l'autre ce jour-là.

Lorsque j'eus fait tout le tour de Covent Garden, je me retrouvai à quelques rues à peine du domicile de Mme Durham, au 3, Berry Lane. Me souvenant de la requête de sir John, je m'efforçai de l'honorer en me rendant directement à cette adresse. Une fois sur place, je gravis cet escalier qui, la veille, avait été le théâtre de mon déshonneur (en me demandant quelle punition me réservait sir John, tout en espérant qu'il eût complètement oublié cette affaire), puis frappai à la porte. De l'autre côté, Mme Durham me pria de décliner mon identité. Je m'exécutai et elle m'ouvrit en m'accueillant le plus chaleureusement du monde.

— Jeremy, c'est un réel plaisir, déclara-t-elle.

Puis, baissant le ton, sans oser regarder alentour, elle s'enquit :

— Sir John attend-il au pied des marches ?

— Oh, non ! répondis-je. Il est en séance à l'heure qu'il est.

— Bien sûr, dit-elle, visiblement déçue, tout en faisant de son mieux pour le dissimuler. Je suis stupide de ne point y avoir songé. Mais entre donc, veux-tu ? Dis-moi quelles sont les nouvelles.

— J'en ai au moins une, déclarai-je, tandis qu'elle me conduisait à l'intérieur en m'indiquant un fauteuil. Mais en premier lieu, sir John m'a demandé de m'enquérir de votre santé.

(En la voyant traverser le court espace qui séparait la porte du sofa, j'avais eu le temps de remarquer qu'elle boitait encore.)

— Je me porte assez bien, dit-elle. Je crains de n'avoir quelque peu précipité les choses aujourd'hui, en allant faire mes emplettes à Covent Garden. Au retour, ma cheville m'élançait davantage qu'à l'aller. Je dois également avouer que je l'ai mise à rude épreuve, en essayant de maîtriser ce farouche gamin avec lequel tu t'es battu hier. Quelle était donc la cause d'une telle bagarre ?... Si tu ne vois pas d'inconvénient à m'en faire part, bien sûr...

Ce que je fis effectivement, lui confiant de surcroît les objections émises par sir John eu égard à ma conduite, tout en reconnaissant qu'il faisait preuve d'une certaine sagesse. Elle m'écouta en hochant la tête et en m'encourageant à poursuivre. Ce fut seulement lorsque j'eus achevé le récit de mon entretien avec le magistrat qu'elle reprit la parole :

— C'est sans conteste un être d'une grande sagesse, tu sais, comme peu d'hommes et de femmes le sont. Je me demande pourquoi on ne lui a pas confié la responsabilité d'une cour de justice plus importante. Peut-être l'apprécie-t-on davantage pour ses sergents de ville que pour sa besogne quotidienne, à en juger par cette foule de brigands et de voleurs qui défile devant lui.

Elle s'interrompit alors, comme pour peser ce qu'éventuellement elle pouvait ou non me confier.

— Il s'est montré d'une grande sollicitude à mon endroit, reprit-elle enfin.

— Dans quelle mesure, madame Durham ?

De toute évidence, elle souhaitait qu'on le lui demande.

Elle répondit avec application :

— Je lui ai présenté une idée qui me tenait à cœur, un projet modeste, en vérité. Et lui, fidèle à sa réputation, m'a écoutée avec mansuétude ; il a saisi tout l'intérêt de ma suggestion et l'a concrétisée... sur-le-champ, pour ainsi dire. Il a tout écouté avec le plus grand sérieux.

— Eh bien, dis-je, la nouvelle que je vous apporte devrait vous ravir.

— Qu'attends-tu donc pour me la communiquer !

— Sir John m'a demandé de vous dire...

Je m'interrompis, cherchant à ne point dénaturer les propos du magistrat, puis enchaînai :

— ... qu'il avait fait part de votre projet à lord Mansfield et obtenu une réponse positive.

— Mais, Jeremy, c'est véritablement merveilleux... la meilleure nouvelle que tu puisses m'apporter ! s'exclama-t-elle en battant des mains. Lord Mansfield, te rends-tu compte ! Il est comte, si je ne m'abuse. Je me demande ce qu'ils se sont dit.

— Peut-être pourrais-je modestement contribuer à vous éclairer sur ce sujet, déclarai-je, en bombant quelque peu le torse.

— Étais-tu présent ? Oh, Jeremy, raconte-moi !

Après qu'elle m'eut promis de garder le secret, je lui narrai ce qui s'était passé entre les deux hommes dans le coche, au retour de Bedlam : la lettre de requête, la souscription, les négociations... en bref, tout, hormis la nature de l'œuvre caritative. Mme Durham fut grandement impressionnée.

— Une centaine de livres ? répliqua-t-elle d'une voix

trahissant la stupéfaction. Sans mentir, il a demandé autant à un seul individu ?

— Lord Mansfield a proposé cinquante livres.

— C'est une somme rondelette.

— Sir John a suggéré qu'ils s'accordent sur un chiffre intermédiaire.

— Oh, Jeremy, j'en ai la chair de poule ! Tu me combles d'une si grande joie !

— Mais n'en soufflez pas un mot à sir John, je vous prie. Je doute qu'il apprécie de savoir que je rapporte ses conversations avec le président de la Haute Cour.

— Tu as ma parole, promit-elle.

— Je vous ai seulement dit qu'il avait transmis le projet et que celui-ci avait reçu un bon accueil.

— Entendu.

Sur ces mots, je me levai pour prendre congé, conscient d'avoir largement dépassé le temps prévu en sa compagnie. Bien que j'insistasse pour qu'elle demeurât assise sur le divan, elle se leva et, d'un pas douloureux, me reconduisit à la porte.

— J'espère que votre pied sera bientôt guéri, dis-je. Peut-être pourrais-je me charger de vos commissions, si vous m'en dressiez la liste.

— Peut-être... lundi. Quoi qu'il en soit, ta visite m'a enchantée, Jeremy. Quant à ma guérison, je n'ai aucun souhait de reprendre ma vie quotidienne. J'ai quelque argent de côté. Je l'utiliserai en espérant que tout s'arrangera pour le mieux.

Nous nous fîmes nos adieux et je filai sans plus tarder vers Covent Garden, où sir John m'avait dit que je risquais d'y trouver Moll Caulfield en train de mendier. Tout en me frayant un chemin dans les rues bondées pour gagner la place encore plus grouillante de monde, je songeai à ma visite chez Mme Durham et à mon plaisir en sa compagnie. Je m'en étonnai, puis compris que cette femme, comme M. Donnelly (le médecin qui s'était montré si coopératif avec sir John dans l'enquête Goodhope), me traitait simplement en adulte... et non point en enfant. Avec la mort de ma mère, de mon frère, et dernièrement de mon père, j'avais mon content d'enfance et désirais devenir un homme. Sir John me considérait à la fois comme un garçon et comme une grande personne, ce qui convenait sans doute mieux, car je semblais agir souvent ainsi, m'acheminant d'un pas chancelant vers le monde des adultes et retombant peu après dans celui de l'enfance. Je traversais en effet une période difficile, comme tous les garçons, je crois, et une attention bienveillante semblable à celle de Mme Durham m'était du plus grand réconfort.

J'avais un plan à l'esprit pour inspecter Covent Garden. Tout en demeurant à l'affût de Moll, j'allais sillonner le marché de part en part et demander à chaque maraîcher s'il connaissait Dotty, et si, par hasard, il n'était pas son fournisseur. Dès lors que je dénicherais celui-ci, je ne tarderais point à la trouver, car un négociant savait forcément où résidaient ses marchands ambulants. Mon idée n'était peut-être pas d'une grande ingéniosité, et j'en avais conscience, mais elle me dispensait de scruter chacun des visages de cette foule immense qui semblait occuper les lieux en permanence.

Tandis que je passais en revue les commerçants en fruits et légumes, j'eus tôt fait de découvrir que ces messieurs et leurs épouses vendeuses se montraient beaucoup plus coopératifs quand vous vous présentiez à eux en qualité d'acheteur éventuel que lorsque vous sollicitiez de leur part un simple renseignement. Si j'avais arboré le gilet rouge et la matraque d'un sergent de ville, ils m'auraient volontiers aidé, soyez-en certain. Mais tel que je leur apparaissais, un simple gamin posant des questions, la plupart de ceux que j'abordais affichaient à tout le moins de l'indifférence, et certains se montraient franchement grossiers.

« Jamais entendu parler d'elle... », telle était la réponse la plus fréquente.

D'aucuns se bornaient à me faire signe de déguerpir et me tournaient le dos. Je tâchai de graver leur visage en ma mémoire et me promis de ne jamais revenir à leur étal en qualité de client.

Tandis que mon circuit s'achevait, le découragement commençait à s'emparer de moi et je savais que j'allais devoir fouiller la grand-place dans ses moindres recoins, comme sir John me l'avait suggéré. Comme j'approchais de l'avant-dernier négociant en fruits et légumes de Covent Garden, je sentis une tape sur mon épaule et fis aussitôt volte-face pour découvrir, à mon grand désarroi, ni plus ni moins que mon adversaire de la veille au matin. Impossible de s'y méprendre, affublé comme il l'était, avec son habit et son tricorne trop grands. Je ne sus si je devais l'assaillir, pour lui rendre la monnaie de sa pièce, ou me retourner pour prendre les jambes à mon cou, en abandonnant toute idée de représailles. Comme j'étais animé par des sentiments contradictoires, je demeurai figé sur place.

— T'avise donc point d' mett' tes louches sur moi, déclara-t-il, comme je ne bronchais pas. Et va pas non plus t' calter. J'ai qu'è'qu' chose pour l' Curieux.

Encore ce maudit langage ! Tout ce que j'avais saisi de son charabia, c'était qu'il avait quelque chose pour sir John. Mais il s'exprimait d'un ton rassurant et ses intentions semblaient pacifiques.

— L' Curieux, insista-t-il, c'est comm' qui dirait ton daron, pas vrai ?

— Je... je ne comprends pas.

— T'entraves donc nibergue au *flash*[1], c'est ça ? Tu peux point jacter l'argot ? Dans c' cas, l'ami, j' vais t' causer tout simple.

Puis, lentement, comme s'il s'adressait à un jeune enfant ou à quelque étranger obtus, il s'exécuta :

1. *Flash*, comme *cant*, désigne l'argot anglais de l'époque, aujourd'hui appelé *slang*. (*N.d.T.*)

— Moi... commença-t-il en pointant l'index vers lui, avoir une lettre (qu'il sortit de sa poche volumineuse)... pour ton maître, sir John j' sais-plus-trop-quoi.

— Fielding.

— Comme de juste, acquiesça-t-il.

Je tendis la main pour m'emparer de la missive, mais il retira aussitôt la sienne et cacha la lettre derrière son dos, puis se mit à reculer d'un pas ou deux.

— Donne-la-moi, dis-je, afin que je puisse la lui porter.

— Non, non, non... j' suis point niais. J' peux la porter moi-même.

— Alors pourquoi me déranges-tu ? Pourquoi ne la livres-tu pas directement à Bow Street ?

Il hésita, puis, de mauvaise grâce, avoua :

— J' pourrais m'en charger si tu m' donnais un p'tit coup de main.

— Tiens donc ! Et pourquoi, je te prie ?

— Tu vois, j' suis un barbotier connu, un fieffé galopin... un voleur, si tu préfères, l'ami, déclara-t-il non sans fierté. T'avais raison d' me traiter d' ce nom-là quand on s'est bagarrés... même qu' c'était une sacrée bagarre, j' dirais. J'ai battu plus d'un sergent à la course, j' leur ai fait mordre la poussière de ma cavalcade. Mais y en a aussi plus d'un qui peut m' reconnaître. J'ai bien peur qu'en pointant mon nez au numéro 4, j' sois bon pour Newgate. Mais c'est là qu' tu joues un rôle.

— Quel genre de rôle ? répliquai-je, pour le moins sceptique.

— Un bon rôle, tu peux m' croire. J' vais point te d'mander qu'è'qu' chose de bizarre. Tu viens avec moi, tu vois, et tu leur dis qu' c'est comme qui dirait pendant la guerre et qu' j'ai un drapeau blanc.

— Une capitulation ?

— Non, non, Jimmie Bunkins ne s' rend jamais.

— Une trêve ?

— Tu l'as dit, l'ami... une trêve, c'est l' mot juste. Comme qui dirait une période de r'lâche, pas vrai ?

— Je suppose, oui. Mais je ne comprends toujours pas pourquoi tu ne me donnes pas tout bonnement la lettre, pour que je l'apporte.

— La mitraille, l'ami, la mitraille. Ça peut p'têt' me rapporter un peu d' pécune. Tout est bon à prendre.

Au vu de mon regard interdit, il traduisit aussitôt son jargon dans une langue de Shakespeare approximative :

— J'espère obtenir une récompense. Tu vois, cette lettre doit être sacrément importante, car la vieille daronne qui m' l'a donnée, elle l'a fait comme qui dirait en s'cret. Hormis qu' les gens qu'étaient avec elle l'ont vue, et l'un d'entre eux s'est mis à m' courser... il courait comme un lapin, pardi! L'a même failli m' rattraper, mais j' m'en suis débarrassé et depuis j' me promène dans l' quartier, en essayant d' trouver comment j' pourrais ben porter c'te missive au Curieux, sans risquer d' me faire prendre. Tout à coup, v'là que j' t'aperçois sur l' marché et que j' trouve la solution. J' me suis donc dit que j' pourrais bien r'cevoir une ou deux pièces sonnantes et trébuchantes au passage.

À l'écoute de son récit, mon sang ne fit qu'un tour :

— Qui t'a donc donné cette lettre?

— C'est une brave vieille que j' connais d'puis un moment et qui s'appelle Moll.

— Moll Caulfield?

— Comme de juste. J' compte plus les fois où j'avais plus un broque et qu'elle m'a donné à manger, en piochant dans les restes de sa carriole. J' me d'mande ben comment qu' c'est qu'elle a pu s' retrouver avec c'te bande en noir.

— Cela s'est passé quand?

— Hier sur la tarde... hier au soir, si tu préfères, l'ami... mais assez tôt, peu d' temps après qu' j'entende sonner les six coups à l'horloge.

Saisissant toute l'importance de la nouvelle, je décidai de suspendre mes recherches séance tenante.

— Viens-t'en, lui dis-je. Nous allons agir comme tu le souhaites. Bien que je ne puisse t'assurer de la remettre en main propre à sir John, nous allons nous y efforcer.

Il se tint en retrait, quelque peu méfiant.

— Tu t'occupes de la trêve ?

— Sois-en assuré.

Fort de cette ultime promesse, il parut enfin satisfait. Nous partîmes en direction du 4, Bow Street, qui en vérité n'était guère éloigné de l'endroit où nous avions tenu notre conciliabule. En chemin, je lui demandai s'il s'appelait réellement Jimmie Bunkins. (Pareil patronyme me semblait pour le moins étrange, voire comique... bien que je me gardasse de le lui dire.)

Il fut immédiatement sur ses gardes.

— Qui te l'a dit ?

— Toi-même, répondis-je. Tu as déclaré que Jimmie Bunkins ne se rendrait jamais. J'en ai déduit que tu faisais référence à ta propre personne.

— Tu causes bizarrement, répliqua-t-il. « J'en ai déduit qu' tu f'sais référence à ta prop' personne. »

Il s'était livré à une imitation goguenarde de mon langage qui m'agaça quelque peu.

— On dirait qu' tu parles comme si t'étudiais pour dev'nir milord ou qu'è'qu' chose dans c' goût-là. Pourquoi qu' tu peux point apprendre à causer comme on cause à Londres ? Pourquoi qu' tu sais point jaspiner l'argot ?

— Tel n'a pas été mon choix, répondis-je.

— « Tel n'a pas été mon choix », répéta-t-il derechef, en m'irritant davantage. Écoute, l'ami, c' qu'i' t' faut c'est un bon professeur.

— Et je suppose que ce serait toi.

— Ça s' pourrait bien. Tu m' traites correctement et j' te traiterai correctement.

À quoi pouvait-il bien faire allusion ?

Je n'allais pas le savoir de sitôt, car nous étions arrivés au tribunal de Bow Street. J'ouvris la porte de droite, laquelle donnait sur un long couloir qui passait devant la salle d'audience, la chambre de sûreté, et aboutissait au cabinet de sir John. Je fis signe à Jimmie Bunkins de me suivre. Mais il refusa de m'emboîter le pas.

— Vas-y, déclara-t-il. Fais comme t'as dit, avec le drapeau blanc.

— Une trêve ?

Il hocha la tête, subitement timide et hésitant.

— Oh, suis-moi donc ! dis-je, en proie à une impatience tout aussi soudaine. Il n'y a que deux sergents de ville à l'intérieur, pas davantage. S'ils te prêtent quelque intérêt, je leur dirai que tu es porteur d'une missive pour sir John et qu'on ne doit pas t'ennuyer.

— Et ils t'écouteront ?

Je réfléchis un instant, puis répondis :

— Oui, ils m'écouteront.

— Passe devant.

Il me suivit. Nous laissâmes la salle d'audience sur notre gauche, où, comme je l'avais prévu, les affaires de la journée étaient traitées depuis longtemps. Puis nous franchîmes la chambre de sûreté déserte, n'y vîmes aucun sergent de ville, et rencontrâmes M. Marsden en son alcôve. Je le saluai et lui demandai si sir John pouvait nous recevoir dans son cabinet. Il me confia que oui, lorgna Jimmie Bunkins d'un air curieux, puis revint à son registre. Nous poursuivîmes notre chemin.

— Il a pas pipé mot sur moi, chuchota Bunkins.

— Peut-être que tu n'es pas aussi célèbre que tu le penses, répliquai-je.

— Mais c' n'était point un sergent du Curieux.

— Non, c'est le greffier du tribunal. Les sergents se sont sans doute absentés pour conduire les prisonniers en prison.

— Bigre ! fit Bunkins en tressaillant de dégoût.

Je frappai à la porte de sir John, déclinai mon identité, et il m'invita à entrer. Bunkins et moi pénétrâmes dans le cabinet... lui, sur la pointe des pieds, lançant des regards furtifs de toutes parts, pour le moins mal à l'aise. Il ôta son tricorne, exhibant une tignasse hirsute.

— Tu as quelqu'un auprès de toi, Jeremy. Est-ce Moll Caulfield ?

— Non, sir John, il s'agit d'un dénommé Jimmie Bunkins, à qui elle a confié une lettre pour vous, hier au soir peu après six heures.

— Eh bien, qu'il s'avance et me la remette.

Bunkins obtempéra, tremblant de tous ses membres à chacun de ses pas. Il posa la missive toute froissée et pliée telle quelle sur la table, au bout des doigts de sir John, puis se recula promptement.

— L'avez-vous lue, monsieur Bunkins ?

— Non... répondit-il.

Il se rendit compte que sa voix était bien trop hésitante, aussi réitéra-t-il avec davantage de conviction :

— Non, monsieur, j' suis point lettré.

— Je vois. Peut-être pourriez-vous alors me narrer comment cette missive est parvenue entre vos mains.

Ce qu'il fit, usant quasiment des mêmes mots qu'il avait utilisés auparavant, décrivant l'événement et ses liens avec Moll Caulfield, bien que le ton de sa voix n'eût pas la même assurance qu'au moment où il s'était adressé à moi. À dire vrai, Jimmie Bunkins paraissait redouter sir John Fielding, et il le pouvait sans doute, à en juger par sa situation. Sir John l'écouta avec intérêt, en hochant la tête, en l'encourageant à continuer. Lorsque enfin Bunkins eut achevé son récit, un silence s'établit quelque temps entre eux.

Sir John reprit la parole :

— Jeune Bunkins, dirais-tu que Moll Caulfield était retenue contre son gré ?

— Prisonnière, comme qui dirait ? Ça, j' saurais point l'affirmer, monsieur. Tout c' que j'ai vu, c'est qu'elle suivait l' reste de la troupe et qu'elle s'est donné toutes les peines du monde pour m' glisser la lett' dans la main, sans qu' personne l'a voie... toute pliée, qu'elle était.

— Mais quelqu'un l'a aperçue ?

— Pour sûr, monsieur, et ils m'ont coursé. J' les ai distancés comme si c'étaient des sergents. J' connais les rues comme ma poche, pardi !

— Puisque tu n'es point lettré, comment savais-tu que ce qu'elle t'a remis m'était destiné ? Est-ce qu'elle a osé te parler ?

— Nenni, monsieur, mais elle a fait le signe.

— Le signe ?

— Comm' ça, monsieur. Oh... mais vous n'y voyez point, n'est-ce pas, monsieur ?

— Non, mais décris-le, je te prie. Cela m'intéresse.

— Eh bien, on place les doigts sur les paupières fermées, pour indiquer qu'on n'y voit goutte. Comme qui dirait qu' la vieille Moll n'était pas une voleuse, mais elle connaissait le *cant* et tous les signes de la rue. C'ui-là, c'est l' vôt', monsieur, ou pour prévenir qu'un de vos sergents s' trouve dans les parages... c'est du pareil au même. P'têt' que j' devrais pas vous l' dire, mais c'est comme ça qu' ça marche.

— Tu n'as donc point approché un agent de police.

— Ma foi, non, monsieur. J' garde mes distances avec eux.

— Mais tu as abordé Jeremy.

— Euh... oui, monsieur. Lui et moi, on s'était bagarrés, mais il m'a semblé un brave gars.

— Eh bien, je te sais gré de t'être présenté en compagnie de Jeremy, et de m'avoir remis la lettre. Peut-être espérais-tu quelque récompense ?

— Eh bien, je...

— Voilà ce que je puis t'offrir. Tu as plus ou moins fait comprendre que tu étais un voleur. Jeremy t'a suspecté comme tel et c'est, à mon avis, ce qui occasionna votre échauffourée. Laisse-moi te poser une question : As-tu des parents ? Un père ou une mère ?

— Non, monsieur.

— Pas le moindre métier, aucun autre moyen de gagner ton pain ?

— Non, monsieur.

— Alors, je te conseille vivement d'abandonner les larcins, mais je suis conscient que cela peut s'avérer difficile dans ta situation. Aussi voilà ce que je te propose. Lorsque tu comparaîtras devant moi en ma qualité de magistrat, comme cela risque d'arriver si tu persistes à chaparder, je prendrai en considération ce service que tu viens de rendre lorsque j'aurai à te juger. Cela te satisfait-il en guise de récompense ?

Bunkins hocha vigoureusement la tête :

— Oh oui, monsieur, ça m' paraît franc du collier.

— Entendu, alors. Jeremy ? Veux-tu raccompagner le jeune Bunkins et revenir ici, afin que nous examinions le contenu de la missive de Moll Caulfield ?

— Oui, sir John, répondis-je.

Ce disant, j'effleurai le bras de mon compagnon, qui gardait l'œil niaisement rivé au magistrat. Le charme ainsi brisé, il consentit à s'en aller. Nous avions à peine gagné la porte que sir John nous interpellait.

— Jeune Bunkins ! lança-t-il. J'ai encore un mot à te dire. Je puis envoyer en mer les garçons dans ta condition... soit au service de Sa Majesté, soit dans la marine marchande. As-tu jamais songé à mener cette vie ?

— Non, monsieur, jamais.

— Eh bien, tâche d'y réfléchir, je te prie. Si tu souhaites en reparler avec moi, tu n'auras qu'à t'en aller quérir Jeremy.

— Merci, monsieur.

— Merci à toi, jeune Bunkins.

Et nous partîmes de conserve. Jimmie Bunkins ne souffla mot jusqu'à ce que nous atteignions la porte donnant sur la rue. Je l'ouvris et il sortit, l'air absent, comme préoccupé par d'autres pensées... et c'était sans nul doute le cas.

Puis, tout à coup, il s'exclama :

— Quel drôle de pistolet ! Grand seigneur comme lui, j'en ai jamais rencontré et ça m'étonnerait qu' j'en croise jamais un. Même qu'il aurait pu m'envoyer paître et que j' n'avais plus qu'à l'en r'mercier.

Il me saisit la main et la serra avec vigueur :

— Garde les quinquets à l'affût. On va s' revoir bientôt, mon vieux. Ravi d' t'avoir rencontré.

Il s'enfuit à toutes jambes du 4 Bow Street, faisant quelque peu montre de la vélocité qui lui avait permis jusque-là de se tenir à l'écart de la justice. Je lui souhaitai bon vent mais craignis, comme l'avait dit sir John, que d'ici peu il ne s'attirât des ennuis. Quoi qu'il en fût, j'avais matière plus urgente à traiter. Je regagnai donc à la hâte le cabinet du magistrat, afin de régler l'affaire en suspens.

— Ah, Jeremy, me dit-il, entre donc, entre donc. Lis-moi cette lettre, je te prie.

La missive de Moll Caulfield se révéla plus ou moins décevante. On n'y trouvait aucun renseignement précis au sujet des Frères spirituels, pas plus que le moindre indice quant à l'endroit où elle pouvait avoir élu domicile. Son contenu était le suivant : « Sir John. Il y a quelque chose qui cloche chez ces gens-là. Je vous en dirais plus si vous pouviez m'en éloigner... Moll C. »

— Eh bien, c'est fort succinct, n'est-ce pas? commenta sir John. Le message indique cependant qu'elle se sent comme prisonnière de ce groupe.

Il s'interrompit, puis ajouta :

— Je gage que tu as échoué dans tes recherches.

— En effet, monsieur.

— Et tu n'as pas davantage trouvé son amie Dotty ?

— Non, monsieur. Je sillonnais Covent Garden lorsque Jimmie Bunkins m'a découvert. J'ai songé qu'il valait mieux le conduire à vous.

— Tu as bien agi. Un garçon intéressant. Ils sont légion comme lui, ne serait-ce que dans Westminster... orphelins, sans le sou, sans métier en main. Ils ne peuvent rien faire d'autre que voler. C'est amusant ce qu'il a dit au sujet du signe que Moll lui a fait... le signe qui me désigne moi-même ainsi que les sergents. En avais-tu eu vent ?

— Pas du tout, monsieur.

— J'espère que nous pourrons le persuader d'abandonner la rue.

Il sombra alors dans un de ses longs silences méditatifs, pendant lesquels je me gardais bien de l'importuner. Lorsque cela se produisait, il réfléchissait seulement à ce qui méritait réflexion, et émergeait souvent de ses eaux profondes à un endroit extrêmement distant de celui où il avait plongé. De nombreuses minutes s'écoulèrent.

— S'il n'était point sacrilège de le dire, déclara-t-il, je vouerais à la damnation cette secte grandiloquente, ces Frères spirituels. Ce sont des factieux ; ils troublent l'ordre précaire que nous maintenons ici à Bow Street. Ils ne me plaisent point et ce frère Abraham est celui que j'exècre le plus.

— J'aimerais vous dire quelque chose à leur sujet, sir John.

— Oh ? Qu'est-ce donc ?

— Cela m'est venu à l'esprit en écoutant M. Bilbo narrer sa rencontre avec les deux membres de la secte, dans Maiden Lane.

— Ah oui, peut-être n'aurais-je pas dû lui infliger une amende. J'eusse ainsi pu témoigner de mon déplaisir à l'égard de la façon dont ces deux-là l'ont importuné, en le prenant pour un Juif. Aujourd'hui, j'ai néanmoins sanctionné équitablement frère Isaac et frère James pour avoir fait outrage à ma cour. Mais je m'égare. Que t'est-il donc venu en tête pendant l'audition du sieur Bilbo ?

— Ceci, monsieur... Le jour où j'ai eu l'infortune de livrer Moll Caulfield aux Frères spirituels, là-bas à Covent Garden, je les ai entendus chanter un de leurs cantiques qui ne ressemblait en rien à ceux que je connais. Ils semblaient prophétiser la conversion des Juifs. Et pareille idée devait assurément occuper l'esprit de ces deux individus dans Maiden Lane. Il existe une église juive là-bas, vous vous en souvenez sans doute.

— Mais bien sûr qu'il y en a une ! Cela m'avait complètement échappé. Ils sont si discrets que j'en oublie leur présence. Ce sont des Juifs hollandais fort étranges, qui, à ce qu'on m'a dit, arborent des barbes comme celle de Bilbo et sont vêtus de noir comme les Frères spirituels. Isaac et James ont sans doute cru que ce brave Black Jack sortait de la synagogue ou s'y rendait.

Il avait prononcé un terme qui ne m'était pas familier, à la singulière consonance étrangère.

— Une synagogue, monsieur ? Est-ce une église juive ?

— C'est ainsi qu'on la désigne, en effet.

— Je connais peu les Juifs, avouai-je, bien que mon père en eût dit le plus grand bien... de Spinoza et de Maïmonide, en particulier. Son auteur favori, Voltaire, a médit à leur sujet, mais mon père déclarait que c'était là la preuve qu'on ne devait jamais apprécier l'œuvre d'un philosophe dans son ensemble, mais seulement en partie.

— J'eusse aimé connaître ton père, dit sir John. Il ne t'a prodigué que paroles de sagesse, ce me semble.

— Je n'ai jamais connu de Juif, poursuivis-je.

— Ils sont comme tous les hommes, la plupart se révèlent bons, certains mauvais. Quelques-uns parmi ces derniers ont comparu en mon tribunal. L'un d'eux a été pendu, et à juste titre, car il avait commis un meurtre. Mais les autres passent inaperçus, car ils n'offrent aucune prise au blâme.

Il marqua une pause, réfléchit un instant, puis revint au sujet :

— Cette affaire de conversion des Juifs a suscité nombre de débats, et d'aucuns l'escomptaient, au siècle dernier. D'une période ayant pu tolérer l'exécution d'un roi, nul doute qu'on a espéré qu'elle engendrerait moult merveilles et prodiges. Comme les prédicateurs prévoyaient que la seconde venue du Messie ne pouvait que s'accomplir avec la conversion des Juifs, et puisque toute une supercherie mathématique prouvait que cet événement était proche, on a donc supposé que les Juifs joueraient leur rôle et deviendraient chrétiens, de même que le Christ descendrait des cieux et poserait de prime abord le pied en Angleterre... nul ne doutait alors que Londres se révélerait sa Nouvelle Jérusalem. Mais les raisons pour lesquelles il serait réapparu dans un cadre aussi sordide que celui-ci, je les ignore. Quoi qu'il en soit, cette conversion universelle du peuple élu de Dieu était censée débuter vers le milieu du siècle dernier. Bien que je ne puisse me rappeler la date exacte, celle-ci était fort précise. Si je ne m'abuse, je crois me souvenir que le processus devait s'achever en 1699, ce qui laissait la voie libre pour la seconde venue du Messie, je suppose en 1700... ces passionnés de la Bible sont tous très friands de pareils chiffres ronds. Eh bien, les Juifs n'ont point coopéré. Ils sont restés fidèles à leur Ancien Testament et ont observé la même conduite qui fut la leur pendant ces derniers quatre mille ans. L'affaire n'a pas fait grand bruit en Angleterre, car ces savants calculs et ces prophéties explicites ne concernaient que les prédicateurs et les théologiens. Et fort heureusement, du reste, car s'ils avaient persuadé les masses avec leurs espérances, on aurait assisté à des représailles contre les Juifs comme celles que l'on peut voir dans ces prétendues nations chrétiennes plongées dans l'ignorance, à l'est de l'Europe. Souhaitons que rien de tel ne se produise en notre contrée.

Comme il en avait fini sur ce sujet, je repris la parole comme suit :

— Mais ces Frères spirituels... Cela semble faire partie de leur projet, n'est-ce pas ?

— Qui sait quelle mauvaise farce ils nous réservent ? Damnation ! Ils...

Quelqu'un frappa vigoureusement à la porte.

— Occupe-t'en, Jeremy, veux-tu ?

Je gagnai l'huis, l'ouvris et y trouvai deux hommes... M. Marsden, que je connaissais fort bien, et un second que je découvrais pour la première fois. Ce dernier, arborant une barbe courte et soigneusement taillée, ainsi que des effets de bonne coupe, se tenait en retrait avec la plus grande civilité, bien que son attitude trahît une impatience qu'il avait quelque peine à contenir.

— M. Moses Martinez souhaite s'entretenir avec sir John, déclara M. Marsden.

— Qui est là, Jeremy ?

— M. Moses Martinez, monsieur.

— Eh bien, fais-le donc entrer...

M. Marsden et moi nous écartâmes et le visiteur passa prestement devant nous pour rejoindre sir John. Il serra la main qu'on lui tendait. Si je ne l'avais jamais vu auparavant, je le connaissais cependant de réputation. C'était lui qui avait mis bon ordre dans les finances de lady Goodhope. Je me souvins qu'en le recommandant sir John l'avait décrit comme « Juif et honnête homme ». À présent, mes yeux se posaient donc pour la première fois, semblait-il, sur un Juif. À dire vrai, j'étais tant soit peu déçu. Hormis la barbe, qui n'était point à la mode, il ressemblait à n'importe quel autre individu, encore qu'il fût mieux vêtu que la plupart.

M. Marsden s'était éclipsé. Tout à fait curieux quant à la nature de cette visite, je refermai doucement la porte et demeurai dans le cabinet. Après tout, on ne m'avait pas demandé de disposer.

— Sir John, je ne vous dérangerais pas de la sorte, déclara M. Martinez, si je n'avais eu vent d'une affaire affligeante qui, selon moi, devait être portée à votre attention.

Il s'exprimait comme les autres hommes aussi.

— Asseyez-vous donc, monsieur, et dites-moi de quoi il retourne, répondit sir John. Soulagez vos jambes et votre cœur de surcroît.

M. Martinez prit le siège qu'on lui proposait, mais il était en proie à une telle agitation qu'il se concentra un instant pour se calmer.

Il reprit ensuite :

— Vous connaissez la synagogue de Maiden Lane ?

— Assurément. On vient à l'instant de me rappeler sa présence.

— Ce sont de braves gens qui la fréquentent. Ils peuvent sans doute paraître un peu étranges aux yeux de leurs voisins, en raison de leur costume et de la longueur de leur barbe, mais ils demeurent entre eux et ne causent aucun désagrément à qui que ce soit.

— Ce sont des Juifs hollandais, n'est-ce pas ?

— C'est ainsi qu'on les appelle, bien qu'en vérité ils soient originaires d'Ukraine et de Pologne, où ils ont subi les pires oppressions et ont grandement souffert. Selon le distinguo qui est le nôtre, ce sont des Juifs ashkénazes.

— Et vous êtes...

— Séfarade.

— Cela correspond-il à la différence entre catholiques et protestants ?

— Non, monsieur. Il n'existe aucune dissension réelle entre nous. Nous sommes simplement des Juifs au passé différent. Mais pour l'heure, nul n'est besoin d'entrer dans pareille subtilité.

— À votre guise, monsieur Martinez, concéda le magistrat en lui faisant signe de poursuivre.

— Hier au soir, à cette synagogue de Maiden Lane, l'office du sabbat a été interrompu par un groupe d'hommes agissant de la manière la plus menaçante qui soit. Ces individus étaient bien connus de notre congrégation, car ils ont effrontément abordé la plupart d'entre nous dans la rue en leur prêchant l'Évangile avec véhémence.

— Les Frères spirituels, intervint sir John.

— Ah ! Vous les connaissez.

— Que trop, monsieur Martinez, que trop ! Mais dites-moi, je vous prie, qu'ont-ils dont fait à présent pour troubler l'ordre et accroître mon courroux ?

— Comme je vous le disais, monsieur, ils ont interrompu l'office du sabbat, obstrué les sorties et contraint la congrégation à écouter un... disons un sermon de l'un de leurs membres.

— Frère Abraham, je parie.

— Il se peut. Je n'étais point présent.

— Comment cela est-il venu à vos oreilles, alors ?

— Quelqu'un qui assistait à l'office me l'a rapporté. C'est un homme de ma connaissance et j'ai entièrement foi en son récit.

— A-t-il précisé comment ils ont obstrué les sorties ? Ces individus étaient-ils armés ?

— Il n'a rien dit à ce sujet.

— A-t-il fait la moindre allusion au contenu de ce sermon qui a été prêché à cette communauté tenue captive ?

— Certes. Il a affirmé que le prédicateur invitait — que dis-je, exigeait —, de la manière la plus irascible et la plus passionnée qui soit, les fidèles à se convertir au christianisme.

— Prêcher n'est pas un crime en soi, bien sûr, déclara sir John. Mais s'il a été fait usage de coercition pour forcer l'attention de la congrégation...

— Exactement, dit M. Martinez, sans parler des sorties obstruées pour empêcher les fidèles de quitter le lieu...

— Certes, et puis reste le problème de l'intrusion. Ces illuminés n'étaient point invités, je présume.

— Certainement pas.

— Je souhaiterais en savoir davantage au sujet de cet incident. Nous pouvons disposer de plusieurs chefs d'accusation à leur encontre.

— Sir John, je serais *ravi* que vous en sachiez davantage, répliqua M. Martinez en souriant à belles dents. Peut-être pourriez-vous passer un peu plus tard à la synagogue et vous informer vous-même dans le détail.

— Pourquoi pas maintenant ? Je suis tout à fait disposé à m'y rendre sur-le-champ.

Comme pour attester ses dires, le magistrat se leva et tâtonna la table, en quête de son tricorne et de sa canne.

M. Martinez se mit debout avec toutefois moins d'assurance.

— Le moment risque de n'être point opportun, déclara-t-il.

— Oh ? Pourquoi donc ?

— Jusqu'au coucher du soleil, c'est encore le sabbat. Le rabbin conduira l'office jusque-là.

— Le rabbin ? C'est le prêtre ? Le prédicateur ?

— De l'ordre du prédicateur, je dirais.

— Et c'est à lui que je devrais m'adresser ?

— Tout à fait, sir John. Souffrez que je vienne vous chercher avant le coucher du soleil. Ce sera un honneur pour moi de vous accompagner et je puis sans doute vous offrir quelque assistance.

— Je pense, monsieur, que vous pouvez m'être d'une grande aide et j'accueillerai celle-ci de bonne grâce.

Fidèle à sa parole, Moses Martinez se présenta au tribunal aux alentours de six heures trente. Lorsque sir John et moi franchîmes la porte du 4 Bow Street, il attendait devant son fiacre clos, prêt à jouer les valets de pied pour le magistrat. S'il éprouva quelque surprise de me voir aux côtés de ce dernier, il n'en trahit rien. Sur l'impulsion du moment, sir John m'avait inclus dans l'invitation, en déclarant que l'expérience serait riche d'enseignement pour nous deux. Et la suite prouva qu'il ne s'était pas trompé.

— J'étais si absorbé par votre récit, confia-t-il à M. Martinez, que j'en ai omis de vous présenter mon jeune assistant, Jeremy Proctor. Permettez-moi donc de le faire à présent.

Je serrai la main du gentleman barbu avec solennité et observai qu'il semblait me juger d'un œil favorable, tout en murmurant qu'il avait plaisir à me rencontrer.

Puis nous grimpâmes dans la voiture, moi le premier, suivi de sir John que j'aidai en lui prenant la main, et enfin M. Martinez. Assis tous les trois côte à côte, nous étions un peu à l'étroit, mais nous n'avions qu'une brève distance à parcourir.

Sir John en fit la remarque :

— Nous aurions pu aller à pied, vous savez.

— Sans doute, admit M. Martinez, mais malgré la présence de vos sergents de ville, les rues demeurent dangereuses... peut-être même pour vous, et assurément pour moi.

Nous cheminâmes sans que d'autres propos fussent échangés entre eux, jusqu'à ce que l'attelage empruntât Maiden Lane. Ce fut alors que M. Martinez reprit la parole, nous fournissant, à sir John et à moi, quelques mots d'explication.

— Vous êtes-vous déjà rendu dans une synagogue, sir John ?

— En vérité, non.

— Toi non plus, Jeremy ?

— Non, monsieur.

— Alors je devrais probablement vous dire que celle que nous sommes sur le point de visiter n'est aucunement typique. Si vous deviez aller voir mon temple séfarade, vous trouveriez que les offices qu'on y célèbre diffèrent peu de vos messes. Les prières y sont récitées et chantées en hébreu, une langue qui, sans nul doute, te paraîtrait bien étrange, Jeremy, mais la plus grande partie du service est conduite en anglais. Quant à l'attitude de la congrégation, elle est, comme vous devriez vous en douter, digne et paisible. Les choses sont bien dissemblables à la synagogue Beth El, où nous allons pénétrer.

— Parce que les fidèles appartiennent à cette autre branche, les ash... ?

— Les ashkénazes... oui, en partie. Comme ils sont nouveaux venus en cette contrée, ils célèbrent leurs offices en hébreu et en yiddish, qui est la langue des Juifs d'Europe orientale. Mais cette communauté particulière fait partie d'un mouvement au sein des ashkénazes qui s'appelle le hassidisme.

(Que de mots *bizarres*, songeai-je.)

— Nombreux sont ceux qui jugent leur attitude scandaleuse. Ils sont réputés bruyants. Ils chantent, dansent même, et s'appuient grandement sur la sagesse de leur rabbin, Gershon, qui au fond s'apparente davantage à un conteur qu'à un prédicateur.

— Et c'est avec lui que nous allons nous entretenir ? s'enquit sir John.

— Oui, absolument, répondit M. Martinez.

— En anglais ou devrez-vous traduire ?

— Oh, il s'exprime dans un anglais fort châtié ; c'est l'une des nombreuses langues qu'il maîtrise. Je le tiens pour un homme remarquable. Comme je vous le disais, ces Juifs hassidiques en ont choqué plus d'un, mais j'ai eu moult conversations avec lui, dont chacune m'aura chaque fois grandement comblé l'esprit. Je pense que vous l'apprécierez.

— Il s'agit moins de me plaire que d'être un témoin coopératif et sérieux.

— Je ne saurais vous contredire, sir John.

Quelques instants plus tard, l'attelage s'arrêta devant la synagogue de Maiden Lane. D'un bond, M. Martinez mit pied à terre et ordonna expressément à son cocher d'attendre, puis il aida sir John à descendre et me tendit également la main, que je refusai, ayant un âge qui requiert peu d'assistance et n'en désire aucune.

Même si j'ignorais jusque-là son appellation idoine, j'avais toutefois reconnu en la petite bâtisse de Maiden Lane une synagogue, en raison de l'étoile à six branches sur la fenêtre (mon père m'avait enseigné qu'il s'agissait du symbole de la religion juive, à l'instar du crucifix pour les chrétiens) et de l'étrange inscription au-dessus de l'entrée, dont les lettres verticales me laissaient si perplexe. Hormis son emplacement dans ce secteur de Covent Garden, je n'avais pas accordé d'intérêt à cet édifice. Il me rappelait cependant combien Londres était une grande ville cosmopolite... et le demeure encore aujourd'hui.

M. Martinez frappa à la porte et, bien qu'on ne répondît pas, nous perçûmes les bruits étouffés d'un tumulte à l'intérieur. Dans un haussement d'épaules, il tenta de pousser et l'huis s'ouvrit au seul contact de sa main.

— Eh bien, commenta sir John, nous savons comment les Frères spirituels ont fait leur entrée.

M. Martinez haussa de nouveau les épaules et répliqua :

— Il s'agit, après tout, d'un lieu de culte. On ne saurait point le fermer aux fidèles.

— C'est indéniable.

— Si vous voulez bien vous donner la peine de me suivre.

Il nous précéda — je fermai la marche — dans un petit vestibule et nous mena à une vaste salle de prière.

— Il semble, déclara sir John en élevant la voix pour couvrir le brouhaha croissant, que nous interrompons l'office.

— Ils ne cessent jamais. Ils retiendraient le rabbin Gershon toute la nuit, s'il les laissait faire... et il s'en accommode parfois.

En arrivant dans cette grande salle, je m'immobilisai, n'en croyant ni mes yeux ni mes oreilles. Il s'agissait d'un lieu de culte comme je n'en avais jamais vu auparavant, et les fidèles s'exprimaient sans la moindre retenue. L'endroit se révélait assez simple. Il contenait des sièges, dont la plupart étaient éparpillées, ainsi qu'une estrade élevée à l'extrémité, sur laquelle trônait une armoire de taille modeste, recouverte d'une étoffe. J'aperçus tout cela non sans peine, en me hissant sur la pointe des pieds et en regardant de toutes parts, car les membres de la congrégation— tous de sexe masculin — se tenaient debout et donnaient de la voix dans un vacarme épouvantable, s'exprimant dans un langage rude, aux sonorités gutturales qui m'écorchaient les oreilles. Ils paraissaient discuter ferme entre eux, ne prêtant guère attention au petit homme barbu qui se trouvait à la tribune, vêtu d'une robe de cérémonie. À une ou deux reprises, on l'interpella, mais il sourit simplement et prononça quelques paroles en retour.

Nous faisant signe d'attendre, M. Martinez gagna l'estrade avec précaution et s'adressa à l'homme en toge, lequel hocha la tête et regarda dans notre direction. Puis il cria je ne sais quoi à la foule belliqueuse — qui, à vrai dire, n'était point si nombreuse, puisqu'elle ne comptait que vingt ou vingt-cinq personnes — et tout le monde lui prêta immédiatement la plus vive attention. Il se mit ensuite à battre des mains, lentement et de façon rythmée. Et les frustes hommes à barbe, dont certains étaient bottés et n'arboraient aucun effet ostentatoire, unirent leurs voix en un chant étrange. D'aucuns furent pris de court par la musique qui ne vint qu'après, de sorte que la mélodie, quelle qu'elle fût, sembla varier à chaque mesure. Était-ce un cantique ? Non, c'était plus joyeux que n'importe quel hymne que j'eusse jamais entendu à l'église catholique ou anglicane. Le rythme était soutenu, si bien que les battements de mains du rabbin ne tardèrent pas à être repris par les hommes qui tapèrent du pied. Ils tournoyaient en même temps sur eux-mêmes, claquant des doigts à l'unisson, à l'instar de bohémiens que j'avais vus un jour. Bientôt ils se mirent à danser en chantant. C'était la scène la plus incroyable à laquelle j'eusse jamais assisté... des hommes adultes qui dansaient et chantaient, non point pour se donner en spectacle devant quelque auditoire, mais pour la simple joie exubérante qu'ils en retiraient.

N'était-ce pas ce que M. Martinez avait dit à leur sujet ? Certes, mais encore fallait-il le voir pour y croire ! Je lançai un regard en direction de sir John, afin d'observer comment cet étrange comportement pouvait l'affecter. Il semblait pour sa part arborer un sourire perplexe, comme s'il doutait de pouvoir réellement accepter ce que ses oreilles lui permettaient d'entendre.

Puis tout s'arrêta aussi subitement que cela avait

débuté. Le rabbin cessa de battre des mains. Les hommes recouvrèrent le silence et se tournèrent vers lui. Levant son bras, il tendit la main et prononça ce qui évoquait une bénédiction à l'endroit des fidèles, dans ce même langage pâteux et rocailleux que les autres utilisaient entre eux. M. Martinez apparut alors, nous assurant que ce n'était plus qu'une question de minutes et tout le monde s'en irait, à l'exception du rabbin. Ils s'agitaient, à présent, se préparant à partir. Ce fut alors que j'entendis au-dessus des bruits similaires. Je me retournai, levai la tête et découvris des femmes là-haut, derrière un treillage. Je perçus leurs voix, puis leurs pieds dans l'escalier, puis les vis, une à une, rejoindre leurs époux, avant de quitter les lieux avec eux.

La salle fut bientôt déserte. L'officiant descendit de sa tribune et vint vers nous trois. M. Martinez le présenta à sir John comme étant le rabbin Gershon de Kichinev, et les deux hommes échangèrent une poignée de main. Le rabbin désigna les sièges vides qu'on avait poussés sur le côté. J'effleurai le coude de sir John et le pilotai dans cette direction.

— Votre congrégation est-elle toujours aussi démonstrative ? s'enquit-il en s'asseyant dans le fauteuil que je lui avais avancé.

— Toujours, répondit le rabbin.

— Ils chantent avec l'allégresse d'hommes ivres.

— Ivres de l'amour du Tout-Puissant.

— Et si mes oreilles ne m'ont point abusé, ils dansaient tout autant. J'ai vécu en mer. Les marins dansent de la sorte lorsqu'ils sont en liesse.

— Comme le roi David a dansé en signe d'allégresse devant l'Arche d'alliance. Il n'y a point de péché dans la joie.

— Tout dépend de ce qui inspire cette joie.

— Ce qui est vil ou malfaisant ne saurait inspirer une joie pure.

— Et serait indigne d'hommes justes.

— Je constate que nous sommes en terrain d'entente, déclara le rabbin en esquissant un sourire timide. Explorons-le ensemble.

Les deux hommes se penchèrent l'un vers l'autre dans leur fauteuil. Je notai que M. Martinez restait debout, tout comme moi, lui s'étant placé auprès du rabbin. Il les observait tous deux d'un air plein d'espoir.

— Relatez-moi la visite que vous avez reçue hier au soir, reprit sir John.

L'autre homme haussa les épaules.

— Il n'y a guère matière à raconter, répondit-il. Il est vrai que nous avons eu quelques visiteurs. Nous ne les avions point invités, mais nul n'ignore que d'aucuns pénètrent en ce lieu par pure curiosité. Nous le leur permettons, bien entendu. C'est la maison de Celui qui nous a tous créés. Qui serions-nous si nous refusions certains de Son peuple ? La plupart de ceux qui viennent ici sont juifs. Moishe Martinez est souvent venu. Nos visiteurs d'hier au soir n'étaient point juifs.

— Combien étaient-ils ?

— Peu nombreux. Quatre ou cinq... cinq, je crois.

— Votre congrégation aurait pu aisément en venir à bout... si vos visiteurs n'étaient point armés, cela s'entend. L'étaient-ils, à propos ?

— Non point avec des couteaux ou des pistolets, non.

— Ce qui laisse supposer qu'ils étaient autrement équipés.

— Quatre portaient de solides massues.

— Et le cinquième ?

— Il était venu nous prêcher la bonne parole.

— Ah, frère Abraham, je présume.

— C'est ainsi qu'il a dit s'appeler, oui. Il pensait que cela lui octroyait le droit de réclamer notre attention, comme s'il était notre nouveau patriarche.

— J'imagine que vous lui avez refusé ce droit ?

— Oui, mais nous avons eu autrefois l'expérience de tels individus dans d'autres contrées. S'ils souhaitent s'exprimer, alors nous écoutons, toujours avec respect. Tel est le conseil que je prodigue à la communauté... observer le respect.

— Vous leur avez donné ce conseil dans votre propre langue, celle que j'ai entendue ce soir ?

— Oui, c'était étrange, mais cet homme qui dit s'appeler Abraham ne semblait point se rendre compte que nombre des fidèles présents ne comprendraient rien, s'il s'adressait à eux en anglais. Aussi m'a-t-il demandé de traduire ses paroles, afin qu'elles soient mieux comprises de tous. Cet individu, ce dénommé Abraham, s'il n'avait pas l'esprit aussi ouvert, n'en était pas stupide pour autant. Il connaissait sa Torah et la citait fidèlement, mais avec les prophètes, il ne s'est pas montré aussi rigoureux. Il les a cités pour servir ses propres desseins et j'ai traduit en commentant... une mise en garde ici, un clin d'œil là ; ils ont compris.

— Et quelle était la vocation de son prêche ? s'enquit sir John.

— Celle que connaissent tous les Juifs... aussi bien Moishe Martinez que moi. Son peuple a entendu pareil sermon en Espagne avec les franciscains, voilà deux siècles, et moi...

Le rabbin s'interrompit tout à coup, réfléchit un instant, puis sourit et reprit :

— Laissez-moi vous conter une histoire.

— On m'a laissé entendre, déclara sir John, que vous excelliez dans cet art.

— Je m'y emploie, car toutes les vérités fondamentales se retrouvent dans les histoires. Celle-ci ne date pas d'hier, mais d'il y a fort longtemps, en vérité, car je l'ai empruntée à un livre ancien appelé la Haggadah [1]. Mais je

1. Partie du Talmud. Sous forme de récits historiques, théologiques et folkloriques, cette somme de la littérature rabbinique vise à fournir un enseignement complet sur les règles de la vie religieuse et civile des Juifs. (*N.d.T.*)

vais la modifier pour mieux répondre à votre question quant à la vocation du prêche.

— Je suis tout ouïe, dit le magistrat en s'adossant alors à son fauteuil.

— Jadis, commença le rabbin, existait un royaume dirigé par un monarque fort juste, qui souhaitait que ses sujets non seulement prospèrent, mais demeurent pardessus tout justes et généreux les uns envers les autres. Dans ce royaume vivaient deux fermiers, tous les deux propriétaires, résidant côte à côte. Le plus vieux avait plusieurs fils qui l'aidaient à travailler sa terre, mais l'un d'eux partit chercher fortune à la ville et un autre prit la mer. Ce qui laissa le fermier avec un lopin de bonne terre et personne pour la travailler. Il avait cependant d'autres fils, ainsi que d'autres parcelles, et demeurait toujours prospère, aussi décida-t-il de vendre ce lopin particulier au jeune fermier qui était son voisin. Ce qu'il fit, à bon et juste prix. Les deux propriétaires étaient heureux de l'affaire qu'ils avaient conclue. Mais tandis qu'il creusait un puits dans la parcelle qu'il venait d'acquérir, le second fermier découvrit dans les entrailles de la terre un coffre rempli de pièces d'or... un trésor enseveli. D'après l'âge de la malle et de la monnaie, il savait qu'elles étaient anciennes et ne pouvaient avoir été enterrées par l'homme auquel il avait acheté le terrain. Néanmoins, le second fermier se rendit chez le premier et lui dit : « Prends ce coffre rempli de pièces d'or, car je l'ai trouvé enseveli sous la terre du lopin que tu m'as vendu. » À présent, nous devons nous arrêter et nous demander pourquoi le second propriétaire agissait-il pareillement. Il avait un dessein. Il souhaitait que le roi juste qui encourageait les bons rapports entre ses sujets ait vent de sa générosité et le tienne en haute estime, le récompense sans doute par l'octroi de terres encore plus vastes, voire l'anoblisse. Le vendeur du terrain objecta toutefois : « Ce trésor que tu as trouvé n'est point le mien, déclara-t-il. Je ne l'ai pas enterré. Je t'ai vendu la parcelle à bon prix. Ce que tu y trouves t'appartient. — Non ! s'écria l'acquéreur avec véhémence, car la colère montait en lui. Tu dois accepter ce trésor, car je n'ai acheté que la terre. Ce qui s'y trouve, dessus ou dessous, te revient. — Ta générosité t'honore, répliqua le vendeur, mais je ne puis accepter. » En proie au plus grand courroux, à présent, car il allait échouer dans son projet de gagner la faveur du roi, le second fermier décréta : « Tu dois accepter mon offre, sinon je te tuerai. »

Sur ces paroles, le rabbin se cala dans son fauteuil en souriant, indiquant ainsi que son histoire était finie. Sir John attendit et attendit encore, impatient d'en savoir plus.

— Eh bien, poursuivez donc, mon ami, déclara-t-il, quelque peu exaspéré. Quelle est la fin de votre histoire ?

Le rabbin Gershon haussa les épaules et leva les paumes vers le ciel.

— Qui sait ? dit-il.

— Eh bien, l'acquéreur a-t-il contraint le vendeur à accepter le trésor sous la menace ? L'acquéreur a-t-il tué le vendeur ?

— Tout cela s'est passé il y a fort longtemps, aussi pouvons-nous être certains que le vendeur du lopin de terre est mort. Quand il est décédé et dans quelles circonstances, je ne puis le dire. Tous les hommes meurent... encore que cela, en soi, n'ait rien d'affligeant. Pour celui qui meurt, cela peut susciter l'allégresse. Qui saurait le dire ?

— Hummm.

Sir John émit pareil grognement et joignit les mains sur son estomac. Il resta dans cette posture sans souffler mot pendant un moment qui sembla durer une éternité.

Puis il se décida enfin à déclarer :

— Rabbin Gershon, la moindre menace a-t-elle été proférée à votre encontre ou à celle de votre communauté ?

— Laissez-moi vous la citer exactement comme je

m'en souviens. Cet homme, qui se fait appeler Abraham, a ouvert les bras en déclarant qu'il nous accueillait tous en qualité de frères. Si nous acceptions comme Messie celui que vous désignez du nom de Jésus, toutes les richesses du paradis deviendraient nôtres. D'où il tenait cela, je ne puis le dire. Il a demandé à tous ceux qui le souhaitaient de s'avancer vers lui. J'ai réitéré son invitation dans notre langue. Comme personne ne venait vers lui, il s'est mis en colère et a dit : « L'Église catholique a su comment traiter vos semblables... par le fer et le feu. »

— Tels ont été ses propos ? L'Église catholique a su comment traiter vos semblables ?

— C'est ce qu'il a dit.

— Ma foi, il s'agit d'un fait historique indéniable.

— Tout à fait, reconnut le rabbin.

— Mais la menace est implicite, intervint Moses Martinez.

— Quoique non directe, déclara sir John dans un soupir.

Puis, dressant le compte rendu des faits, il reprit :

— L'intrusion illicite semble hors de question, puisque vous accueillez des visiteurs venus de l'extérieur, ou l'avez déjà fait. Qu'en est-il de l'agression ? Quelqu'un a-t-il été frappé par ceux qui tenaient des gourdins en main ?

— Non.

— Y en a-t-il eu un qui, tentant de partir, se serait vu molester ?

— Non point. J'ai demandé aux membres de ma congrégation de demeurer à leurs places.

— Il semble donc que le seul chef d'inculpation que je puisse prononcer à leur endroit soit l'intrusion elle-même. Il vous suffit simplement de témoigner de l'événement sous serment, et je leur infligerai l'amende la plus lourde qui soit, pour avoir troublé l'ordre public.

— Bien que j'eusse volontiers agi ainsi, avoua le rabbin Gershon, je m'en abstiendrai.

— Mais pourquoi donc ? Nous ne pouvons ignorer pareil outrage. Si nous n'agissons point, cela pourrait se reproduire... encore et encore. Vous ne pouvez souhaiter cela, monsieur.

— Non point, certes, mais je souhaite encore moins attirer l'attention sur nous. Nous avons connu pareilles circonstances auparavant... en Ukraine, en Pologne, même en Hollande. Il semble que la solution pacifique s'avère toujours la meilleure.

— Mais vous devez comprendre, rabbin Gershon, déclara M. Martinez, que nous sommes en Angleterre. La loi est de votre côté. Sir John souhaite vous aider, vous et votre peuple.

— À l'endroit où j'ai grandi, répliqua le rabbin, il y avait une grande forêt, et pendant un certain temps, des loups la peuplaient. Ils se sont fait connaître chaque nuit, en hurlant entre eux et en hurlant à la lune. Puis une année, les nobles de la région ont organisé une grande battue, qui a duré une semaine ou davantage. Tous les loups de la forêt ont été tués. Depuis lors, on n'a plus entendu un seul hurlement. Sachez qu'il y avait également des renards. Ce sont des animaux fort timides, fort paisibles, en vérité. Et aujourd'hui, il existe toujours des renards dans cette forêt.

CHAPITRE VII

Où John Clayton a voix au chapitre
et où Jimmie Bunkins m'emmène en balade

Sir John Fielding ne s'octroyait pas le repos dominical dans sa totalité. Il ne le pouvait, car la moisson en brigands et malfaiteurs se révélait toujours excellente le samedi soir. Il avait coutume de traiter pareils forfaits, de crainte que la chambre de sûreté ne devînt par trop bondée, mais il ne jugeait aucune affaire de droit civil le dimanche, pas même les délits mineurs. Cela permettait en général de jouir d'une journée plus paisible. Il se levait tard, car se rendre à la messe n'était pas dans ses habitudes, se restaurait bien, entendait éventuellement les affaires qui le nécessitaient, puis il sortait pour le restant de la journée et du soir. M. Alfred Humber, que j'avais rencontré à la maison de café *Lloyd*, était devenu son habituel compagnon dans ces promenades hebdomadaires au cœur de la ville. Ce dernier était célibataire et sir John, bien sûr, veuf de fraîche date, mais les deux hommes étaient d'un âge et d'une dignité tels que leurs soirées se bornaient tout au plus à une plaisante balade lorsqu'il faisait encore jour, suivie d'un bon souper dans quelque restaurant, puis d'un ou deux derniers verres. Je crois que M. Humber s'attachait à apaiser le deuil de sir John. La routine était donc établie depuis quelques semaines, une routine qui allait être interrompue ce dimanche-là, que je m'apprête à vous décrire.

En premier lieu, je fus surpris de voir le magistrat apparaître relativement tôt, ce matin-là. Bien qu'il ne fût pas vêtu de pied en cap, il n'allait manifestement point lanterner en la demeure. J'étais assis à siroter mon thé, finissant ma tartine à la graisse, lorsqu'il surgit de sa chambre en culotte et chemise, demandant à Mme Gredge son déjeuner et me priant de le raser. Je remplaçais la gouvernante à cette tâche, car sa vue défaillante exposait peu ou prou le magistrat au danger. S'il me fallait encore attendre plusieurs années avant de manier le rasoir pour moi-même, j'avais maintes fois observé mon père à l'œuvre et savais fort bien comment m'y prendre. Ces derniers temps, je m'étais même amélioré et sir John semblait tout à fait ravi de la besogne que j'accomplissais pour lui trois ou quatre fois par semaine.

Or donc, pendant que Mme Gredge mettait l'eau à chauffer pour le bol à raser, j'achevai mon déjeuner puis disposai les instruments adéquats. Dame ! ce que j'adorais passer la lame sur le cuir !

— Rase-moi de près, Jeremy, me dit-il. Il serait peut-être bon de procéder à deux passages.

J'obtempérai avec le plus grand soin, ne faisant pas couler la moindre goutte de sang, et, lorsque j'eus fini, il effleura ses joues du bout des doigts et hocha la tête en signe d'approbation.

— J'aurai besoin de toi aujourd'hui, Jeremy. Prends un bain et revêts tes plus beaux effets. Sois prêt dans une heure.

Je le fus. Mais ce n'était encore que le milieu de la matinée lorsque nous descendîmes ensemble au rez-de-chaussée. Sir John s'enquit du nombre de prisonniers dans la chambre de sûreté, lequel n'était pas important, et des circonstances de leur arrestation. Satisfait, il me conduisit à son cabinet.

— Laisse la porte ouverte en grand, me dit-il une fois à l'intérieur, car nous allons avoir de la compagnie. À présent que j'y songe, nous aurons sans doute besoin de sièges. Nous attendons trois personnes.

— Alors, il nous faudra trois chaises en sus, dis-je.

— Occupe-t'en, je te prie.

Ses manières, ce matin-là, s'avéraient pour le moins directes, presque brusques. Il se montrait avare de propos. Toutefois, je ne mettais point cela sur le compte de quelque déplaisir, car je n'avais rien fait qui aurait pu lui déplaire, mais plutôt sur sa préoccupation eu égard aux affaires qui l'attendaient. Je ne posai aucune question en apportant les sièges. Je m'installai en silence sur l'un d'eux et attendis. Au bout d'un moment, il reprit la parole :

— Nul ne nous a signalé avoir vu Moll Caulfield. Les sergents de ville avaient mission de la rechercher activement — beaucoup de gens la connaissent de vue — et d'interroger les passants à son sujet.

— Alors elle a disparu, semble-t-il.

— Je n'aime guère cela.

— Peut-être que son amie Dotty pourrait...

— Peut-être.

De nouveau un silence, puis :

— Si seulement elle avait dit quoi que ce soit de substantiel dans ce message transmis au jeune garnement que tu as amené ici.

— Certes, monsieur.

— À propos, c'est *avec lui* que tu t'es battu l'autre jour, n'est-ce pas ?

— Oui, monsieur, répondis-je, croyant que l'événement avait été oublié et craignant le pire.

— Eh bien, déclara le magistrat, puisque vous vous êtes réconciliés, il serait superflu de te punir.

En proie à un grand soulagement, j'allais le remercier, lorsqu'il enchaîna :

— *Néanmoins*, rappelle-toi mes paroles au sujet de l'incident. Souviens-toi, en particulier, de ce que je t'ai dit à ce moment-là : dans la mesure où tu possèdes une meilleure éducation et jouis d'une meilleure condition, tu portes la plus grosse responsabilité en l'espèce. Un garçon tel que Bunkins ne connaît rien d'autre que la loi de la rue.

— Il semble avoir quelques qualités, toutefois.

— Bunkins est peut-être récupérable. Espérons-le.

— Oui, monsieur. Merci, sir John.

Il grommela en guise de réponse.

Du bout du long corridor provint alors le bruit de la porte donnant sur la rue qui s'ouvrit et se referma. Des pas décidés suivirent.

— Il semblerait, commenta le magistrat, qu'un de nos visiteurs soit arrivé. Je vais procéder à un interrogatoire. Au fil de celui-ci, je souhaite que tu sois attentif à la fois à ce qui se dit et à la manière dont cela est dit. Tu possèdes un œil aiguisé. Tu me communiqueras ensuite le moindre signe de tension visible ou de vive réaction à mes questions. Tu l'as déjà fait. Tu sais le genre de chose que je recherche.

Les pas se rapprochèrent. M'attendant presque à voir surgir frère Abraham, je fus quelque peu surpris lorsque Samuel Johnson apparut.

— La porte étant ouverte, déclara-t-il, je gage que j'ai tout loisir d'entrer.

— Absolument, répondit sir John. Venez donc, docteur Johnson.

Ce dernier ne se fit pas prier plus avant, déplaçant son corps massif pour venir serrer la main que lui tendait le magistrat. Il reconnut ma présence en me gratifiant d'un signe de tête et prit place sur un siège éloigné du mien. Samuel Johnson allait-il subir un interrogatoire ? Cela paraissait peu vraisemblable. De quel crime ou délit pouvait être coupable un aussi éminent personnage ? Ou de quoi pouvait-on même le soupçonner ? J'écoutai toutefois avec attention et observai son visage, tandis que les deux hommes engageaient la conversation, même s'il m'apparut bientôt que celle-ci prenait une tournure si commune qu'elle ne pouvait revêtir l'aspect d'un interrogatoire. Elle se révéla de nature littéraire. Sir John fit mention à son visiteur que lui et moi lisions en soirée et y prenions tous deux grand plaisir (ce qui était tout à fait vrai).

— Et que lisez-vous en ce moment ? s'enquit le Dr Johnson.

— Shakespeare, la plupart du temps. Nous sommes sur le point d'achever son *Songe d'une nuit d'été*.

— Une œuvre délectable, à tout le moins, pleine de fées, de rustres et de personnages du même acabit. Nul doute que le garçon y trouve son contentement. On ne peut se tromper en lisant Shakespeare.

— Vous dites cela comme si vous dépréciiez la pièce en elle-même.

— Eh bien, la grande force de l'auteur repose dans ses tragédies et certaines de ses pièces historiques.

— Je n'en disconviens pas, mais parfois l'amusement vous satisfait davantage que des récits de meurtre et de vengeance, quelle que soit leur puissance dramatique.

— Sans doute, accorda le Dr Johnson, légèrement condescendant.

— Peut-être pourriez-vous nous recommander quelque publication plus récente. J'avoue ne point être au fait de ce qui s'écrit à ce jour.

— Eh bien, si vous recherchez la distraction, peut-être que *Tristram Shandy* vous conviendrait. Le dernier volume est sorti l'an dernier à peine. L'auteur est décédé, je crois, voilà deux mois.

— Un dénommé Sterne, si je ne m'abuse ? Il avait mauvaise réputation... immoral, semble-t-il. À dire vrai, lorsque les premiers tomes de l'ouvrage sont parus il y a quelques années, ma défunte épouse Kitty me les a lus, et je les ai jugés par trop fantaisistes, pour ne pas dire franchement niais. Non, précisa sir John comme pour trancher l'affaire, si nous devions lire un roman, ce serait *Tom Jones*. J'aimerais à nouveau l'écouter... ce sera la troisième fois, et Jeremy n'a jamais eu le plaisir de le lire. Au risque de grandement vous surprendre, docteur Johnson, sachez que son père le remisait par-devers lui, tenant l'ouvrage pour licencieux. Pouvez-vous un instant supposer que mon brave frère ait écrit un livre licencieux ? Qui pourrait imaginer une chose pareille... et encore moins l'affirmer ?

— Est-il besoin de nous engager encore sur cette voie ? demanda le Dr Johnson en faisant montre d'exaspération. Je n'ai jamais *dit* qu'il s'agissait d'un ouvrage immoral ; du moins ne l'ai-je point affirmé noir sur blanc, puisque tel est notre propos.

— Et qu'en est-il de ce numéro de votre journal, *The Rambler* ?

— C'était voilà des années et je n'ai point cité le titre du livre. Par ailleurs, souffrez, monsieur, que mes opinions ne regardent que moi.

— Eh bien, je pense pour ma part qu'il s'agit du meilleur roman jamais écrit.

— Chacun a le droit d'émettre son avis. En ce qui me concerne, je considère qu'*Amélie* [1] se révèle de meilleure facture.

Tandis que j'écoutais, j'eus l'impression qu'ils allaient pérorer ainsi pendant plus d'une heure, jusqu'au moment où le Dr Johnson s'en irait, en proie à une vive fâcherie. Ce fut alors qu'on entendit claquer la porte du tribunal et que des pas résonnèrent encore dans le couloir. Ce qui les calma tous les deux.

— Laissez-moi vous demander, reprit sir John d'un ton plus pondéré, êtes-vous déjà allé à Bedlam ?

— J'y ai rendu visite à Kit Smart [2] à une ou deux reprises. L'endroit est un pur enfer. Si un homme sain d'esprit devait s'y trouver confiné, la folie aurait tôt fait de le gagner.

1. Tout comme *Tom Jones, Amélie* est un roman d'Henry Fielding. (*N.d.T.*)

2. Allusion probable à Christopher Smart (1722-1771), poète et satiriste anglais, précurseur du romantisme, qui écrivit sur les murs de la prison où il était enfermé pour dettes son *Hymne à David* (1763). (*N.d.T.*)

— Vous m'ôtez les mots de la bouche. C'est pourquoi j'ai fait transférer notre « poète paysan » à la prison de Fleet. Je vous ai mandé, docteur Johnson, afin que vous puissiez le questionner où bon vous semble et que vous donniez ensuite votre avis sur sa santé mentale, son aptitude à supporter un procès.

— L'homme que j'ai vu en votre tribunal n'était nullement apte, monsieur.

— J'en conviens. C'est cependant un homme fort différent que j'ai rencontré à Bedlam, lors de ma visite en compagnie du président de la Haute Cour. Sachez que John Clayton a demandé à comparaître. Mais, chut ! Le voilà qui arrive.

John Clayton apparut à l'entrée de la pièce. Il avait certes les menottes aux poignets, mais s'était vu épargner l'indignité des fers aux pieds. Sir John l'invita à entrer, et M. Fuller, le gardien de jour, armé d'une paire de pistolets, lui emboîta le pas.

— Asseyez-vous ici devant moi, monsieur Clayton, ordonnna le magistrat. Vous connaissez le Dr Johnson, je crois. Le jeune homme ici présent s'appelle Jeremy Proctor et il est à mon service en qualité d'assistant. Vous devez sans doute le reconnaître pour l'avoir vu hier matin, lors de notre entretien.

John Clayton me salua avec solennité, puis se tourna vers l'insigne personnage à sa droite.

— Docteur Johnson, dit-il. Je ne m'attendais guère à vous trouver ici. Vous me voyez confus de vous rencontrer en pareilles circonstances.

Ce disant, il leva ses poignets menottés, comme pour illustrer ses propos.

— Chassez cela de votre esprit, monsieur. Je me suis moi-même trouvé dans des situations aussi peu glorieuses. Je ne suis ici qu'un simple témoin. Vous avez toute ma sympathie.

— Prenez place, je vous prie, insista sir John d'un ton plus ferme.

M. Clayton s'exécuta aussitôt. Son gardien, M. Fuller, avait entre-temps tiré son siège vers la porte, qu'il fermait à présent. Ainsi pouvait-il mieux surveiller son prisonnier et lui barrer le passage, si d'aventure ce dernier tentait de prendre la fuite.

— À présent, John Clayton, notre entrevue d'hier a été tant soit peu écourtée par lord Mansfield, lorsqu'il a appris que vous souhaitiez être traduit en justice afin de pouvoir prouver votre innocence. Comment avez-vous l'intention de procéder ?

— Eh bien, monsieur, en relatant ce dont je me souviens de cette nuit-là.

— Il m'a semblé que vous étiez alors prêt à le faire, répliqua le magistrat. Est-ce le cas ?

— Oui, monsieur, tout à fait.

— Cela étant, j'ai songé qu'il valait mieux vous retirer de l'hôpital Sainte-Marie-de-Bethléem et vous installer à la prison de Fleet, afin que vous bénéficiiez d'un droit de visite plus aisé. Si la maison d'arrêt de Fleet n'a certes rien d'idyllique, j'imagine qu'elle représente une amélioration certaine, comparée à votre précédente résidence ?

— Oui, monsieur.

— Bien. Alors je vous demande d'oublier la geôle dans laquelle vous devez retourner et les menottes qui enserrent vos poignets. Exprimez-vous en qualité de témoin et non point en accusé. C'est ainsi que je vous entendrai. Livrez-moi votre témoignage sur les événements survenus cette terrible nuit.

— Eh bien, monsieur, commença le témoin, j'étais endormi au cellier lorsque...

— Je dois vous interrompre, intervint sir John. Nul n'est besoin de nous hâter. En l'occurrence, nous ne le devrions pas. J'aimerais autant, compte tenu des desseins qui m'animent, que vous répondiez à cette question : Pour quelle raison vous êtes-vous retrouvé là-bas ?

— J'étais venu assister à l'impression de mon second ouvrage, reprit M. Clayton. Si j'étais présent, pensait-on, pour la lecture des épreuves et les corrections à y apporter, à mesure que le texte serait composé, cela permettrait de maintenir un coût d'impression peu élevé et éviterait les retards, tels que ceux survenus dans le passé avec mon premier livre.

— Votre nouvel ouvrage était également un recueil de poésie ? s'enquit le Dr Johnson.

— Oui, monsieur. J'escomptais de ce livre un succès tel que je ne sois jamais contraint de rentrer dans le Somerset. J'espérais gagner ma vie en écrivant des vers.

— Vain espoir, monsieur, rétorqua le Dr Johnson non sans sévérité. Vivre de la poésie s'apparente à vivre de l'air du temps. Je me rappelle être arrivé, moi aussi, à Londres avec pareilles espérances, voilà plus d'années qu'il m'en souvient. J'ai dû alors entamer un long apprentissage comme n'importe quel écrivassier de Grub Street. Que n'eussé-je écrit moyennant quelque subside ! L'érudition n'a joué aucun rôle dans tout cela, et encore moins l'art d'écrire. Je vous mets en garde, monsieur, Grub Street n'est pas la panacée.

— J'en prends note, docteur Johnson, intervint le magistrat, de même que M. Clayton, j'en suis certain. Mais allons-nous revenir à notre propos ? Monsieur Clayton, le Dr Johnson m'a confié un peu plus tôt qu'Ezekiel Crabb, malgré sa volonté de publier des ouvrages dignes d'enrichir notre héritage artistique et culturel, se montrait en revanche moins enclin à offrir une juste rémunération pour ceux-ci.

— Il était pingre, renchérit le Dr Johnson. Je ne vois pas d'autre terme pour le qualifier.

— Puisque vous le dites, déclara sir John, mais vous, monsieur Clayton, vous avez de nouveau collaboré avec lui. Y a-t-il eu quelque acrimonie dans vos négociations pour ce second ouvrage ?

— Il y en a eu, certes.

— Et Eusebius est apparu pour négocier à votre place ?

— Oui, monsieur.

— Quelles ont été les conséquences ?

— Peu agréables, je le crains, encore que j'aie été satisfait par le marché que nous avons conclu à la fin.

— Lequel était ? questionna le Dr Johnson.

— Un droit d'auteur sur chaque exemplaire vendu.

— N'y avait-il aucun forfait payable d'avance ? persista le lexicographe.

— Très modeste. C'est en raison de la modicité de la somme que j'ai accepté de demeurer en son cellier et de partager les repas de ses apprentis.

— Quand cet arrangement a-t-il débuté ? s'enquit sir John.

— La veille de la nuit en question.

— Vous aviez donc passé une seule nuit au cellier avant celle-là ?

— Oui, monsieur.

— Et il ne s'est rien produit d'inhabituel, au cours de cette première nuit ?

— Rien du tout, non. J'ai fort bien dormi.

— Mais cela n'a pas été le cas la seconde nuit ?

— D'une certaine façon, je crois avoir trop bien dormi.

— Voilà qui s'avère peu clair, je le crains. Expliquez-vous, je vous prie.

— Eh bien, peut-être serait-il bon de décrire les commodités dont je disposais pour dormir au cellier ?

— Faites donc.

— Je m'étais vu octroyer un lit de sangles dans un coin. Comme j'étais supposé demeurer presque une semaine, on avait pris certains égards pour moi. Des caisses de livres étaient empilées autour de la couche et l'on m'avait laissé un peu de place, afin que je puisse disposer d'une certaine intimité, comme s'il s'agissait d'une chambre. Bien qu'il se soit montré avare du moindre penny, M. Crabb pouvait témoigner d'une véritable prévenance en pareils cas.

— Parfait... vous étiez donc endormi dans votre coin.

— Exactement. Comme je vous le disais, j'avais bien dormi la veille et dormais profondément pendant la nuit du drame, encore fourbu de mon voyage à pied jusqu'à Londres. Mais quelques heures après avoir sombré dans le sommeil, j'ai été à demi réveillé par des bruits au sous-sol. On eût dit qu'il y avait des hommes... tout un groupe... quatre ou cinq au moins, probablement davantage. Mais ils n'ont fait que passer, le temps pour eux de gravir l'escalier. Supposant que j'avais rêvé, je me suis retourné sur ma couche et j'ai replongé dans le sommeil ; à vrai dire, je m'étais à peine réveillé.

— Pouvez-vous définir le bruit qui vous a arraché à votre léthargie ? demanda sir John.

— Je ne le puis, monsieur. Il semble que j'aie été subitement conscient de leur présence... mais à peine, comme dans un songe.

— J'accepte vos dires, mais s'ils se trouvaient effectivement là, ils ont dû forcer la porte de la cave. Vous les auriez sans doute entendus.

— Assurément, reconnut M. Clayton, à moins qu'ils n'aient disposé d'une clé.

— Cela semble peu probable, dit le magistrat. Mais, à l'évidence, on vous a réveillé... à moins que vous n'ayez souffert d'une crise de somnambulisme, ce soir-là.

— En un sens, c'est *réellement* ce qui s'est passé, mais plus tard. Ils devaient avoir commencé leur boucherie depuis quelques minutes, et j'étais pleinement conscient des cris et des hurlements de leurs victimes. Je souhaite préciser ici, monsieur, que ces plaintes ont été poussées à l'unisson, comme si à quelque signal convenu d'avance le massacre avait commencé. Je crois que ce détail est capital.

— Souffrez que je sois seul juge de ce qui est capital ou non.

— À votre guise, mais... soit. J'ai bondi, terrifié, hors de mon lit et me suis précipité dans l'escalier. C'est alors que j'ai entendu cette bande d'assassins descendre des étages supérieurs. J'ai perçu qu'ils parlaient entre eux. Heureusement, j'étais pieds nus, sinon ils m'auraient à leur tour entendu à ce moment-là. Craignant pour ma vie, car ces cris que j'avais perçus provenaient à n'en point douter de personnes agonisantes, je me suis tapi dans une armoire de l'arrière-boutique, dans l'atelier d'impression.

— Vous ne les avez donc pas vus nettement, je présume.

— Non, monsieur. Mais j'ai compris qu'en arrivant au premier étage ils sont restés quelques minutes afin de rechercher quelque chose.

— Comment le savez-vous ?

— Parce que je les ai entendus marcher de long en large, de même qu'ils s'interpellaient les uns les autres.

— Pourriez-vous préciser ? Quels propos échangeaient-ils ?

— J'entendais tout cela derrière une porte et c'était peu distinct, mais j'ai perçu quelqu'un disant : « Ce n'est pas ici. » Et quelqu'un d'autre lui répondre : « Il doit y être. » Quoi qu'ils aient cherché, ils ont dû mettre la main dessus, car ils s'en sont allés peu de temps après.

— Vous les avez entendus partir ? Par où sont-ils passés ?

— De nouveau par la cave. Je les ai entendus descendre l'escalier et j'ai attendu d'être certain qu'ils aient quitté les lieux. C'est seulement après que je me suis aventuré à l'extérieur de ma cachette. Ma mémoire commence à vaciller à ce moment-là. Je me revois en train de gravir les marches... en train de découvrir les corps d'Ezekiel Crabb et de sa femme, horriblement ensanglantés et taillés en pièces dans leur lit. Et mes souvenirs s'arrêtent là, je le crains.

Sir John, qui s'était penché en avant pour écouter ce récit, s'adossa alors à son fauteuil et médita un instant. J'avais noté que le Dr Johnson, tout au long de l'interrogatoire, avait observé M. Clayton avec une fascination grandissante. À la fin, son visage arborait une expression à la fois choquée et consternée.

Sir John reprit alors la parole :

— Comment expliquez-vous, monsieur Clayton, ce qui s'est passé entre le moment où vous avez découvert les cadavres de M. et Mme Crabb et celui où le sergent Cowley et son groupe vous ont surpris ?

— Je ne puis que conjecturer, monsieur. Je crois comprendre que je me suis présenté à vous et aux autres sous le nom de Petrus. En qualité de Petrus, j'ai dû aller visiter les chambres de chacun des étages, puisqu'on m'a retrouvé au tout dernier.

— On vous y a retrouvé avec une hache sanguinolente en main. Comment êtes-vous entré en sa possession, monsieur Clayton ?

— Je ne puis le dire, sir John. Je puis seulement supposer qu'elle aura été laissée là par l'un des meurtriers.

— Ce qui paraît invraisemblable, n'est-ce pas ?

— Disons alors que je ne puis me prononcer.

— Oui, restons-en là. J'ai encore une question à vous poser. Comptez-vous parmi vos accointances un dénommé Isham Henry ?

M. Clayton prit la peine de réfléchir, puis répondit :

— Je crois qu'il était l'un des compagnons au service de M. Crabb. Il n'était pas là le jour qui a précédé les meurtres.

— Non, selon ses dires, il rentrait de Nottingham, si je ne m'abuse. Eusebius, je présume, ne vous l'a point communiqué, mais M. Henry a rendu témoignage en votre défaveur, durant l'instruction avortée qui a suivi les crimes. Ce qu'il a livré n'était qu'ouï-dire et se révèle donc irrecevable, mais il a déclaré que vous éprouviez une vive hostilité à l'endroit de M. Crabb, après la publication de votre premier ouvrage ; que vous vous étiez senti dupé par ce dernier, lorsque vous avez appris le grand nombre d'exemplaires vendus et les bénéfices réalisés à vos dépens. Le témoin a affirmé que vous aviez menacé M. Crabb. Dans quelle mesure doit-on le croire ?

— En partie, répondit M. Clayton. Presque en totalité.

— Oh ? Alors éclairez-moi à ce sujet, monsieur.

— J'ai en effet eu le sentiment que M. Crabb ne s'était point honnêtement conduit avec moi. Si je ne pouvais prétendre qu'il m'avait dupé — et je ne pouvais franchement l'affirmer —, il avait, selon moi, abusé de mon ignorance. Toutefois, je suis parvenu, comme je vous l'ai dit, à un accord pour mon second livre. Je dirais que nous avions alors réussi à régler nos divergences. Je vous ai parlé plus tôt de cet arrangement.

— Certes, certes... mais qu'en est-il de la menace ? L'avez-vous effectivement menacé ?

— Oui, monsieur.

— Et de quelle manière ?

— Je l'ai menacé de publier mon second ouvrage chez un autre éditeur.

À ces paroles, le Dr Johnson partit d'un gros éclat de rire.

— Ce qui l'a fait fléchir, j'imagine ?

— Nous sommes parvenus à un accord.

— Avec l'aide d'Eusebius ? intervint sir John.

— En dépit d'Eusebius, répondit M. Clayton.

— Très bien, très bien. Docteur Johnson, avez-vous des questions ?

— Monsieur, j'en ai une, en effet. M. Clayton a estimé capital de préciser que les cris des agonisants, pendant cette terrible nuit, ont été poussés « à l'unisson », comme il l'a dit, je crois. Moi, j'aimerais avant tout savoir pourquoi il juge cela si important.

— Entendu, fit sir John en soupirant, répondez à la question du Dr Johnson, monsieur Clayton.

— Avec plaisir, monsieur. J'ai jugé cela important parce que, après y avoir longtemps réfléchi à Bedlam, j'ai déduit que le meurtre de six personnes dans leur lit ne pouvait qu'avoir été perpétré par plus d'un seul homme... trois, à tout le moins. Puisque j'ai entendu ces horribles cris — que mes oreilles perçoivent encore à l'heure qu'il est — pendant un laps de temps relativement bref et en provenance de chaque étage de la demeure, cela indique que les massacres ont eu lieu simultanément.

— Voilà, dit le Dr Johnson à l'adresse de sir John. Est-ce que cela n'est pas sensé ? N'est-ce pas bien raisonné ? Je vous félicite, monsieur Clayton.

Sir John se leva.

— Et moi, dit-il, je vous congédie, monsieur Clayton. Sergent Fuller, vous pouvez ramener le détenu à la prison de Fleet.

M. Fuller obtempéra sur-le-champ et en un tournemain John Clayton fut emmené. En partant, il décocha un regard confus au magistrat, sans doute perplexe de se voir remercier de la sorte. Je me demandai, moi aussi, quelle mouche avait piqué sir John.

Le prisonnier et son geôlier avaient à peine franchi la porte que le Dr Johnson se levait d'un bond et martelait le sol de sa canne.

— Pourquoi avez-vous agi ainsi, sir John ? s'enquit-il, la face rouge de colère.

— Parce que j'ai craint que dans vos propos suivants vous n'exigiez sa libération.

— Pourquoi pas ? tonna le lexicographe. De toute évidence, il dit la vérité.

— Ce n'est point aussi évident que vous le pensez.

— Son raisonnement sur le nombre d'hommes nécessaire pour tuer six personnes dans leur lit est fort bien argumenté. Sa logique est inattaquable.

— Certes, admit sir John, et si votre mémoire est bonne, ce rustre de Burnley, qui a témoigné avant qu'Eusebius ne sème la pagaille à l'audience, nous a offert une déposition qui corrobore précisément la version de Clayton. Qu'a donc dit Albert Burnley ? « Un tohu-bohu de hurlements d' gens en train de s' faire tuer » — expression pour le moins haute en couleur — et qui a duré moins d'une minute.

Le Dr Johnson considéra sir John d'un air interdit :

— Je ne comprends pas, monsieur. Vous semblez partager mon point de vue.

— Bien sûr que je le partage, espèce de vieille ganache sentencieuse et débordante de suffisance ! Moi aussi, je crois qu'il dit la vérité, si tant est qu'il s'en souvienne et que ces souvenirs soient exacts. Mais si vous pensez que ce que nous venons d'entendre de sa bouche suffira à lui valoir un verdict de non-lieu à l'Old Bailey, alors vous êtes encore plus niais que ce Boswell qui semble suspendu à vos moindres propos. Et qui plus est, si vous estimez sa logique inattaquable, alors attendez que lord Mansfield se mette à l'attaquer. Non, docteur Johnson, avant que John Clayton ne comparaisse, on doit le contraindre à justifier sa présence sur les lieux avec *l'arme du crime* dans sa main. C'est cela, et seulement cela, qui importe en l'occurrence, dira lord Mansfield aux jurés.

— Mais l'assassin *a très bien pu* la laisser derrière lui.

— Tout est possible, mais ce n'est guère vraisemblable.

Le Dr Johnson se laissa choir dans son fauteuil, perdu dans ses pensées pendant quelques instants.

— Non, déclara-t-il. Je suppose que non. Mais, monsieur, dites-moi, que venait faire ce « Petrus » dans son récit ? Je me souviens avoir également entendu ce nom, dans les propos que vous avez tous deux échangés au tribunal. Qui est ou que représente donc ce « Petrus » ?

— En un sens, répondit sir John, peu importe qui il est ou représente, mais laissez-moi vous l'expliquer brièvement. John Clayton prétend — et en ce qui me concerne, je le crois — que trois natures résident en son seul corps. Il y a en premier lieu la sienne propre, puis celle d'Eusebius, qui profère des niaiseries à n'en plus finir lorsqu'il se heurte à l'autorité, et enfin Petrus, qui agit pour le compte de Clayton lorsqu'il est confronté à la violence. Eusebius, vous l'avez vu à l'œuvre au tribunal ; vous vous souvenez qu'il a insisté en disant être le porte-parole de

John Clayton. Quant à Petrus, je l'ai rencontré lorsque le sergent Cowley a amené Clayton... une sinistre brute, croyez-moi. J'admets volontiers que pareilles excentricités de l'âme humaine m'étaient jusqu'alors inconnues, mais le Dr Dillingham nous a assuré que des cas semblables existaient, encore qu'ils soient peu répandus, bien sûr.

— Mais comment pouvez-vous dire que ce n'est pas important ? fulmina le Dr Johnson. C'est à l'évidence de la plus haute importance. Cela explique tout... ou une bonne part pour le moins.

— J'affirme que ce n'est pas important, parce que lord Mansfield le dira. Au procès, il estimera cela insignifiant. En vérité, il m'a d'ores et déjà confié cet avis en privé.

— Alors, que pouvons-nous faire pour ce malheureux ?

— Ce qui peut être fait le sera, soyez-en sûr, rétorqua le magistrat. Mais ne lui donnons point de faux espoirs. Clayton s'est déjà montré d'une grande naïveté en pensant qu'apporter son témoignage suffirait amplement à l'innocenter. *Lui* sait qu'il est innocent, mais encore faut-il en persuader un juge et un jury. Si je me suis montré quelque peu rude à son endroit, c'est parce que je souhaite qu'il continue à réfléchir, à tenter de se souvenir de détails qui pourraient nous aider à capturer ceux qu'il appelle « la bande d'assassins ». Quelque chose qu'il a entendu... *n'importe quoi*.

— Mais ne pourriez-vous point de votre propre autorité le disculper ? Vous pourriez dire qu'ayant entendu sa déposition, vous le jugez innocent de tout méfait.

— L'homme que l'on a appréhendé sur les lieux avec l'arme du crime dans la main ? Vous avez lu le journal ? Le pamphlet qui l'accuse ? Que n'entendrions-nous pas alors de la part de vos congénères de Grub Street ! Mais quelle que soit la réaction du public, quelle que soit mon opinion, il demeure indiscutable qu'il y a matière à le traduire en justice. En outre, il en a fait la demande... par écrit.

Le Dr Johnson arborait une mine lugubre et découragée. Je le vis alors, tel que je l'avais vu auparavant, comme le brave homme qu'il était. Sincère, bourru et sans doute sentencieux, mais brave au demeurant.

— Puis-je l'en informer ? s'enquit-il.

— Vous avez l'intention de lui rendre visite à la prison de Fleet ?

— Oui, le pauvre bougre.

— Vous pouvez l'en informer, mais en partie. Insistez sur l'importance d'une réflexion plus approfondie, sur la souvenance des détails, même les plus anodins, qui pourraient nous aider. Mais ne lui dites *point* que j'accepte sa version des faits. Faites de moi le méchant ogre, au besoin, mais présentez-moi comme celui que l'on doit convaincre.

Le Dr Johnson se leva et s'apprêta à prendre congé.

— Entendu, dit-il, ce sera fait. Je m'y rends dès cet après-midi. Merci, sir John. Bien que vous m'ayez insulté et donné l'impression que j'étais un nigaud, j'ai pu grâce à vous toucher de près la dure réalité de la justice.

— Je vous prie d'accepter mes plus sincères excuses, monsieur. Je me suis quelque peu emporté. Au revoir, donc. J'ai des affaires à traiter, avant que ne reprennent les auditions.

À ces mots d'adieu, le Dr Johnson s'en alla. Sir John m'appela à lui. Comme il se tenait debout devant moi, son attitude trahit une certaine nervosité ; il tripotait son tricorne, le tournant ici et là. J'en demeurai fort surpris. Il était d'ordinaire le flegme personnifié.

— Jeremy, déclara-t-il, j'ai une commission à te confier. Mais je dois avant toute chose te demander quelle est ton impression eu égard au récit de M. Clayton ?

— Une impression considérable, répondis-je. En vérité, j'en ai été stupéfait.

— Et convaincu ?

— Oui, monsieur. Il n'a point clamé son innocence outre mesure.

— Un point positif, en effet. Et que trahissait sa face, au juste ?

— Guère plus que ce à quoi je me serais attendu, monsieur, compte tenu de l'importance du récit qu'il nous a narré. La plupart du temps, il s'est exprimé avec sobriété et sans ambages, comme s'il retraçait ce qu'il s'était soigneusement remémoré.

— Ce qu'il avait assurément fait.

— Oui, monsieur. À un seul instant il a témoigné d'une profonde émotion et c'est lorsqu'il s'est décrit gravissant l'escalier et découvrant les cadavres d'Ezekiel Crabb et de sa femme.

— C'est curieux. Je n'ai alors rien décelé dans sa voix. Que lisait-on sur son visage ?

— Il pleurait. Tandis qu'il parlait d'un ton singulièrement calme, les larmes se sont mises à lui couler le long des joues. Il n'en a point versé en abondance, mais je les ai bel et bien vues.

À ces paroles, sir John hocha la tête, signifiant ainsi que je lui avais livré ce qu'il souhaitait. Il me dit ensuite :

— J'ai un message de nature privée que je souhaiterais te voir remettre à Katherine Durham.

Bien que cela ne me fût point nécessaire, je courus tout au long du chemin jusqu'à Berry Lane. Ce n'était certes pas très loin et mon allure ne fut sans doute pas si extrême. Mais le message dont j'étais porteur, associant deux grands amis à moi, me remplissait d'une telle allégresse que je ne pouvais me résoudre à simplement marcher. Tandis que je traversais Covent Garden avec des ailes aux pieds, esquivant les fidèles qui sortaient de la cathédrale Saint-Paul, le soleil de cet été précoce semblait régénérer mon corps juvénile. Je sentais toute la santé et la vigueur de l'adolescence sourdre en moi.

Ce jeune et fringant poulain arriva donc en un clin d'œil au 3, Berry Lane. Je gravis l'escalier quatre à quatre, tambourinait à la porte de la veuve Durham. Puis je m'en voulus soudain, en songeant combien mon geste pouvait paraître malséant. Je heurtai l'huis derechef, mais de manière plus posée et, selon moi, plus respectueuse.

La porte s'ouvrit et Mme Durham m'apparut, l'air tant soit peu déconcerté de me voir trépigner comme un beau diable sur le seuil de sa demeure.

— Oh ! fit-elle. Jeremy, comme c'est gentil d'être passé !

Elle me donnait cependant l'impression d'hésiter.

— J'ai un message de la part de sir John, annonçai-je.

— Fort bien, dit-elle. Transmets-le-moi donc sans plus tarder.

— Il demande, à condition toutefois que votre cheville le permette, si vous auriez la bonté de l'accompagner pour une promenade en fiacre à travers la ville, puis à un souper dans un établissement respectable et ensuite à un divertissement musical à la taverne *Crown and Anchor*, dans le Strand. Bien que fréquentée d'ordinaire par des hommes, sachez, m'a-t-il dit, que lors des soirées musicales comme celle-ci, ladite taverne est placée sous le haut patronage de la...

Et ici, cher lecteur, j'hésitai, car le mot était long et tout nouveau pour moi.

— ... la Société a-na-cré-on-ti-que[1], on y côtoie nombre de dames de bonne réputation, accompagnées par des messieurs. Le spectacle de ce soir inclut une œuvre de Haendel, avec des intermèdes joués par un petit orchestre.

Compte tenu de l'effort que je venais d'accomplir pour atteindre son domicile et de la longueur du message, j'achevai ma réplique à bout de souffle. Elle le remarqua et me gratifia d'un sourire bienveillant.

1. Du poète grec Anacréon (vers 570-vers 655), qui composa des chansons d'amour et de table et dont les vers adaptés par Rémi Belleau (1528-1577) ont inspiré la poésie dite *anacréontique*. (*N.d.T.*)

— As-tu couru jusqu'ici pour m'annoncer la nouvelle ? s'enquit-elle.

— J'ai couru, certes, mais je n'ai fait qu'obéir à la bonne humeur qui m'animait.

— Ma foi, tu peux courir ou marcher à ta guise pour transmettre ma réponse, déclara-t-elle, mais tu diras à sir John que j'accepte avec grande joie et que j'ai hâte de le retrouver... à quelle heure ?

— Oh oui... j'ai omis ce détail, n'est-ce pas ? À cinq heures de l'après-midi, si cela vous convient.

— Cela me convient tout à fait.

— Alors, je vous remercie, madame Durham. Je m'en vais le lui dire.

Je m'éloignai en lui faisant un signe de la main et elle me dit au revoir. En partant, j'entendis l'huis se fermer dans mon dos. Puis, à ma grande surprise, je perçus des voix étouffées derrière la porte. Je n'allais pas, ne pouvais pas revenir sur mes pas et tendre l'oreille, aussi poursuivis-je mon chemin et descendis l'escalier, mais j'étais fort curieux de savoir qui pouvait bien se trouver en sa compagnie. Car l'une des deux voix, grave et vibrante, était à n'en point douter masculine.

Et ainsi, cher lecteur, j'accomplis un acte que je ne saurais admettre aujourd'hui sans rougir de honte. J'avisai une porte d'entrée située à l'écart, dans un renfoncement, et depuis laquelle j'avais tout loisir de surveiller l'escalier menant au domicile de Mme Durham, sans que l'on pût me voir, j'en étais sûr. Je décidai de demeurer à ce poste d'observation jusqu'à ce que le visiteur de la veuve apparût.

Je n'eus guère à patienter. Au bout de quelques minutes à peine, j'entendis une porte se refermer bruyamment et, peu après, M. Tolliver, le boucher, descendit les dernières marches, tourna et s'engagea dans Berry Lane en empruntant la direction opposée à la mienne. J'étais bien entendu surpris de le voir. Puis, après un instant de réflexion, je compris que je n'avais aucune raison de l'être, car c'était après tout un de ses amis. N'avait-il point sauvé Mme Durham — et moi tout autant — de cette escouade d'individus en noir qui l'avait blessée et tant embarrassée ? Sans l'ombre d'un doute. Il était donc naturel qu'il lui rendît visite, afin de s'enquérir de son rétablissement, et fort séant de la lui rendre un dimanche matin. Certes, j'étais grandement soulagé de constater que le visiteur de la veuve n'était autre que M. Tolliver.

Pourquoi alors me déshonorai-je à nouveau en le suivant ? Je ne saurais le dire, mais en agissant ainsi, je compris ce qui m'intriguait plus ou moins. Bien que j'eusse brièvement entrevu son visage, avant qu'il n'obliquât et s'éloignât, M. Tolliver paraissait néanmoins arborer une expression fort contrite. Mais en marchant dans son sillage, il me sembla lire en lui, alors que je l'avais à peine entr'aperçu. Jamais un homme n'avait exprimé aussi ouvertement avec son corps ce qu'il éprouvait au tréfonds de lui. La tête courbée, il traînait la jambe, symbole vivant de l'accablement et de la morosité. Je désirais courir vers lui, pour le réconforter, et le remercier de son action diligente à Covent Garden, quelques jours plus tôt. Mais je n'en fis rien. Je me bornai à obliquer au premier carrefour et le laissai, car je craignais qu'il pût me voir.

Je rentrai à Bow Street, l'esprit en grand émoi, une fois encore à cause de ce prodigieux mystère qui résidait entre les hommes et les femmes. Car, en vérité, je sentais que j'avais touché le cœur du problème, sinon comment expliquer la gêne de sir John ce matin-là et la tristesse flagrante de M. Tolliver ? Tout cela me laissait fort confus et désireux d'être éclairé en la matière.

À mon retour, on m'apprit que le tribunal de sir John était en séance et, autant qu'il m'en souvienne, je renonçai pour la première fois à l'occasion qui m'était offerte d'assister aux audiences. Au lieu de cela, j'allai quérir à l'étage l'ouvrage que je lisais alors, revins m'asseoir sur le banc désert, situé devant le cabinet de sir John, et j'y attendis ce dernier. Je lus par intermittence, car mes pensées n'avaient de cesse de revenir sur ma découverte et sur son éventuelle signification. Tout cela me conduisit cependant à une résolution judicieuse, laquelle me paraît aujourd'hui remarquablement mature pour quelqu'un d'aussi jeune : je décidai de ne rien dire de tout cela à sir John.

Il revint enfin. Je le saluai et lui communiquai la réponse de Katherine Durham à son invitation. Il me sembla aussitôt exulter de recevoir l'agrément de la veuve.

— « Avec grande joie », a-t-elle répondu ? Elle accepte « avec grande joie ». Eh bien, je puis certainement lui offrir une plaisante soirée. Qu'en dis-tu, Jeremy ?

Je me gardai d'exprimer ma pensée profonde, à savoir que j'eusse apprécié de les accompagner. Je répondis seulement que j'étais certain qu'ils se divertiraient beaucoup tous les deux.

— Pour sûr, pour sûr... mais à présent, Jeremy, je dois retrouver M. Humber à la *London Coffee House* de Ludgate Hill, afin de l'informer que j'ai changé mes projets. Je l'en avais avisé à l'avance. Il ne devrait donc être qu'à demi surpris.

— Je suis sûr qu'il comprendra, sir John.

— Oh, lui plus que tout autre ! Dis à Mme Gredge que je souperai en ville, veux-tu ?

— Entendu, sir John.

— Et je n'aurai plus besoin de toi pour le reste de la journée. Va t'amuser, mon garçon. Tiens, dit-il en plongeant la main dans sa poche, prends un shilling... non, prends-en deux ou trois. Cela fait trop longtemps que tu n'as reçu aucun émolument.

Il me tendit une main pleine de pièces. Nous nous chamaillâmes brièvement. Il insista pour que j'accepte au moins trois shillings, ce que je fis en le remerciant.

— Un shilling par semaine te satisferait-il ? Non... tu mérites davantage. Je dois en discuter avec M. Humber.

Ce disant, il se coiffa de son tricorne et se dirigea vers la sortie.

— N'attends point mon retour pour te coucher, me lança-t-il.

J'errai dans les rues pendant plus d'une heure, m'apitoyant grandement sur mon sort, pour avoir été mis à l'écart des projets de sir John. D'une certaine façon, même après avoir transmis l'invitation à Mme Durham, j'avais supposé qu'à la dernière minute il se serait rendu compte de son omission... ou qu'il m'aurait déclaré : « Mais bien sûr tu es censé venir aussi, Jeremy. En doutais-tu ? »

Cependant, comme je l'ai relaté plus haut, il ne me dit rien de pareil et je fus donc contraint de déambuler tout seul, ruminant quelque peu ma déception. Pour la première fois depuis mon arrivée à Londres, la solitude me gagnait. Je me sentais réellement orphelin.

Je traversai de nouveau Covent Garden, qui semblait grouiller d'activités et de distractions frustes à n'importe quelle heure du jour... même, en effet, en cette fin d'après-midi dominicale. Une troupe de jongleurs et d'acrobates s'était installée au cœur de la place, où se dressait alors une colonne. Je m'y attardai un peu, stupéfait de leur adresse, me demandant combien d'années leur avaient été nécessaires pour atteindre pareille maîtrise. Pas tant qu'il me semblait, assurément, car il y avait un garçon guère plus âgé que moi et jonglant avec pas moins de quatre balles à la fois. Un peu plus loin, une fille encore plus jeune — jolie et brune — grimpait tout en haut d'une pyramide formée d'hommes et de garçons en équilibre précaire, pour poser fermement ses pieds sur les épaules de deux gamins. Tout à coup, l'édifice humain s'écroula, tandis que chacun de ses éléments plongeait et exécutait force pirouettes sur les paillasses disposées au-dessous. La fille accomplit la plus grande cabriole, retroussant ses jupes pêle-mêle avec les garçons... ses frères ? J'applaudis avec la foule qui s'était rassemblée alentour. Riche des trois shillings que sir John m'avait contraint d'accepter, j'en lançai un à la jeune acrobate. Elle me regarda, ramassa la pièce, l'embrassa et me cria ce que j'interprétai comme des remerciements dans une langue qui m'était inconnue. Puis elle se détourna de moi et s'affaira à collecter le reste de la monnaie qui jonchait le sol autour d'elle.

Si les jongleurs et les acrobates — cette fille, notamment — m'avaient procuré nombre de sensations fortes, je me sentis comme attiré à ce moment-là par Bow Street. Bien qu'il ne fût pas encore l'heure du souper, je songeai qu'il était temps de rentrer. Peut-être aurais-je l'occasion de connaître la jouvencelle et qu'elle m'enseignerait sa langue étrange. Peut-être... Mon esprit juvénile s'échauffait en songeant aux multiples possibilités qu'offrait l'existence.

Tandis que je franchissais la porte du 4, Bow Street, je vis le sergent Fuller, assis à bonne distance dans le couloir, regarder dans ma direction et se lever de son siège. Il marcha vers moi en fronçant les sourcils, comme s'il avait quelque chose à me reprocher. N'ayant, à ma connaissance, rien fait de répréhensible, je lui souris simplement d'un air candide et le saluai par son nom.

— Tu ne devrais point fréquenter des gars comme lui, déclara-t-il.

— Je vous demande pardon, sergent ? Des gars comme qui ?

— Comme celui qui t'attend un peu plus loin, là-bas. J'ai déjà eu affaire à lui, il n'y a pas de doute. Il nous a donné du fil à retordre. Laisse-le choir.

Je compris un peu tardivement qu'il ne pouvait s'agir que de Jimmie Bunkins, qui avait eu la hardiesse de venir me rendre visite à Bow Street. Sa rencontre avec sir John l'avait-elle rendu aussi audacieux ?

Il était là, peu confortablement assis sur un banc, non loin de la chambre de sûreté. Il se leva, lorgna à droite et à gauche, puis, dévisageant l'agent Fuller par-dessus mon épaule, il murmura :

— Bigre ! Ça fait longtemps que j' t'attends, l'ami.

— J'étais à Covent Garden, répondis-je. Je regardais les acrobates.

— C'est-y point une drôle de façon d' passer ta journée ! Comme j' m'en doutais, les argousins d'ici m'apprécient guère.

— Les argousins ?

— Les sergents d' ville, l'ami. Ç'ui-là a pas cessé d' me bigler bizarrement.

Il détourna enfin son regard de M. Fuller et me fixa droit dans les yeux.

— Faut qu'on s' calte, l'ami. J'ai qu'è'qu' chose à t' faire voir.

— C'est important ?

— Est-ce que j' s'rais v'nu ici si ça l'était point ?

— Combien de temps cela prendra-t-il ?

— Pas longtemps. Qu'est-ce que j'en sais ? Aussi longtemps qu' tu l' souhaites.

Je réfléchis un instant. Je lui faisais confiance, sans l'ombre d'un doute ; de même que je ne pouvais douter qu'il eût couru quelque risque en venant ici. Cela devait être important pour lui que je l'accompagne.

— C'est d'accord, lui dis-je, mais ne lanternons pas.

— Comme tu veux, l'ami.

Sur ces mots, il m'entraîna dans le couloir, passant devant le sergent Fuller qu'il choisit d'ignorer.

— Sir John en entendra causer ! lança celui-ci dans mon dos.

— Il a confiance en moi, rétorquai-je. Il s'agit, je crois, d'une affaire importante.

— Si l'on te surprend en train de voler, tu seras traité comme les autres.

— Entendu, répondis-je.

Amos Fuller n'était pas mon préféré parmi les sergents de Bow Street.

Dès que nous fûmes dans la rue, Jimmie Bunkins se mit à trotter et je l'imitai. Il m'entraîna jusqu'à la Tamise, en empruntant le plus court chemin... une partie du Strand vers Fleet Street, en passant devant le *Cheshire Cheese*[1], puis jusqu'aux berges du fleuve. Il était malaisé de converser à pareille allure, d'autant que, pour une fois, mon compagnon se montrait peu enclin à jacasser.

Nous poursuivîmes notre route en longeant le bord de l'eau, où se dressaient des entrepôts, des cabanes de pêcheurs et d'étranges embarcations évoquant des maisons flottantes. Nous parvînmes enfin à destination. J'ignorais qu'il existait un tel endroit sur les rives de la Tamise, d'autant que je ne l'aurais jamais imaginé. On eût dit quelque petite ferme. Une vaste parcelle de terrain l'entourait, mais rien n'y poussait; comme si les voisins les plus proches s'étaient privés de pareille opportunité... mais ma réflexion ne serait-elle point le fruit d'une sagesse rétrospective? Nous traversâmes ce champ non cultivé et nous approchâmes d'une bâtisse qui eût pu faire office de modeste corps de ferme. Derrière lui se dressait une dépendance qui pouvait tenir lieu d'étable, encore qu'elle n'en fût pas exactement une. Et dans un enclos avoisinant, je découvris d'abord un cheval, puis un second. Deux destriers, donc, qui semblaient à l'article de la mort... maladifs, la robe grisâtre, l'éparvin aux jarrets, ces animaux se déplaçaient lentement, en dodelinant, comme si chacun de leurs pas risquait d'être le dernier. Je reconnus ces chevaux. Sachant désormais où j'avais mis les pieds, je m'arrêtai brusquement, tandis que Jimmie Bunkins continuait. Puis, se rendant compte que je ne le suivais plus, il revint vers moi.

— Viens-t'en, me dit-il. On est arrivés.

— Le Faucheux habite ici.

— Comme de juste, l'ami, et faut qu'on aille voir le bougre en personne.

1. Le pub *Ye Olde Cheshire*, qui n'a guère changé aujourd'hui, aurait compté, entre autres, Samuel Pepys, le Dr Johnson et Charles Dickens parmi ses célèbres clients. (*N.d.T.*)

— Non, Jimmie Bunkins, je n'ai que trop vu cet homme la nuit de ces terribles assassinats dans Grub Street.

— Ah, fit-il, t'étais donc là-bas, hein ? Ben, pour tout t' dire, j' raffole point d' ce luron moi-même. L'est drôl'ment bizarre, pour sûr. Mais on doit lui d'mander qu'è'qu' chose, alors vaut mieux qu'on l' traite avec respect.

— Ma foi...

— Allons, viens, mont' que t'es franc du collier. R'mue ta carcasse !

Je consentis à repartir avec lui, mais en marchant, cette fois. Je devinais et craignais tout à la fois ce que le Faucheux risquait de nous montrer. Sur notre droite coulaient les eaux sombres de la Tamise. Le soleil couchant projetait de longues ombres dans notre direction. Je me promis de quitter ce lieu avant la nuit tombée.

Comme nous nous approchions, je sentis enfin l'odeur pestilentielle de l'endroit. Je crois qu'il existe quelque chose d'ancré au plus profond de tout être humain qui rend cette odeur particulièrement répugnante. C'est celle de ce qui nous attend tous... celle de la mort et de la déliquescence.

Je m'efforçai d'avancer, toutefois, tandis que Bunkins frappait déjà à la porte. Nous n'attendîmes guère longtemps avant qu'elle s'ouvre dans un grincement. Nous découvrîmes alors non point le Faucheux mais une femme en robe souillée, quasi aussi laide que lui... et de la même façon, car un œil, le droit, était visiblement plus petit que l'autre.

— Bonsoir ? fit-elle de la manière la plus suspicieuse qui fût.

Puis, fixant Bunkins de son regard singulier, elle esquissa un petit sourire et sembla quelque peu se détendre.

— Ah, c'est toi l' gamin qu'est d'jà v'nu. Tu veux encore j'ter un coup d'œil à ces dames, pas vrai ? J' vois qu' t'as am'né un ami. Ça te coût'ra quand même un aut' shilling.

Elle se tourna vers moi, en ajoutant :

— Et un shilling à toi aussi.

De mauvaise grâce, je plongeai la main dans ma poche et lui tendis les deux shillings qui me restaient des trois que sir John m'avait offerts.

— L' patron s' trouve derrière, déclara-t-elle. Tu connais le ch'min maint'nant. Dis-lui seul'ment qu' t'as payé et que j' vous ai laissés passer.

Elle hocha la tête et nous claqua la porte au nez. Nous contournâmes la demeure.

— C'est-y point une drôle de daronne, celle-ci ! s'exclama Jimmie Bunkins. Une vieille sorcière, comme qui dirait.

— Avec le même visage difforme que lui, murmurai-je.

— C'est la sœur du bougre, à c' qui paraît. Elle a pas cessé d' parler quand j' suis v'nu plus tôt, en m' disant que personne passait ici, sauf pour réclamer ses parents, et puis qu'elle se sentait bien seule et tout ça. C'est seulement après qu'elle a ben voulu m' conduire derrière. Elle m'a donné du pain à la poêle et comme j'avais grand-faim, j' l'ai mangé, pardi ! Mais j'accepterais jamais d' la viande venant d'elle, même si j' crevais d' faim !

Il me fallut quelques instants pour saisir la signification de ses propos. Lorsque j'eus enfin compris, j'écarquillai les yeux :

— Tu ne veux pas dire que... ?

— Y a comme qui dirait des bruits qui circulent... répondit-il.

Nous avions atteint la clôture en bois, derrière laquelle se trouvaient les chevaux.

— Passe par-d'sus, m'indiqua Bunkins en grimpant tant bien que mal.

— Moll Caulfield se trouve à l'intérieur, n'est-ce pas ?

— Suis-moi, dit-il.

J'escaladai la clôture, tellement branlante que je craignis qu'elle ne s'effondrât sur moi.

— Méfie-toi des ch'vaux, conseilla-t-il, des fois qu'y s' mettraient à ruer.

Je le suivis, marchant avec précaution dans son sillage. La puanteur de l'endroit était à présent insoutenable. Bunkins exhiba le mouchoir qu'il avait tenté de me vendre et s'en recouvrit le nez. L'espace d'un instant, je regrettai de ne le lui avoir point acheté.

Puis nous entrâmes dans la bâtisse, à moitié grange, à moitié charnier. Le Faucheux s'y trouvait, rassemblant du fourrage pour ses chevaux. Le long des deux murs gisaient les corps des défunts, chacun recouvert de ce qui ressemblait à de la toile à voile. Ils n'étaient pas nombreux... une douzaine d'un côté et la moitié de l'autre. Des pieds nus dépassaient de ces linceuls de fortune. Il y avait deux grandes piles de vêtements, masculins et féminins ; celle des effets pour hommes était la plus haute.

Le Faucheux planta sa fourche à foin puis vint vers nous d'un pas lourd.

— Alors, dit-il à Jimmie Bunkins, te v'là rev'nu avec un ami, pas vrai ? Pourquoi pas, pardi, pourquoi pas ?

Puis il me dévisagea, me lorgna des pieds à la tête, tandis que je demeurais là, mal à l'aise, luttant pour ne point m'enfuir à toutes jambes.

— J' te connais, pas vrai ? Oui-da, t'étais à la porte de l'imprimeur, même que tu montais la garde pour l' Curieux. Une sacrée prise ! Six en tout, si j' me souviens bien.

Les poings sur les hanches, il réfléchit, tout en ajoutant :

— T'es v'nu par curiosité... ça arrive à certains, faut dire... ou bien t'es ici pour l' Curieux ?

— Pour sir John, répondis-je tout à trac.

— Dans c' cas, répliqua-t-il en glissant la main dans sa poche, autant qu' j' te rembourse ton droit d'entrée.

Il exhiba une poignée de pièces et m'offrit un shilling.

— J'ai payé pour deux.

— Ah... ben, tiens alors.

J'acceptai les deux pièces sans broncher. Il s'adressa de nouveau à Jimmie Bunkins.

— La vieille que tu r'cherches s' trouve juste là-bas, précisa-t-il en pointant l'index, la s'conde à partir du bout.

Il se retourna, en respirant bruyamment ou en riant sous cape (qui aurait su le dire ?) et reprit son ouvrage. Bunkins me flanqua un coup de coude.

— Viens-t'en, dit-il, faut qu' tu la bigles par toi-même.

Il se dirigea le premier vers la masse recouverte que le Faucheux lui avait désignée, souleva le haut du linceul en toile à voile, et laissa entrevoir le visage de cette pauvre Moll Caulfield. Presque méconnaissable, à vrai dire, tellement anéantie et défigurée par la mort. Je sentis les larmes me gagner mais les ravalai aussitôt, ne souhaitant aucunement faire étalage de ma faiblesse.

— Faucheux ! m'écriai-je. Quand avez-vous amené cette femme ?

Il planta de nouveau sa fourche et nous rejoignit de sa démarche pesante.

— Il y a deux soirs de c'la, répondit-il. Elle doit être mise en bière demain.

— Et où l'a-t-on retrouvée ?

— Dans une ruelle aux alentours de Covent Garden.

— Half Moon Passage ?

— Nenni, c'était point dans c' coin-là. Plutôt vers Hart Street, j' dirais. J' l'ai consigné dans mon r'gistre. J'y note tout. Faut bien.

— Qui vous a mandé là-bas ?

— Le tenancier d'un estaminet d' la rue, en disant qu' la présence du cadavre f'sait du tort à son commerce, bien qu'il a juré qu'il lui avait rien donné à boire.

— Et quelle a été la cause de son décès ?

— Va savoir ? La maladie, le froid, la vieillesse. Elle est plus toute jeune, comme qui dirait.

Il se pencha et leva complètement la toile qui recouvrait Moll.

— Tu vois bien, dit le Faucheux. Y a aucune marque sur son corps. J' me suis dit qu'y avait pas lieu d'alerter l' Curieux.

Je ne pus m'empêcher de regarder. C'était le premier corps féminin nu que j'eusse jamais vu. La pauvre Moll n'éveillait en moi aucune pensée lubrique, pas plus qu'elle n'en eût suscité chez aucun autre homme. Je fis signe au Faucheux de la recouvrir.

Puis je lui déclarai, avec toute l'autorité feinte que je pouvais rassembler en moi :

— Elle ne doit en aucune manière être enterrée dans un cimetière pour indigents. L'argent ne manque pas pour lui offrir une inhumation décente. Demain, quelqu'un viendra réclamer le corps dans la journée. Conservez-le dans l'endroit le plus frais dont vous disposez. Est-ce bien compris ?

— Oui-da, répondit le Faucheux. Note bien qu'y avait aucune marque sur elle, aucune blessure, alors j'ai point vu l'intérêt d'appeler les sergents du Curieux.

— Je comprends, déclarai-je. Sir John en sera informé, tout comme vous me l'avez dit. Monsieur Bunkins, ajoutai-je alors, retournons à Bow Street.

Et nous partîmes de conserve, sans nous retourner. Une fois la clôture franchie, nous accélérâmes l'allure, tout en conservant une démarche pleine de dignité, longtemps après avoir dépassé la demeure.

— Bigre ! s'écria Jimmie Bunkins. Pour sûr qu' t'es un daron qui sait s'imposer !

CHAPITRE VIII

Où l'on combat un grand incendie
et où sir John entend un témoin

Je rentrai au 4, Bow Street en mourant d'envie de communiquer ma découverte, mais j'étais peu enclin à m'adresser au sergent Fuller. Sa piètre opinion de Jimmie Bunkins et sa méfiance évidente à mon endroit m'avaient, je l'avoue, dressé contre lui. J'eusse été heureux de me confier à M. Benjamin Bailey, mais je savais que ce jour-là, le dimanche, correspondait à son repos bien mérité. Je décidai donc de faire part de ma nouvelle à sir John et à personne d'autre.

Lorsque je fis mes adieux à Bunkins devant la porte, sachant pertinemment qu'un souper m'attendait à l'étage, je lui offris mon pénultième shilling de sorte qu'il pût aller se restaurer à sa faim. Il l'accepta de bonne grâce en me gratifiant d'un clin d'œil.

— C'est comme qui dirait ma récompense, pas vrai ?

— En aucun cas, répliquai-je. Si j'avais le pouvoir de t'en octroyer une, je serais bien plus généreux. C'est pour te dédommager. Lors de ta première visite, tu as dû donner un shilling à cette horrible femme, alors je te le rembourse.

— C'est honnête, dit-il. Qu'est-ce que l' Curieux va faire, maint'nant ?

— Je n'en sais rien, à vrai dire.

— Est-ce qu'il va arrêter ces saligauds en noir ?

— Il le fera s'il a des preuves contre eux.

— Des preuves ? s'écria-t-il. La preuve s' trouve là-bas chez l' Faucheux. Elle les craignait comme le Diable, pardi !

— Sir John fera ce qu'il convient de faire, déclarai-je d'une voix ferme.

— Vaudrait mieux, rétorqua Bunkins. Y a tous ceux qu'aimaient la vieille qui vont la venger, sinon.

Sans un mot de plus, il se tourna et décampa. Je le regardai s'éloigner, en me demandant quelle justice impitoyable il réservait aux Frères spirituels dans ses pensées.

J'entrai ensuite à l'intérieur et montai entendre les réprimandes de Mme Gredge pour mon apparition tardive au souper. Elle ne me gronda ni aussi longtemps, ni aussi durement qu'elle aurait dû, car j'étais rentré juste après l'heure convenue et, en vérité, pas du tout en retard, car elle remuait encore le ragoût qui constituerait notre repas et m'avoua qu'il fallait attendre quelque peu pour qu'il fût complètement cuit. Ce « quelque peu » avoisinait une heure, mais après ma visite chez le Faucheux, où j'avais vu ce que j'avais vu et senti ce que j'avais senti, je n'étais guère pressé de manger.

Même une fois assis à table, je fis grise mine devant mon assiette. J'avalai tout de même une belle tranche de pain beurré, une pomme de terre ou deux, et une carotte. Mais je ne pouvais me résoudre à consommer la viande, toute brunâtre, et baignant dans la sauce.

— Tu ne manges rien, observa Mme Gredge d'un ton passablement accusateur.

— Je n'ai pas faim, répondis-je.

— Eh bien que t'arrive-t-il ?

Et ce disant, elle s'empara de mon assiette et versa son contenu dans la marmite.

— Cela ne te ressemble pas du tout, déclara-t-elle en posant la main sur mon front. Tu n'es pas malade, tu n'as pas de fièvre. Tu as dû te goinfrer de confiseries et autres saletés à Covent Garden. Ce que tu ne manges point aujourd'hui, tu pourras l'avoir demain. À présent, occupe-toi de la vaisselle.

J'obtempérai sur-le-champ, désireux de m'amender pour avoir manifestement fait insulte à ses talents culinaires. Tandis que je besognais, elle se renfrogna. Et elle mangea tout en boudant, comme pour me prouver que j'avais injustement traité le festin qu'elle m'avait servi. (Ce qui était vrai sans nul doute.) Elle revint même à la marmite pour se servir modestement une seconde fois, repêchant peut-être les morceaux mêmes que j'avais refusés. Elle mangea son content, et même davantage, puis finit par une grandiose éructation, simplement pour justifier son point de vue.

— Je n'ai jamais préparé meilleur ragoût, déclara-t-elle.

Je ne répondis rien en retour, quêtant sa permission du regard, pris son assiette, son couteau et sa fourchette, que je lavai avec le reste. Lorsque tout fut achevé à sa convenance, je m'excusai et m'en allai quérir le livre de mon choix dans ma mansarde. Je redescendis avec l'ouvrage en main et commençai à lire. Mme Gredge me mit en garde.

— Tu vas t'abîmer les yeux à lire de la sorte la moitié de la nuit, dit-elle.

— Mes yeux vont bien, madame, dis-je d'une voix posée.

— Continue ainsi et tu deviendras aussi aveugle que sir John.

— Je lis pour qu'un jour je puisse posséder sa connaissance et sa sagesse.

— Ha ! Il n'y a pas danger que cela arrive.

— Puisque vous le dites, madame Gredge.

Je revins à la page que je lisais, puis, par curiosité, relevai la tête, avec une discrétion infinie, et l'observai en secret. Elle était âgée et vieillissait de jour en jour. Sa propre vue faiblissait. Elle gravissait l'escalier avec davantage de difficulté qu'à mon arrivée, quelques semaines plus tôt. Elle cuisinait cependant à merveille et n'avait pas son pareil pour inspecter mes corvées. Son attitude envers moi avait certes changé. Si, au début, elle m'avait accepté à contrecœur, en me témoignant au mieux une certaine tolérance, à présent que j'effectuais régulièrement ses emplettes et une centaine d'autres corvées diverses qu'elle me demandait, elle m'acceptait comme une nécessité domestique, me manifestant même parfois quelques signes d'affection. Je m'interrogeais sur son âge, mais ce fut seulement dans les dernières années que j'eus le courage de le lui demander. Je voulais savoir en outre depuis combien de temps elle était au service de sir John. Cela au moins il me parut plus facile de m'en enquérir.

— Pardon, madame, lui dis-je, mais sans vouloir être indiscret, quand avez-vous commencé à travailler pour sir John ?

— Cela n'a rien d'indiscret, répondit-elle, car j'ai vécu heureuse en cette demeure, bon an mal an. En vérité, je ne puis me rappeler le nombre exact d'années, car j'ai perdu le compte. C'était, en tout cas, juste après qu'ils ont quitté leur domicile du Strand pour s'installer ici. C'était une période de grand bouleversement, lorsque son frère est parti au Portugal, où il est décédé, et sir John a pris sa place ici. M. Saunders Welch était aussi magistrat et avait grand espoir de s'attribuer cette demeure et ce tribunal. Mais le frère Henry ne l'entendait pas de cette oreille. Il a installé ici sir John et sa chère Kitty — paix à son âme —, avant de s'en aller trouver la mort au Portugal. Quant à M. Saunders Welch, tu le sais peut-être, il est parti à Long Acre et y a ouvert son propre tribunal.

— Où il vit fort bien de ses amendes et de malversations avec des chasseurs de voleurs indépendants, glissai-je.

— C'est ce qu'on raconte.

— Tout cela s'est passé en 1754, ou du moins c'est ce que m'a dit M. Bailey, soit un an à peine avant ma naissance.

— Y a-t-il réellement si longtemps ? Ce serait possible, en vérité. Mais c'était une période heureuse, tu peux me croire. Sir John et lady Kitty étaient alors jeunes mariés et tous deux souhaitaient profiter pleinement de cette nouvelle vie, alors ils m'ont engagée, en pensant que je pourrais préparer leurs repas, lorsqu'ils donnaient des dîners pour les grandes occasions, tu vois. Oh, ils en ont donné et Dieu sait que j'ai pu cuisiner pour eux à cette époque ! Mon plus jeune fils — il était un peu plus âgé que tu ne l'es aujourd'hui — quittait son travail d'apprenti ébéniste, avec l'autorisation de son maître, bien sûr, et venait servir à table, vêtu de pied en cap avec le costume adéquat. Il y avait beaucoup d'invités, d'éminents personnages, et tout le monde parlait, riait et buvait... jusque tard dans la nuit.

Elle s'interrompit tout à coup et poussa un grand soupir :

— Mais tout cela a cessé lorsque lady Kitty a attrapé cette maladie qui l'a rongée, il y a quelques années. Cela lui est venu peu à peu. Ce n'était point aussi terrible au début que ça l'a été à la fin... comme tu as pu le voir, Jeremy. C'était le pire. Le pire qui puisse exister. Comment ce médecin irlandais appelait-il la cause du mal ?

— Une tumeur, répondis-je.

— Ah oui, c'est cela. Il était plus malin que les autres et pas aussi prétentieux. J'ai pris de l'âge à la voir partir ainsi. Et sir John aussi... il a vieilli de dix ans en deux années.

Elle demeura un long moment assise là, à ruminer les événements qu'elle venait de décrire... et peut-être son propre destin aussi. Puis elle se leva en chancelant et ne parvint qu'à la seconde tentative à se tenir debout.

— Même s'il est tôt, je m'en vais au lit, dit-elle. Après ce superbe repas où j'ai dégusté le meilleur ragoût que j'aie jamais préparé, je me sens quelque peu somnolente, pardi. Tu as l'intention de rester ici à lire, n'est-ce pas ?

— Oui, madame.

— Eh bien, n'oublie pas ce que je t'ai dit et prends soin de tes yeux... point *trop* de lecture. C'est *mauvais* pour la vue et cela *gaspille* les bougies, comme je te l'ai dit dans le passé.

Elle était encore assez alerte pour donner libre cours à ses vieilles manies.

— Je dois communiquer quelque chose à sir John, déclarai-je. J'ai pensé l'attendre.

— Eh bien, tu risques d'attendre un certain temps. Je te souhaite une bonne nuit, Jeremy Proctor.

Ce disant, elle s'en alla en claudiquant sur sa jambe droite, comme elle avait tendance à le faire dernièrement, et gravit l'escalier.

Pour ma part, je m'installai, me préparant à rester à mon poste jusqu'à l'arrivée de sir John, pour lui faire part de ce que j'avais vu dans la funeste grange du Faucheux. Je demeurais toutefois tiraillé à ce sujet. Sir John m'avait dit sans ambages que je ne devais point veiller pour lui. Mais il souhaiterait assurément qu'on le mît au courant du décès de cette pauvre Moll Caulfield, des circonstances et du lieu de sa mort, de l'état de son corps, et ainsi de suite. Nul doute qu'il me saurait gré de l'avoir informé de tout cela à la première occasion. Du moins l'espérais-je.

Or donc, je repris ma lecture. À dire vrai, je ne puis me rappeler le titre de l'ouvrage, car il ne m'intéressait guère. Celui-ci, comme bon nombre de ceux que j'avais lus ces derniers mois, provenait de la grande pile de volumes remisés dans la chambre du haut, qui était devenue la mienne. C'était, comme me l'avait confié sir John, tout ce qui subsistait de la bibliothèque de son frère. Le reste avait été vendu pour le bénéfice de la veuve et des enfants de Henry Fielding. Ces œuvres n'avaient rien d'engageant pour un garçon de mon âge, si friand d'aventures. Mais elles me faisaient du bien, car en les lisant avec la diligence qui m'était propre (puisqu'elles constituaient les premiers sujets de lecture à portée de main), elles contribuèrent à instiller en moi l'habitude de l'étude qui m'a grandement profité dans ma carrière juridique. Et je ne doute pas qu'en définitive cela ait fortement étendu le champ de mes connaissances générales, car je lisais des ouvrages traitant de sujets aussi variés que les colonies d'Amérique du Nord, le commerce de la soie en Chine ou la géographie de la Russie asiatique.

Quant à savoir si un garçon de si peu d'expérience pouvait comprendre de tels documents, je ne puis aujourd'hui que conjecturer. Je sais toutefois qu'il m'était souvent nécessaire de relire des pages entières et davantage, afin de les bien saisir. Aussi, cher lecteur, ferez-vous preuve d'indulgence, si je vous dis que cette nuit-là, en dépit de mon intention de demeurer éveillé en lisant, pour attendre sir John, mon intérêt pour le livre que j'avais sous les yeux fléchit sensiblement. Je me mis à papilloter des paupières et à me frotter les yeux. Sans savoir ni quand ni comment, je sombrai dans un profond sommeil sur ma chaise.

J'ignore l'heure à laquelle je m'éveillai, bien qu'il semblât être fort tard. La chandelle s'était consumée jusqu'à peine la largeur d'un pouce et la pièce s'était refroidie. En réfléchissant aux événements qui se déroulèrent ensuite, j'en déduis qu'il devait être minuit ou peu après.

Il était impossible que sir John fût rentré et, m'ignorant, fût allé se coucher. S'il ne pouvait certes me voir avec ses yeux d'aveugle, il eût certainement senti ma présence. Cet homme avait la faculté quasi surnaturelle de percevoir les gens alentour... non seulement leur proximité, mais aussi l'endroit exact où ils se trouvaient, leur état d'esprit et leur allure générale. Ce don qu'il possédait se révélait tout à fait incroyable. Non, sir John n'était point passé devant moi à l'office.

Bien qu'éveillé, je n'en demeurais pas moins engourdi, avec les idées quelque peu embrouillées. Que pouvais-je bien faire ? Me préparer une théière pleine et revenir au livre qui m'avait endormi ? Compte tenu de mon état, cela paraissait inutile. Je me serais volontiers laissé gagner derechef par le sommeil. De mauvaise grâce, je renonçai donc à attendre le retour du magistrat pour l'informer du sort de Moll Caulfield. Je le mettrais au courant dans la matinée. Je m'emparai du bougeoir dont la faible lumière vacillait et me dirigeai vers ma mansarde.

Tandis que je retirais mes effets, je jetai par hasard un coup d'œil à la fenêtre et aperçus une grande lueur dans le ciel. Que pouvait-ce être ? Je m'approchai pour mieux y voir et compris, tout d'abord, que cela provenait d'une rue proche, et, ensuite, que ladite lueur était causée par un incendie de belle taille. Les flammes tremblaient à sa base, tandis que la fumée s'élevait en volutes dans le ciel nocturne.

Aussi promptement que possible, je me rhabillai, saisis mon tricorne et mon habit, et sortis de la chambre en courant. Je descendis l'escalier quatre à quatre, sans me soucier de Mme Gredge qui reposait dans la chambre juste au-dessous de la mienne. Je traversai ensuite la cuisine, puis descendis les marches qui me menèrent au rez-de-chaussée, l'endroit réservé aux sergents de ville et à la chambre de sûreté, à présent déserte. Le sergent Baker me salua, sans dissimuler sa surprise.

— Où vas-tu à une heure pareille ?

— Il y a un incendie !

— Pour sûr, et même qu'il est conséquent.

— Mais où est-ce ?

Je trépignai devant lui, pressé de me rendre là-bas.

— Maiden Lane, répondit-il. Mais pourquoi dois-tu y aller ?

J'étais déjà parti.

— Sir John y sera sûrement ! lui criai-je par-dessus mon épaule.

— Sans doute, mais...

Quelle que fût la mise en garde ou l'objection qu'il eût

à émettre, je ne l'entendis point, comme je franchissais hâtivement la porte que je fis claquer en sortant dans la rue.

Une fois dehors, je compris qu'il n'y avait nul besoin de demander à M. Baker où se situait l'embrasement. Il y avait des gens dans Bow Street et, s'ils n'étaient pas en masse, tous se pressaient de conserve dans la direction de Maiden Lane. Je songeai à les distancer, mais en tournant à l'angle de la rue pour entrer dans Tavistock Street, avec Maiden Lane en vue, et bien éclairée par l'incendie, je vis encore davantage de gens, affluant du Strand, parmi les coches et les fiacres. Je fus bientôt contraint de ralentir mon pas, en profitant de chaque brèche qui se formait dans cette marée humaine pour m'élancer. Des hommes, des femmes et même des enfants accouraient, tous venus contempler le brasier, car tel événement était jugé comme fort divertissant à cette époque... comme il l'est encore aujourd'hui, hélas !

En poussant et en bousculant au besoin, en me faisant petit et en me faufilant lorsque c'était nécessaire, je parvins tant bien que mal à Maiden Lane, jusqu'à une barrière en corde, disposée pour retenir la cohue. Je demeurai là à me reposer un instant, puis repris mon souffle et contemplait le spectacle infernal qui se déroulait sous mes yeux.

À moins de dix perches de moi se trouvait la bâtisse en flammes, une structure de bois, comme presque la moitié de celles du quartier. Elle était plutôt basse, comparée aux bâtiments alentour... avec deux étages seulement et un toit pointu qui lui donnait tant soit peu d'élévation et pouvait très bien contenir un grenier. On distinguait tout cela, alors que les flammes jaillissaient par les fenêtres du bas et apparaissaient à travers celles des étages supérieurs. La partie la plus en retrait du rez-de-chaussée semblait presque consumée. Le feu brûlait donc du bas vers le haut. Comme je ne m'y entendais guère en la matière, je n'aurais su dire si c'était grave, si cela signifiait qu'on pouvait sauver la construction ou non. Ce qui m'inquiétait le plus à ce moment-là, c'était l'endroit où sir John pouvait se trouver.

Je scrutai l'espace avoisinant l'édifice en feu. J'y vis un grand déploiement d'activité, mais tout semblait confus, eu égard à ces hommes qui couraient en tous sens, sans trop savoir que faire. Toutefois, dans la partie arrière de la demeure, qui était la plus brûlée, trois individus maniant de grandes gaules munies chacune d'un crochet avaient harponné tout en haut une épaisse poutre de soutènement et l'avaient dégagée en la tirant. Au prix d'un grand effort, ils la firent descendre, enflammée et étincelante comme une bûche gigantesque... et elle entraîna dans sa chute une bonne partie du mur du dernier étage. Les hommes s'écartèrent d'un bond, puis, à l'aide de leurs bâtons crochus, repoussèrent le fatras embrasé dans la rue.

À l'extrémité du secteur délimité par la corde se trouvait un gros engin à pompe, tel que ceux que j'avais seulement vus sur des gravures. De part et d'autre, des hommes le manœuvraient sans cesse de haut en bas... de haut en bas... dans un mouvement de bascule, tandis qu'aux abords du feu deux individus, placés de chaque côté, dirigeaient la lance sur l'endroit où les flammes étaient les plus féroces. L'eau en jaillissait en jets violents, au rythme de la pompe à laquelle elle était reliée par un tuyau en cuir. C'était impressionnant, mais cela paraissait inefficace contre l'incendie.

Mousquets chargés et baïonnettes en place, les soldats arpentaient le périmètre par intervalle, repoussant la foule qui se bousculait en tendant la corde. Tout à fait à l'arrière, on apercevait un autre groupe de militaires, dont l'un, à n'en point douter un officier, dirigeait les opérations. Il était en grande conversation avec deux autres hommes, dont un qu'il m'empêchait de voir. Comme je le dévisageais, ledit officier tapa du pied en colère et se détourna de ses deux compagnons, me laissant entrevoir... sir John Fielding, fidèle à lui-même. De sa canne, le magistrat heurta les pavés et lança quelque invective à l'endroit du chef militaire qui s'éloignait. Certes, je l'avais retrouvé, mais encore me fallait-il parvenir jusqu'à lui. Je tentai d'attirer son attention en criant son nom, mais mes paroles se noyèrent dans le tumulte qui sévissait devant moi et le brouhaha dans mon dos. Je compris que c'était peine perdue et je fis ce qu'il me restait à faire : les yeux rivés sur la silhouette de sir John, je me faufilai sous la barrière en corde.

Comme récompense, mon dos reçut un solide coup de crosse de mousquet militaire et je m'étalai de tout mon long sur les pavés. Ayant amorti ma chute sur les mains, je me redressai et regardai à droite et à gauche, en cherchant d'où provenait le horion. Je relevai ensuite la tête et découvris un soldat guère plus âgé que moi et me lançant des regards noirs. Il se montrait fort désobligeant dans sa semonce, comme si, en franchissant cette limite, je m'étais déclaré son pire ennemi.

— Qu'en dis-tu ? s'enquit le jeune militaire. Vas-tu repasser derrière cette corde ou aimerais-tu tâter d' l'aut' bout de ce mousquet ?

La baïonnette fixée au canon de l'arme étincelait sous la lumière de l'incendie.

— Certes non, mais *il faut* que je voie sir John Fielding. Il se trouve là-bas, dis-je en me levant à demi et en pointant l'index, et je suis son assistant.

— Oh, bien sûr que tu l'es ! répliqua-t-il en m'enfonçant la crosse de son fusil dans l'épaule. À présent, r'tourne derrière cette corde.

Ce fut alors que j'entrevis non loin de moi quelqu'un qui se porterait garant de ma bonne foi.

— Monsieur Cowley ! hurlai-je de toutes mes forces. Venez dire à ce soldat qui je suis !

Il se trouvait derrière l'adolescent en habit rouge, à environ deux perches de là. Il semblait ne point m'entendre.

— Monsieur Cowley, *s'il vous plaît* !

Il se tourna, m'aperçut et me fit un signe de la main. Puis il vint vers nous.

— Bonsoir, Jeremy, dit-il. Un formidable incendie, n'est-ce pas ?

— Qui est-ce, sergent ? s'enquit le soldat. Il prétend être l'assistant du magistrat.

L'agent Cowley médita quelques instants.

— À vrai dire, j'ignore comment tu pourrais le désigner, déclara-t-il. Il l'accompagne tout le temps, vrai. Il accomplit pour le Curieux toutes sortes de commissions et de tâches diverses.

— Trêve de bavardages, répliqua le soldat. C'est son assistant, oui ou non ?

— Oui, j'imagine qu'on peut l'appeler ainsi.

Nul doute qu'il aurait pu m'épauler davantage et se montrer moins hésitant. Quoi qu'il en fût, le soldat baissa son mousquet et se détourna de moi. S'il ne pouvait me contraindre à repasser derrière la corde, alors je ne l'intéressais plus. Je me mis à trotter dans la direction où j'avais vu sir John.

— Il est là-bas ! cria le sergent Cowley dans mon dos.

Je jetai un regard derrière moi. Il désignait l'endroit vers lequel je me dirigeais.

— C'est lui avec le lord-maire et ce capitaine d'artillerie.

La nouvelle m'immobilisa sur-le-champ. Le lord-maire de Londres ? Comment allais-je pouvoir informer sir John au sujet de Moll Caulfield, s'il se trouvait en aussi illustre compagnie ? Je continuai toutefois, désireux de tenter ma chance.

Tandis que je m'approchais, je découvris parmi les gens qui l'entouraient un singulier mélange d'inactivité et de diligence. Les sapeurs-pompiers actionnaient avec célérité leur engin, alors que leur chef aboyait ses ordres aux deux individus qui maniaient la lance et aux trois autres armés de gaffes qui semblaient s'employer à abattre les cloisons de la demeure, pendant qu'elle brûlait encore. Les soldats, en revanche, musardaient d'un air indifférent, presque las, tandis qu'ils discutaient et badinaient entre eux, en attendant les instructions ; quelques-uns s'étaient installés sur des petits fûts qu'on avait disséminés pêle-mêle alentour.

Et sir John se tenait au beau milieu de tout cela. Le désaccord, ayant à l'évidence éclaté entre les trois personnalités, était devenu tel que chacun s'était écarté des deux autres et observait un silence hostile. Je tenais donc là l'occasion idéale d'annoncer ma nouvelle au magistrat. Je courus droit sur lui et le tirai par la manche.

— Sir John, dis-je. J'ai quelque chose à vous...

— Quoi ? fit-il en se retournant vers moi. Qui est là ? Jeremy ? Dieu merci, tu es ici, mon garçon ! À présent, je puis peut-être recueillir quelque renseignement impartial.

— J'en serais ravi, mais...

— Ce gentleman à ma droite, reprit-il en désignant le lord-maire d'un mouvement du menton, prétend que l'incendie ne présente guère de danger et qu'une femme pourrait même l'éteindre en pissant dessus ! Il souhaite remiser le fourgon-pompe et la lance, puis renvoyer tout le monde dans ses foyers.

— Voyons, sir John, ce n'est *point* ce que j'ai dit ! tonna le lord-maire. Ou du moins n'est-ce pas *tout* ce que j'ai dit. Les hommes à la pompe sont quasiment épuisés. Ils ne peuvent œuvrer ainsi toute la nuit durant. Par ailleurs, l'emploi de cet engin revient fort cher. Que le feu s'éteigne de lui-même, ai-je dit. La construction ne peut être sauvée.

— Que dis-tu de cela, Jeremy ? Peut-on la sauver ?

— Je ne saurais me hasarder à...

Mais j'observai alors attentivement l'édifice en feu et découvris, à ma grande surprise, que je le connaissais, pour y être entré. Il s'agissait de l'église juive où M. Martinez nous avait conduits pour nous faire rencontrer le rabbin. Je reconnus les étranges inscriptions au-dessus de la porte, qui, à présent, se dilataient et dégringolaient sous les flammes.

— Non, sir John, déclarai-je. Je ne vois pas ce qui pourrait être sauvé.

— Le bâtiment ne brûle-t-il point du bas vers le haut ?

— Tout à fait, monsieur.

— Dirais-tu que...

Au même moment, un grand cri s'éleva de la foule et notamment des acclamations et des applaudissements, en provenance d'un endroit sur la gauche. Je regardai alentour, puis mes yeux revinrent sur la bâtisse enflammée. J'aperçus alors une silhouette se découper dans le porche ouvert sur la lumière du feu. C'était le rabbin... Gershon était son nom... et il s'avançait à présent en chancelant, tenant dans les bras un objet assez gros, enveloppé d'une couverture, qui avait répandu quelques flammèches.

— Qu'est-ce donc, Jeremy ? Que s'est-il passé ?

— C'est ce rabbin, expliquai-je, celui avec lequel vous vous êtes entretenu pas plus tard qu'hier au soir.

— Ah, il est ressorti, alors ? Il s'est précipité de nouveau dans la demeure voilà quelques minutes. Tout le monde le tenait pour mort.

Une fois hors de l'incendie, le rabbin se laissa choir sur les pavés et étouffa les petites flammes et étincelles qui subsistaient sur la couverture. Même à distance, je discernai que sa barbe avait gravement roussi. Tout un groupe d'hommes barbus, sa congrégation, surgit alors de la gauche. Ils avaient franchi la barrière et, faisant fi des soldats, s'approchaient pour... quoi, au juste ? Le féliciter d'en avoir réchappé ? Non, ils ne lui prêtèrent guère attention. Tout leur intérêt se portait sur cet objet enveloppé. J'entendis des hurlements de joie et d'allégresse dans cet étrange langage qui était le leur, alors qu'ils ôtaient la couverture et dévoilaient le rouleau qu'elle dissimulait. Deux ou trois d'entre eux se mirent à bondir et à danser, comme je les avais vus faire l'autre jour. Je m'en étonnai, trouvant leur réaction pour le moins bizarre.

— Qu'est-ce donc, à présent ? s'enquit sir John, fort impatient. Que se passe-t-il, maintenant ?

Je lui décrivis la scène le plus brièvement possible. Et tandis que je lui parlais, un groupe de soldats vint encercler ces Juifs pour les reconduire derrière la corde qu'ils avaient enjambée. Ce que j'ajoutais à ma description.

— Eh bien, lord-maire, apostropha sir John, vos hommes préposés à la pompe vont pouvoir se reposer ! Les Juifs seront ravis de prendre leur relais. Le rabbin parle anglais. Laissons-le venir à nous. Rabbin ! s'écria-t-il. Ohé, rabbin ! Par ici, je vous prie.

Et ce dernier s'approcha. Bien qu'il exhibât avec fierté ce qu'il avait sauvé du feu — le rouleau était presque aussi grand que lui —, il n'y était pas parvenu sans quelques souffrances. Non seulement sa barbe était roussie, mais la peau au-dessous était brûlée à vif. Je constatai en outre que le feu n'avait point épargné ses mains.

— C'est un terrible désastre, commenta sir John, ce qui vous est arrivé à vous et à votre communauté. Souffrez que je vous exprime mes plus sincères regrets.

— Soyez-en remercié, répondit le rabbin Gershon, mais nous sommes coutumiers de pareils désastres.

— Le fer et le feu ?

— C'est vous qui faites le rapprochement. Qui suis-je pour en juger ?

— Ah... eh bien, oui, je comprends... Le lord-maire m'a rapporté que ceux qui activent la pompe ont besoin de se reposer. Vos hommes, ou certains d'entre eux, seraient-ils volontaires pour les remplacer ? À mon avis, ils rendraient ainsi un grand service à la municipalité.

— Ils le feront si je le leur demande.

— Alors, faites donc, je vous prie.

Le rabbin hocha la tête et tourna les talons, mais sir John le rappela :

— Puis-je également vous demander de passer à mon cabinet demain, afin que nous discutions plus amplement de ce... cette catastrophe.

— Comme il vous agrée, sir John Fielding. Et quand le souhaitez-vous ?

— Oh... en fin d'après-midi, après mes auditions. Disons cinq heures. Il vous faudra au moins cela pour recouvrer vos forces.

— Entendu.

Et ce disant, il s'éloigna pour rejoindre sa troupe d'hommes barbus, qui, à présent, revenaient gravement vers nous, escortés par les soldats en habit rouge.

— Jeremy, me glissa sir John sur le ton de la confidence, ce foutriquet de capitaine est-il encore dans les parages ?

— Certes, sir John.

— Se trouve-t-il à portée de voix ?

En haussant le ton, cette fois, il ajouta :

— Alors, chargez-vous de beugler les ordres, lord-maire.

Car ce dernier n'était guère loin et avait écouté chacune des paroles échangées.

— Informez le capitaine que les hommes de l'entourage du rabbin sont prêts à accomplir leur devoir pour la municipalité de Londres. Cela devrait vous satisfaire, j'espère.

— Sans plus tarder, alors ?

— Et il ne sera plus question de retirer la voiture-pompe ?

— Pas pour l'instant.

Ainsi, cédant quasiment aux exigences de sir John, plutôt que de crier, le lord-maire préféra rejoindre le capitaine en se dandinant, et il lui parla à l'oreille. Il ne doit point vous échapper, cher lecteur, que ces négociations se déroulaient alors dans un vacarme infernal et dans la confusion la plus totale ; l'incendie lui-même, en brûlant, provoquait un grand tumulte, qui étouffait tout le reste.

— Sir John, repris-je, Jimmie Bunkins est venu me voir et...

— Cet âne bâté de militaire souhaite entamer la destruction de tout ce pâté de maisons.

Il prononça la phrase en agitant vaguement sa canne en direction de l'officier fautif.

— Il désire les faire exploser, poursuivit-il. Peux-tu imaginer la destruction aussi stupide des biens d'autrui ?

— Certes, non, monsieur, ce serait...

— De la poudre à canon ! Il a fait apporter des fûts et des fûts depuis la Tour. Il a affirmé que c'est la seule action qui eut le moindre effet durant le Grand Incendie[1] que nous avons connu au siècle dernier. Eh bien, c'est proprement niais. Les conditions sont dissemblables. *Pour commencer*, il n'y a point de vent, n'est-ce pas, mon garçon ? Lèche ton doigt et rassure-moi, veux-tu ?

Je fis ce qu'il me demandait. Lorsque je levai l'index, il demeura simplement humide.

— Aucune brise, répondis-je. En observant le feu à travers la fenêtre de ma chambre, j'ai vu que la fumée montait tout droit.

— Alors... tu vois bien ? Et il existe un espace entre les bâtiments de part et d'autre, n'est-ce pas ?

— Quelque peu... environ une perche d'un côté et un peu plus de l'autre.

— J'ai demandé aux occupants de demeurer là-bas avec des seaux et de rester particulièrement attentifs aux étincelles sur le toit. Sont-ils à leur poste ?

En vérité, ils étaient fort affairés, lançant de l'eau, noyant le feu, étouffant les flammes, et leurs efforts portaient leurs fruits. La bonne fortune avait voulu que les deux bâtisses fussent construites en solide brique anglaise et résistassent fort bien.

— Ils le sont, répondis-je, et jusqu'ici le feu n'a pas pris chez eux.

— Et sur les toits ? Sont-ils là-haut ?

J'y avais remarqué auparavant quelque activité... des

1. Il ravagea la ville en 1666 et se révéla encore plus dévastateur que les bombes allemandes de la Seconde Guerre mondiale. *(N.d.T.)*

hommes guettaient avec crainte les flammes au-dessous, en déversant de l'eau d'un côté depuis la gauche du toit.

— Ils le sont aussi, mais il m'est difficile de voir leurs mouvements. Les deux toits sont plats.

— *Vraiment?* On ne m'en avait rien dit... bien plus faciles à contrôler ainsi. Tu vois, c'est précisément le genre d'information que je n'ai pu obtenir du capitaine... ni du lord-maire, en l'espèce. Je ne laisserai *point* faire sauter des édifices pour combler les caprices d'un insignifiant capitaine d'artillerie. C'est pure démence ! Quelle idée !

Il tonna encore quelque peu, surtout dans sa barbe, du reste. J'attendais toujours l'occasion idéale pour lui communiquer ce que j'avais appris chez le Faucheux. Jusque-là, je n'y étais pas parvenu. Sans doute n'était-ce ni le moment ni l'endroit pour cela. Mais peut-être que si je tentais encore une fois...

— Sir John ?

— Oui, Jeremy, qu'est-ce ?

Autant le lui annoncer sans détour, après tout :

— Moll Caulfield est...

— *Sir John! Sir John!* hurla le sergent Cowley en arrivant au grand galop. Nous avons des témoins !

— Eh bien, parlez, mon brave !

— Deux personnes ont aperçu trois hommes en noir qui s'enfuyaient de Maiden Lane, juste avant que l'on découvre que le feu avait pris.

— Ils n'ont point vu des gens qui l'allumaient, en réalité ?

— Eh bien... non, monsieur. Mais ils les ont bel et bien vus s'en aller à la hâte... et dans la direction de Half Moon Passage.

— Voilà au moins un détail intéressant. Avez-vous pris les noms des témoins ?

— Oui, monsieur.

— Et où pourrait-on les joindre ?

— Eh bien, j'ai l'adresse exacte d'un certain

M. Goodpasture, bien qu'il ait montré quelque embarras à ce que nous en fassions usage. Il préférerait qu'on n'ébruite pas le fait qu'il se trouvait en compagnie d'une dénommée Daisy Dillard, qui n'a pas de domicile fixe. C'est elle qui s'est montrée véritablement coopérative. Elle a affirmé avoir vu des hommes vêtus comme ceux qui prêchent à Covent Garden.

— Alors, qu'avons-nous donc comme témoins ? Un mari volage, qui n'a guère envie qu'on lui rende visite, et une catin de Covent Garden qui ne dispose d'aucune adresse fixe. Ma foi, c'est toujours cela. Tâchons d'en tirer profit.

Sir John remua alors la tête en tous sens, comme s'il eût inspecté les lieux. Mais il comptait sur moi pour lui livrer mon rapport.

— Dis-moi, Jeremy, demanda-t-il, où en est l'incendie, à présent ?

— Il faiblit quelque peu, répondis-je en toute sincérité. Il semble qu'il soit pratiquement éteint au rez-de-chaussée. La moitié de la façade du premier a été abattue par les hommes avec leurs gaffes. Et la lance est dirigée sur l'étage au-dessus.

— Alors, partons. Nous allons rendre visite à frère Abraham et à son troupeau de brebis.

Il s'arrêta un instant pour échanger quelques mots en privé avec le lord-maire et l'officier d'artillerie. Puis, après avoir manifestement reçu les garanties qu'il souhaitait, il salua les deux individus d'un hochement de tête et nous traversâmes le périmètre délimité par la corde, en prenant la direction de Half Moon Passage.

Le sergent Cowley ouvrit la marche et je lui emboîtai le pas. Sir John se cramponna à mon épaule pour passer sous la corde et maintint son emprise lorsque nous nous frayâmes un chemin dans la foule. Cowley usait de sa matraque, en la tenant à hauteur d'épaule avec les deux mains, afin d'ouvrir une brèche dans cet océan d'hommes et de femmes qui nous barrait le passage. Nous luttâmes pour avancer et parvînmes enfin à un endroit où nous pûmes marcher tranquillement.

Et nous arrivâmes ainsi au bas de Maiden Lane, à l'angle de la rue où aboutissait notre parcours... paisible et plongé dans le noir, le lieu de culte et hospice des Frères spirituels. Lorsque nous atteignîmes la porte, devant laquelle nous avions exigé d'entrer un ou deux jours plus tôt, j'en informai sir John ; à son tour, il ordonna au sergent Cowley de frapper violemment.

Ce qu'il fit. Silence... aucune réponse.

— Heurtez l'huis encore plus fort, insista le magistrat.

Et le policier obtempéra.

— Ils doivent dormir, dit M. Cowley.

— Alors, réveillez-les, sergent.

À cet ordre, M. Cowley martela si vigoureusement la porte avec sa massue en chêne que je crus bel et bien qu'il fracasserait l'une ou l'autre. Mais aucune des deux ne se brisa. Et le formidable vacarme qu'il causa provoqua enfin l'apparition d'un individu sur le seuil... un homme réservé, l'œil triste et somnolent, de surcroît.

— Loué soit le Seigneur, dit-il dans un bâillement. En quoi puis-je vous aider ?

Sir John s'avança :

— Je suis John Fielding du tribunal de Bow Street et souhaiterais rencontrer le frère Abraham.

— Ah... répondit le portier, mais il doit être endormi. Nous sommes des hommes humbles et nous nous couchons de bonne heure.

— Peu importe, je dois le voir. Réveillez-le, au besoin. Si frère Abraham a pu profiter du moindre sommeil cette nuit, alors il est mieux loti que moi. Dites-lui que sir John est en bas et exige sa présence.

— Je vais devoir refermer l'huis. Vous voudrez bien me pardonner ? L'heure tardive, voyez-vous...

— Je comprends.

Le gardien au regard triste referma la porte sur nous et la verrouilla. Nous attendîmes. Le sergent Cowley et moi échangeâmes des regards, comme si nous nous demandions si l'huis se rouvrirait derechef. Mais sir John patienta tranquillement, tandis que les minutes s'écoulaient. Il paraissait plongé dans une profonde concentration, silencieux, absorbé par des pensées dont Dieu seul, sans doute, avait la primeur. Était-ce le moment de lui parler de Moll Caulfield ? Non, me ravisai-je.

J'entendis enfin des bruits de pas à l'intérieur de la demeure. Quelqu'un tira le verrou et la porte s'ouvrit. Frère Abraham apparut devant nous, bâillant et se frottant les yeux avec ostentation. En dépit de tous ses efforts, il me sembla tout à fait éveillé. Je doutai même qu'il se fût assoupi une seule seconde.

— Sir John, déclara-t-il, que me vaut ce... cette...

— Intrusion ?

— Puisque telle est ta parole...

— Ah, vous citez les Saintes Écritures, n'est-ce pas ?

— La Bible renferme tous les mots et toutes les phrases, répliqua frère Abraham. Pour quelqu'un comme moi qui la connaît bien, ils me viennent facilement aux lèvres.

— Eh bien, peut-être aurez-vous pareils mots sacrés en réponse à ceci. Vous voyez certainement une vive lueur dans le ciel derrière moi ? Sans doute apercevez-vous aussi des flammes ?

— Ah oui, il semblerait qu'une bâtisse soit en train de brûler.

— Avez-vous entendu ce tumulte ? Cette clameur de la foule qui s'en va à présent ? Je m'étonne que vous ayez pu dormir sans percevoir un tel hourvari.

— J'ai le sommeil lourd.

— Quel heureux homme vous faites ! rétorqua sir John non sans ironie. Mais puisque vous semblez plaider l'ignorance quant au grand événement qui s'est produit à un jet de pierre de votre porte, sachez que c'est la synagogue de Maiden Lane qui a brûlé... et qui, du reste, brûle encore. Que dites-vous de cela, monsieur ? « Suis-je le gardien de mon frère ? »

— Je ne pourrais dire cela, car les Juifs ne sont *point* mes frères devant le Christ, malgré mon souhait.

— J'ai eu vent de votre ardent désir à les voir vous rejoindre. Vous avez fait une apparition à cette même synagogue, n'est-ce pas, et avez prêché la congrégation, en vue de la convertir ?

— J'en conviens, en effet, admit frère Abraham, tout en trahissant pour la première fois une certaine hésitation. Ils m'ont accueilli et ont écouté avec la plus grande attention ce que j'ai dit.

— En particulier lorsque vous avez annoncé que si la bonne parole ne les gagnait pas à votre cause, alors le fer et le feu pourraient y parvenir ?

— Je n'ai rien dit de pareil ! Oh non, c'est une déformation de mes propos. Je leur ai déclaré que si les papistes leur offraient le fer et le feu, je leur apportais quant à moi l'amour et la juste raison. Qui vous a dit que j'ai ainsi parlé ? Il doit s'agir de ce méprisable et affreux petit rabbin de leur communauté. C'est un homme nuisible, un suppôt du Démon !

— Frère Abraham, je n'entends rien aux suppôts du Diable, mais j'ai pu voir quelques individus nuisibles comparaître devant moi, alors que je rendais la justice, et le rabbin Gershon n'est aucunement un de ceux-là.

— Comme vous l'affirmez, vous n'entendez rien aux suppôts de Satan.

— Si vous teniez pareils propos en ma cour, monsieur, je les tiendrais pour insolents et outrageants, lâcha sir John de son ton le plus sombre.

L'instant d'après, il ajouta :

— Toutefois, nous ne sommes pas dans la salle d'audience. Nous nous trouvons sur le pas de votre porte et je souhaite porter à votre connaissance le témoignage de deux personnes. Toutes deux s'accordent à dire qu'elles ont vu trois hommes vêtus de noir, en train de fuir la synagogue, avant qu'on remarque que le feu y avait pris. L'un de ces deux témoins est allé jusqu'à affirmer qu'ils arboraient des effets dans le goût des Frères spirituels. Cette femme, en l'occurrence, les avait vus en train de prêcher à Covent Garden.

— A-t-elle vu leur visage ? Pourrait-elle les identifier ? J'en doute... j'en doute fort, même, car, à moins d'avoir aperçu ces hommes avant huit heures du soir, il ne pouvait s'agir de nos adeptes. Tous étaient présents ici sans exception à vingt heures. Les membres de cette confrérie n'auraient jamais accompli un acte pareil, de toute façon. Nous représentons la paix, la justice et la tolérance.

— Comme c'est admirable ! déclara sir John sans plus de commentaire.

Il se contenta d'attendre la suite.

— Quant... quant à la tenue vestimentaire, poursuivit frère Abraham, encore plus embarrassé qu'auparavant, que vous a-t-on dit, si ce n'est que les trois individus surpris portaient du noir ? Le noir, je vous le rappelle, est une couleur fort répandue. Regardez autour de vous dans les rues de Londres, et vous constaterez que la moitié des hommes de cette cité en arborent peu ou prou.

Il hésita, puis enchaîna, tout en révisant son propos de la manière suivante :

— Ou peut-être *vous-même* ne pouvez-vous le voir, mais il vous suffit de poser la question, et l'on vous confirmera mes dires.

— Intéressant. Noir, dites-vous. Je dois alors m'en enquérir.

Nul autre commentaire, et il attendit encore.

— Les Juifs ! La plupart d'entre eux se vêtent en noir. Je l'ai constaté *de visu*. Ces hommes avec leurs chapeaux en fourrure et leurs barbes. Je les ai vus. Pas plus tard que l'autre soir. Ils auraient pu eux-mêmes avoir mis le feu afin de nous en faire porter le blâme.

— À leur propre synagogue ? Cela me paraît hautement improbable.

— Ce sont des gens fourbes. Mais laissons cela de côté. Écartons toute allusion à des hommes en noir et considérons la manière dont un tel incendie aurait pu vraisemblablement prendre en un endroit pareil.

— Et qu'en serait-il, je vous prie ?

— Eh bien, l'Exode, chapitre vingt-sept, verset vingt : « Quant à toi, tu ordonneras aux Israélites de te procurer de l'huile d'olives broyées pour le luminaire, afin qu'une lampe brûle en permanence[1]. »

— Ce qui signifie... quoi ? répliqua sir John. Dans l'immédiat, je ne saisis point la pertinence de votre remarque.

— Mais elle devrait vous paraître d'une clarté limpide, dit frère Abraham. N'avez-vous pas remarqué la lampe qui brûlait devant l'arche ?

— L'arche ? Je ne vous suis pas.

— Le coffre dans lequel sont conservés les rouleaux de parchemin. Vous l'avez sans doute remarqué... non, je gage que non ; à cause de votre vue, bien sûr, ou plutôt de son absence. Quoi qu'il en soit, il y a une lampe qui ne cesse de brûler, en respect pour les Écritures. Celle-ci a très bien pu causer l'incendie, être bousculée ou renversée, et répandre de l'huile enflammée. *Telle est* la cause probable de l'incendie... de toute évidence.

— Vraiment ? Si je vous saisis bien, la lampe aurait alors dû être disposée à proximité des rouleaux. Et, le cas échéant, lesdits rouleaux se seraient enflammés dès le début. Pourtant, Jeremy a vu et m'a décrit le sauvetage héroïque accompli par le rabbin — le suppôt de Satan, comme vous l'appelez — de ces mêmes rouleaux. Il les a arrachés aux flammes, indemnes. Admirable, c'est le moins qu'on puisse dire. Miraculeux, en vérité, s'ils étaient placés si près de la source de l'incendie.

Pour l'instant, frère Abraham ne pouvait formuler la moindre réponse. Il se tenait dans l'embrasure de la porte, muet et les sourcils froncés.

1. In *La Bible de Jérusalem*, éditions du Cerf, Paris, 1998, Pocket, n° 10 456. (*N.d.T.*)

— Mais, reprit le magistrat, mettons un terme à cette discussion. Nous aurons l'occasion et le temps de la reprendre bientôt. À vrai dire, frère Abraham, je vous en fais la promesse.

Ce disant, et sans une parole de plus, sir John Fielding virevolta et tâtonna avec son bâton, en quête de la marche pour descendre sur le trottoir, puis il sortit dans la rue et attendit le sergent Cowley et moi-même. Nous ne pûmes qu'échanger un regard surpris, saluer frère Abraham d'un hochement de tête, et courir rejoindre sir John. J'entendis la porte claquer derrière nous.

— Venez, venez, dit le magistrat. Nous avons perdu assez de temps avec ce charlatan.

Il commença à repartir dans l'autre sens, cheminant d'un pas allègre. De crainte que le magistrat ne trébuchât, le sergent Cowley et moi nous plaçâmes à chacun de ses flancs. Avec sa seule canne pour le piloter, sir John trouva toutefois aisément son chemin, même s'il n'eut de cesse de pester contre le temps gaspillé à l'entretien qu'il venait d'avoir. Selon lui, l'homme qu'il avait interrogé nourrissait des prétentions messianiques et devrait sans doute se retrouver confiné à Bedlam.

— Il demeure nonobstant avisé eu égard à la loi, déclara le magistrat. Il sait pertinemment que prétendre avoir vu de dos trois hommes en noir quittant les lieux à la hâte ne saurait assurément passer devant la cour pour une identification formelle. Ma foi, nous lui avons quelque peu ébouriffé les plumes, n'est-ce pas ? Il n'ignore pas que nous allons porter notre attention sur lui et les siens. Peut-être pouvons-nous les chasser hors de Londres et les renvoyer à leur Nouvelle Jérusalem, par-delà l'Océan. Je tiendrais cela pour une victoire et si...

— Euh... sir John ?

— Qu'est-ce, Cowley ?

— Devant nous, la foule se fait à nouveau plus dense. Peut-être devrions-nous procéder comme tout à l'heure.

— Entendu, entendu. Alors, dégagez le passage pour l'aveugle.

L'agent Cowley ouvrit derechef la marche et sir John la ferma en s'agrippant fermement à mon épaule. Les badauds n'étaient point aussi nombreux... deux ou trois rangées de curieux s'attardaient encore derrière la corde, mais la lassitude les gagnait et ils s'apprêtaient à s'en aller. Ce qui signifiait, bien sûr, que le feu était moribond.

Et c'était le cas. Se faufilant sous la corde, le sergent Cowley exhiba sa matraque armoriée au soldat le plus proche, lequel n'y prêta aucun intérêt et nous laissa passer. Ce qui m'offrit l'opportunité de contempler pour la première fois l'incendie, depuis que nous étions partis en quête de frère Abraham. Presque partout, le feu se réduisait à des braises. Seul un angle du rez-de-chaussée flambait encore et la lance était dirigée droit dessus.

J'en informai sir John, en ajoutant que les soldats ramassaient à présent les barils de poudre et les chargeaient dans le chariot.

— Dieu soit loué ! s'en félicita le magistrat. Sergent Cowley ?

— Oui, monsieur ?

— J'ai une tâche pénible et néanmoins nécessaire à vous confier. Les soldats vont s'en aller d'un instant à l'autre. La barrière de corde devra être maintenue, quoiqu'on puisse en réduire le périmètre. Lorsque le feu sera complètement éteint et la machine partie, il vous incombera de vous poster devant ce qui reste de la synagogue et d'éloigner les éventuels pillards. Ne laissez quiconque s'en approcher, à l'exception des Juifs, pour lesquels il s'agit d'un lieu de culte. S'ils souhaitent monter la garde avec vous, laissez-les faire. Mais conseillez-leur de ne point pénétrer dans l'enceinte. J'imagine qu'elle s'avérera fort dangereuse, pendant quelque temps. Nous vous enverrons votre relève dans la matinée. Est-ce compris ?

— Certes, monsieur, mais...

— Mais quoi ?

— Comment saurai-je distinguer les Juifs, monsieur ?

— Eh bien... ils portent la barbe et... oh, dis-le-lui, Jeremy.

Plutôt qu'un long discours, je désignai à l'agent Cowley le turbulent groupe qui déployait à présent une grande activité à la pompe.

— Ce sont des Juifs, avec les chapeaux en fourrure?

— Tout à fait.

— Eh bien, je n'aurai point de mal à les différencier du reste. Tout va pour le mieux, alors, sir John.

— Ne relâchez pas vos efforts, sergent Cowley. Jeremy? Allons nous coucher, veux-tu?

Quelques minutes plus tard, nous avions réussi, lui et moi, à franchir le dernier attroupement de fanatiques du feu, et atteignîmes ainsi Tavistock Street. Nous marchions plus lentement, sans nous presser, dans la nuit, lui comme moi accusant les signes d'un épuisement qui n'était pas feint. J'ignorais l'heure qu'il était au juste, encore qu'elle dût avoisiner les deux heures du matin, selon moi. Covent Garden paraissait assez sûr malgré l'heure tardive, car les allées étaient pleines de ceux qui, peu à peu, regagnaient leur domicile, après le spectacle de la nuit, peut-être déçus que l'incendie n'eût point duré plus longtemps ou qu'on n'eût point fait sauter les demeures avoisinantes.

Nous avancions en silence. Je songeai que le moment était enfin venu de lui communiquer ma nouvelle.

— Sir John, dis-je, je dois vous faire part d'un fait d'une importance considérable.

Il soupira :

— Pas maintenant, mon garçon, je suis par trop las pour te prêter une oreille attentive.

Je pris alors une profonde respiration et rassemblai mon courage à deux mains.

— Je dois insister, monsieur, déclarai-je d'une voix chevrotante. J'ai tenté de vous communiquer la nouvelle maintes fois ce soir, mais j'ai dû sans cesse repousser l'échéance ou bien l'on m'a interrompu. Vous n'apprécieriez guère si j'obtempérais et gardais l'information jusqu'à demain matin.

— Entendu, admit-il, tu as gagné. Dis-moi donc ce que tu as à me confier.

Et je le fis enfin, relatant tout comme si j'eusse narré quelque histoire, du début à la fin, en omettant peu de détails, mais sans y adjoindre la moindre remarque ou conjecture. J'expliquai sans détour que Jimmie Bunkins avait découvert le corps de cette pauvre vieille Moll Caulfield et m'avait emmené avec lui, afin que j'en témoigne ensuite auprès du magistrat. Je répondis de la bonne foi du Faucheux, en disant qu'il n'avait point signalé la découverte dudit corps car celui-ci ne portait aucune trace de violence. En dernier lieu, je déclarai à sir John que, de mon propre chef, j'avais ordonné au Faucheux de ne point inhumer le cadavre de Moll, car quelqu'un viendrait l'enlever dans la matinée. Le magistrat écouta mon récit sans sourciller jusqu'à la fin.

— Dans quel dessein as-tu songé à ce qu'on n'enterre point son corps ? se décida-t-il à me demander.

— Eh bien, pour une autopsie, monsieur. Et j'ai pensé qu'on pourrait lui offrir un véritable enterrement à l'église. C'était une femme fort pieuse.

— Certes, dit sir John, mais M. Donnelly n'est plus à Londres et je n'ai nullement confiance en l'opinion des tranche-lard de la place. Il existe bien des façons de donner la mort sans laisser de traces. Si j'avais obtenu cette information plus tôt, j'aurais volontiers accusé frère Abraham. Mais nous savons tous deux qu'il aurait simplement réitéré qu'elle avait quitté leur communauté de son plein gré et de son propre empire. Et nous, bien entendu, n'aurions pu apporter la preuve du contraire.

— Et en ce qui concerne les obsèques religieuses ? intervins-je.

— Nul doute qu'elle les mérite, la pauvre âme. Il y a suffisamment d'argent pour cela dans l'amende que j'ai soutirée à John Bilbo.

— Je me sens atrocement coupable de tout cela, sir John. C'est moi qui l'ai logée là-bas, dans Half Moon Passage.

— À ce moment-là, tu pensais bien agir, déclara-t-il. Tu n'as rien fait de mal.

Nous poursuivîmes un long moment notre chemin en silence, obliquant dans Charles Street, où la maison était en vue.

Puis, comme pour résumer toute l'affaire, sir John me dit :

— Tu as bien fait de me le dire, Jeremy, et tu as eu raison d'insister. Dans certains cas, il faut parfois balayer la résistance d'autrui, même la mienne.

— Merci, monsieur. Je... euh... je présume que vous avez passé une agréable soirée en compagnie de Mme Durham, avant qu'on vous mande sur les lieux de l'incendie ?

— Trop brève, Jeremy, bien trop brève.

CHAPITRE IX

Où j'ai une mission dans l'enquête et où le rabbin se confie à sir John

Le lendemain matin, il fut nécessaire à Mme Gredge de me tirer du lit, tâche dont elle se chargea de la manière la moins amène et la plus accusatrice qui fût. Imaginez un peu, cher lecteur, qu'une voix tenant à la fois de la pie et du chat-huant vienne soudain vous ravir au sommeil. Certes elle ne piaillait pas toujours de la sorte, mais lorsqu'elle haussait le ton pour quelque réprimande, le Démon en personne n'eût su la surpasser.

— Jeremy ! Jeremy ! Debout, à présent ! Tu sais que ta première besogne de la matinée consiste à m'allumer le fourneau. Charge-t'en sur-le-champ, avant que le déjeuner de sir John ne prenne du retard.

— Oh, madame Gredge, maugréai-je, ne pourriez-vous point l'allumer vous-même ? Vous l'avez fait pendant des années, avant mon arrivée ici.

Elle me secoua avec la plus grande rudesse.

— Assez d'impertinence, jeune paresseux ! Sors du lit tout de suite !

Elle avait raison, bien sûr. J'avais la charge d'allumer le fourneau chaque matin. Cela m'obligeait à me lever le premier, ce qui d'ordinaire ne présentait pas la moindre difficulté. Mais ce matin-là, en particulier, après avoir attendu sir John la moitié de la soirée, puis l'avoir assisté le reste de la nuit, j'éprouvais quelque peine à m'acquitter de cette corvée.

J'enfilai ma culotte, tandis que Mme Gredge rôdait dans l'embrasure de la porte. Je savais qu'elle resterait là, tant que je ne serais pas hors du lit et parfaitement debout. Au prix d'un gros effort, je m'arrachai à ma couche et partis à l'assaut d'une nouvelle journée.

Je ne tardai guère à satisfaire aux désirs de Mme Gredge. Le feu prit avec ardeur. Elle mit à chauffer la bouilloire pour le thé, puis sortit le pain et le beurre. Mais alors qu'elle tranchait la miche, elle trouva nouvelle matière à se plaindre.

— Voyons, Jeremy, dit-elle, j'ai l'expérience de l'éducation des garçons, et il me semble qu'un problème subsiste en toi, comme si un peu de brouillard t'embrumait l'esprit. À cela, je vois deux raisons principales. Tout d'abord, tu n'aurais point dû attendre sir John aussi longtemps, la nuit dernière. Enfin, tu ne t'es pas nourri comme il sied hier au soir. Si tu avais mangé un peu de mon ragoût, tu aurais assurément été mieux armé pour cette journée, prêt à affronter la matinée, pour ainsi dire. À présent, nous ne pouvons point réparer ta première erreur. Quant à la deuxième, il n'est pas trop tard pour faire amende honorable. Aussi, Jeremy, je te le demande : ne souhaiterais-tu pas un peu de ragoût pour ton déjeuner ?

Comment pouvais-je refuser une offre pareille ? J'acceptai et elle troqua la bouilloire contre la marmite. Tandis que celle-ci chauffait, Mme Gredge retira la graisse qui flottait en surface, ce qui me tenta d'autant plus. Alors que le mets commençait à bouillonner, j'en sentis tout l'arôme, chassant de ma tête les visions et les odeurs de la grange du Faucheux, et présentai mon écuelle afin qu'elle la remplît. J'étais si affamé en raison de mon jeûne de la veille que j'avalai le tout, savourant les beaux morceaux de viande avec le reste et nettoyant mon assiette avec une épaisse tranche de pain. Lorsque j'eus fini, je partageais pleinement l'avis de Mme Gredge : je pensais sincèrement qu'il s'agissait du meilleur ragoût qu'elle eût jamais cuisiné.

Mais avant que je vinsse à bout de mon écuelle et à pareille conclusion, sir John descendit l'escalier et, guidé par son nez, trouva le chemin de la marmite.

— Dieu du Ciel, madame Gredge ! s'exclama-t-il. Quelle sorte de banquet avez-vous donc préparé pour le déjeuner ?

— Rien d'autre que les restes du souper d'hier, répondit-elle. Jeremy se sentait faible, aussi lui ai-je servi ce matin ce qu'il n'a pas mangé hier au soir.

— Y en aurait-il un peu dans la marmite pour moi ? s'enquit-il le plus timidement du monde.

— Il y a toujours une assiette pour le maître de céans.

Et ce disant, elle justifia son propos en remplissant à ras bord l'écuelle, qu'elle lui servit non sans une certaine fierté. Sir John mangea avec délectation et, une fois qu'il eut fini, éructa majestueusement pour témoigner de sa satisfaction.

— Quel régal ! s'enthousiasma-t-il. De l'agneau, n'est-ce pas ?

— Du mouton précoce... à en croire Jeremy.

— C'est ce que m'a dit le boucher, déclarai-je. C'était M. Tolliver ; il m'a vendu la viande samedi et à bon prix.

— M'est avis que ce pauvre mouton a dû tricher sur son âge, et il s'est vu manger pour sa peine. Un ragoût magnifique, madame Gredge... mais j'imagine que nous devons revenir aux tranches de bacon et aux tartines dès demain ?

— Si tel est votre souhait. Les œufs de poule n'ont jamais été aussi chers.

— Il ne conviendrait point de manger aussi bien chaque jour. Sinon nous ne pourrions apprécier l'exceptionnel à sa juste mesure. Du ragoût pour le déjeuner... remarquable, hein, Jeremy ? Mais qu'ai-je entendu ? Tu te sentais souffrant, hier au soir ? Tu n'en as rien montré devant l'incendie.

— Je crains que mon appétit n'ait été gâché par ma visite chez le Faucheux, confiai-je.

— C'est fort compréhensible, dit-il. Mais j'ai une tâche d'investigation des plus agréables à te confier aujourd'hui.

Je sentis mon cœur bondir dans ma poitrine.

— Et de quoi s'agit-il, monsieur ?

— On te connaît peu ou prou de réputation dans Grub Street. Je me souviens que feu M. Crabb avait invité ses collègues et concurrents à voir à l'œuvre ton habileté à composer... il voulait qu'ils sachent quel prodige il avait engagé comme apprenti. Est-ce que je me trompe ?

M'étais-je vanté auprès de lui ? Sans doute.

— Oui, sir John.

— Te rappelles-tu les noms des individus présents ?

Je réfléchis un instant.

— Il en avait invité trois. Je me souviens de deux noms... un certain M. Trimble et un autre dénommé Ingold.

— Cela vaut toujours mieux que rien. Rends-leur visite, Jeremy. Fais-leur croire que tu cherches à te former, mais à des conditions extrêmement favorables. Ils ont pu estimer ta valeur en qualité de typographe. Prétends que tu as le savoir-faire d'un compagnon et désires une période d'apprentissage plus brève qu'à l'accoutumée. Cela te paraît-il convaincant ? Ma foi, fais en sorte que cela le devienne. Mais il s'agit juste de pouvoir entrer et d'engager la discussion. Tâche de les faire parler de M. Crabb... sa pratique du négoce, ses ennemis, *et cætera*. Il nous faut un portrait complet du personnage. Car à présent, j'ai l'intention de poursuivre l'enquête en supposant que M. Clayton n'est coupable d'aucun des assassinats, et qu'il nous a offert un témoignage complet et précis de ce dont il avait souvenance. Mais il possède si peu de souvenirs qui puissent lui être ou nous être d'une aide quelconque !

— Je l'ai cru, déclarai-je, si mon opinion a quelque valeur.

— Ne te méprends point... elle a une grande valeur à mes yeux. Mais à ceux du président de la Haute Cour, elle ne vaudrait rien du tout.

Il se tut un instant, puis reprit :

— Oh... et puis il y a autre chose. Les deux compagnons qui étaient employés chez Crabb... chacun a trouvé une place chez un imprimeur différent. L'un d'eux, Isham Henry, l'individu qui a témoigné contre Clayton, travaille désormais chez ce même sieur Boyer auquel je souhaite te voir rendre visite, de toute façon. L'autre typographe... comment s'appelait-il ?

— Tom Cranford... je m'entendais fort bien avec lui.

— Ma foi, j'ignore si Henry nous sera d'une quelconque utilité. Il semblait monté contre Clayton et m'a paru fort étrange à mon goût. Ne tarde pas toutefois à mettre la main sur ton Cranford. Il œuvre à présent chez un dénommé Dodsley, libraire, imprimeur et éditeur, lui aussi dans Grub Street. Recherche-le là-bas. Peux-tu te souvenir de tout cela ?

— Je le puis, monsieur.

— Mais il serait malséant de te mettre à l'ouvrage trop tôt. Accomplis auparavant les tâches requises par Mme Gredge. Tu pourras ensuite consacrer toute la journée à cette enquête. Garde tes oreilles à l'affût. Tâche de t'insinuer dans les bonnes grâces d'autrui. Glisse la pièce, au besoin. Tu seras remboursé.

Je ressentis une étrange impression à arpenter de nouveau Grub Street. Je n'y étais pas venu depuis la terrible nuit où le Faucheux avait accompli sa riche moisson de cadavres. Auparavant, en me rendant plusieurs fois à l'établissement d'Ezekiel Crabb, j'avais commencé à aimer la rue. Si la perspective d'être séparé de sir John ne me ravissait guère, je m'étais malgré moi plus ou moins habitué à l'idée qu'il devait en être ainsi, et puis je ne pouvais pas être mieux loti qu'en vivant et en besognant dans un endroit spécialisé dans le négoce des livres et des opuscules. On dénombrait toujours quelques membres de la petite noblesse et des érudits parmi ceux qu'on croisait dans le quartier. Ils venaient fureter dans les boutiques, en quête du dernier ouvrage savant ou des nouveautés romanesques. Ainsi, en dépit d'une apparence quelque peu misérable, Grub Street affichait toujours un air de respectabilité... davantage, même... on avait la sensation d'y côtoyer ce monde illustre que j'avais tant espéré découvrir, lors de ma funeste fuite vers Londres, quelques mois plus tôt à peine.

Libraires, imprimeurs et éditeurs jalonnaient la rue ; souvent, comme c'était le cas de M. Crabb, ils cumulaient les trois professions. J'arrivai assez tôt devant son établissement, où des planches étaient clouées aux fenêtres, car j'avais emprunté l'itinéraire que je connaissais le mieux pour gagner Grub Street, celui que j'avais suivi dans les deux sens, au moment où se négociait mon apprentissage. Une affiche était placardée sur la porte, stipulant que la boutique était fermée jusqu'à nouvel ordre, sur la décision de sir John Fielding, magistrat auprès du tribunal de Bow Street. Qui aurait voulu pénétrer en un lieu où pareils actes avaient été perpétrés ? Des pillards, peut-être, ou ceux qu'une curiosité malsaine attirait aux endroits où le sang des victimes avait noirci en séchant au sol.

L'entreprise Crabb, sise dans une bâtisse d'aspect avenant, était flanquée de part et d'autre de pensions misérables où, à ce qu'on m'avait dit, écrivains sans le sou et typographes intermittents avaient élu domicile. La rue abritait tout du long des restaurants et des tavernes de bon aloi, où pareils nécessiteux pouvaient se nourrir et boire leur saoul pour une poignée de pence. Aussi pourrait-on affirmer que les plus prospères se mêlaient aux plus indigents en ce quartier, et tous tenaient en haute estime les belles-lettres et leur diffusion, ne serait-ce que parce qu'elles leur permettaient de subvenir à leurs besoins. Je savais que j'aurais pu vivre et travailler au sein d'un environnement pareil, mais, comme désormais j'étais l'assistant de sir John Fielding, sur une affaire aussi grave que cette enquête, ma jeune existence revêtait une importance que je n'eusse assurément point envisagée plus tôt.

Nous sommes tributaires du hasard à un degré que je n'avais jusqu'ici jamais soupçonné. Eût-il vécu à Londres, mon père eût pu devenir aussi célèbre et prospère qu'un homme tel qu'Ezekiel Crabb. Auquel cas, avais-je réfléchi ensuite, il eût pu tout autant mourir. Lapidé au pilori ou succombant à la hache d'un assassin, où est la différence ?

Albert Ingold n'avait guère de renseignements à me confier. Pourquoi avais-je retenu son nom, et point le troisième de ce groupe d'admirateurs... celui dont le patronyme m'échappait toujours ? Je n'aurais su le dire. Car je rencontrais ledit sieur Ingold en son bureau, mince et réservé, fidèle au souvenir que j'en avais, et s'il reconnaissait volontiers se rappeler ma personne et la forte impression que lui avait procurée ma prestation de typographe, il ne disposait en tout cas d'aucune place pour moi. Non, même si j'étais capable d'exécuter l'ouvrage d'un compagnon... ce dont, avec un peu de pratique, je me serais sans nul doute acquitté. Il conserverait toutefois mon nom à l'esprit, et si d'aventure il avait vent d'un imprimeur en quête de quelqu'un comme moi, M. Ingold se ferait évidemment un plaisir de me recommander auprès de ce confrère. Pourquoi ne pas passer dans une quinzaine de jours, et il pourrait peut-être m'indiquer quelqu'un ? À ces mots, il se leva, signifiant que le temps qu'il m'avait consacré touchait à sa fin. Lorsque je tentai de lui demander qui pouvait nourrir une telle colère à l'endroit de M. Crabb, au point de souhaiter le voir mort, ainsi que toute sa famille, il me gratifia d'une réponse à tout le moins curieuse :

— Quel que soit le châtiment qu'Ezekiel Crabb ait pu recevoir, déclara M. Ingold, tu peux être certain qu'il en est le premier responsable.

Il me prit alors par le bras et me reconduisit à la porte... disons plutôt qu'il me la fit franchir avec insistance. Ne sachant quoi dire qui m'eût permis de m'attarder et lui poser d'autres questions, je le remerciai donc et m'en allai.

J'en conclus que cette collecte de renseignements ne s'avérait pas des plus aisées. Lorsque je voyais sir John à l'œuvre avec les témoins, il les interrogeait souvent avec tout le poids de son autorité... laquelle était considérable. Je me remémorais comment il avait mis au supplice le majordome de lord Goodhope, le faisant transpirer à grosses gouttes, et ne pouvais qu'envier le magistrat. De même que j'aurais souhaité avoir un tel pouvoir à ma disposition. Mais je n'en disposais point. Je n'avais ni la force de sa personnalité, ni l'influence inhérente à sa charge de magistrat. Que m'avait-il donc conseillé ? « Garde tes oreilles à l'affût. Tâche de t'insinuer dans les bonnes grâces d'autrui. » Cela paraissait plutôt facile, n'est-ce pas ? J'avais pourtant essayé avec M. Ingold, mais cela n'avait point porté les fruits escomptés.

Telles étaient donc mes pensées, alors que je me tenais, vaguement accablé, devant l'établissement d'Albert Ingold, libraire et imprimeur de son état. Grub Street me paraissait un peu moins hospitalière qu'auparavant. Où étais-je censé me rendre, à présent ? Je déambulai dans la rue, en quête des bureaux et de la boutique de M. Trimble, et découvris à la place ceux de M. Matthew Dodsley. C'était le patron de Tom Cranford, avec lequel je m'étais bien entendu, en vérité, lorsque je l'avais rencontré chez M. Crabb. Peut-être aurais-je plus de succès avec lui. Quoi qu'il en fût, je tenterais ma chance.

Tout sucre, tout miel, je pénétrai dans l'échoppe, arborant un sourire enfantin. L'endroit semblait agencé de la même manière qu'à l'établissement Crabb. C'est-à-dire que la librairie se situait en façade, occupant un tiers du rez-de-chaussée, ou un peu moins, car elle communiquait avec un bureau... sans doute celui de M. Dodsley. Mais lorsqu'un jeune homme m'aborda et me demanda, fort suspicieux, ce que je faisais là, je lui répondis que je ne cherchais point son employeur mais plutôt Tom Cranford.

— Et que lui veux-tu ? s'enquit le juvénile libraire.

— Seulement lui parler, déclarai-je. Je suis dépêché par le tribunal de Bow Street et je dispose de renseignements au sujet de l'affaire Crabb, monsieur.

Ces deux affirmations étaient vraies, mais elles en sous-entendaient davantage qu'elles n'en disaient.

— Si vous pouviez lui demander de quitter l'atelier, je vous prie ?

— L'affaire Crabb ?

Tout à coup, son intérêt était piqué au vif.

— Tu veux parler du massacre ? enchaîna-t-il. Eh bien, raconte-moi et je lui transmettrai tes informations.

Il se pencha, espérant que je chuchoterais à son oreille. Mais il fut déçu, car je continuai à sourire, en secouant la tête d'un air de regret.

— Je ne puis le faire, repris-je, car on m'a chargé de m'adresser de vive voix à M. Cranford.

— Chargé, dis-tu ? Par qui ?

— Eh bien, par sir John Fielding, bien sûr, qui n'est autre que le magistrat du tribunal de Bow Street.

— Diable ! Je sais parfaitement qui il est ! Freddy ? s'écria-t-il à l'adresse du second jeune homme présent dans l'échoppe. Freddy, garde un œil sur ce lascar, veux-tu ? Je dois aller quérir quelqu'un dans l'arrière-boutique.

Et il me quitta. Je m'occupai en feuilletant les livres qui se trouvaient là à foison, disposés sur les étals et les rayonnages du petit magasin. J'y trouvai le troisième volume de *Tristram Shandy*, nouvellement paru, dont le Dr Johnson avait fait mention. Je m'en emparai ardemment, décidé à juger par moi-même s'il méritait d'être lu.

Freddy se rua sur moi et me l'arracha des mains.

— Ne touche pas à la marchandise, à moins que tu n'aies l'argent pour la payer.

— Comment savez-vous que je n'en ai point ?

— Montre-le-moi, alors.

— Je n'ai nul besoin de vous prouver quoi que ce soit.

Et, drapé dans ma dignité, je rajustai mon habit, tournai les talons et marchai jusqu'à la porte. J'y demeurai, les bras croisés, en soutenant les regards qu'il me décochait. Je n'aimais pas ce Freddy, et je n'avais guère une meilleure opinion sur son collègue, qui s'en était allé chercher M. Cranford. Je rageais en pensée contre toutes les avanies que devait endurer un garçon de mon âge. Lorsque plus tard je disposerais de l'argent pour m'offrir des livres, je me promis de ne point le dépenser ici. Non, pas même pour remettre ce Freddy à sa place.

Juste au moment où mon esprit s'échauffait et imaginait les pires catastrophes s'abattant sur l'établissement Dodsley, ce brave Tom Cranford surgit de l'arrière-boutique, s'essuyant les mains sur son tablier et souriant jusqu'aux oreilles.

— Que je sois pendu si ce n'est point le jeune Jeremy ! s'exclama-t-il. Le garçon le plus prompt à manier le composteur !

Il me tendit la main avec vigueur et je la lui serrai.

— Les choses vont-elles comme vous le souhaitez, monsieur Cranford ?

— Oh, bien mieux qu'à l'endroit où je besognais il n'y a pas si longtemps ! Non, je ne saurais me plaindre.

— Je me demandais si je pouvais m'entretenir quelques instants avec vous. Ce n'est peut-être ni le lieu ni le moment idéal pour cela, toutefois.

— Tu l'as dit, pardi. Je suppose que tu souhaites me parler métier et il vaut mieux en converser en privé. Retrouvons-nous au *Goose and Gander*, sur le trottoir d'en face. Je ne puis t'affirmer dans combien de temps... mais tu n'auras guère à attendre, c'est promis. Cela te convient-il ?

— Assurément. Je vous en remercie.

— Je ne serai pas long ; un petit ouvrage à achever et c'est tout.

Ce disant, nous nous séparâmes et je pris congé, fort satisfait. Je ne prêtai pas le moindre intérêt à Freddy et son collègue. Je suppose qu'à ma manière je les dédaignai.

Le *Goose and Gander*, aujourd'hui remplacé par un restaurant aux prétentions plus élevées, était alors une taverne sombre et rudimentaire, pouvant convenir aux compagnons de quelque corps de métier que ce fût. J'y entrai prudemment, ignorant ce que j'allais y trouver, car en vérité je n'avais jusque-là jamais mis les pieds en un tel établissement. Celui-ci me parut assez tranquille. Rares étaient les clients présents, des hommes avachis contre les tables installées le long du mur. J'en dénichai une éloignée des leurs et m'y installai.

Lorsque la servante s'approcha, je lui demandai du café.

— Si tu en veux, répliqua-t-elle, il faut te rendre dans une maison de café.

— Que servez-vous, alors ?

— De la bière, de l'ale[1] et du gin.

J'ignorais ce que le terme « ale » recouvrait. Le gin, à croire ce que j'en avais vu dans les rues, était un pur poison. Quant à la bière, que le magistrat buvait parfois, elle me sembla plus inoffensive. Ce fut donc ce que je commandai et, lorsqu'on me la servit, je fis de mon mieux pour la boire... mais ne pus m'y résoudre. Comment sir John pouvait-il avaler une aussi peu savoureuse boisson ? La servante parut cependant ne point se soucier que je sirote ou non le breuvage. Seul un individu, en cet endroit plongé dans la pénombre, m'accorda une certaine attention, et c'était celui qui se trouvait le plus loin de moi, un homme élancé, arborant des effets à tout le moins criards.

Tom Cranford, quant à lui, ne devait guère avoir plus de trente ans. Marié de fraîche date, son épouse attendait

1. Bière légère, à base de malt peu torréfié. (*N.d.T.*)

un enfant. C'était à mes yeux quelqu'un de responsable et je savais de surcroît qu'il excellait dans la profession de typographe. Par ailleurs, il émanait de sa personne quelque chose de jovial, de tout à fait juvénile dans son attitude. On aurait tôt fait de rire de lui, plutôt que de le prendre au sérieux.

Ce fut du reste en souriant à belles dents qu'il entra au *Goose and Gander*, toujours vêtu de son tablier d'imprimeur. Il s'arrêta un instant pour badiner avec la serveuse et lui flanquer une bonne tape sur les fesses, qu'elle accueillit dans un gloussement frivole, puis il fila avec une chope d'ale légère, qu'elle lui offrit en récompense. En arrivant à ma table, il riait aux éclats. Sa bonne humeur avait envahi l'endroit. Les hommes affalés contre le mur se redressaient à présent, observant Tom avec intérêt, tout en échangeant des regards, comme si son apparition symbolisait quelque rebondissement dans une pièce dont ils eussent été les spectateurs.

Je m'étais levé. Il me fit signe de me rasseoir.

— Je t'en prie, Jeremy, mon garçon ! Je ne suis pas un homme pour lequel on se lève.

— Je suis fort content de vous revoir, monsieur Cranford.

— Appelle-moi Tom... s'il te plaît. Et je ne doute pas que tu sois très heureux de *pouvoir* me revoir. Après tout, un jour de plus et tu comptais parmi les victimes.

— Ma foi, je le sais et m'en estime fort chanceux.

— Mais dis-moi, de quoi voulais-tu converser ? Non point du métier, n'est-ce pas ?

— Certes, non, en vérité.

— C'est ce que je pensais. Ce niais de Theodore, qui est venu me quérir dans l'arrière-boutique, m'a assailli de questions, car il voulait connaître les dernières nouvelles du massacre, comme on l'appelle, en affirmant que tu en avais. Alors, je me suis souvenu que sir John Fielding en personne avait signé ton contrat d'apprentissage. À ce moment-là, je m'étais dit que tu n'étais rien d'autre qu'un gamin sous tutelle judiciaire, confié à nous pour te garder sur le droit chemin. Mais à présent, il est possible que vous soyez plus proches, lui et toi, non ?

— Il m'a accepté au sein de sa maisonnée, déclarai-je.

— Ah, tu as de la chance, Jeremy ! Bien que tu conviennes à merveille au métier de typographe, je dois t'avouer que c'est une profession où il est difficile de s'élever. Mais je ne suis pas là pour t'accabler avec mes pleurnicheries. Disons seulement que ton avenir s'annonce plus radieux.

Pour la première fois depuis son arrivée, il devint fort sérieux :

— Alors, raconte-moi. As-tu des nouvelles au sujet du terrible sort qui s'est abattu sur mes camarades, cette terrible nuit ?

— D'une certaine façon, répondis-je, mais que cela reste entre nous.

— Je sais conserver un secret, dit-il.

Je baissai la voix et lui murmurai :

— Eh bien, voilà : nonobstant les preuves, sir John mène désormais l'enquête en s'appuyant sur le principe que John Clayton ne s'est pas livré à pareille boucherie.

— *Je le savais !* s'écria Tom Cranford en frappant la table de sa main.

Je posai l'index sur mes lèvres, pour l'enjoindre au silence.

Il poursuivit en chuchotant :

— Je commençais à me prendre d'amitié pour ce bougre de Clayton. Un peu rustique, ma foi, et un peu fou aussi, comme tous les poètes, mais une âme noble, au fond. Il n'avait aucune raison de tuer Ezekiel Crabb, et encore moins le reste de la maisonnée. Il mettait tous ses espoirs dans ce second livre. Il avait contraint l'éditeur à lui signer cette fois un meilleur contrat, qui lui aurait vraisemblablement rapporté quelque argent. Qu'il l'ait assassiné, cela n'a aucun sens.

Il fronça les sourcils, méditant un instant, puis il ajouta :

— C'est moi qui lui ai apporté ses effets à Bow Street.

— Je l'ignorais.

— Eh oui... il était en bien piteux état, crois-moi, avec les cheveux sur les yeux et cette chemise de nuit souillée de sang. Mais il m'a reconnu. Il m'a dit : « Tom, de quoi m'accuse-t-on ? » Lorsque je lui ai répondu, il s'est mis à pleurer. Je pense qu'il est arrivé après le carnage et que celui-ci lui a fait perdre la tête.

— C'est ce qu'il affirme. Tom, ce n'était pas réellement pour vous donner des nouvelles, mais pour en recevoir que sir John m'a dépêché ici. Il m'a demandé d'interroger les gens de Grub Street, au cas où quelqu'un aurait la moindre opinion quant aux raisons ayant pu susciter un acte aussi horrible.

Il secoua la tête avec gravité :

— Je n'en ai aucune idée et crois-moi, mon garçon, Dieu sait que j'y ai réfléchi.

— Vous vous rappelez sans doute que M. Ingold faisait partie des imprimeurs amenés par M. Crabb, afin de me voir à l'œuvre au pupitre de composition ?

— Certainement... il y avait aussi Trimble et Purvis ; ils étaient trois en tout. Il souhaitait leur montrer qu'il allait engager un apprenti aussi habile qu'un compagnon.

— *Purvis !* Mais oui ! Son nom m'échappait. Je suis allé voir M. Ingold, en prétendant chercher un emploi, mais, en vérité, je voulais le faire parler au sujet d'Ezekiel Crabb... qu'il conjecture et spécule sur le pourquoi du comment du meurtre. Il ne s'est guère montré coopératif.

— Ça ne me surprend pas. Il ne desserre jamais les lèvres sur quelque sujet que ce soit.

— Il a tout de même répondu quelque chose qui m'a surpris. Peut-être pourrez-vous me l'expliquer. Il a dit : « Quel que soit le châtiment qu'Ezekiel Crabb ait pu recevoir, tu peux être certain qu'il en est le premier responsable. » Qu'a-t-il pu vouloir dire ?

— Ma foi, Jeremy, il y a certaines choses que tu dois

comprendre au sujet du vieux Crabb, des choses que tu aurais eu tôt fait d'apprendre, si tu étais venu besogner en qualité d'apprenti. Il était d'une nature telle qu'il ergotait et cherchait querelle sur tout. Rien ne lui plaisait plus que de se chamailler avec autrui sur quelque domaine de la connaissance ou de la philosophie. En ce qui me concerne, je n'ai eu aucun problème avec lui. Je ne prétends pas posséder un quelconque savoir. Il me payait régulièrement et, après la dernière fois où j'ai menacé de le quitter, il me rémunérait convenablement. Nous nous entendions bien. Mais dame ! ce qu'il se plaisait à discuter et à discuter encore... en usant de raillerie, au besoin ! Je me souviens quand Isham Henry — c'était l'autre compagnon —, quand Isham Henry, donc, est devenu religieux, pour ainsi dire, ils n'ont cessé de se quereller des journées durant. M. Crabb était peu ou prou libre penseur, pardi, et il attaquait ce pauvre Henry sans merci. Il voulait toujours avoir le dernier mot dans n'importe quelle discussion.

— Le jour où je suis venu, M. Henry était absent. On a prouvé qu'il n'était pas à Londres, au moment des meurtres.

— Oh, il n'aurait pu tuer qui que ce soit... c'était un faible, au travail comme à l'extérieur.

— Il a tenté de témoigner contre John Clayton. Sir John a réfuté sa déposition comme étant le produit d'ouï-dire.

— Oui, c'est ce qu'on m'a rapporté, et il tenait tout cela de moi. Je lui avais raconté la violente dispute entre Crabb et Clayton concernant le contrat du second livre. Je soutenais Clayton sans hésiter. On l'avait proprement dupé sur son premier ouvrage, lequel avait rapporté à Crabb une petite fortune. Mais Clayton a mis la question sur le tapis. Il a menacé d'aller voir Boyer, pour être publié à de meilleures conditions. Il n'était pas aussi ignorant que certains le croyaient.

— Savez-vous si *quiconque* s'est âprement disputé

dans un passé peu lointain avec M. Crabb ? m'enquis-je avec le plus grand sérieux.

— Je vais te fournir un exemple tout à fait récent, répondit Tom. C'était quelques jours avant cette effroyable nuit, et il s'agissait d'une nouvelle querelle. On lui avait demandé de publier un livre, écrit par je ne sais quel prédicateur, sur la conversion des Juifs. L'ouvrage avait été apporté par Isham Henry, qui était, je crois, l'un des fidèles de ce prêcheur.

(Imaginez combien mes oreilles se dressèrent en entendant cela, cher lecteur !)

— Tout l'ouvrage était criblé de formules mathématiques et nous aurions connu l'enfer à le composer et à en corriger les épreuves. Ce prêcheur cherchait à démontrer que les calculs effectués au siècle dernier, dans le but de prouver que ce grand événement se déroulerait vers les années 1650... eh bien, que ces calculs étaient erronés. À l'aide de ses propres opérations, ce pasteur, ou prédicateur ou je ne sais quoi, voulait prouver que la conversion des Juifs s'opérerait dans notre siècle, d'ici à quelques années à peine. Outre les mathématiques, il y avait toute cette étude inspirée de l'Apocalypse, sur les événements terribles et magnifiques qui allaient se dérouler. Je sais ce que contenait le manuscrit parce que Crabb me l'a montré et qu'il m'a demandé mon opinion. Je lui ai dit que je n'entendais rien à son contenu, mais je savais, en revanche, comme je te l'ai dit, qu'il serait diablement difficile à composer. Il m'a déclaré qu'il était tenté de l'accepter, car le prêcheur qui l'avait écrit était prêt à acheter la moitié du tirage, ce qui couvrirait les coûts de fabrication de Crabb. Mais il a dû y réfléchir plus longuement, car lorsque le prédicateur s'est présenté au bureau, tous deux ont eu une formidable dispute. Elle s'entendait dans tout l'atelier. Le vieux Crabb argumentait avec ruse. Il ne remettait pas en question les Saintes Écritures. Il attaquait les calculs du prêcheur, affirmant que ses chiffres étaient tous erronés. L'autre est entré dans une rage diabolique, lui a lancé des imprécations et a exigé qu'on lui remette le manuscrit. Crabb lui a alors rétorqué que c'était *hors de question*. Il le soumettrait à un éminent mathématicien d'Oxford de sa connaissance, et tous deux lui prouveraient que ses chiffres étaient faux. En fait, il ne connaissait aucun homme pareil et il avait sans doute prémédité d'agir ainsi. Crabb était capable d'aller aussi loin pour l'emporter. Le prêcheur a hurlé qu'on lui rende son travail. Crabb a campé sur ses positions et il a conclu la discussion par une insulte à la foi du religieux... en affirmant que les Juifs ne seraient jamais convertis. Ils étaient bien trop malins pour cela.

— Et il a conservé le manuscrit ?

— Oh, il l'a gardé, sans l'ombre d'un doute ! Il doit se trouver quelque part dans son secrétaire, en ce moment même.

— Vous rappelez-vous le nom du prédicateur ?

— Pas précisément, non... je sais seulement qu'il n'en avait qu'un. Il se faisait appeler frère je-ne-sais-plus-quoi...

Je me penchai en avant et remuai à peine les lèvres pour lui murmurer :

— Était-ce frère Abraham ?

Tom plissa le front, puis sourit :

— Comme de juste... comme de juste.

— Tom, repris-je le plus sérieusement du monde, je dois vous demander quelque chose. Je dois vous demander de répéter à sir John Fielding le récit que vous m'avez confié.

— Tu penses que... ? répliqua-t-il, le sourcil dressé comme jamais, en me laissant le soin de finir sa phrase.

Mais je préférai déclarer :

— Laissons à sir John le soin de penser. C'est ce qu'il dirait. À présent, quand pouvez-vous passer à son cabinet ?

— Disons après ma journée de labeur. Je me rends compte que je suis déjà resté trop longtemps ici. Dis-lui que je viendrai peu après six heures du soir.

Sur ces paroles, il vida le reste de son ale et se leva pour prendre congé. Je l'imitai et lui serrai la main. Puis nous nous séparâmes et il quitta le *Goose and Gander* avec davantage de discrétion qu'en y entrant.

Je me laissai choir sur mon siège et réfléchis quelques instants à la portée de ce qu'on venait de me confier. Elle était considérable, selon moi. J'avais sans l'ombre d'un doute bien mené mon affaire. D'ici une heure tout au plus, sir John entendrait de ma bouche le récit de Tom Cranford, mais je savais qu'il insisterait pour auditionner le témoin en personne. J'avais donc eu raison de demander instamment au compagnon de se présenter au cabinet du magistrat, afin de lui narrer son histoire comme il l'avait fait avec moi.

Je tendis la main et bus une nouvelle gorgée de bière. Son goût ne s'était guère amélioré pendant la visite de Tom. Soudain, j'aperçus une silhouette se profilant au-dessus de moi. Je levai la tête et découvris l'homme aux effets criards, qui, un peu plus tôt, avait attiré mon attention en me souriant de la manière la plus cauteleuse qui fût.

— Comment vas-tu ? me dit-il. Non, ne te lève point, je te prie. Mon intrusion n'est que le fruit de ma curiosité. Puis-je m'asseoir ?

Comme je ne dis pas non, il prit cela pour un assentiment et s'installa tout près de moi, à la place que Tom avait laissée vacante.

— Puis-je me présenter ? reprit-il en me présentant une main fort molle, que je serrai par pure courtoisie. Je m'appelle Ormond Neville, poète et historien au jour le jour. Et toi ?

— Jeremy Proctor.

— Ah ! Un joli nom, assurément. Reconnais-tu le mien, par hasard ?

— Votre nom ? Eh bien... hésitai-je, ne désirant point l'offenser.

Que pouvais-je faire, hormis biaiser ?

— ... eh bien... oui, dis-je. J'ai entendu nombre de gens discuter de votre œuvre dans Grub Street... et avec grand intérêt.

— Mais tu n'en as rien lu toi-même? *Vulcain et Vénus*? *Achitophel*? Ma grande tragédie, *Les Troyens*?

— Je crains que non. Je suis pauvre et ne puis m'offrir des livres, quelle que soit leur qualité.

— Je comprends assurément. Peut-être pourrais-je te les prêter, dit-il. Toutefois, je ne suis point là pour faire mon éloge, mais plutôt pour te questionner... euh, avec civilité, cela s'entend.

— Euh... oui, je vois.

À vrai dire, j'ignorais de quoi il retournait. À quoi voulait donc en venir cet individu? Outre sa suffisance, il témoignait d'une agitation qui n'était pas sans évoquer le battement d'ailes d'un papillon, et tout cela me désarçonnait tant soit peu. Cependant, sir John m'avait conseillé de garder mes oreilles à l'affût. M. Ormond Neville m'apprendrait peut-être quelque chose, sans s'en rendre compte.

— Il se peut, poursuivit-il, que tu aies lu mes moindres écrits sans le savoir, car je ne les signe point. Je suis, comme je te l'ai dit, non seulement poète mais aussi historien au jour le jour... en bref, journaliste. Je suis, en vérité, l'auteur d'un article qui a connu une large diffusion et qui s'intitule : « Effroyable massacre dans Grub Street. » L'aurais-tu lu, par hasard?

— Certes je l'ai lu, répondis-je, ravi de pouvoir enfin dire la vérité. J'ai trouvé qu'il s'agissait d'un compte rendu fort complet ; ce qui se révèle remarquable, puisqu'il est sorti si promptement après les événements qui y sont décrits.

— Merci, déclara-t-il. J'ai œuvré comme un beau diable, en collectant les faits et en les assemblant en bon ordre. Bien que cet écrit ne témoigne pas d'une grande inspiration, j'en retire cependant une certaine fierté. J'ai usé d'un art plus noble dans le pamphlet que j'ai rédigé sur le même sujet.

— Vous en êtes aussi l'auteur ?

— Ah oui, et ne le trouves-tu point fort argumenté ? Il inflige un blâme à ce magistrat, pour avoir protégé ce scélérat surpris la main dans le sac, ou plutôt la hache en main, et l'avoir dissimulé à Bedlam.

Je luttai contre l'envie de discuter avec lui sur ce point, d'attirer son attention sur son ignorance des affaires de droit et nombre d'autres sujets, qu'il avait traités de la manière la plus sommaire qui fût dans les douze pages de son opuscule. Ce que j'aurais gagné en satisfaction personnelle, je l'eusse perdu en information. Il n'était pas de mon ressort de le défier, mais plutôt de le faire parler. Aussi usai-je à nouveau de subterfuge.

— J'ai trouvé en effet que vos arguments ne manquaient pas de poids.

— À présent que je me suis présenté, tu peux peut-être comprendre quel dessein je caresse en t'abordant aussi cavalièrement. Tu as dû remarquer que je te fixais des yeux, lorsque tu es entré en ce modeste établissement. Je n'ai point coutume de dévisager autrui. Ce serait indigne d'un gentleman. Pourtant j'étais certain de t'avoir déjà vu, lors d'un événement important. Et cela m'est enfin revenu à l'esprit ; c'était à ce simulacre d'audience, où l'on a assigné John Clayton à Bedlam. J'étais assis non loin de toi et j'ai observé que tu suivais les auditions avec une attention soutenue. Et puis, tout à l'heure, lorsque ton ami est arrivé, j'ai compris que tu avais quelque intérêt particulier dans cette lamentable affaire, car je l'ai immédiatement reconnu comme étant Tom Cranford, ancien compagnon de l'établissement d'Ezekiel Crabb. Je n'ai pu m'empêcher d'entendre maintes fois répéter ce patronyme, au cours de la conversation qui a suivi entre vous deux. Ne songe point que j'écoutais avec indiscrétion. Je ne m'abaisserais pas à cela. Ce serait indigne d'un gentleman. J'ai cependant entendu prononcer le nom de Crabb, notamment sur les lèvres de M. Cranford, n'est-ce pas ?

— Certes, admis-je, en me demandant ce qu'il avait pu entendre d'autre.

Mais il était alors assis loin de nous et ne chercherait pas maintenant à me soutirer des renseignements, s'il avait réellement perçu tout ce qui s'était dit entre Tom et moi.

— Comment dirais-je ? se demanda-t-il. Disons que mon intérêt n'est pas uniquement le fruit de la simple curiosité d'une commère, mais plutôt celui d'un appétit d'érudit en mal de faits. J'ai à l'esprit d'écrire un petit ouvrage sur cette affaire de massacre, lorsque John Clayton sera pendu comme il sied et que tout cela sera fini. Le bougre est non seulement un abominable assassin mais de surcroît un poète exécrable... un rustre, un crétin !

Il marqua alors une pause, en se rendant compte qu'il s'éloignait quelque peu du sujet. Revenant à ce qui lui tenait à cœur, il poursuivit :

— Bon... M. Cranford a refusé de me parler de cette affaire. Il avait ses raisons, je n'en doute pas, mais il comprendra sans doute qu'il a une dette envers le savoir et finira par s'ouvrir à moi. Quant à toi, jeune homme, tu es assez intelligent pour saisir sur-le-champ toute l'importance de mon entreprise. Je sais que tu l'es ! À présent, je me demande, dès lors que tu as entendu ce que tu as entendu et compris combien tu étais redevable envers le grand public qui attend l'ouvrage que je vais écrire... je me demande, Jeremy Proctor, si tu me divulguerais le contenu de votre conversation ?

Quel long et tortueux chemin n'avait-il pas emprunté pour poser cette question ! Était-ce chez lui une seconde nature ou espérait-il me flatter avec sa sollicitude ? Quoi qu'il en fût, j'avais deviné ses intentions, bien avant qu'il n'y parvînt, et préparé ma réponse.

— Monsieur Neville, répondis-je, ce à quoi vous avez assisté était une conversation entre des survivants. Comme vous le savez, M. Cranford a échappé à la mort parce qu'il vivait à l'extérieur de l'établissement Crabb. Quant à moi, j'ai été épargné à la faveur des circonstances. J'étais apprenti chez Ezekiel Crabb. Le contrat venait d'être signé. J'étais censé m'installer dans la mansarde, avec les autres apprentis, le lendemain du « massacre », comme vous l'avez appelé. Si j'avais emménagé ne serait-ce qu'un jour plus tôt, je compterais parmi les victimes.

Ormond Neville demeura bouche bée de stupéfaction. Il porta sa main gracile au visage, jusqu'à ce que ses doigts effleurassent son menton :

— Mais mon cher enfant, c'est *renversant* ! Et *épouvantable* ! C'est incroyable combien le destin peut agir sur nos existences ! Que tu aies été élu pour vivre, alors que d'autres étaient voués à l'effroyable fin, cela laisse supposer que les dieux ont conçu pour toi quelque singulier dessein.

— Cela se pourrait, déclarai-je. Mais j'espère seulement que ce n'est point quelque chose de pire.

— Qu'est-ce qui pourrait être pire ?

Je haussai les épaules, signifiant moins l'indifférence que la résignation.

— Quant à ma conversation avec M. Cranford, eh bien, nous nous sommes félicités l'un l'autre d'avoir été ainsi épargnés. Il m'a narré quelques histoires au sujet de M. Crabb... « le vieux Crabb », comme il l'appelle... et nous avons aussi discuté de mon apprentissage chez un autre imprimeur.

— Ah ! Je puis peut-être t'apporter mon concours en ce domaine.

— J'avais en outre une question à poser à M. Cranford. J'avais montré à M. Crabb et à lui-même mon savoir-faire de typographe, avant que ne soient prises les dispositions pour mon apprentissage. Ils m'avaient mis au défi de composer un texte rempli de formules mathématiques et de calculs de toutes sortes. Le propos en était la conversion des Juifs. Il aurait pu même s'agir du titre, d'ailleurs. Ce manuscrit m'avait paru des plus intéressants. Je me suis demandé ce qu'il en était advenu. Il n'a sans doute pas été égaré, lorsqu'on a fermé l'établissement Crabb, en y clouant des planches. J'abomine l'idée qu'une œuvre aussi érudite puisse être...

— N'en dis pas davantage, m'interrompit M. Neville. Je puis aussi t'aider en ce domaine, Jeremy. Puis-je t'appeler Jeremy ?

Tandis que je hochais la tête et souriais d'une manière qui, selon moi, ne pouvait que m'attirer ses bonnes grâces, la porte de la taverne s'ouvrit et dans la pénombre apparut une silhouette familière, reconnaissable moins grâce à ses traits à peine perceptibles que grâce à sa démarche et à son accoutrement bizarres. C'était Jimmie Bunkins.

M. Neville, qui avait le dos tourné, continua à parler, alors que Bunkins se dirigeait vers nous.

— Un manuscrit semblable à celui que tu décris est arrivé chez mon éditeur, M. Boyer. Il m'en parlait encore l'autre jour, en disant qu'il ne le publierait pas sous son propre nom, mais qu'il avait donné son accord pour l'imprimer à un certain tarif. Pour quelle raison un tel ouvrage...

Sans qu'on l'y eût invité, Jimmie Bunkins se laissa choir sur le siège avoisinant celui de M. Neville. J'eusse préféré qu'il ne le fît pas. Quoi que fût ce qu'il avait à me dire, songeai-je, cela pouvait sans doute attendre. Je constatai cependant que ce n'était point mon attention qu'il cherchait à attirer, mais celle de M. Neville. De toute évidence, ce dernier ne désirait point la lui accorder, toutefois. Il tenta de poursuivre sa conversation avec moi, en ignorant Bunkins du mieux qu'il le pouvait.

— Pour quelle raison, répéta-t-il, un tel ouvrage serait-il susceptible de t'intéresser ? Mais peu importe, nous en parlerons *plus tard*, n'est-ce pas ? Tiens, prends ma carte.

Il glissa la main dans la poche de son habit et en sortit une petite carte de visite de gentleman, qu'il posa devant moi. Il semblait vouloir prendre hâtivement congé. Quelle crainte Jimmie Bunkins éveillait-il en lui ?

— Je réside à la pension voisine de chez Boyer, mais l'on peut me trouver la plupart du temps dans cette humble taverne, annonça-t-il en se levant prestement de table. Je *dois* entendre le récit de ton apprentissage et de ton assassinat manqué. Cela pourrait constituer un chapitre entier du livre que j'écrirai sur cette affaire atroce.

— Attends un peu, l'ami, répliqua Jimmie Bunkins, en posant une main ferme sur le bras de M. Neville. Pas question qu' tu nous fausses compagnie comme ça !

— Retire ta main de mon bras, espèce de jeune béotien !

M. Neville tenta de se dégager, mais Bunkins tenait bon.

— J'aurai mon shilling, comme promis, ou sinon tu sais c' qui va s' passer, rétorqua Bunkins. J' vois bien qu' tu tends encore un piège à un aut' gars qui s' doute de rien, et qu' tu mijotes un d' tes vieux tours. Tu d'vrais êt' plus malin qu' ça.

— Tu ne me soutireras plus un seul shilling ! vociféra Neville.

Puis, d'une magistrale torsion du bras, il se libéra de l'emprise de Bunkins et s'échappa d'un bond, en décampant vers la sortie.

— Jeremy, ne crois pas un traître mot de ce que ce garçon te racontera ! lança-t-il.

— N' sois pas surpris si les sergents du Curieux t' rendent une p'tite visite ! lui cria Bunkins, tandis que Neville franchissait la porte et sortait à la lumière du jour.

La scène qui s'était déroulée sous mes yeux me laissa consterné et confus. Jimmie Bunkins avait à n'en point douter causé une grande frayeur à Ormond Neville... mais pour quelle raison ? Il était question d'argent, d'une menace quelconque, mais tout cela dépassait mon entendement. J'étais d'autant surpris par l'indifférence affichée par les autres clients présents au *Goose and Gander*. Les trois hommes contre le mur avaient manifesté davantage d'intérêt à l'arrivée de Tom Cranford qu'au départ de

M. Neville. La servante et le tavernier avaient à peine tourné la tête pour le regarder partir. Tout cela m'interloquait au plus haut degré.

— Alors, l'ami ? Si on s' caltait ?

C'était la première fois que Bunkins s'intéressait à moi, depuis qu'il s'était attablé.

— Qu'est-ce que c'est que tout cela ? m'enquis-je. Pourquoi l'as-tu contraint à s'en aller ?

Bunkins se leva et, omettant de répondre à ma question, m'en posa une de son cru :

— Tu vas boire ça ? dit-il en désignant ma bière de son index.

Comme je ne disais rien, il interpréta mon silence pour une permission, tendit la main et s'empara de la chope. En trois grandes lampées, il vida son contenu, resta muet quelques instants, puis émit un rot des plus sonores.

— *Ah!* fit-il, au comble de la félicité. Viens-t'en, maint'nant. R'mue ta carcasse.

Il commença à s'en aller, me faisant signe de le suivre, puis, une fois à la porte, réitéra son geste. Je n'avais aucune raison de rester. En effet, je savais qu'il me fallait regagner Bow Street et informer sir John de ce que j'avais appris. Pourtant, je renâclais à m'en aller, peu désireux de me plier aux moindres désirs de Bunkins. Mais si je n'avais pas répondu à sa dernière requête, je l'aurais sans doute regretté, aussi finis-je par lui emboîter le pas et je me retrouvai dans Grub Street, en plissant des yeux dans la lumière du jour.

Nous prîmes sans plus tarder la direction de Covent Garden.

— Qu'est-ce tu fabriquais donc là-d'dans ? questionna-t-il. T'es pas un mignard, hein ? Parce que si t'en es un...

— Je le sondais, répondis-je en m'efforçant de marcher à son rythme soutenu. Je mène l'enquête et collecte des renseignements pour sir John.

— Tu l' sondais, hein ? Le daron avec qui tu causais

aura tôt fait d'enl'ver tes frusques pour t' sonder comme il l'entend, à la première occasion.

Il me décocha un regard à la fois consterné et réprobateur.

— Tu sais, l'ami, t'as beau causer comme un gentleman et lire tout c' qu'est écrit, j' te jure qu' tu t' comportes comme un bambin, parfois.

— Que veux-tu dire ? répliquai-je, grandement indigné.

— J' veux dire que si tu tiens à tes fesses, faut aucunement qu' tu t' laisses entraîner dans la chambre de M. Ormond Neville.

— Eh bien, je... euh...

J'ignorais quoi lui répondre, car en vérité je n'avais pas compris où il voulait en venir. Mais puisqu'il s'agissait d'un avertissement en bonne et due forme, je ne le discutai pas. Aussi gardai-je le silence, même quand nous obliquâmes au coin de la rue et laissâmes Grub Street derrière nous.

Ce fut alors que Jimmie Bunkins me posa une question sur un ton des plus sérieux :

— Jeremy, faut qu' tu m' dises. Qu'est-ce qui va s' passer pour cett' pauv' Moll Caulfield ?

— Elle va recevoir un enterrement comme tout bon chrétien et comme elle l'aurait souhaité, après une messe à Saint-Paul, demain à onze heures.

— C'est tout ? Et l' Curieux, qu'est-ce qu'il en dit ? Est-ce qu'il va dépêcher ses sergents pour arrêter ces saligauds en noir ?

— Jimmie, déclarai-je, il ne peut les arrêter et les traduire en justice, s'il n'y a aucune preuve contre eux. Trouve-lui des preuves et des témoins, et il agira sur l'heure.

— J' t'ai d'jà répondu là-d'sus pas plus tard qu'hier. Avec Moll, tu l'as, ta preuve. Elle m'a transmis un message alors qu'elle était tout effrayée, et peu d' temps après, on la r'trouve morte dans une ruelle. Si ça, c'est point une preuve, alors j' me d'mande bien c' que c'est.

— Oh, tu n'y entends rien ! rétorquai-je en dissimulant mal mon exaspération.

— Parce que toi, t'y entends qu'è'qu' chose, j' parie ! Eh bien, écoute-moi, m'sieur-j'sais-tout. J'ai causé avec les jeunes voleurs de Covent Garden. On était qu'è'qu'z'uns à bigler l'incendie, hier soir dans Maiden Lane — même que j' t'ai aperçu avec le Curieux —, eh bien, on a préparé not' coup entre nous, en s' disant que ce s'rait point une grosse perte si y avait un aut' feu comme ça dans Half Moon Passage. Comme qui dirait qu' ça donn'rait une leçon à ces saligauds en noir, surtout si on clouait leur porte pour les empêcher d' se sauver.

Il s'arrêta tout à coup et se planta au beau milieu du trottoir, les poings sur les hanches. Les promeneurs alentour le maudirent pour avoir obstrué leur passage.

— Il y a d'autres personnes dans le sous-sol du refuge, objectai-je. De pauvres gens comme Moll Caulfield.

— C'est à eux d' régler leur problème, non ?

Il ponctua sa phrase d'un brusque hochement de tête, si brusque que son tricorne lui tomba sur le nez. D'un geste rebelle, il repoussa son couvre-chef en arrière et ajouta :

— D' toute façon, on s' retrouv'ra d'main pour dire un dernier au r'voir à Moll. On aura l'occasion d'en r'causer, crois-moi.

Et sur ces mots, il s'enfuit coudes au corps, se faufilant habilement dans la foule des piétons.

En arrivant au 4, Bow Street, j'avais nombre d'informations à communiquer, aussi les livrai-je en totalité à sir John, après avoir refermé la porte de son cabinet. Il m'écouta assis, de cette manière singulière qui était sienne... en silence, se gardant de tout commentaire ou de toute question, la tête penchée dans ma direction, sans trahir la moindre émotion. Je reconnaissais là l'attitude qui caractérisait son attention complète. D'aucuns, en raison de ses yeux dissimulés par le bandeau noir, l'eussent supposé en train de somnoler.

Lorsque j'eus fini de lui relater mon entrevue avec Tom Cranford, je marquai une pause, afin qu'il pût s'exprimer. Il n'avait aucune question quant au contenu et aucun commentaire sur l'importance de l'entretien. (Je n'en avais nul besoin.)

Il déclara simplement :

— Tu as fort bien agi en lui demandant de venir me narrer cela en personne. Viendra-t-il ?

— Certes, oui. J'en suis sûr. Il espère passer ici un peu après six heures du soir.

— Très bien, Jeremy. Excellent.

— J'ai d'autres choses à vous communiquer.

— Oh ? Alors, je suis tout ouïe.

Je ne m'attardai pas aussi longtemps sur Ormond Neville, en précisant toutefois qu'il n'était rien de moins que l'auteur de l'article et du pamphlet au sujet des assassinats de Grub Street, et j'ajoutai que ce journaliste avait tenté de me persuader de divulguer la teneur de la conversation qu'il avait observée entre M. Cranford et moi. J'abordai ensuite le cœur même de l'affaire : la question que j'avais posée à Neville, eu égard à l'endroit où était entreposé le manuscrit traitant de la conversion des Juifs. Et la réponse qu'il m'avait fournie : à savoir qu'à l'heure même où nous parlions, l'œuvre se trouvait chez son éditeur, M. Boyer.

— Chez Boyer, dis-tu ? répliqua sir John, faisant pour la première fois montre d'un tant soit peu d'enthousiasme, à la fois dans le ton et la posture.

Penché en avant, il avait rassemblé ses deux mains, comme pour former un seul poing volumineux.

— C'est ce qu'il m'a confié, monsieur... c'est-à-dire que M. Boyer n'en serait pas l'éditeur, mais qu'il accepterait de l'imprimer, moyennant un certain tarif.

Sir John frappa violemment le bureau de son poing formé des deux mains et s'écria :

— Dieu du ciel, alors il doit exister une solution !

Il médita ensuite, le menton relevé, comme s'il cherchait l'inspiration à la lumière qui traversait la vaste fenêtre sur sa droite. Je m'interrogeai sur sa cécité. Faisait-il la distinction entre le jour et la nuit, ou tous les deux se confondaient-ils chez lui ?

J'attendis, puis, malgré moi et non sans quelque pusillanimité, interrompis ses pensées :

— Sir John, il y a encore autre chose que je dois porter à votre connaissance.

— Encore ? Jeremy, je suis comblé par l'abondance de tes nouvelles.

Ainsi, en prétendant avoir rencontré Jimmie Bunkins par hasard dans Grub Street — car je n'avais aucun désir de rapporter l'incident survenu entre ce dernier et Ormond Neville —, je fis part au magistrat de la menace que le jeune garnement avait proférée contre les Frères spirituels.

— Il a affirmé, déclarai-je, que l'idée avait germé en lui de mettre le feu à Half Moon Passage, comme celui qu'il avait vu brûler à Maiden Lane, pour régler leur compte à ces « saligauds en noir ».

— Il a dit cela, vraiment ?

J'hésitai.

— Oui, sir John. Je l'en crois capable. Je me suis appliqué à lui faire observer que vous étiez en train de rassembler des preuves, des preuves contre eux, mais... disons qu'il ne m'a guère prêté une oreille attentive.

— Je serais presque tenté de tolérer que ses camarades et lui mettent le feu, et d'y laisser rôtir frère Abraham et les siens. Les « saligauds en noir » le mériteraient. Mais nous serions alors forcés d'arrêter Bunkins. Il te faudrait porter témoignage contre lui. Et lord Mansfield le ferait pendre. Nous ne pouvons laisser faire cela. Tu dois lui dire...

Il hésita.

— Mais, à l'évidence, il ne t'écoutera point. N'ai-je pas raison ?

— En effet.

— Disons que je vais étudier la question. A-t-il suggéré quand vous étiez censés éventuellement vous revoir ?

— Aux funérailles de Moll Caulfield.

— Soit.

Je me levai, m'attendant peu ou prou qu'il me donnât congé, lorsqu'on frappa deux coups vigoureux à l'huis.

— Va-t'en voir qui est là, veux-tu, Jeremy ?

Je m'exécutai et découvris le sergent Fuller, comme je m'y attendais. M'ignorant, il tonna dans la pièce :

— Sir John, il y a un étranger barbu qui dit que vous souhaitez le voir.

— Ne serait-ce pas le rabbin Gershon ?

— Quelque chose dans ce goût-là.

— Envoyez-le-moi.

Il ajouta à mon adresse :

— Tu peux rester, si tu le désires, Jeremy.

— Alors, je reste, répondis-je.

Car je tenais, en effet, le rabbin Gershon pour l'un des individus les plus curieux et les plus singuliers que j'eusse jamais rencontrés. Il possédait à n'en point douter une certaine sagesse, mais d'un genre qui m'était inconnu... naïf, facétieux, il n'en faisait jamais parade, contrairement à l'habitude des prédicateurs. En outre, c'était un homme courageux. Seul quelqu'un doté d'une grande hardiesse aurait osé rentrer à nouveau dans cette bâtisse en flammes, afin de sauver... quoi, au juste ? Un rouleau. Celui-ci était probablement d'une grande valeur... néanmoins, je trouvais qu'il ne valait guère la peine de risquer sa vie pour un cylindre de parchemin.

Il entra dans la pièce. Tout de noir vêtu, il arborait un étrange costume. Son manteau le recouvrait presque entièrement. Il était chaussé de bottes de paysan et coiffé d'un de ces curieux chapeaux en fourrure, dont semblaient raffoler les hommes de sa communauté. Sa barbe n'était point aussi longue et imposante qu'auparavant, car nombre de ses poils avaient été roussis par les flammes qu'il avait bravées. Sa joue gauche portait un cataplasme maintenu par un bandage. Celui-ci masquait la peau dont j'avais remarqué la nuit précédente qu'elle avait brûlé à vif ; je doutais fort que sa pilosité repoussât jamais à cet endroit.

Sir John se leva à l'arrivée du religieux et tendit la main, que ce dernier saisit et serra fermement.

— Soyez le bienvenu, rabbin Gershon. Il y a plusieurs sujets qui, selon moi, méritent d'être abordés. Jeremy ? Prépare un siège pour le rabbin, veux-tu ?

Ce fut inutile. Notre visiteur s'installa dans le fauteuil que j'avais laissé vacant et j'en approchai un du coin de la pièce, pour m'y asseoir.

— Souffrez que je prenne des nouvelles de votre santé, reprit sir John.

— Oh, je vais assez bien... quelques brûlures aux mains et au visage. Un médecin de la communauté juive s'est occupé de moi. M. Martinez m'y a conduit immédiatement.

Jusque-là, je n'avais point observé ses mains, car les longues manches de son manteau les dissimulaient. L'une était entièrement pansée, tandis que le bandage de l'autre ne laissait entrevoir que ses doigts.

— On n'espérait guère vous revoir, lorsque vous êtes retourné dans cet enfer, après avoir placé les vôtres hors de danger.

— Je crains davantage le feu de la géhenne[1].

— C'est une chance que vous ayez survécu.

— Que Dieu en soit béni ! Je suis revenu avec le précieux objet que j'étais allé quérir.

— Éclairez-moi donc à ce sujet, dit sir John. Il devait s'agir d'un bien de grande valeur pour que vous risquiez à ce point votre vie.

Le rabbin Gershon hocha brièvement la tête.

— Amen, dit-il. Il est en effet d'une *immense* valeur.

1. *Enfer*, dans le langage biblique. (*N.d.T.*)

— Une antiquité ? Il s'agit donc d'anciens parchemins ?

— Ils ont une trentaine d'années. Cinquante, tout au plus.

— Alors c'est ce qui y est inscrit qui méritait tant d'être sauvé ?

— Les livres de Moïse... les cinq premiers de la Bible, que nous appelons la Torah.

— Et que nous désignons parfois par Pentateuque, les livres de la Loi, déclara sir John. Mais vous auriez sans doute pu en acquérir d'autres. Ou bien cette édition sur parchemin est-elle si onéreuse ?

— Sir John, vous avez raison. Nous aurions pu en acheter une nouvelle. Elle n'est pas coûteuse au point que la congrégation ne pourrait se l'offrir, car elle est nécessaire à notre culte. Nous la lisons. Nous l'étudions. Nous discutons sans cesse de sa signification. Si deux Juifs conversent du moindre passage de la Torah, soyez certain d'entendre trois opinions divergentes... au moins trois. Nous ne sommes pas un peuple qui craint le désaccord.

— Vous appréciez la controverse, m'a-t-on laissé entendre.

— Effectivement, on pourrait nous définir ainsi. Alors pourquoi ne me suis-je point dit : « Gershon, c'est triste que la Torah ne puisse être sauvée, mais la communauté en achètera une autre. Les mots y seront les mêmes » ? En fait, une idée semblable m'est venue à l'esprit. Puis une autre voix m'a parlé en disant : « Gershon, espèce de *dummkopf* [1], ce ne sont pas les mots de n'importe qui. Ce sont les paroles du Tout-Puissant. Ne serais-tu point capable de mourir pour elles ? » Et je suis donc retourné dans la synagogue. Je n'avais pas le choix, voyez-vous.

— Je comprends tout à fait, rabbin. Je comprends aussi que vous soyez peu enclin à pointer un doigt accusateur sur ceux qui ont interrompu votre office,

1. *Imbécile*, en yiddish. (*N.d.T.*)

l'autre soir. Je dirais cependant que des témoins ont aperçu des hommes vêtus de noir, en train de quitter les environs de votre lieu de culte, quelques minutes à peine avant que l'on remarque l'incendie pour la première fois.

— Je porte du noir. Nombre de gens aussi.

— C'est précisément ce qu'a argué frère Abraham, l'homme qui s'est adressé à votre congrégation, lorsque je l'ai accusé au regard de cette information. Non, nous savons tous deux que des silhouettes aperçues la nuit, sans visage et sans nom pour les identifier, n'auraient aucune valeur dans une cour de justice. Comme vous l'avez dit vous-même, cet homme n'est pas sot. Il sait, toutefois, que je le soupçonne, lui et ses fidèles, d'avoir allumé l'incendie. D'ordinaire, cela tiendrait lieu de mise en garde officielle envers un malfaiteur. Toutefois, il se considère au-dessus des lois, semble-t-il, ou du moins celles-ci l'indiffèrent-elles.

— De tels hommes existent, déclara le rabbin. On dénombre parmi eux certains des plus grands hors-la-loi de l'Histoire.

— Et certains de ses plus grands saints, ajouta sir John. Mais nous nous égarons. Car je souhaiterais revenir à ce fameux soir — vendredi, n'est-ce pas ? —, lorsque votre service a été interrompu par frère Abraham et ceux de sa secte, lesquels se font appeler les Frères spirituels.

— Que voudriez-vous savoir ?

— En premier lieu, que vous confirmiez qu'aucune menace n'a été proférée contre vous, votre communauté ou votre synagogue.

— Non, cela s'est passé ainsi que je vous l'ai déjà relaté ; l'homme a déclaré, comme sous l'emprise d'une pensée de dernière minute, que peut-être les papistes étaient les mieux à même de s'occuper des Juifs... par le fer et le feu.

— Juste cela... à la manière d'une simple observation ?

— C'est ainsi que je m'en souviens.

— Et non point d'une menace directe ?

— Une menace *directe* ? Non. Peut-être était-il trop malin pour cela.

— A-t-il fait mention des mathématiques ? De savants calculs ?

— Pas directement, non. Il n'a cité aucune preuve fondée. Il a tout de même dit qu'en vertu des lois de la science et des mathématiques on avait calculé que ce grand événement, la conversion des Juifs, se déroulerait à notre siècle... et bientôt.

— Il en a été beaucoup question au siècle dernier.

— C'est ce qu'il a affirmé. Mais il a déclaré avec force certitude que l'événement aurait lieu à notre époque. Une erreur avait été commise, a-t-il dit, et il l'avait réparée.

— Rabbin Gershon, puis-je vous poser une question qui peut sembler naïve, voire impertinente ?

— Vous pouvez me poser n'importe quelle question, sir John, et je vous fournirai une réponse sérieuse.

— Les Juifs sont-ils susceptibles de se convertir un jour ?

— Ah, telle est la grande question, n'est-ce pas ? Bien que je vous aie promis une réponse sérieuse, j'opterai pour une histoire, si vous permettez. Sachez toutefois qu'il s'agit d'un récit sérieux.

— Poursuivez, je vous prie, déclara sir John. J'aime vos histoires.

— Il était une fois un grand calife de Turquie qui amena en son harem la plus belle femme de tout l'empire. Chacun s'accordait à penser qu'elle était la plus jolie. Mais il ignorait, en revanche, qu'elle était aussi la plus intelligente. Elle savait pertinemment qu'une fois qu'il aurait joui des charmes qu'elle avait à offrir, elle serait mise à l'écart, comme tant d'autres avant elle. Aussi fit-elle ce qu'aucune autre femme avant elle n'avait fait. Elle se refusa à lui. Mais outre cela, elle maintint l'appétit du calife aiguisé en lui narrant les plaisirs indescriptibles qu'elle finirait par lui prodiguer un jour. Elle composa poèmes et chansons à la gloire de l'amour qu'ils partageraient. Il la désirait. Et son désir pour elle grandissait de jour en jour. Il exigeait qu'elle lui cède. Il la menaçait. « Bien sûr, disait-elle, tu peux me contraindre. Je céderai. Mais ce que tu obtiendrais de moi ne représenterait qu'une infime fraction du plaisir que tu auras, lorsque je te céderai de toute ma volonté. » Aussi ne la contraignit-il pas. Mais elle continua à se refuser à lui. Et il ne cessa pour autant de la courtiser. Ainsi, les années s'écoulèrent et le calife devint vieux. Il mourut en amoureux transi et elle s'éteignit vierge. Vous avez votre réponse, sir John. Nous avons notre rôle à jouer dans la prophétie chrétienne. S'il ne reste plus de Juifs à convertir, alors la prophétie ne sera point remplie. Laissez-les nous courtiser. Le fer et le feu n'y feront rien.

— Frère Abraham n'a jamais entendu votre histoire, j'en suis certain, déclara sir John. Je me demande quelle aurait été sa réaction.

— Il est impossible de percer à jour un esprit tel que le sien. Il n'a aucune expérience des autres langages ou des autres cultures. Je me souviens de ne lui avoir présenté qu'une seule objection concrète. Je lui ai fait observer qu'une grande partie des Juifs, peut-être la plupart, vivaient au sein de l'Empire ottoman. « Et la Terre sainte elle-même, lui ai-je dit, où aura lieu le retour triomphal de votre Messie... est également comprise dans cet empire. »

— Et comment frère Abraham a-t-il réagi à cela ?

— Je crois qu'il a alors fait sa remarque sur le fer et le feu.

— Je vois.

— Sir John, reprit le rabbin Gershon, je me demande si vous pourriez m'éclairer sur un point.

— Je vais tâcher, bien sûr.

— Depuis notre arrivée en Angleterre, j'ai eu l'occasion d'entendre dire qu'il y avait une grande discussion au siècle dernier, eu égard à la conversion des Juifs. Vous en avez vous-même fait mention. Quand cela était-il censé se produire ?

— Oh, plusieurs dates ont été évoquées, la plupart très précises, mais toutes, semble-t-il, autour des années 1650. La conversion devait s'achever à l'aube de notre siècle. C'était une époque de grands bouleversements politiques dans notre contrée.

— En ma qualité de Juif, c'est pour moi fort intéressant, car au milieu du siècle dernier est arrivé de Smyrne un rabbin dénommé Sabbataï Tsevi [1], qui se proclamait le Messie, *notre* Messie. Des milliers et des milliers de Juifs l'ont accepté comme tel et l'ont suivi. Il a été celui que nous appelons à présent le faux Messie, le dernier en date d'une longue lignée... mais le plus puissant. Il a fini par se convertir à Mahomet. Et tout cela, comme je vous le disais, a débuté au milieu du siècle dernier, à une époque où semblables illusions faisaient ici l'objet de sérieuses discussions. C'est curieux... que le Diable ait semé la confusion dans nos deux camps au même moment. Pourquoi ai-je abordé ce sujet ? Je l'ignore, si ce n'est que lorsque je pense à ce frère Abraham, je pense aussi à Sabbataï Tsevi. Il évoque pour moi un faux Messie à sa manière. Les chrétiens en ont-ils de tels ?

— Certes, oui. Ils vont et viennent, encore que la plupart agissent sous couvert de politique. Ce que vous affirmez n'est cependant pas dénué d'intérêt. J'ai dit, ou du moins pensé, la même chose de notre homme, frère Abraham.

— Nous sommes alors d'accord, c'est intéressant.

Sir John se leva et tendit la main :

— Et des plus complexes. Je ne vous retiendrai pas davantage, rabbin. Contentons-nous d'effleurer nos

1. Mouvement messianique juif, né au milieu du XVIIe siècle après la vague de pogroms en Ukraine et la proclamation en 1648 de S. Tsevi d'être le Messie, qui secoua la Diaspora pendant une vingtaine d'années jusqu'à la conversion de S. Tsevi à l'islam en 1666. (*N.d.T.*)

mains. Je crains de n'avoir par trop comprimé vos doigts brûlés, tout à l'heure.

Ils firent ce qu'il avait suggéré, se dirent au revoir, et le rabbin Gershon s'apprêta à s'en aller.

— Jeremy, dit sir John, raccompagne le rabbin dans la rue, je te prie.

J'obtempérai d'un bond, en ouvrant la porte au religieux, avant de l'escorter dans le corridor.

— Tu t'appelles Jeremy, dit-il.

— C'est exact, monsieur.

— Un bon prénom, un prénom juif, celui du prophète Jérémie. Et tu es un parent de sir John ? Un fils ? Un neveu ?

— Oh non, monsieur ! Mais je suis membre de sa maisonnée, répondis-je fièrement. Je me dis son assistant, mais ne remplis pas une tâche aussi prestigieuse. Je tente toutefois de l'aider de mon mieux.

— Je suis certain que tu y parviens. Je veux que tu prennes bien soin de lui, Jérémie, car c'est un homme bon... un homme bon en des temps mauvais, comme l'ont été tous les hommes bons à toutes les époques passées. Afin de t'aider à prendre soin de lui, j'aimerais dire une prière pour toi. Me permettras-tu de le faire ?

— Eh bien... euh... oui, monsieur. Que dois-je faire ?

Nous étions parvenus à la sortie. Il s'arrêta devant la porte et me gratifia d'un sourire des plus rassurants.

— Rien, répondit-il. Reste silencieux, tout simplement.

Et alors que je demeurais là, quelque peu emprunté, il leva sa main pansée et psalmodia quelques paroles dans la langue la plus étrange que j'eusse jamais entendue. Bien qu'il ne parlât pas longtemps, l'événement m'impressionna grandement et durablement.

Lorsqu'il eut fini, il sourit derechef et me fit ses adieux, tandis que je lui ouvrais la porte.

CHAPITRE X

Où Moll Caulfield est portée en terre
et où une réunion a lieu

Lorsque je revins, je trouvai la porte du cabinet close. Comme je n'avais plus rien à porter à la connaissance de sir John, je pris place sur le banc du couloir et attendis. L'expérience m'avait enseigné qu'à moins d'être remercié en bonne et due forme, mieux valait pour moi demeurer disponible et sur le qui-vive. Bien que l'heure du souper ne fût pas trop éloignée, j'avais comme le sentiment qu'on me confierait encore des tâches.

Et je ne me trompais pas. J'étais assis depuis quelques minutes à peine, lorsque la porte s'ouvrit et M. Marsden sortit en regardant ici et là.

— Ah, te voilà, Jeremy. J'ai rédigé une lettre pour sir John, quelque chose qui s'apparente à une convocation.

— Suis-je censé la remettre à quelqu'un, monsieur ?

— Entre et demande-le-lui. Je crois qu'il a des instructions particulières à te donner.

Je pénétrai donc dans le cabinet et refermai l'huis derrière moi.

— Jeremy, commença sir John, je crains de devoir te renvoyer à Grub Street, mon garçon.

La missive, dont M. Marsden avait fait mention, était posée devant le magistrat sur le bureau, scellée à la cire et portant le cachet de sa charge. Il la poussa vers moi de son index tendu.

— Je souhaiterais que tu délivres ceci à M. Boyer, l'éditeur, et seulement à lui.

— J'ai compris, monsieur... en main propre.

M'emparant de la lettre, je la tins fermement et m'apprêtai à m'en aller.

— Ah... mais, attends. Ce n'est pas tout. Sache que tu dois te hâter, car j'ignore à quelle heure ferme son établissement... bientôt, je pense. En outre, il est capital que tu ne sois *point* vu par ce compagnon dénommé Isham Henry, qui a travaillé précédemment pour Ezekiel Crabb et œuvre à présent pour le compte de Boyer.

— Mais il ne se trouvait pas à l'atelier lors de mes visites chez M. Crabb, déclarai-je. Il était en voyage quelque part, je crois.

— Il se pourrait toutefois qu'il te connaisse de vue, à présent. Tiens-en compte et sois prudent.

— Entendu, sir John.

— Va-t'en sans plus tarder, maintenant, et à ton retour, attends-moi, car j'aurai peut-être d'autres besognes à te confier. File, mon garçon !

— J'y cours !

Et je détalai coudes au corps, lettre en main, tricorne vissé sur la tête, basques claquant au vent. Une fois dans la rue, j'esquivai la foule des piétons, en courant sur les pavés, bondissant sur le trottoir pour éviter d'être piétiné par les chevaux, et sautant par-dessus leurs déjections. Ainsi, cheminai-je aussi vélocement que l'eût fait Jimmie Bunkins. J'ignore à quelle heure je m'étais mis en route pour Grub Street, mais six heures n'avaient pas encore sonné lorsque j'y parvins ; j'avais donc gagné ma course contre la montre. Si Tom Cranford allait quitter l'arrière-boutique de chez Dodsley à six heures, nul doute que l'échoppe de Boyer resterait ouverte jusqu'à sept, et l'éditeur y demeurerait assurément aussi longtemps qu'il y aurait de l'argent à gagner.

Je dénichai cette fois son établissement en un tournemain et sans la moindre peine. C'était le plus imposant de la rue, deux fois la taille du 4, Bow Street et sis à quatre portes du *Goose and Gander*. Voyant que la librairie était encore achalandée, je pris le temps de recouvrer mon souffle, en demeurant un instant devant la vitrine. L'endroit me parut excellent pour y faire des emplettes et mieux encore pour y fureter ; il regorgeait de piles de livres posés pêle-mêle que des messieurs feuilletaient avec bonheur, tandis que les vendeurs s'affairaient à agencer leurs rayons et vaquaient à leurs autres tâches. Le lieu exhalait un parfum de liberté qui me ravissait. Je me promis de dépenser chez Boyer l'argent que je m'étais refusé d'investir chez Dodsley.

Une fois dans le magasin, j'allai directement vers le commis le plus proche et déclarai que j'avais une lettre émanant de sir John Fielding pour M. Boyer, et que celle-ci devait être remise en main propre. J'agitai la missive sous le nez du vendeur, afin qu'il vît le sceau officiel qu'elle portait. Le jeune homme promit d'aller quérir son patron et s'en alla prestement.

Songeant à éprouver les employés, je saisis un livre de la première pile de la table la plus proche et, au vu et au su d'un autre commis, me mis à le consulter. Personne ne me l'arracha des mains. Je le feuilletai. Je commençai à le lire et ne tardai point à découvrir qu'il s'agissait d'un exemplaire de *Vulcain et Vénus, un roman en vers*, d'Ormond Neville. Puisque j'avais rencontré l'auteur le jour même, j'accordai à l'ouvrage davantage qu'une simple curiosité.

Alors que j'avais le livre sous les yeux et le dos tourné, je fus violemment bousculé par quelqu'un qui parut ne m'avoir point remarqué du tout. Je relevai la tête, l'air indigné, et vis une silhouette en noir qui s'empressait de gagner la sortie. Lorsque l'individu se tourna légèrement pour ouvrir la porte, je constatai qu'il n'était autre qu'Isham Henry, le même que sir John m'avait prié d'éviter à tout prix. Ma foi, je ne l'avais pas évité à proprement parler, car il avait manqué me renverser. Mais lui m'avait-il vu ? Je pensais que non. J'espérais que non. Et m'eût-il reconnu, s'il m'eût vu de face ? Sans doute point. J'étais ravi d'avoir suivi les instructions de sir John, si ce n'était à la lettre, au moins dans l'esprit.

— Bien, bien... fais-moi voir cela, mon garçon.

Avec sa face rubiconde et bouffie, l'homme qui me dévisageait impatiemment accusait bien plus de soixante ans. Il ne semblait pas du genre de ceux dont on pouvait se jouer. « Je dois pourtant m'assurer de son identité », me dis-je. Je ne l'avais entrevu qu'une fois, après qu'on me l'eut désigné, à Bow Street.

— Êtes-vous monsieur Boyer ?

— Bien sûr que je le suis. Donne-moi cette missive.

Je la lui tendis si maladroitement qu'elle faillit tomber à terre. Mais il la saisit au vol et parut la décacheter dans le même mouvement. Ses yeux déchiffrèrent à la hâte le contenu de l'unique feuille.

— Est-ce aussi urgent que cela ? s'enquit-il.

Ne sachant quoi répondre, je déclarai tout de go :

— C'est exactement tel que sir John l'a écrit dans la lettre.

— Nom d'un chien !

Il regarda alentour et aperçut le commis qui était allé le quérir dans l'arrière-boutique.

— Philip, lui dit-il, cours dans la rue et tâche de me héler un fiacre, mon garçon. Je vais chercher ma canne et mon chapeau.

Et ledit Philip se dirigea vers l'huis, tandis que M. Boyer disparaissait, pour réapparaître l'instant d'après, vêtu comme il sied pour sortir. Il me bouscula au passage, me prêtant aussi peu d'attention qu'Isham Henry un peu plus tôt. Je le suivis dans la rue. Philip avait bien œuvré. Une voiture de louage attendait le long du trottoir.

— À présent, Philip, déclara M. Boyer, si M. Nicholson n'est point revenu, tu dois faire évacuer la boutique et la fermer. Je puis certes rentrer à temps, mais rien n'est moins sûr.

Sur ces paroles, il grimpa dans le fiacre sans un regard dans ma direction, et referma la portière. L'attelage s'ébranla. J'avais espéré qu'il proposerait de me raccompagner à Bow Street.

Me retrouvant sur le trottoir, que le commis avait quitté, je poussai un profond soupir et repris le chemin du retour en traînant les pieds. Bientôt, je hâtai le pas, déambulant au rythme des promeneurs. C'était aussi un moment de la journée que j'appréciais à Londres... entre le crépuscule et la nuit, alors que les rues grouillaient de monde, mais restaient sans danger, et que les gens commençaient à quitter leur lieu de travail pour rejoindre celui où ils avaient élu domicile. L'atmosphère de la grande cité était comme chargée d'une sensation d'apaisement et d'indépendance. Les rues semblaient vibrer de mille et une promesses, tandis qu'hommes et femmes riaient entre eux. C'était le Londres que je m'étais imaginé dans mes rêves d'enfant, alors que je besognais dans l'atelier d'imprimerie de mon père.

Ainsi, la discourtoisie de M. Boyer suscitait en moi de la déception plutôt que l'impression qu'il avait abusé de ma gentillesse. L'air était d'une agréable douceur, ce soir-là, et invitait à la flânerie. Le printemps semblait vouloir s'éterniser. Et je redoublai d'entrain lorsqu'à mi-chemin de la maison, j'entrevis devant moi la silhouette de Tom Cranford. Je sautillai pour le rattraper. Il marchait la tête baissée, vaguement troublé.

Comme j'effleurai son bras, pour lui indiquer ma présence, il sursauta quelque peu, puis sourit de me voir là. Pourtant, il paraissait moins jovial qu'auparavant.

— Ah, Jeremy. C'est encore toi, n'est-ce pas ?

— Tout à fait, répondis-je. Puis-je vous accompagner jusqu'à Bow Street ?

— Avec plaisir, répondit-il, bien que la perspective ne parût guère l'enchanter.

Nous marchâmes quelque temps en silence, jusqu'à ce qu'il reprît la parole, me révélant ce qui le peinait :

— Notre dernière conversation m'a attiré des ennuis.

— J'en suis fort navré, Tom. Pourquoi donc ?

— À mon retour à l'atelier, M. Dodsley me morigéna proprement. Je lui rétorquai, tout d'abord, que je m'étais absenté à une heure creuse, puis que mon entrevue avait un lien avec l'affaire Crabb. Il exigea alors de savoir de quoi nous avions conversé et je refusai de le lui dire, car je savais que sir John Fielding n'apprécierait guère de me voir clamer partout ce que je t'avais confié... mais alors le vieux Dodsley se mit dans une rage folle ! Il ne supportait pas, disait-il, qu'un employé puisse avoir des secrets pour lui. « Mais, monsieur, ai-je répondu, cela regarde la loi. » Il me répliqua qu'il faisait fi de la loi, car ma première loyauté et mon premier devoir devaient s'exercer à son endroit, et j'étais censé dorénavant ne point l'oublier.

— Il ne vous a donc pas renvoyé ?

— Certes, non. Mais il m'a adressé une sérieuse mise en garde et je dois m'y conformer, car j'ai une femme et elle attend un enfant. Ah, Jeremy, c'est déplorable de travailler sous de telles contraintes. Je t'ai peut-être brossé un portrait peu flatteur de M. Crabb. Querelleur et un peu pingre, certes, mais il permettait à quiconque de travailler à un rythme raisonnable, et si l'ouvrage se faisait rare, il ne tenait pas pour criminel de sortir boire une ale. Je dois reconnaître que les choses sont bien différentes, à présent.

— Vous devez en informer sir John, dis-je.

— Cela ne sera guère profitable et peut même me causer du tort.

Cela dit, il plongea dans le mutisme et moi, ne sachant que dire pour le rasséréner, je me tus également. Nous parvînmes enfin à Bow Street. Je conduisis Tom Cranford au cabinet du magistrat. La porte était close et je perçus la voix de sir John qui tonnait à l'intérieur. Nous fûmes contraints d'attendre sur le banc du vestibule, avant que l'huis ne s'ouvrît.

Il en sortit M. Boyer. Son visage, dont j'avais noté qu'il était gras et rougeâtre, avait pâli au point de sembler à présent presque terreux. Il ne prêta aucune attention à Tom Cranford ou à moi, mais s'éloigna en chancelant, comme s'il eût supporté quelque lourd fardeau.

Tom et moi échangeâmes des regards surpris et perplexes. Puis j'entendis qu'on appelait mon nom. Je me présentai à la porte.

— Oui, sir John.

— Ton ami Tom Cranford est-il ici ?

— Oui, monsieur.

— Fais-le entrer, je te prie, puis va souper. Je n'aurai plus besoin de tes services. Je dînerai de nouveau en ville avec Mme Durham. Plaise à Dieu qu'on ne me mande pas sur un nouvel incendie !

Le lendemain matin, nous étions peu nombreux à accompagner Moll Caulfield de Saint-Paul au cimetière. Six d'entre nous portâmes son corps dans le cercueil en chêne massif. Devant moi marchait le sergent Cowley, et derrière moi son collègue Baker. Jimmie Bunkins, qui fut aussi étonné que moi de se voir désigné au transport de la bière, se retrouva directement à ma droite. Il n'y avait autre que Black Jack Bilbo devant lui, lequel m'avait affirmé avant l'office qu'il s'était uniquement déplacé pour voir comment était dépensé son argent. Derrière Bunkins se trouvait Benjamin Bailey, capitaine des sergents de ville de Bow Street.

Vêtu de ses atours rituels, son livre de prières ouvert, le jeune pasteur ayant conduit le bref service à l'église nous suivait. Venaient ensuite, sans ordonnancement particulier, Katherine Durham, Dotty, l'amie de Moll, et quelques autres vieilles dames de Covent Garden. Ce devait être le cortège funèbre le plus humble qui eût franchi le portail de Saint-Paul depuis des années.

Un emplacement avait été creusé pour cette brave Moll, à l'extrémité du cimetière. Sa tombe, que j'avais inspectée avant l'office, se révélait profonde d'à peine quatre pieds, aussi soupçonnais-je qu'il s'en trouvait une autre au-dessous pour lui tenir compagnie, peut-être celle d'une nonne de l'ancien couvent, détruit de longue date, d'où Covent Garden[1] tirait son nom. C'était Moll qui, toutefois, se verrait octroyer la pierre tombale, comme M. Bilbo l'avait promis.

Comme il sied à l'occasion, nous autres six avancions d'un pas lent et solennel. Le sergent Cowley et Black Jack se dirigeaient à la perfection dans le dédale de sentiers qui sillonnaient les tombes, tandis que derrière nous l'officiant psalmodiait ses prières, sans doute de mémoire, car je ne l'entendis point tourner les pages de son missel.

— *Le Seigneur est mon berger*, entonna-t-il. *Je ne manque de rien*[2]*...*

Et il poursuivit ce célèbre psaume, que connaissait jusqu'à mon voltairien de père. Puis il arriva à ces paroles :

— *... Si je traverse les ravins de la mort, je ne crains aucun mal, car Tu es avec moi.*

Et je savais que la pauvre Moll avait craint le mal qu'elle percevait alentour, pour avoir transmis un message à sir John, en demandant qu'on l'arrache aux Frères spirituels. Le temps que nous recevions sa requête, la pauvre femme était déjà décédée. Je ressentis tout le poids de sa mort sur mes épaules. Je n'avais point dit à Bunkins que c'était moi qui l'avais confiée aux mains de frère Abraham... et ne lui dirais jamais, du reste. Tout cela éveillait en moi une profonde honte.

Nous arrivâmes enfin à l'emplacement de la tombe. Le trou était préparé, avec deux solides planches posées en travers, sur lesquelles le cercueil serait maintenu en équilibre. Nous le déposâmes tous les six, puis nous reculâmes, en nous séparant en deux groupes de trois, de

1. Littéralement, *le jardin du couvent*. (*N.d.T.*)
2. In *Le Psautier*, Éditions du Cerf, Paris, 1992 (quinzième édition). (*N.d.T.*)

chaque côté de la tombe. Nous demeurâmes ainsi, tandis que les amis de la défunte se tenaient en cercle derrière nous. Puis nous écoutâmes de nouveau le pasteur. Combien l'office m'avait paru différent à Saint-Paul, ce matin-là, comparé à la fois précédente où je m'y étais rendu ! Lors des funérailles de lady Fielding, la grande nef de la cathédrale débordait presque de fidèles. Tout le quartier de Covent Garden, et même au-delà, s'était déplacé pour lui rendre un dernier hommage et exprimer à sir John ses respects les plus assidus. L'inhumation, en revanche, n'était guère dissemblable pour Moll Caulfield. Le temps était plus clément. La pluie menaçait quelque peu, mais la même ultime prière s'élevait.

— *Tu es poussière et tu retourneras en poussière*, énonça le pasteur...

Il poursuivit d'une voix vibrante jusqu'à ce que tout fût dit et achevé.

Il fit alors un signe de tête à nous autres porteurs et nous œuvrâmes comme on nous l'avait dit. Les quatre hommes soulevèrent la bière, aussi haut que possible, pendant que Jimmie Bunkins et moi retirions chacun une planche. Les cordes furent ensuite relâchées lentement ensemble, tandis que le cercueil descendait dans la tombe.

Lorsque celui-ci atteignit le fond, le pasteur invita les personnes présentes à lancer une poignée de terre sur la bière, en souvenir de Moll Caulfield. Je reculai, à l'instar de Bunkins. Il avait quasiment gardé le silence pendant toute la cérémonie, me confiant seulement avant l'office qu'il me parlerait plus tard de « vengeance », car selon lui ce n'était que justice que l'on fît quelque chose au nom de la pauvre Moll. J'attendais avec hâte cette conversation qui ne présageait rien qui vaille, car je craignais de ne rien pouvoir dire qui pût le dissuader. Mais à présent qu'il se tenait de l'autre côté de la tombe, il se pencha brusquement et saisit une pleine poignée de terre. Me décochant un regard mauvais, il murmura encore cet unique mot : « Vengeance. »

Tandis qu'un après l'autre les amis de la défunte réitéraient ce geste sinistre, M. Bailey et M. Cowley, de part et d'autre de la tombe, retiraient les cordes avec lesquelles ils avaient descendu le cercueil.

Katherine Durham, qui représentait sans doute le magistrat aux obsèques, lança une poignée de terre et me prit à part.

— Jeremy, me chuchota-t-elle, tu ne dois point t'offusquer de ce qui va se passer. Tout a été prévu par sir John.

— Mais qu'est-ce qui... ?

— Chut ! souffla-t-elle. Prépare-toi à filer.

Elle fit alors un signe de tête à Benjamin Bailey, et lui à Black Jack Bilbo.

Sans se concerter davantage, ces deux robustes individus fondirent sur Jimmie Bunkins.

Ils n'avaient point l'intention de lui faire du mal, mais plutôt de le ligoter avec la solide corde que M. Bailey avait retirée de la tombe. Ce serait peu de dire que Jimmie Bunkins lutta contre eux ! Usant de coups de pied et de coups de poing... et Dieu sait que je connaissais leur violence, pour l'avoir subie lors de ma première rencontre avec lui ! Mais il n'était pas de taille à rivaliser avec eux. Ils le ficelèrent des pieds à la tête, de même qu'ils lui attachèrent les mains.

Le plus incroyable fut qu'il souffla à peine un mot durant ce bref combat, hormis les grognements et les halètements qu'il poussa en faisant pleuvoir sur eux force ruades et horions. Mais à présent qu'il était ligoté comme quelque animal sauvage, il se mit à beugler et à hurler au secours, plus en proie à la colère, sans doute, qu'à l'espérance que quelqu'un vînt le délivrer. Mais M. Bilbo ne l'entendait pas de cette oreille. Il sortit un mouchoir en soie de sa poche et le fourra dans la bouche béante de Bunkins.

Qui lui serait venu en aide, au juste ? Le pasteur, visiblement de connivence, referma son missel d'un coup sec et regagna prestement l'église. Dotty et les vieilles dames restèrent bouche bée de surprise, puis reculèrent timidement. M. Baker et M. Cowley se recoiffèrent de leur tricorne et se préparèrent à s'en aller. Et tandis que M. Bailey flanquait Jimmie Bunkins par-dessus son épaule comme un sac de navets, Mme Durham me tira par la manche.

— Viens, Jeremy, nous devons partir.

— Non, je veux lui dire que...

Puis, me rendant compte que les renseignements, fournis par mes soins à sir John concernant les projets de Bunkins, avaient placé le garçon dans cette fâcheuse posture, je compris que je n'avais pas grand-chose à lui dire.

Aussi me contentai-je d'acquiescer en branlant du chef et de suivre Mme Durham dans l'allée qui menait à l'église. Environ à mi-chemin de la porte par laquelle nous étions arrivés, je me retournai pour voir ce qu'il était advenu de Bunkins. Juché sur l'épaule de M. Bailey, il allait bientôt quitter le cimetière par le portail donnant accès à la place. M. Bilbo et les autres sergents suivaient non loin derrière.

— Où l'emmènent-ils ? m'enquis-je auprès de Mme Durham. À Bow Street ? Vont-ils l'enfermer dans la chambre de sûreté ?

— Non, Jeremy, répondit-elle, il n'a *encore* rien fait. C'est dans le but de l'empêcher d'agir qu'ils l'emmènent. Ils veulent simplement le raisonner.

Sir John Fielding avait convoqué la réunion à six heures trente, peu avant que les sergents de ville ne se rassemblent, comme à l'accoutumée, pour entamer leurs rondes de nuit, ou pour se préparer à assaillir les repaires de malfaiteurs connus. Car si les sergents maintenaient une présence rassurante dans les rues, ils étaient encore plus réputés, comme aujourd'hui, pour leurs attaques et leurs contre-attaques sur les criminels. C'est ainsi que Henry Fielding, le premier magistrat de Bow Street, avait conçu la double mission de ce groupe d'hommes méritants, et sir John perpétuait la tradition.

Si je présumais à juste titre que l'assemblée prévue par ce dernier risquait de réunir pareil comité, j'ignorais en revanche la taille et l'envergure de la stratégie qu'il espérait déployer. Celle-ci allait figurer dans les annales de Bow Street comme la plus imposante manœuvre jamais tentée par les sergents. Mais tandis que se déroulait calmement la journée après l'enterrement de Moll Caulfield et la disparition de Jimmie Bunkins, comment pouvais-je deviner cela, lorsqu'on me dépêcha à Johnson's Court, pour apporter une invitation au Grand Cham, afin qu'il vînt vers six heures trente ? Sir John témoignait de si peu d'empressement que je crus qu'il escomptait souper en ville avec le Dr Johnson. En fait, le magistrat avait affiché calme et jovialité tout l'après-midi qui suivit les audiences, chantonnant à part lui, se promenant de-ci, de-là, et échangeant des badineries avec M. Marsden. Je m'étonnais de sa capacité à se délester ainsi du fardeau de sa fonction. Pour ma part, j'étais encore fort troublé par l'enlèvement de Bunkins et le rôle que j'y avais joué. Si je savais que j'avais fort bien agi en informant le magistrat des velléités incendiaires de Bunkins, le souvenir que j'avais de ce dernier, ligoté et juché sur la large épaule de M. Bailey, me tarauda toute la journée durant. À vrai dire, j'accueillis comme un soulagement la commission à faire au domicile du Dr Samuel Johnson, car elle me permit d'échapper tant soit peu à ces remords de conscience.

Je vis dans la réaction de celui-ci à l'invitation le signe qu'un événement exceptionnel se préparait. Il était aussitôt venu à ma rencontre et paraissait fort agité.

— As-tu une lettre pour moi, mon garçon ?

— Aucune, monsieur, répondis-je, mais je viens vous convier, de la part de sir John, qui souhaite vous voir en son cabinet à six heures trente.

— Oh, j'y serai ! Dis-le-lui et ajoute que je ne voudrais pas manquer l'occasion d'assister à l'issue de cette effroyable affaire.

Quoique perplexe, je le remerciai et tournai les talons.

— Confie-lui également que M. Boyer m'a fort bien mis au courant et que j'ai pleinement joué mon rôle au cours de la visite prévue.

Ma perplexité cédait à présent la place à la confusion et à la curiosité. De quoi M. Boyer l'avait-il mis au courant ? Qui était ce visiteur attendu ?

Sachant demeurer à ma place et ne point poser de questions, je pris congé et m'empressai de regagner Bow Street, en espérant que sir John me fournirait quelque éclaircissement.

Vain espoir, s'il en fut ! Il reçut l'acceptation du Dr Johnson sans faire le moindre commentaire et, lorsque je complétai mon rapport par ce que le lexicographe m'avait demandé d'ajouter, il se borna à hocher la tête en souriant et se remit à fredonner la ritournelle qu'il avait eue en tête le plus clair de l'après-midi. Je ne l'avais jamais vu en pareil état.

— N'as-tu rien à faire ? s'enquit-il en me surprenant par la banalité de sa question. Aucune tâche pour Mme Gredge ?

— Pas que je sache, monsieur.

— Alors, je te conseille de monter te coucher et de faire un somme. Tu veilleras tard, ce soir, et je tiens à te voir dispos. Si d'aventure la gouvernante venait à opposer quelque objection, dis-lui que tu agis à ma demande. Mais assure-toi de te trouver ici à six heures trente. Et préviens Mme Gredge. Dis-lui de te réveiller à temps.

Il exécuta alors un geste preste, comme pour me chasser, et ajouta :

— À présent, fais ce que je t'ai dit... tu peux disposer.

J'obtempérai, songeant que tout devenait par trop complexe à saisir. Non seulement le Dr Johnson avait soulevé en moi des questions, mais voilà que je m'interrogeais aussi sur le dessein de sir John qui souhaitait ma présence à son entrevue avec le lexicographe. John Clayton serait-il également là ? Étais-je censé l'observer derechef ? Pourquoi cela devait-il être la cause d'une soirée longue et éprouvante ?

Ainsi dérouté, je gagnai ma mansarde, non sans avoir demandé à Mme Gredge de me réveiller à six heures sonnantes. Je jetai un regard par la fenêtre, doutant fort de pouvoir m'assoupir en plein jour. Or je vis que le ciel changeait, se couvrait, à mesure qu'une muraille de gros nuages arrivait à vive allure en provenance de l'est. Le vent s'était levé tout à coup. Je m'allongeai sur mon lit et ramassai le livre qui m'avait endormi deux ou trois nuits plus tôt. De quoi pouvait-il donc s'agir ? Je me souviens qu'aux alentours de cette juvénile époque j'avais tenté de lire, mais sans succès, *L'Anatomie de la mélancolie* de Burton, et peut-être s'agissait-il de cet ouvrage. Quoi qu'il en fût, le volume eut sur moi davantage d'effet qu'un soporifique. Au bout de quelques pages, je somnolais. Mes paupières faiblirent et je sombrai bientôt dans le sommeil.

Je fis un rêve et Dieu sait qu'il s'avéra des plus confus. Il était peuplé d'une horde d'individus en noir. Un incendie brûlait et ces hommes vêtus de sombre dansaient tout autour... non point de joie, comme l'avaient fait les Juifs, mais d'une manière sauvage et débridée, à l'instar des Peaux-Rouges, ou du moins l'idée que j'en avais alors. L'un d'eux me menaçait, nous menaçait tous, en vérité, car j'étais en compagnie d'autres personnes. Il avait la face de frère Abraham et articulait des paroles qui semblaient sortir de la Bible, mais n'étaient autres qu'un galimatias d'intimidations et de promesses. J'entendais de grosses explosions dans ce rêve, mais cela paraissait normal, si tant est que les songes ont une logique ; car il y avait un incendie, alors il était nécessaire de faire sauter les bâtisses avoisinantes avec de la poudre à canon, ainsi que l'avait suggéré le capitaine d'artillerie. Mais les détonations se faisaient plus fortes et plus fréquentes, et la plus retentissante de toutes me réveilla, car ce n'était autre que le tonnerre, tandis que la pluie battait violemment la vitre de ma mansarde.

Je me levai du lit, prêtant l'oreille à la tempête qui sévissait au-dehors, observant combien le vent bruissait à ma fenêtre, puis enfilai mes souliers et mon habit et, sans oublier mon tricorne, abandonnai mon antre douillet, pour descendre l'escalier. L'horloge sonnait six heures lorsque j'entrai à l'office, où Mme Gredge s'affairait autour de la table.

— Ah, te voilà ! J'étais sur le point de monter te chercher. Je t'ai préparé du thé pour te réveiller convenablement. Encore quelques instants et il devrait être infusé.

Je l'en remerciai et m'assis. Elle m'offrit une assiette, garnie d'une belle tranche de pain et d'un copieux morceau de bœuf froid.

— Nourris-toi, dit-elle en servant mon thé. Tu en auras besoin. Pour ma part, je trouve qu'il ne sied point de faire sortir un gamin par un soir pareil. Mais nul doute qu'il te faudra quelque chose dans l'estomac.

Même Mme Gredge semblait en savoir davantage au sujet de la soirée qui s'annonçait. Je ne l'interrogeai pas pour autant, mais m'employai plutôt à consommer ce que j'avais sous les yeux. J'ignorais combien j'étais affamé jusqu'au moment où je commençai à manger, ni combien le thé était grandement nécessaire pour me réveiller, lorsque je me mis à le boire. J'absorbai ma collation en silence et, une fois celle-ci achevée, me levai pour laver mon bol et mon assiette.

— Non, dit la gouvernante, je m'en chargerai. Descends et va rejoindre tous ceux qui se trouvent déjà là.

Lui souhaitant une bonne nuit, je me rendis au rez-de-chaussée, où la plupart des sergents de ville étaient présents, soit dans leur vêtement de pluie, pour ceux qui venaient d'arriver, soit en train de l'ôter. Ils parlaient peu, mais ceux qui discutaient le faisaient à haute voix. Décidément, quelque chose se préparait ce soir-là, et c'était autrement plus important que la pluie qui tombait.

J'aperçus l'adjoint du capitaine, M. Baker, qui se tenait quelque peu à l'écart des autres, me présentai à lui et m'enquis de sir John.

— Il est à son cabinet, me répondit-il, où nous nous réunirons tous. J'ai cru comprendre qu'il souhaitait te voir là-bas sur-le-champ.

Si la pièce n'était guère spacieuse, elle parut encore plus petite par l'addition de nombre de sièges, alignés devant le bureau du magistrat. Derrière celui-ci, sir John faisait lentement les cent pas avec circonspection. Mais j'avais à peine mis le pied dans le cabinet, qu'il s'arrêta net et se tourna dans ma direction.

— Qui est là ? Est-ce toi, Jeremy ?

— Oui, sir John.

— Ah, bien. Je souhaite que tu me serves de majordome.

— Pardon, monsieur ?

Je ne pouvais imaginer qu'il me désirât en livrée, bombant le torse et paradant, à l'instar du maître d'hôtel que j'avais eu tout loisir d'observer en la résidence Goodhope.

— Tu n'as aucun souci à te faire. Par un soir pareil, nos visiteurs arriveront en voiture de louage et en coche. Tiens-toi à la porte. Va à leur rencontre lorsqu'ils arrivent et guide-les à travers ce bruyant corridor pour les amener jusqu'ici. Entendu ?

— Parfaitement, monsieur.

— Tu t'es bien reposé, n'est-ce pas ? Tu as mangé quelque peu ?

— Oui, monsieur.

Le premier à se présenter fut le Dr Johnson... ou du moins le découvris-je en bondissant de l'abri de l'entrée pour ouvrir la portière de son fiacre. Il en sortit non sans peine, mais, une fois sur les pavés, se déplaça assez aisément... franchit la porte et s'engagea dans le vestibule. Il me suivit, tandis que je me frayais un chemin parmi les sergents, et je le laissai devant l'huis ouvert du cabinet de sir John.

Vint ensuite le tour de M. William Boyer, lequel arriva cette fois non pas en voiture de place, mais dans un coche, tiré par un attelage de deux chevaux. Comme je m'avançais pour lui ouvrir la portière, je fus écarté par l'unique valet de pied qui avait bondi à terre. M. Boyer tenait sous son bras un paquet de taille moyenne, enveloppé d'un linge. Ses yeux furetant çà et là, il me parut d'emblée craintif.

— Sont-ils tous ici ? me demanda-t-il. Les sergents sont-ils arrivés en force ?

— Certes, oui, monsieur. Par ici, je vous prie.

Je lui fis traverser le corridor grouillant d'agents. Ils n'étaient sans doute guère plus d'une vingtaine, ce soir-là, à occuper le long couloir, mais j'avais l'impression d'en voir une multitude. Leur présence parut rassurer M. Boyer. Petit homme dont la taille ne dépassait guère la mienne, il semblait s'enhardir à la seule vision de la robustesse des sergents de ville. Lorsqu'à un certain moment je me retournai pour m'assurer qu'il me suivait, je l'aperçus en train de considérer, l'air émerveillé, la stature de M. Bailey, laquelle devait avoisiner les six pieds et demi. Mais il se hâta de dépasser le groupe et j'eus tôt fait de le déposer devant la porte ouverte du cabinet. Je notai au passage qu'il restait deux sièges à pourvoir.

De nouveau posté à l'entrée du numéro 4, à demi abrité de la pluie, j'attendis longtemps le prochain visiteur. Le vent se révélait encore plus violent, toutefois, et m'acculait à la porte. Lorsque, à deux ou trois reprises, j'entendis des sabots caracoler sur les pavés et regardai à droite et à gauche, je dus courber l'échine sous la force de la bourrasque, comme si j'avais lutté contre une présence physique et palpable.

Je perçus enfin un *clop-clop-clop* régulier, qui annonçait à n'en point douter l'approche d'un attelage, un fiacre à en croire mes oreilles. J'attendis, ne sachant qui risquait d'arriver. Mais je ne pouvais en aucun cas prévoir qui sortirait le premier de cette voiture, lorsque je bondis pour en ouvrir la portière.

C'était un garçon d'environ mon âge, fort bien

décrassé et arborant des effets de qualité, qui sauta agilement à terre. Dès lors qu'il fut à ma hauteur et sa face à proximité de la mienne, je reconnus ce visiteur aussi juvénile qu'inattendu... lequel n'était autre que Jimmie Bunkins. Il se tourna vers moi, pétri d'audace et d'assurance, et me décocha un gros clin d'œil.

Black Jack Bilbo sortit alors du fiacre. Il lança au cocher deux pièces d'argent et s'engouffra dans l'entrée, où Bunkins et moi l'attendions.

— Désolé d'être en retard, jeune Jeremy, déclara M. Bilbo. J'avais des affaires en mon établissement qui nécessitaient toute mon attention. La séance a-t-elle débuté ?

— Non, monsieur, répondis-je. Je crois que sir John vous attendait.

Puis, me rappelant qu'il restait deux sièges vides, j'ajoutai :

— Ainsi que votre compagnon. Suivez-moi, je vous prie.

Ledit compagnon de M. Bilbo parut quelque peu intimidé par le nombre de sergents présents.

— Bigre ! souffla-t-il dans mon dos. D' ma vie, j' n'ai jamais vu autant d'argousins à la tarde, en un seul endroit !

Ce qui ne nous empêcha pas de passer au milieu d'eux, les agents portant davantage d'intérêt à M. Bilbo et à Bunkins qu'ils n'en avaient accordé aux autres. Tous deux ne leur étaient pas inconnus... pour des raisons néanmoins diverses.

Lorsque nous parvînmes à la porte de son cabinet, le magistrat, conscient de notre présence, interrompit sa conversation avec le Dr Johnson et M. Boyer.

— Monsieur Bilbo, est-ce vous ?

— Oui, sir John, et veuillez accepter mes excuses pour cette arrivée tardive.

— C'est sans importance. Nous aurons quelque peu à attendre, de toute façon. Le jeune homme se trouve également avec vous ?

— Il est ici.

— Alors, veuillez vous asseoir tous les deux dans les fauteuils restants. Et Jeremy ?

— Oui, monsieur.

— Va-t'en dire à M. Bailey de venir ici avec les sergents de ville. Nous serons un peu à l'étroit, mais ils doivent tous être présents pour écouter ce que je vais dire.

Nul doute que nous fûmes à l'étroit ! Dès que les agents y pénétrèrent en masse, on eût dit qu'ils occupaient la moindre surface libre de cette pièce de taille modeste. Ils se répartirent le long de trois murs et dans chaque coin. On laissa de la place à sir John, afin qu'il pût se déplacer, bien qu'il choisît de ne point le faire. Il demeura assis dans son fauteuil, en se rapprochant de son bureau. De l'endroit où je me tenais, dans un angle, auprès de M. Bailey, je voyais le magistrat uniquement de profil. Lorsqu'il se mit à parler dans ce cabinet où tout le monde attendait en silence, sa voix emplit néanmoins l'espace.

— Monsieur Boyer, commença-t-il, veuillez vous lever et montrer le contenu du paquet que vous avez apporté avec vous, ce soir.

L'autre s'exécuta, exhibant devant lui une grosse liasse de papiers, avoisinant les deux pouces d'épaisseur, lesquels étaient maintenus par un solide morceau de ficelle qui s'entrecroisait.

— Et de quoi s'agit-il, monsieur Boyer ?

— Il s'agit d'un manuscrit, répondit-il. Je suis éditeur et nombre d'objets semblables arrivent entre mes mains.

— Comment avez-vous eu celui-ci en votre possession ? s'enquit le magistrat.

— Isham Henry, un compagnon typographe que je venais de prendre à mon service, me l'a apporté. Quelques questions se sont posées quant à sa publication. En définitive, j'ai choisi de ne point le publier ; je ne souhaitais point le faire paraître sous mon nom. Mais il a été décidé, par l'entremise de M. Henry, que nous accepterions de nous charger de l'impression et de la reliure. Mon nom ne figurerait pas sur la couverture, mais moyennant un certain tarif — intéressant, qui plus est — nous livrerions cinq cents exemplaires de l'ouvrage, imprimés et reliés, et conserverions en outre les plaques pendant deux ans, au cas où il serait nécessaire de procéder à de nouveaux tirages.

— Je présume, déclara sir John, que ce genre d'arrangement est courant dans votre profession.

— Courant, certes, bien que nous n'ayons pas eu recours à cette pratique dernièrement. Toutefois, comme je le disais, le prix convenu était intéressant.

— J'ai quelques questions à vous poser, monsieur. Tout d'abord, pourquoi avez-vous refusé de publier le livre sous le nom de votre maison d'édition ?

— Ma foi, il n'était pas mal écrit, encore qu'il s'appuyât sur quantité de formules mathématiques et de savants calculs pour justifier les idées qu'il avançait.

— Lesdits calculs étaient-ils justes ?

— Je ne dispose d'aucun moyen de le savoir. Dieu sait que je ne suis pas habile en la matière ! Si j'avais décidé de le publier sous mon nom, j'eusse soumis le manuscrit à quelqu'un de compétent en ce domaine.

— Et quelle était la thèse soutenue par cet ouvrage ? Quel était son contenu ?

— C'était pour moi le problème le plus délicat, avoua M. Boyer. Son sujet n'était pas de ceux qui attirent nombre de lecteurs. Il traitait du prétendu avènement prochain de la conversion des Juifs. Selon moi, un tirage de cinq cents exemplaires surestimait grandement son attrait sur le public. Il y a de nombreuses années, le sujet a suscité bien des discussions parmi les théologiens, comme étant la condition préalable à la seconde venue du Messie — tout est dans la Bible —, mais même en ce temps-là, le sujet n'intéressait que les férus de théologie. La période prévue a passé, au siècle dernier, sans que rien ne se produise. L'auteur avait l'intention de prouver que les premiers calculs étaient erronés, de sorte que tout se déroulerait à notre siècle.

— Et qui était-ce ?

— Bien que le livre fût censé sortir anonymement, il s'agissait en vérité d'un homme dénommé Abraham, responsable d'une secte qui se fait appeler les Frères spirituels.

— En définitive, cet Isham Henry, qui vous a présenté le manuscrit, comment est-il entré à votre service ?

— Il était auparavant l'employé d'Ezekiel Crabb qui, avec sa famille et ses apprentis, a été assassiné dans le massacre de Grub Street, tel qu'on a coutume de le désigner. Comme M. Henry était un compagnon, il ne logeait pas sur les lieux et a donc échappé au sort qui a été le leur.

— Le connaissez-vous comme étant membre de cette secte ?

— Non point, mais je l'en soupçonne fort à présent.

— Ce sera tout, monsieur Boyer. Mais avant de vous asseoir, veuillez lever ce manuscrit une fois encore.

Ce qu'il fit, en soulevant l'objet au-dessus de sa tête et en décrivant un cercle, afin que tout l'auditoire pût le voir. Puis il se rassit.

— Vous détenez là, reprit le magistrat, la cause et le dessein des six meurtres perpétrés dans Grub Street. Ce même manuscrit était censé être publié par Ezekiel Crabb, jusqu'à ce que... Mais deux témoins ont fait une déposition au sujet de ce qui s'est alors passé. Peut-être devraient-ils se trouver parmi nous, pour nous dire ce qu'ils ont entendu, mais cela eût été difficile pour l'un d'eux et impossible pour l'autre. Toutefois, leurs interrogateurs sont présents et la plupart d'entre vous les connaissent personnellement ou de réputation. Jeremy Proctor, veux-tu nous relater ce que tu as entendu de la bouche de Tom Cranford, un autre compagnon au service de M. Crabb ?

Je m'avançai et, plus brièvement que ne l'avait fait

M. Boyer, répétai ce que Tom Cranford m'avait confié de la querelle entre Ezekiel Crabb et frère Abraham, lorsque le premier avait eu l'audace de remettre en question les calculs du second et d'accaparer le manuscrit. M. Crabb avait insulté et ridiculisé frère Abraham, au point que ce dernier s'était mis à lui lancer des imprécations. Je conclus en ajoutant que M. Crabb lui avait dit que les Juifs ne se convertiraient jamais, car ils étaient bien trop malins pour cela. À la fin, comme je citais les paroles de l'éditeur, quelques rires embarrassés parcoururent la pièce.

— Merci, Jeremy, déclara sir John. C'était fort bien narré. Et je puis attester de l'authenticité de ces propos, car M. Cranford m'a relaté la même conversation entre son ancien patron et frère Abraham. M. Cranford ne pouvait malheureusement se trouver parmi nous ce soir, son employeur actuel ayant insisté pour qu'il accomplît des tâches supplémentaires, afin de suppléer au temps passé à raconter cette histoire à Jeremy. Il semblerait, en effet, qu'on l'ait retenu après les heures de classe. Pour l'avoir moi-même entendue, j'étais d'autant plus intéressé lorsque le Dr Johnson m'a fait part ce matin d'une anecdote, que lui avait confiée un tiers et qui s'accordait parfaitement avec notre histoire. John Clayton ayant été transféré de l'hôpital Sainte-Marie-de-Bethléem à la prison de Fleet, le Dr Johnson lui a rendu visite chaque jour, l'encourageant à se rappeler davantage de détails concernant cette sinistre nuit. Ce qu'il m'a confié ce matin semble des plus significatifs, à la lumière de la déposition de Tom Cranford. Docteur Johnson, voudriez-vous le répéter ?

Ce grand ours d'homme se leva d'un air décidé et s'exprima comme suit :

— Je le veux et je vais m'en charger, sir John. Comme vous l'avez dit, j'ai souvent rendu visite à M. Clayton, car je suis convaincu de son innocence dans cette affaire. Et alors que nous ne cessions tous deux de ressasser ses souvenirs de cette fameuse nuit, en raison de son... état d'alors, il n'y avait guère à apprendre de sa bouche que sir John n'ait entendu lors de son interrogatoire en son cabinet, auquel j'étais présent. Hier après-midi, cependant, ou, pour être plus juste, tôt dans la soirée, Clayton m'a confié quelque chose que j'ai considéré d'une importance capitale. Il ne s'agissait pas d'un souvenir concernant cette sinistre nuit, mais de la journée de la veille. Alors qu'il conversait avec M. Crabb de la fabrication de son second recueil de poèmes, son éditeur lui a relaté l'entretien néfaste qui s'était déroulé un jour ou deux plus tôt avec un auteur, lorsque lui, Crabb, avait contesté le contenu et les conclusions du manuscrit en question. L'auteur avait été si contrarié qu'il en avait appelé au jugement divin sur la personne de Crabb. « Il m'a littéralement voué aux flammes de l'enfer », a déclaré Crabb à Clayton. Lorsque Clayton a demandé à Crabb s'il regrettait ses propos, ce dernier a dit que oui, non parce qu'il pensait être dans l'erreur, mais plutôt en raison de la nature imprévisible de l'auteur. « Nul ne sait ce que vous réserve un tel individu, a dit Crabb. C'est un prêcheur mal dégrossi et ses semblables ne sont pas toujours refrénés par les lois élémentaires du comportement humain. » Lorsque Clayton s'est enquis du sujet de l'ouvrage, Crabb lui a répondu qu'il s'agissait de la conversion des Juifs, ce qui en constituait également le titre.

À ces mots, le Dr Johnson hocha sa volumineuse tête d'un mouvement ample et volontaire.

— Cela, monsieur, déclara-t-il à l'adresse du magistrat, est le compte rendu de ce qu'on m'a rapporté, aussi fidèlement que je puis vous le livrer.

— Alors, je vous en sais gré, monsieur, répondit sir John, et veuillez vous rasseoir, je vous prie.

Il ajouta, pour le compte de tout l'auditoire :

— À présent, on peut certes ne point attribuer une grande valeur au dire de M. Clayton, car on l'a retrouvé, bien sûr, cette fameuse nuit dont nous parlons, avec une hache en main, l'arme avec laquelle au moins une des victimes était passée de vie à trépas. Mais revenons un instant sur ce point. Que savons-nous de cette hache, monsieur Bailey ? Vous l'avez empruntée afin de l'examiner et mieux vous souvenir de son origine. Qu'avez-vous à dire à ce sujet, monsieur ?

— Pas autant de choses que je le souhaiterais, sir John, répliqua Benjamin Bailey en s'avançant. Mais je peux affirmer avec certitude qu'elle est de facture coloniale. J'en ai vu des semblables lors de la dernière guerre contre les Français.

Il l'exhiba tout à coup. Et bien qu'il ne me surprît point, pas plus que les sergents, car nous savions qu'il la portait avec lui ce soir-là, il fit sursauter le Dr Johnson, lequel était l'auditeur assis le plus proche de lui. Le manche de l'objet se révélait sans doute un peu plus court que celui d'une hache de fabrication courante, de même qu'il était courbe, ce qui suggérait qu'on l'avait taillé directement dans une branche d'arbre. Toutefois, ce n'était pas sur le manche qu'il souhaitait attirer notre attention.

— Cette tête particulière est d'un genre dont ils raffolent dans des contrées comme la Pennsylvanie ou New York. Comme vous le voyez ici, de ce côté, il s'agit d'une lame de hache habituelle, mais à l'arrière, elle est acérée et pointue, comme un poinçon... une hache devant et un poinçon derrière. Le sergent Cowley m'a dit que certaines des blessures, notamment à la tête, ont dû être infligées par le poinçon... de profondes entailles, en fait.

— Est-ce bien vrai, sergent Cowley ?

— Tout à fait, sir John, répondit le jeune agent.

— Eh bien, vous auriez dû le consigner dans votre rapport... ou au moins me l'avoir dit.

— J'ai eu tort, en effet, monsieur.

— Poursuivez, monsieur Bailey. Vous avez quelque chose à ajouter, je crois.

— Certes, sir John. Dans l'ouest de la Pennsylvanie,

mais dans un coin reculé, ma foi, à l'écart des combats qui se déroulaient autour de Fort Pitt, il y avait un groupe de colons bizarres qui formaient une communauté... tous religieux, à ce qu'on disait. On racontait aussi — je ne l'ai point vu, mais seulement entendu — qu'à la chute de Fort Pitt et lors du massacre qui s'est ensuivi, ces prétendus religieux ont pensé donner une leçon aux Indiens ; alors, un soir, ils se sont rendus dans le village le plus proche et les ont tous massacrés... jusqu'au dernier... homme, femmes et enfants. Pourtant, ces Indiens-là étaient plus ou moins avenants, neutres, disons. Quoi qu'il en soit, cette boucherie était censée servir d'avertissement, pour ainsi dire, à tous les autres. Et vraisemblablement, ils ont obtenu gain de cause. On les a laissés tranquilles.

— Et quels étaient les gens qui se sont livrés à cet acte ?

— Tout ce que je me rappelle, monsieur, c'est qu'ils se faisaient appeler les Frères.

— Or donc, si effectivement ces individus, qui reconnaissent avoir quitté cette partie de la colonie pour s'installer ici, peuvent avoir perpétré ce crime dans Grub Street, pour se venger de ce qu'ils pensaient être une insulte à leur chef, ou pour quelque étrange mobile, alors ce ne serait pas la première fois qu'ils agiraient ainsi ?

— Pas selon moi, en effet, monsieur. Tout me porte à croire qu'il s'agit du même groupe.

— Merci, monsieur Bailey.

Le capitaine des sergents hocha vivement la tête et recula d'un pas ou deux pour regagner sa place à mes côtés.

— N'allez pas croire, reprit sir John, que ces hommes qui se font appeler les Frères, ou les Frères spirituels, pour être plus précis... n'allez pas croire, disais-je, qu'ils se sont contentés d'échafauder des théories sur la conversion des Juifs. Monsieur Bilbo, voudriez-vous nous narrer ce qu'il vous est arrivé avec deux d'entre eux, lorsque vous avez, par hasard, attiré leur attention ?

— Certainement, sir John, répondit Black Jack Bilbo.

Il se leva pour livrer le récit qu'il avait rapporté à l'audience... comment on l'avait accosté, pris pour un Juif à cause de sa barbe, prêché, et comment l'un des deux prêcheurs avait fini par lui tirer ladite barbe.

Il conta cela avec certes moins de retenue qu'il n'en avait manifesté au tribunal, allant jusqu'à lâcher ici ou là un juron pour appuyer ses dires, tant et si bien qu'une fois son témoignage achevé les rires fusaient aux quatre coins de la pièce. Après tout, Black Jack nous avait gratifiés d'une bonne histoire, et ce en roulant des yeux, en branlant sauvagement du chef, et ainsi de suite, de sorte qu'il ravit son auditoire par sa prestation. Aux rires vinrent s'ajouter des acclamations et même des applaudissements.

Tout à coup, la réunion parut prendre une tournure moins officielle, et sir John martela violemment son bureau de la paume de sa main, rappelant les agents à l'ordre, comme il eût agi face à quelque tapageuse salle d'audience.

— Cessez, messieurs... silence, je vous prie ! Je ne tolérerai *pas* que cette enquête devienne une source de divertissement. Monsieur Bilbo, asseyez-vous.

— Navré, sir John, dit humblement ce dernier, en se rasseyant.

— Non, il n'y a point là matière à se réjouir, insista le magistrat, comme la pièce recouvrait son calme, car ces colons de noir vêtus et chantant des cantiques à l'envi semblent à tout le moins troubler la fragile quiétude que nous tâchons de maintenir ici. Peu après l'outrage qu'ils ont infligé à M. Bilbo, pour lequel ils ont chèrement payé, les Frères spirituels ont retenu prisonnière la communauté juive pendant l'office du sabbat. Ils les ont contraints à écouter ce frère Abraham qui prêchait en vue de leur conversion... ce même frère Abraham qui n'est autre que l'auteur du manuscrit que M. Boyer vous a décrit et montré. Comme le sermon n'a pas eu l'effet escompté, l'église des Juifs — leur synagogue, en l'occurrence — de Maiden Lane a été incendiée. Vous êtes tous au courant de cet événement. C'est seulement grâce à l'absence de vent, cette nuit-là, que nous avons pu échapper à un embrasement général. Sergent Cowley, vous avez découvert deux témoins. Que vous ont-ils confié ?

L'agent Cowley s'avança avec prestance.

— Ils m'ont dit, monsieur, qu'ils avaient vu trois hommes quitter les lieux, juste avant que le feu se déclare. Selon eux, ces trois individus étaient dans une grande hâte.

— Et l'un de ces témoins ne vous a-t-il point déclaré qu'ils arboraient le même costume que les hommes qui prêchent la bonne parole à Covent Garden ?

— Oui, monsieur, en effet.

— Mais le témoin ne pouvait les identifier ?

— Non, monsieur, car ces individus avaient uniquement été vus de dos.

— Lorsque nous avons fait part de l'événement à frère Abraham, il n'y a vu que le piètre et inutile témoignage que cela constituait et nous a chassés. Ce sera tout, sergent Cowley.

« Il reste à présent encore un crime que j'attribue à ces prétendus Frères, poursuivit le magistrat, et il s'agit du décès de Moll Caulfield, marchande des quatre-saisons à Covent Garden, connue quasiment de tous dans le quartier. Elle a été confiée aux bons soins des Frères, alors que nous ne savions rien de leur vilenie, seulement qu'ils offraient le gîte et le couvert à nombre d'indigents. Cette femme s'était retrouvée sans abri et dépourvue de moyens de subsistance, après l'effondrement de la bâtisse où elle avait élu domicile, dans St. Martin's Lane. Quelques jours plus tard, elle a tenté de nous joindre. Jimmie Bunkins, veux-tu te lever et nous faire part de cet épisode ?

Bunkins hésita, se tournant vers M. Bilbo comme pour

lui demander conseil. Tout ce qu'il obtint de lui fut un ostentatoire hochement de tête. Il se leva alors, irrésolu et, bien qu'il éprouvât de prime abord quelque peine à trouver sa voix, il se débrouilla pour marmonner un semblant de paroles.

— Plus fort, mon garçon ! déclara sir John. Nul ne peut t'entendre. Moi-même, je te perçois à peine. Recommence, je te prie.

— Je disais, répéta Bunkins d'une voix plus haute, quoique encore timorée, que je connaissais cette vieille daronne... cette vieille femme, Moll, depuis un bon bout d' temps, et même qu'elle m'a aidé plus d'une fois, en m' donnant d' quoi manger et autre. J'ai su qu'elle avait plus d' chez elle, comme qui dirait, à cause du grand vent qu'y avait eu, et qu'elle était hébergée par ces prêcheurs. Alors, ça m'a mis en émoi d' la voir un jour parmi eux. J'ai tout d' même compris que qu'è'qu' chose clochait, quand j'ai croisé son r'gard et qu'elle m'a glissé une lettre pour l' Curieux... enfin, pour sir John. Bon, d'habitude j' me débrouillais pour l'éviter, comme qui dirait, mais une fois qu' j'ai compris qu' Jeremy était comm' cul et ch'mise avec lui, alors j' suis allé l' voir et puis j' lui ai dit qu' j'avais une missive pour son daron.

— Il reste un point à éclaircir, jeune Bunkins, interrompit le magistrat. Moll Caulfield a été vue en train de te remettre le message, n'est-ce pas ? Et l'on t'a chassé ?

— Comme de juste, chef. Mais j' me suis calté et j' leur ai faussé compagnie.

— Et tu t'es présenté à moi avec Jeremy, pour me donner le message. Dans celui-ci, Moll affirmait que des choses bizarres se passaient chez les Frères spirituels et qu'elle m'en dirait davantage, si nous la soustrayions à leur garde. Il m'a semblé qu'elle était retenue contre sa volonté. Aussi, le lendemain, nous sommes allés la récupérer et frère Abraham nous a dit qu'elle n'était aucunement retenue prisonnière, mais qu'elle les avait en réalité quittés la veille au soir, de son propre gré. Ne pouvant prouver le contraire, je vous ai transmis à tous la consigne de la retrouver. Jeremy, lui aussi, s'est lancé à sa recherche. Et toi, jeune Bunkins, tu t'es également mis en quête de Moll, n'est-ce pas ?

— Oui.

— Et tu l'as retrouvée ?

— Pour sûr. J' l'ai dénichée parmi les cadavres du Faucheux, au bord du fleuve. Même qu'elle était prévue pour un lieu où qu' c'est qu'on enterre trois ou quat' personnes dans l' même trou.

— Et où les tombes ne portent pas d'inscriptions.

— J' m'en suis allé chercher Jeremy et j' lui ai montré qu'elle était morte, et l' Faucheux a eu peur d'avoir mal agi. Il nous a dit qu'il l'avait ramassée dans une ruelle, et comme y avait point d' marques sur son corps, et qu' Moll était une vieille daronne, il a pensé qu'elle avait simplement rendu l'âme, comme qui dirait. Il a pas prév'nu les sergents d' ville.

— On m'a confié, il est vrai, que le corps de cette femme ne présentait aucune marque. Il a fait l'objet d'un examen superficiel par Mme Katherine Durham, qui a confirmé ce fait. Cependant, on a très bien pu empoisonner Moll Caulfield. Ou l'étouffer. Quoi qu'il en soit, j'attribue son décès à ces prédicateurs en noir. Peut-être avait-elle d'une manière ou d'une autre eu vent de leur culpabilité dans les meurtres atroces de la maisonnée Crabb. Peut-être que, soupçonneux et pétris de remords de conscience, les prêcheurs l'ont pris pour une espionne. Qui saurait dire pourquoi ils ont jugé nécessaire de se débarrasser d'une pauvre vieille créature telle que Moll ? Toutefois, rien de tout cela ne peut être prouvé. Il n'y a eu aucun témoin, aucun aveu, aucune preuve accablante. Il en va de même de la grande boucherie de Grub Street. Le fait que l'arme du crime, ou l'une d'elles, ait été vraisemblablement fabriquée en Amérique du Nord et que M. Bailey se souvienne d'un récit de guerre, où on lui a fait part d'un massacre similaire à celui que nous ne connaissons que trop bien... tout cela n'aurait aucune valeur à l'Old Bailey. Pas plus que le souvenir de M. Cranford, au sujet de la bouillonnante passe d'armes entre M. Crabb et frère Abraham, pas plus que les craintes émises par le même sieur Crabb eu égard aux éventuelles représailles auxquelles il pouvait s'attendre dudit frère Abraham, à l'issue d'une telle dispute. Rien de tout cela ne saurait avoir le moindre poids face à une cour de justice. Enfin, le mal causé directement à la communauté juive. Le rabbin et sa congrégation n'ayant déposé aucune plainte, j'étais incapable d'inculper les Frères spirituels pour ne serait-ce que trouble de l'ordre public. Quant à l'incendie qui a détruit la synagogue, affirmer que trois hommes en noir ont été surpris en train de quitter les lieux revient à dire qu'on a simplement vu trois hommes quitter les lieux... sans identité, sans preuve, sans pièce à conviction d'aucune sorte qu'un tribunal puisse accepter. C'est mon problème depuis le début. Ces gens-là constituent une force séditieuse. Ils sont capables de meurtre et d'incendie volontaire, et qui sait de quoi d'autre encore. Pourtant, rien de tout cela ne peut être prouvé ! Que pouvons-nous faire ? Simplement nous asseoir et attendre que d'autres assassinats soient perpétrés ? D'autres incendies criminels ? Et en demeurant ainsi patients, uniquement espérer qu'ils commettent une erreur ? Non, messieurs, non. Il ne nous reste qu'une seule et unique chose à faire pour régler le sort des Frères spirituels, et à présent, nous l'avons faite. Messieurs, nous leur avons tendu un piège.

CHAPITRE XI

Où le piège se referme
et où la tourmente fait rage

Quelques heures plus tard, nous étions assis à une table du *Goose and Gander*. Cinq d'entre nous s'y retrouvaient : M. Boyer, le Dr Johnson, M. Bilbo, sir John et moi. Nous nous étions tous entassés dans le coche de M. Boyer pour venir jusque-là. Je m'estimais heureux d'être du nombre et me considérais par ailleurs en éminente compagnie. À l'exception éventuelle de M. Bilbo, tous les personnages présents eussent été les bienvenus à n'importe quel dîner ou dans n'importe quel salon de Londres. En outre, compter parmi eux signifiait sans doute que j'allais jouer, le moment venu, un rôle important, encore que celui-ci ne fût pas aussi bien défini que celui de Jimmie Bunkins.

Environ une heure plus tôt, le *Goose and Gander* avait été vidé de sa clientèle. Cela s'était opéré, à ce que j'avais cru comprendre, sans même demander la permission du tavernier. Deux sergents de ville s'étaient présentés — j'ignorais lesquels — et avaient chassé les rares clients dans la tempête, en leur notifiant que l'établissement resterait clos jusqu'à nouvel ordre. Ils avaient également renvoyé la servante dans ses foyers. Quant à l'aubergiste, il avait demandé, l'air indigné, pourquoi on fermait sa taverne; l'un des sergents lui avait répondu que la décision incombait à sir John Fielding, magistrat au tribunal de Bow Street, et qu'il pourrait en discuter avec lui, lorsqu'il arriverait. Certes, il en discuta, longuement et avec force arguments, dès l'arrivée du juge.

— Cela relève de la loi, lui avait dit sir John. Nous allons réquisitionner cet endroit pour ce soir uniquement. Il me servira de poste de commande.

— Vraiment ? avait répliqué le tavernier, pour le moins impressionné. Alors je crois qu'il serait juste que je demeure sur place, afin de m'assurer qu'aucun dégât ne soit commis, ni verres brisés, ni boissons bues sans ma permission.

— Restez si vous le jugez utile, avait déclaré le magistrat. Je suppose que ce n'est que justice, mais observez le silence et sachez qu'il ne faudra pas vous lamenter ou prendre soudain la fuite à la moindre fusillade.

— Une fusillade ?

— C'est bien ce que j'ai dit, et puisque vous l'avez entendu, vous devez certainement demeurer, à présent. Faites-vous le plus discret possible, comme un brave individu.

Ce qu'avait fait l'aubergiste en se dissimulant derrière le bar, accompagné d'une bouteille de gin pour se donner du courage, si d'aventure des coups de feu venaient à éclater. Outre nous cinq attablés, il y avait donc un sixième larron au *Goose and Gander*, lequel levait la tête de temps à autre au-dessus du bar, pour demander si ces messieurs n'avaient besoin de rien. En l'occurrence, le Dr Johnson avala une considérable quantité de bière durant l'heure où nous restâmes assis, ce soir-là ; M. Bilbo se contenta lui d'un seul verre de gin, et le reste d'entre nous ne prit rien du tout.

Si la pluie avait quelque peu faibli, la bourrasque persistait. Le vent qui soufflait de l'est s'était même amplifié. Nous étions installés non loin de la porte, laquelle paraissait vibrer sans cesse. Toutes les chandelles de table avaient été éteintes, afin d'offrir une salle assombrie et supposée déserte au moindre passant qui eût eu l'idée de jeter un coup d'œil à l'intérieur et se fût interrogé sur la fermeture précoce de l'établissement. Le seul éclairage de la taverne provenait de la lampe à huile suspendue au-dessus du bar, dont l'aubergiste nous avait dit qu'elle avait coutume de brûler toute la nuit durant. Elle projetait une lumière tamisée qui donnait le frisson, dans cet endroit où les ombres semblaient se mouvoir et où les zones d'obscurité paraissaient d'autant plus ténébreuses. En pareille atmosphère, rares furent les échanges de propos à la table. Nous demeurâmes assis à écouter le vent gronder sa colère au-dehors, et les gouttes de pluie cingler les fenêtres. Il y aurait peu de promeneurs, si ce n'est aucun, dans Grub Street, ce soir-là, et cela convenait fort bien à sir John. Comme nous étions assis, il demanda l'heure à deux reprises, et, la seconde fois, M. Bilbo exhiba sa montre de gousset, la porta à la lumière, et indiqua qu'il serait minuit dans cinq minutes.

— Cela ne devrait plus tarder, à présent, déclara le magistrat.

Si nous fûmes aussi peu loquaces durant cette dernière heure, c'était peut-être parce que, dans les précédentes, tant de choses avaient été dites. Le plan, qui faisait la part belle aux sergents, avait été promptement défini à ces derniers par sir John, en son cabinet. Chacun savait le rôle qu'il jouerait et, ce qui était capital, chacun connaissait l'enchaînement selon lequel les opérations se dérouleraient. Ils avaient quitté la pièce, enfilé leurs effets de pluie et s'étaient engouffrés dans la nuit, en un clin d'œil, ou du moins le sembla-t-il.

Mais aussitôt après leur départ, M. Boyer et le Dr Johnson se mirent à discuter ferme entre eux, puis avec sir John, eu égard aux détails du plan. On pouvait assurément procéder plus diligemment ! Comment les sergents allaient-ils savoir où se poster ? Pouvait-on compter sur M. Nicholson ? Pourquoi ne se trouvait-il point là ? Et ainsi de suite.

Afin de mettre un terme à de telles disputes, sir John

exigea de chacun des deux hommes un rapport complet sur ses propres faits et gestes dans le drame qui se déroulait. Tandis que je les écoutais, en compagnie de M. Bilbo et de Jimmie Bunkins (qui était également resté), je compris les manœuvres préalables du dessein de sir John. En bref, je vis comment on avait appâté le piège. Voici ce que j'appris en les écoutant, puis par la suite de la bouche du magistrat.

Lorsque ce dernier avait mandé M. Boyer la veille au soir et lui avait annoncé que le manuscrit qu'il s'était engagé à imprimer, au sujet de la conversion des Juifs, avait été la cause et le mobile du massacre de Grub Street, l'éditeur en fut naturellement fort troublé. Quand sir John lui suggéra de convier l'auteur en son établissement et de lui dire qu'après avoir soigneusement lu le manuscrit il éprouvait à présent quelques doutes quant à son impression, M. Boyer en fut d'autant plus ému.

— Mais... avait déclaré l'éditeur, il risque de réagir comme il l'a fait lorsque M. Crabb a refusé de publier ce maudit ouvrage ! Il peut diligenter ses hommes de venir tous nous massacrer !

Ce à quoi sir John avait répliqué :

— Exactement !

Puis il avait esquissé les premières lignes de son plan.

Le lendemain, celui-ci était mis en œuvre, tel que sir John l'avait suggéré, avec quelques améliorations accommodées entre eux, ainsi qu'une ou deux improvisées sur place par M. Boyer. On avait mandé frère Abraham. Le grief était fondé sur les inexactitudes théologiques, les insinuations hérétiques. Frère Abraham rappela à M. Boyer qu'un contrat avait été signé. Aussitôt l'éditeur déclara qu'il honorerait ledit contrat — *dans la mesure du possible* —, mais qu'il avait tout lieu de craindre l'Église anglicane, laquelle constituait sa plus importante clientèle. Lorsque frère Abraham demanda alors qu'on lui rendît le manuscrit, M. Boyer lui répondit qu'il l'avait transmis à un autre individu, bien plus éclairé que lui pour formuler une opinion sur le sujet. Il l'avait envoyé en l'occurrence au Dr Samuel Johnson.

Aujourd'hui, lorsque je repense à tout cela, cher lecteur, ce fut ce détail qui rendit possible le succès du plan. Sir John s'était lui-même rendu chez le Dr Johnson, lui avait expliqué de quoi il retournait, et demandé de jouer un rôle dans la machination. S'étant vu confier pas plus tard que la veille par John Clayton les craintes exprimées par Ezekiel Crabb, eu égard à celui qui avait écrit sur la conversion des Juifs, le Dr Johnson s'était montré fort disposé à participer à l'intrigue. Il recevrait frère Abraham, si ce dernier se présentait à sa porte, et ferait des observations sur son manuscrit, qu'il n'avait point lu et ne lirait sans doute jamais. Toutefois, un avis émanant du Dr Johnson au sujet de n'importe quelle œuvre possédait un tel crédit que son auteur ne pouvait aucunement l'estimer spécieuse... et encore moins penser qu'elle faisait partie d'un complot destiné à le tromper, l'irriter, le conduire une nouvelle fois à user de violence, en guise de châtiment. Sans le concours de Samuel Johnson, toute la manigance — la répugnance soudaine de M. Boyer à imprimer le livre de frère Abraham — eût fort bien pu paraître aux yeux de ce rustre génie des colonies (car, à sa manière opiniâtre, il en était un) une réplique limpide des événements précédents... et, par conséquent, la tentative grossière d'amorcer un piège. Cependant, si pas moins que le Dr Johnson était impliqué, ceci devait constituer en tout point l'authentique et effroyable répétition des circonstances antérieures. En manœuvrant ainsi la réaction probable de frère Abraham, sir John avait persuadé le critique de prêter sa renommée à l'entreprise, afin de parer celle-ci des atours de la bonne foi et de la réalité.

Comme prévu, frère Abraham avait quitté la maison d'édition Boyer de Grub Street pour se rendre directement à Johnson's Court, où il se présenta comme étant l'auteur du manuscrit que M. Boyer avait envoyé au Dr Johnson. Frère Abraham s'était révélé tant soit peu intimidé par la présence d'une aussi vénérable personnalité du monde des lettres. Il lui demanda, à l'instar de quelque écrivailleur néophyte, quelle opinion il avait de son œuvre.

— Elle a retenu mon intérêt, avait admis Dr Johnson de la manière grave qui était sienne. J'ai trouvé certains passages fort bien écrits.

Comblé par un tel éloge, frère Abraham voulut alors savoir quels étaient lesdits passages si bien rédigés.

— Eh bien, ceux concernant les Juifs, bien sûr. Ils constituent un peuple passionnant.

— Mais... docteur Johnson, tout l'ouvrage concerne les Juifs.

— Assurément, monsieur. Pourtant, je trouve que vous avez mieux œuvré en narrant leur histoire. Les mathématiques, toutefois, me dépassent.

— Mais elles sont importantes, insista frère Abraham.

— Sans doute, sans doute, répliqua le Dr Johnson d'un ton dédaigneux. Mais M. Boyer ne me fit pas le moindre commentaire à ce sujet, et je lui en sais gré, pas plus qu'il ne sollicita mon avis sur les qualités littéraires de votre manuscrit, quand bien même je viens d'en faire la critique favorable. Il m'a prié, en revanche, de garder l'œil à l'affût de la moindre hérésie et de tout ce qui était passible de poursuites. Pour être franc envers vous, je m'y entends peu en hérésie. Je suis croyant et pratiquant, mais m'en tiens à cela. Aux théologiens et aux évêques de discuter des grandes idées. En toute honnêteté, elles m'intéressent peu. Je connais néanmoins quelque peu la loi et, bien que n'étant point juriste, certains détails m'ont troublé dans votre manuscrit.

— Quels étaient-ils ?

— Ma foi, monsieur, vous avez écrit certaines choses dont les Juifs pourraient se froisser.

— Dame, qu'ils se froissent ! s'écria frère Abraham. Ils ont assassiné notre Sauveur !

— À proprement parler, monsieur, ce sont les Romains qui s'en sont chargés.

— Mais Ponce Pilate s'est simplement plié aux exigences des Juifs.

— Des Juifs *bien spécifiques*, qui sont à présent morts depuis des siècles.

— Dieu a maudit le peuple entier pour l'insensibilité dont ont témoigné ces Juifs spécifiques. C'est consigné dans les Saintes Écritures, docteur Johnson... cité par Paul, sous-entendu par Notre-Seigneur.

— Si cette autorité n'est point ouverte à la controverse, telle qu'on la conçoit ordinairement, je l'admets, il existe nonobstant plusieurs interprétations possibles... comme l'ont prouvé les érudits et les théologiens au fil du temps. S'il demeure une possibilité d'exégèse théologique, alors cela ouvre une opportunité d'interprétation juridique, quoiqu'elle soit étroite, je vous l'accorde.

— Cela n'a jamais été fait !

— Ce qui ne signifie pas qu'on ne *pourrait* pas le faire. Selon moi, monsieur, cela donnerait lieu à un procès des plus intéressants. Si le verdict est prononcé à votre encontre, vous aurez à verser des dommages et intérêts, bien entendu, encore que j'en ignore le bénéficiaire et le montant. Mais M. Boyer aussi, car, en qualité d'imprimeur, il porte une certaine responsabilité, bien qu'elle s'avère inférieure à celle d'un éditeur. Par ailleurs, la prochaine conversion des Juifs, que vous clamez avec force arguments, deviendrait de ce fait hypothétique.

Épuisé et irrité par cette brève dispute avec l'un des plus grands esprits de notre temps, frère Abraham fléchit de manière flagrante (au dire de Johnson) à ce moment-là et, d'une voix paisible, demanda simplement à rentrer en possession de son manuscrit.

— Je crains de ne pouvoir honorer votre requête.

— Mais... mais... pourquoi ? s'enquit le prêcheur, à présent réellement troublé.

— Parce que, monsieur, quelques minutes à peine avant votre arrivée, j'ai dépêché mon domestique chez M. Boyer avec ledit manuscrit et une missive signée de ma main, dans laquelle j'expose précisément certains des points que je viens d'évoquer dans notre discussion. Laquelle, soit dit au passage, m'a procuré un immense plaisir et m'a paru fort enrichissante, mais il me faut malheureusement la conclure. Je gage que le manuscrit se trouve désormais entre les mains de M. Boyer. Je vous remercie encore de m'avoir offert l'opportunité de vous rencontrer, monsieur, et je vous souhaite à présent le bonjour.

Ce disant, le Dr Johnson prit congé, laissant frère Abraham se faire reconduire à la porte par la servante.

Frustré et en proie à une colère croissante, le prédicateur s'en retourna séance tenante à Grub Street, surgit en fulminant dans le bureau de M. Boyer et, sans crier gare, exigea la remise de son manuscrit.

L'éditeur réagit par des : « Allons, allons ! », en bredouillant quelque peu, pour finir par lui avouer tout net qu'il préférait ne point le lui rendre.

— Et *pourquoi donc*, monsieur ? interrogea frère Abraham, tâchant de recouvrer peu ou prou son sang-froid initial et de reprendre la situation en main.

— Parce que, sur l'avis du Dr Johnson, je dois montrer votre manuscrit à mon notaire. Ensuite, puisque je nourris encore quelques doutes quant à l'exactitude théologique de l'ouvrage, je le présenterai à un évêque de ma connaissance et lui demanderai l'opinion qu'il en a.

— Pourquoi ne point vous décharger de ce fardeau et me remettre mon œuvre ? répliqua frère Abraham.

— Vous m'avez rappelé auparavant que nous avions signé un contrat. Souffrez que je vous le rappelle à mon tour.

— Je vous libérerais volontiers de cet engagement... si je pouvais récupérer mon manuscrit.

— Je choisis de ne *point* m'en libérer, jusqu'à ce que votre travail soit examiné par mon notaire et par l'évêque Baxley. Dans la mesure du possible, je souhaite remplir le contrat et gagner l'argent qu'il nous rapportera à tous les deux. Mais je ne le ferai pas au risque d'encourir des poursuites judiciaires, ni la censure de l'Église. Souvenez-vous, monsieur Watt — puisque tel est votre nom, je crois —, que le consentement des deux parties s'avère nécessaire pour abroger un contrat, si toutes ses modalités sont remplies.

— C'est donc là votre dernier mot ?

— Nenni, monsieur, mon dernier mot viendra après que j'aurai entendu l'évêque et mon notaire.

— Alors, je ne réponds de rien.

— Plaît-il, monsieur ?

— Quel que soit le malheur qui s'abattra sur vous à présent, sachez que vous en serez le seul responsable. « Telle est ma vengeance, a dit le Seigneur. »

— Sont-ce des menaces ?

M. Boyer confia à sir John qu'il n'avait point obtenu de réponse, car au moment même où il achevait de formuler sa question, frère Abraham avait quitté le bureau et franchi la porte pour se retrouver dans la rue.

Chacun des deux hommes, le Dr Johnson et M. Boyer, avaient relaté leur histoire au magistrat, avec sel et panache. Homme de lettres accompli et brillant causeur dans les dîners, le lexicographe avait sans nul doute offert le meilleur récit. Cependant, l'élan dramatique avec lequel l'éditeur conclut son compte rendu — « Sont-ce des menaces ? » — suscita en nous, ses auditeurs, une impression de « déjà vu », qui garantissait sans contredit que l'entreprise conçue par sir John Fielding — et qu'il qualifiait de « piège » — attirerait en effet ces rats en noir, lesquels constituaient le gibier de cette chasse.

Quant au magistrat, qui eût incarné à merveille le Joueur de flûte de Hameln dans sa version londonienne, il s'était tenu assis, penché en avant, la mine d'ores et déjà réjouie à la perspective du succès, et jouant avec ses doigts, à l'instar de quelqu'un dépourvu de la moindre crainte et du moindre doute.

Pourtant les deux individus qui venaient de livrer leur

récit avaient insisté pour discuter et discuter encore, chacun critiquant le comportement de l'autre, chacun interrogeant sir John sur tel détail du plan qui restait à exécuter. M. Bilbo s'en était mêlé à son tour, en posant quelques questions de son cru. Et cela avait continué ainsi, jusqu'à ce que sir John eût levé les bras d'un air exaspéré et suggéré que, nonobstant la tempête, tous se retirassent au modeste quoique respectable établissement voisin, le *Shakespeare's Head*. Il avait toutefois posé la condition suivante : dès lors qu'ils auraient quitté le 4, Bow Street, ils ne pourraient plus discuter du plan, qui désormais était mis en œuvre. Tous avaient donné leur accord et ils étaient partis.

L'invitation lancée à la cantonade n'incluait cependant pas Jimmie Bunkins et votre serviteur. Sans doute sir John avait-il senti que, pour autant qu'il fût respectable eu égard aux critères de ces hommes de la ville, le *Shakespeare's Head*, très prisé des gens de Covent Garden, ne s'avérait aucunement convenable pour des garçons de notre âge. Dans mon cas, il n'aurait certes point eu tort. Concernant Bunkins, en revanche, le magistrat sous-estimait grandement l'expérience que ce gamin avait emmagasinée dans le domaine des bas-fonds, en treize ou quatorze années d'existence (il n'était jamais certain de son âge véritable).

Quoi qu'il en fût, tandis qu'ils gagnaient la sortie, sir John m'avait pris à part et murmuré que je devais emmener mon jeune ami jusqu'à notre office et lui proposer de quoi se restaurer.

J'étais ravi qu'on m'offre l'occasion de parler à Bunkins en aparté, car j'avais hâte de savoir ce qui s'était passé pendant toutes ces heures où il avait disparu, ligoté comme un goret sur l'épaule de M. Bailey.

Je l'avais donc conduit au premier étage, à la cuisine, pas mécontent de la trouver déserte. Une bougie se consumait encore sur la table, aussi Mme Gredge n'allait pas tarder à revenir. Dénichant du pain et du bœuf, j'avais découpé à mon compagnon une tranche de chaque. Comme il restait encore une tasse de thé froid dans la théière, je la versai à Bunkins, qui lorgna le breuvage d'un air de mépris.

— Pas d' bière ? s'enquit-il.

— Non, répondis-je. Sir John en boit une bouteille après les audiences. On la lui apporte chaque jour.

Puis j'ajoutai, non sans suffisance :

— Par ailleurs, cela ne te vaudra rien de bon de boire une telle boisson.

— Black Jack m'a offert une bière. C'est un sacré grand seigneur, ce Black Jack.

Jimmie Bunkins se tut l'espace d'une minute ou deux, tandis qu'il dévorait, tel un jeune chien fou, le pain et la tranche de bœuf. Il arrosa tant bien que mal le tout d'une gorgée du thé que j'avais placé devant lui. Puis il me décocha ce qu'il estimait être un regard impitoyable.

— Tu m'as mouchardé, me lança-t-il, d'un ton accusateur.

— À quoi t'attendais-tu ? répliquai-je, outré. Tu te vantais d'allumer un incendie, en disant que si des innocents y laissaient leur vie, tu t'en moquais, tant que tu avais assouvi ta vengeance. Bien sûr que j'en ai parlé à sir John, et j'agirai de même en des circonstances semblables. Il est mon maître. Je lui dois et lui devrai toujours ma première loyauté.

Il écouta cela, tout en tournant et retournant le problème, et rumina encore après que j'eus terminé, comme s'il accordait à l'affaire plus ample réflexion.

— C'est c' que m'a dit Black Jack, déclara-t-il enfin.

Puis il me décocha une œillade, comme pour me rassurer :

— Tout est pour l' mieux entre nous. T'as eu raison.

— Il semble que M. Bilbo t'ait prodigué de sages conseils.

— Il a dit qu' *mon* problème, répondit Bunkins en se désignant de l'index, c'était qu' j'avais pas un daron pour m' dire c' que j' devais faire, pour me r'mett' su' l' droit ch'min. Il a dit aussi qu' si j' continuais à faire le niais, j' finirais à l'Académie flottante Duncan Campbell, ou plutôt à la Foire aux pendus. C' que j' savais moi-même, même si j' faisais mine de pas l' savoir.

(Dans son étrange argot de galopin, Bunkins faisait en premier lieu allusion au rafiot amarré en permanence sur la Tamise qui tenait lieu de prison pour les détenus qui purgeaient de longues peines ; quant à la « Foire aux pendus », il s'agissait ni plus ni moins de Tyburn Hill, où avaient lieu les pendaisons en public.)

— La dernière fois que je t'ai vu, M. Bailey te transportait sur son épaule. Qu'est-ce qui s'est passé ?

Et Bunkins entama alors le récit de sa rédemption, ou du moins le début de celle-ci, entre les mains de celui dont on disait qu'il avait été jadis un pirate. M. Bailey et M. Bilbo s'étaient séparés juste après avoir franchi le portail du cimetière. Le fardeau, qui n'était autre que Jimmie Bunkins, passa d'une épaule robuste à une autre. M. Bilbo conduisit le gamin dans un fiacre à sa résidence récemment acquise. (Je la connaissais bien ; elle avait été la demeure de lord Richard Goodhope.) Comme elle venait d'entrer en sa possession, la maison se révélait assez nue, hormis quelques meubles que Black Jack avait chipés à son établissement de jeu. Il flanqua Bunkins dans un fauteuil, défit ses liens et lui ôta le mouchoir de la bouche. Puis il entreprit de le sermonner.

Comme le seul meuble de la pièce n'était autre que l'unique siège où Bunkins était assis, M. Bilbo pouvait à loisir faire les cent pas autour de lui et incidemment lui barrer le passage si d'aventure il tentait de fuir. Il apparut assez tôt que Bunkins n'avait aucune intention de « se calter », comme il disait, car il craignait l'homme, sa réputation, d'autant que les remontrances lui furent adressées dans son jargon. M. Bilbo connaissait l'argot qui était la langue maternelle du garnement. Bunkins avait sans doute entendu pareil sermon de la bouche d'autres individus (y compris de sir John en personne, même brièvement), mais on ne l'avait jamais admonesté ainsi dans le langage de Covent Garden. Par ailleurs, n'était-il point celui dont la rumeur disait qu'il avait fait fortune en écumant les sept mers ? Ne témoignait-il point d'une présence féroce et effrayante, tandis qu'il arpentait la pièce vide sur ses jambes courtes et solides ? N'imposait-il pas le respect en projetant sa face sombre et barbue tout près de celle de Bunkins, et en lui prédisant un avenir où il croupirait en prison ou se balancerait au bout d'une corde suspendue à la potence ?

— Mais il te reste un espoir, lui avait dit Black Jack Bilbo. Tu es doué pour la survie. Je te l'accorde, car tu as survécu malgré tes jeunes années, tu as témoigné d'un formidable esprit d'initiative. Je gage que tu ignores tout du monde au-delà de Covent Garden, mais on peut y remédier. J'avais moi-même ton âge avant que j'apprenne à écrire et à compter. Je vais miser sur toi, Jimmie Bunkins. Je vais t'offrir un emploi ici et dans ma maison de jeu. Que dis-tu de cela ?

Bunkins ne s'était jamais vu offrir une besogne de sa vie. Ce qu'il avait vu du monde du travail ne l'enchantait guère. Malgré tout, œuvrer pour un homme tel que celui-ci...

— Qu'est-ce que j' devrais faire dans c' labeur ? s'enquit-il.

— Faire ? Tu feras ce que je te dirai de faire. Je serai ton maître, ton daron. Si je te dis de cesser de voler, comme je le ferai certainement, alors tu devras cesser... fini de jouer les galopins ! Si je te dis d'aller porter cent guinées à un gentleman, tu devras obtempérer et ne point lui en voler une. Si je te dis d'apprendre à lire, dame ! tu apprendras à lire. Je serai un sacré bon daron pour toi, et si ce n'est pas le cas, tu pourras me le dire, et je t'écouterai. Tu seras rémunéré selon ce que tu vaudras. Le gîte et le couvert sont inclus. Alors qu'en dis-tu ? Oui ? Non ?

Jimmie accepta et serra maladroitement la grosse main qu'on lui tendit. Il s'ensuivit un bain, une nouvelle tenue au complet, ainsi qu'un tricorne convenable que lui acheta plus tard Nancy Plummer, l'une des hôtesses de l'établissement de jeu. Il avait jadis joué les tire-laine avec elle à Covent Garden, et il était ravi de l'entendre dire le plus grand bien du daron. En vérité, il était heureux comme jamais il ne l'avait été durant les treize ou quatorze années qu'il avait vécues.

Et il me l'avoua dans notre cuisine, lorsqu'il eut achevé la collation que je lui avais servie et avalé la dernière goutte de son thé froid. Sur ma proposition, nous descendîmes alors au rez-de-chaussée pour attendre le retour de sir John et de ses commensaux. Comme nous patientions, nous observâmes fascinés les sergents de ville qui rentraient, ruisselants de pluie, seuls ou deux par deux, de leur première ronde nocturne dans les rues. La soirée allait donc commencer comme n'importe quelle autre. En rentrant à Bow Street, chaque agent se vit cependant remettre par M. Baker... une paire de pistolets, un sachet de poudre et des munitions, ainsi qu'un poignard. Puis ils s'en allèrent, individuellement ou par deux, pour Grub Street. Ils emprunteraient les ruelles et éviteraient, autant que possible, d'être vus par quiconque se trouvait au-dehors à braver la tempête, par une nuit pareille. De cette façon, l'établissement Boyer se transformerait discrètement en place forte.

Sur ces entrefaites, sir John revint avec les autres, maugréant à l'envi qu'il n'avait pu empêcher M. Boyer et le Dr Johnson de jacasser du complot à venir dans le restaurant. Mais il parut ravi d'apprendre que tout le reste se déroulait selon le plan.

— A-t-on prévenu le Faucheux ? s'enquit-il à l'adresse de M. Baker.

— Oui, monsieur.

— Combien sont-ils rentrés pour s'en aller à Grub Street ?

— Dix, monsieur. Ils devraient tous être en chemin dans quelques minutes.

— Jeremy ?

— Oui, monsieur.

— Tu t'en iras avec nous dans le coche de M. Boyer. Bunkins ?

— Oui, chef... euh... oui, monsieur ?

— J'ai une tâche particulière à te confier. Je me suis laissé dire que tu es réputé pour ta vélocité...

Or donc, nous étions attablés au *Goose and Gander* et attendions que Jimmie Bunkins fasse son apparition. On l'avait posté à la croisée de Maiden Lane et de Half Moon Passage, sous un porche, où il avait directement vue sur la demeure des Frères spirituels. Sa tâche consistait à ne pas quitter des yeux l'entrée de la maison. S'ils se déplaçaient en nombre, ou même par deux ou par trois, il devait estimer leur force, filer à leur insu, et courir le plus prestement possible, usant de sa connaissance des petites rues et venelles du quartier, pour venir informer ceux qui attendaient dans Grub Street que les Frères en habits noirs s'étaient mis en route.

Ce qui, selon sir John, laisserait aux sergents dissimulés aux quatre coins de la maison Boyer quelques minutes pour se préparer... mais ces quelques minutes se révélaient capitales. Les agents se tapiraient en silence et, au moment où leur proie se présenterait, l'embuscade serait lancée et la souricière se refermerait.

Et nous attendions toujours.

Comme j'étais le plus jeune du groupe, je crus que j'avais l'ouïe la plus fine, aussi fermai-je mes paupières et me concentrai-je sur les multiples bruits de cette nuit de tempête... la pluie, le vent, les vibrations de la porte, la respiration de chacun de nous autour de la table.

Tout à coup, sir John annonça :

— J'entends le garçon, à présent. Il vient.

L'instant d'après, je le perçus moi-même... un martèlement régulier sur les pavés. C'était Jimmie Bunkins... cela ne pouvait être que lui... courant à vive allure.

Je bondis à la porte. Les autres s'étaient levés.

Une grosse barre en bois était placée en travers de l'huis. Je tirai dessus avec hargne. Au début, elle refusa de bouger, puis, comme j'allais demander de l'aide, elle glissa enfin de son boîtier. La porte s'ouvrit.

Je me précipitai dans la rue et aperçus Jimmie Bunkins, qui n'était plus qu'à trois perches et se dirigeait tout droit vers moi. N'osant pousser un cri, je lui fis signe de s'engouffrer dans le *Goose and Gander*. Il sembla ne point me voir, tant il était attentif à mouvoir ses jambes à la limite de ses forces. J'écartai les bras, afin qu'il me vît mieux, et me préparai à une éventuelle collision. Ce fut alors qu'il me reconnut. Il fit tout son possible pour ralentir, mais, tel un projectile qu'on eût lancé, il ne se maîtrisait plus. La collision eut bel et bien lieu, encore qu'elle ne fût pas si importante que prévu. Je me penchai en avant, pour amortir le choc, lançai mes bras autour de lui, et reculai en chancelant de cinq bons pas. Sa respiration me frappa aussitôt par sa singularité. Elle s'échappait en profonds halètements qui lui soulevaient la poitrine. Je n'avais pas entendu pareil supplice, depuis que ma mère avait rendu son dernier souffle, emportée par le typhus.

M. Bilbo était là. Il nous sépara et porta Bunkins à l'intérieur de la taverne, en le félicitant et en lui murmurant combien il était fier de lui. Je leur emboîtai prestement le pas, refermant l'huis derrière moi. Bunkins était au sol, en train de régurgiter le pain et le bœuf que je lui avais offerts. Sir John pestait contre lui-même, en disant qu'il avait trop exigé du gamin. Le Dr Johnson et M. Boyer se tenaient dans la lumière tamisée de la lampe du bar, observant la scène d'un air grandement soucieux. M. Bilbo avait posé la main sur la poitrine du garçon.

— Il va bientôt se rétablir, dit-il. Son cœur commence à ralentir quelque peu.

— Mais nous devons... commença le magistrat.

Il s'interrompit, car Bunkins cherchait à s'exprimer. Jimmie put à peine émettre un murmure quasi inaudible. Mais l'oreille de M. Bilbo était toute proche. Il écouta, hocha la tête, attendit la prochaine phrase chuchotée, puis scella doucement de ses doigts les lèvres du garçon, afin qu'il se tût.

— Il dit qu'ils étaient nombreux, mais ils sont partis deux par deux, si bien qu'il a dû attendre pour en faire le compte exact, qui dépassait les dix. Il en arrivait encore, lorsqu'il est parti.

— Jeremy... dit sir John, mais il fut de nouveau interrompu.

La porte déverrouillée du *Goose and Gander* s'ouvrit à toute volée. Je levai des yeux terrifiés, m'attendant presque à voir surgir l'un des Frères spirituels dans la salle, la hache brandie au-dessus de sa tête. Mais il n'en fut rien.

La silhouette dans l'embrasure de l'huis s'avança de quelques pas hésitants. Et tout en marchant, il se mit à beugler avec hostilité :

— Tavernier ! Où êtes-vous ? Je suis ivre et souhaite l'être davantage !

À ma stupéfaction, je reconnus en ce visiteur inopiné Osmond Neville, poète et historien au jour le jour.

— Foutre ! Pourquoi fait-il aussi noir ? Et qui sont ces hommes ? *Tavernier !*

Il poussa un tel cri que je craignis qu'on ne l'entendît jusqu'à Bow Street.

— Faites-le donc taire ! souffla sir John dans un murmure pressant.

Le Dr Johnson empoigna l'infortuné poète et lutta avec lui, ce qui ne servit qu'à provoquer d'autres hurlements. Black Jack Bilbo se leva alors de l'endroit où il se tenait auprès de Bunkins et assena un horion sur la mâchoire de M. Neville, qui le laissa sans connaissance.

— Plaise à Dieu, reprit le magistrat, que les Frères ne se soient pas trouvés dans les parages pour entendre. À présent, Jeremy, tu dois t'en aller dire aux sergents de ville que les prêcheurs sont en route et peuvent arriver d'une minute à l'autre. Vas-y, mon garçon !

Je m'esquivai du *Goose and Gander*, scrutai la rue de haut en bas, afin de m'assurer qu'il n'y avait aucun Frère spirituel à l'une ou l'autre extrémité. Puis, rasant les murs des bâtisses, je me faufilai subrepticement jusque chez Boyer. La pluie avait quasiment cessé... mais Dieu que le vent soufflait ! Il avait dû certainement couvrir les cris de M. Neville.

On ne m'avait point dit si je devais passer par-derrière ou par la rue. J'ignore pourquoi, mais en arrivant sur le trottoir qui longeait la demeure de l'éditeur, je me glissai en tapinois à l'arrière. Comme je parvenais au bout de l'édifice, un bruit attira mon oreille, puis un autre et encore un autre. Je perçus le cliquetis du métal, le glissement d'un soulier, un grognement. Les sons ne provenaient pas de l'intérieur de la maison, mais précisément de devant moi... peut-être dans les écuries de l'arrière-cour, ou dans le jardin. Les Frères spirituels étaient déjà là !

J'étais arrivé à pas feutrés et m'en allai promptement sur la pointe des pieds, pour rejoindre l'entrée principale côté rue. Je heurtai doucement le carreau mais avec insistance, aperçus des mouvements par la fenêtre et, l'instant d'après, la porte des éditions Boyer s'entrouvrit et une main ferme m'attira dans l'échoppe. Je reconnus alors M. Nicholson, le jeune associé de M. Boyer, qu'on m'avait désigné du doigt à l'audition de John Clayton. M. Bailey était debout derrière lui.

— Ils sont là ! murmurai-je. Derrière la maison, peut-être déjà dans les écuries.

Sans souffler mot, M. Bailey se tourna et fit signe aux autres qui m'étaient invisibles. Puis ses six pieds et demi se volatilisèrent à leur tour, et je me retrouvai seul en compagnie de M. Nicholson.

— Viens, me chuchota-t-il, nous devons nous éclipser.

Il me conduisit hâtivement dans une alcôve de l'arrière-boutique, laquelle était encombrée par un bureau de bonne taille. Nous nous tapîmes à croupetons derrière le meuble, puis il ouvrit le tiroir du bas et en sortit deux pistolets de duel de petit calibre. Tout en m'en offrant un, il posa l'index sur ses lèvres, m'enjoignant inutilement au silence.

Nous attendîmes, l'oreille aux aguets.

La disposition des sergents dans la maison Boyer avait suscité à Bow Street quelques brèves discussions. M. Bailey préférait surprendre les Frères spirituels au rez-de-chaussée, dès qu'ils seraient tous à l'intérieur. Sir John insista pour qu'on leur permît de monter dans les étages, afin de prouver leurs desseins meurtriers. « Vous les prendrez au piège dans l'escalier, avait-il déclaré. De la sorte, s'il doit y avoir combat, les conditions vous seront plus favorables. »

Tout naturellement, ce fut l'avis de sir John qui prévalut. Par ailleurs, M. Nicholson avait veillé à l'installation des sergents dans les chambres désertes... pour la nuit, on avait déplacé la maisonnée entière dans une pension située à quelque distance. La demeure Boyer se composait au premier d'une vaste pièce commune, tenant lieu à la fois d'office et de salle à manger. Au-dessus se trouvaient les chambres de la famille : M. et Mme Boyer, ainsi que leurs deux filles célibataires. Le dernier étage était réservé aux apprentis et aux deux servantes. (M. Nicholson, ainsi que le maître imprimeur et les trois compagnons typographes ne résidaient point sur les lieux.) Le plan prévoyait que les sergents se répartissent pour la plupart en haut et au pied de l'escalier, contraignant ainsi les Frères spirituels à descendre, et en les privant de toute possibilité de s'enfuir.

Il y avait six sergents, dont M. Bailey, dissimulés autour de nous, à divers endroits du rez-de-chaussée. Tous étaient si bien cachés que je n'aurais su dire où ils se trouvaient.

Nous ne tardâmes pas à nous rendre compte que les Frères spirituels avaient pénétré en la demeure. Le souffle froid du vent s'insinua dans la maison, tandis que la porte côté cour demeurait ouverte assez longtemps pour qu'un interminable groupe pût s'introduire. Quelqu'un dut ensuite la refermer, car le courant d'air cessa, et je perçus des pas feutrés qui s'approchaient. Ils avançaient le plus silencieusement qu'il fût permis à des hommes chaussés de bottes. J'en dénombrai une douzaine qui montaient l'escalier. L'un d'eux, sauf erreur de ma part, resta là au rez-de-chaussée. Ils semblaient bien connaître l'agencement de la demeure, car ils passèrent directement du premier étage à celui des chambres. Isham Henry n'avait point failli à sa tâche déloyale. Non seulement avait-il fourni une clé ouvrant la porte de derrière, mais il avait de surcroît familiarisé ses complices avec la place exacte de chacune de leurs victimes présumées.

Comme ils cheminaient lentement et en catimini — ils n'avaient gravi que quelques marches grinçantes —, il parut s'écouler une éternité avant qu'ils n'atteignissent les buts qu'ils s'étaient assignés. J'eus alors l'impression de patienter un temps tout aussi infini, car le silence le plus pur et le plus absolu régnait en la demeure, que seules troublaient les vibrations de l'huis. Je percevais à peine le bruit de ma propre respiration. Puis le calme fut troublé, non point par les portes qu'on ouvrait à la volée, ni par des cris ou des coups de feu, mais par la voix décidée de Benjamin Bailey.

— Vous avez la possibilité de vous rendre ! lâcha-t-il d'un ton impérieux qui résonna dans toute la maison. Résistez et nous ne ferons pas de quartier !

Mais, étouffant les dernières paroles du capitaine, une autre voix s'écria :

— *On nous a trahis !*

Je me relevai juste à temps de ma cachette derrière le bureau pour entrevoir, sous la lumière diffuse, l'un des Frères spirituels qui brandissait sa hache en direction de

M. Bailey et avançait vers lui. Le brigadier l'abattit sur-le-champ. L'homme en noir s'effondra à moins de dix pieds de mon poste d'observation.

Soudain, comme s'ils attendaient ce signal, les coups de feu éclatèrent de toutes parts... au dernier étage et juste au-dessus de nous. On entendit des bruits sourds. Puis une cavalcade dans l'escalier. À présent, de nombreux cris fusaient au premier étage.

Je sentis M. Nicholson qui me tirait.

— Couche-toi, mon garçon ! Veux-tu faire les frais d'une balle perdue ?

Il y eut alors une fuite précipitée au-dessus de nos têtes, tandis qu'un des sergents appelait à l'aide :

— Ils se sont retranchés dans la grande salle !

— Allons, les gars ! brailla M. Bailey. Nous montons !

Et il ouvrit la marche dans l'escalier, tout en lui fleurait l'adjudant-chef qu'il avait été jadis, et ses agents suivirent, pistolet au poing, couteau à la main.

J'assistai à tout cela en épiant par-dessus le bureau. Mais en les voyant monter, je me rendis compte que quelque chose clochait. L'issue n'était plus barrée. Je m'extirpai de derrière le bureau.

— Où diable vas-tu ? aboya M. Nicholson, au comble de l'irritation.

— Protéger la porte, répondis-je.

Mais au moment où j'actionnai le chien du pistolet que j'avais en main, en espérant qu'il fût chargé et que je n'eusse pas besoin de l'éprouver pour le découvrir, ladite porte que je cherchais à défendre s'ouvrit en grand et Black Jack Bilbo se rua dans la maison.

— Où se déroulent les combats ? me hurla-t-il.

Le tumulte du premier étage lui répondit à ma place. Il leva des yeux féroces et sa physionomie me sembla des plus effrayantes.

— Il me faut une arme !

Je désignai alors le Frère abattu qui gisait à terre. Sa hache reposait à moitié sous lui. Black Jack s'en empara et se dirigea vers l'escalier. Mais au même moment, deux silhouettes encore plus terrifiantes descendaient les marches à la hâte... leurs effets noirs en lambeaux, la face et les mains ruisselantes de sang. J'ignorais comment ils avaient pu s'échapper. L'un d'eux tenait une hache, l'autre non.

Black Jack fondit sur l'homme armé, lequel manœuvra sa hache avec une telle force et une telle adresse, qu'il manqua arracher l'arme des mains de l'ancien pirate.

L'homme non armé les contourna en se tenant à distance respectueuse, ce qui l'amena dans ma direction.

— Plus un geste ! vociférai-je. Ou je tire !

Mais il était déjà passé devant moi, avant que je n'eusse le temps de brandir le pistolet et de l'armer correctement. Juste au moment où il ouvrit la porte, je l'aperçus dans ma ligne de mire et le mis en joue. Lorsque je tirai, une telle fumée s'échappa du canon que je ne vis plus ma cible pendant un moment. Une fois le nuage dissipé, je me rendis compte que l'individu avait disparu. Je l'avais manqué.

— Tu l'as touché, jeune homme, tu l'as touché ! s'enthousiasma M. Nicholson, debout de toute sa hauteur derrière le bureau où il s'était tapi. Je l'ai vu trébucher et agripper son épaule. Bravo, mon garçon !

— Il s'est quand même enfui, répliquai-je, découragé. Monsieur, puis-je emprunter votre pistolet ?

— Avec plaisir... et je vais recharger celui que tu viens juste de vider. Tiens...

Nous échangeâmes nos armes et j'allai quérir M. Bilbo. Il semblait quant à lui avoir excellé au duel à la hache, car tout au bout de l'arrière-boutique où je le retrouvai, son adversaire en noir était désarmé et recroquevillé dans un coin.

M. Bailey descendit alors l'escalier, proclamant une grande victoire.

Sir John, comme cela se vérifia, n'en était point si certain. Un des Frères spirituels s'était échappé. Il irait aussitôt prévenir les autres à Half Moon Passage, déclara le magistrat.

— Mais Jeremy l'a blessé, répliqua M. Bailey, ou du moins c'est ce qu'affirme M. Nicholson. Notre homme n'a peut-être pas pu retourner chez lui.

— À moins qu'il n'y soit parvenu, contra sir John. Mettons-nous en route sans plus tarder.

Le coche de M. Boyer arriva dans la minute. Le magistrat l'avait effectivement réquisitionné, en persuadant l'éditeur de demeurer sur place pour constater les dégâts causés à son établissement, tout en leur laissant le libre usage de la voiture. On en usa et abusa, du reste, car ce véhicule de taille modeste fut littéralement assiégé par toute une escouade de sergents de ville, sir John, le Dr Johnson, M. Bilbo, Jimmie Bunkins et votre serviteur. Les chevaux pouvaient à peine tirer la charge lorsque nous partîmes.

La voiture fut toutefois allégée en chemin, lorsque nous croisâmes par hasard un fiacre libre, sans doute le seul à sillonner Londres à cette heure tardive et par une semblable nuit de tempête. Sir John tambourina au plafond de notre attelage et ordonna au cocher de s'arrêter. Puis, péremptoire comme jamais, il demanda au Dr Johnson, à M. Bilbo et à Bunkins de sortir pour continuer dans la voiture de louage.

Le premier n'opposa aucune objection, affirmant dans un soupir qu'il avait eu son content de coups de feu et d'hommes morts pour le restant de ses jours. Il n'en désirait pas davantage. Il descendit donc.

Mais M. Bilbo refusa tout net d'obtempérer, arguant qu'ils étaient loin d'être en nombre suffisant pour prendre d'assaut les Frères spirituels, ce qui s'avérerait nécessaire s'ils avaient perdu l'avantage de la surprise.

— Vous avez besoin de moi, sir John, j'ai de l'expérience en la matière.

— Quels qu'aient pu être vos états de service antérieurs, monsieur Bilbo, vous faites à présent partie de la population et méritez dès lors d'être protégé. Vous m'avez grandement irrité en vous lançant à corps perdu dans la bataille chez Boyer. Vous êtes impétueux, monsieur.

— Telle est ma nature.

— Qui plus est, renchérit le magistrat, il nous suffit de barrer toute issue aux Frères spirituels et d'attendre les renforts. Allez-vous-en, à présent. Le garçon est encore souffrant de l'épreuve que je lui ai infligée. Assumez vos responsabilités et j'assumerai les miennes.

Ayant ainsi parlé, sir John se détourna du tenancier de la maison de jeu, indiquant par là qu'il n'y avait rien à dire de plus.

De mauvaise grâce, M. Bilbo descendit alors du coche, prit Bunkins dans ses bras et, malgré les protestations de ce dernier, le transporta jusqu'au fiacre qui attendait.

Sir John heurta alors le plafond de sa canne et pria le cocher de repartir.

— Est-ce le plan, monsieur, s'enquit Benjamin Bailey assis à mes côtés, de les maintenir à l'intérieur, jusqu'à l'arrivée des gars en renfort ?

— Il en vaut bien un autre.

Et il n'en dit pas davantage jusqu'à la fin du trajet. Le vent continuait à souffler, passant de la plainte la plus rauque au gémissement le plus haut perché. On eût pensé qu'un passage s'ouvrait pour nous mener en enfer, où nous devions endurer les lamentations du chœur des damnés. Comme nous passions devant un réverbère, je croisai le regard du sergent Rumford, vétéran comme M. Bailey de la guerre contre les Français. Il me gratifia d'un hochement de tête qui, à n'en point douter, était censé me rassurer, mais l'inquiétude qui se lisait sur son visage trahissait peu ou prou le contraire.

Moi-même, j'appréhendais ce qui nous attendait, même si cela ne m'effarouchait pas outre mesure. Je m'enhardissais à l'idée que je m'étais bien comporté dans l'échauffourée qui venait d'avoir lieu. Ce qui m'avait poussé à intervenir, je ne saurais le dire... la nécessité, l'enthousiasme du moment, le désir d'agir en homme... sans doute les trois. J'avais tiré sur mon semblable sans autre idée que de le retenir dans sa fuite. Et si je ne l'avais point arrêté, j'étais grandement ravi de ne l'avoir point tué. C'eût été trop lourd à porter pour ma juvénile conscience.

Presque tous les prisonniers étaient blessés... à l'exception d'un seul. Il avait lâché sa hache et levé les bras au ciel à la première semonce. Lorsqu'on me l'indiqua du doigt, je reconnus en lui le petit individu à l'œil triste qui nous avait ouvert la porte, lors de notre dernière visite nocturne aux Frères spirituels. Sir John, agissant sous quelque intuition, avait ordonné qu'on enfermât cet homme à l'écart des cinq autres détenus.

Nos adversaires déploraient six morts et nous, deux blessés. Cependant, les blessures infligées par ces haches acérées se révélaient si profondes, qu'elles nécessitèrent aussitôt les soins d'un praticien résidant dans le voisinage. Le sergent Perkins risquait de perdre son bras, à cause d'une entaille à l'épaule.

Or donc, si l'on comptait nos invalides, l'agent qui les accompagnait chez le médecin, celui qui resterait sur place pour aider le Faucheux dans sa moisson, sans compter les trois autres qui escorteraient les prisonniers jusqu'à Bow Street, il paraissait clair qu'en dépit des renforts qui arriveraient nous ne serions guère nombreux... d'où l'inquiétude du sergent Rumford et mon appréhension.

Dans Maiden Lane, non loin de la synagogue incendiée, sir John reprit la parole :

— Nous ne devons plus être loin.

M. Bailey l'informa de l'endroit exact où nous nous trouvions.

Après quoi, le magistrat martela une dernière fois le plafond du véhicule et cria au cocher de s'arrêter.

— Nous ferons le reste du chemin à pied.

En un rien de temps, notre petite troupe se rassembla sur les pavés, tandis que le coche s'éloignait dans la nuit. Forcé de hausser la voix pour couvrir le vent, le magistrat donna les instructions suivantes :

— Deux derrière, deux en façade. N'hésitez pas à tirer sur quiconque tenterait de s'échapper, mais vous devez crier une première sommation. Les pistolets sont chargés ?

Tout le monde répondit oui à l'unisson.

— Alors, allons-y. Monsieur Bailey, placez-moi dans la bonne direction.

Il semblait m'avoir totalement oublié. Si je n'avais soufflé mot et pas été assis à ses côtés dans le coche, j'étais néanmoins sûr qu'il n'ignorait pas ma présence. Pouvait-il me sentir ? Ma respiration trahissait-elle un rythme différent de celle des autres ? Quoi qu'il en fût, je ne fis rien qui pût attirer l'attention sur moi, tandis que nous cheminions vers Half Moon Passage. Je fermai la marche.

Nous parvînmes sous peu à l'hostellerie des Frères spirituels. J'y fis une découverte qui ne me surprit ni ne me troubla outre mesure. La porte d'entrée était ouverte. Un mauvais signe, semblait-il. Lorsque M. Bailey lui en fit part, sir John pensa la même chose. Nous nous rassemblâmes autour de lui devant ladite entrée.

— Cela ne me plaît guère, avoua-t-il, en veillant à parler à voix basse. Répartissez-vous entre la cour et la rue, comme je vous l'ai dit, mais je crains que M. Bailey et moi ne devions entrer, afin de constater s'il ne reste plus âme qui vive à l'intérieur.

Et ils procédèrent ainsi. Le magistrat et le capitaine attendirent que les deux hommes diligentés à l'arrière fussent à leur poste, puis ils pénétrèrent en la demeure. Je les suivis sur la pointe des pieds. Puisqu'on ne m'avait point spécifié de me tenir en retrait, j'avais choisi de les accompagner, ne fût-ce qu'en tapinois. Lorsque j'entendis M. Bailey sortir son pistolet, je glissai la main dans ma poche et agrippai la crosse du mien... ou plutôt de celui de M. Nicholson, lequel demeurait chargé et en ma possession.

Aussitôt le seuil franchi, je compris qu'il y avait quelque chose de bizarre. De prime abord, une odeur étrange imprégnait les lieux. Ensuite, je perçus des grincements et des craquements atroces à l'intérieur de la bâtisse, comme si la bourrasque l'eût remuée et ébranlée. Tout cela me rappela avec horreur les bruits qui s'échappaient du vieil édifice sur cour de Moll Caulfield, dans St. Martin's Lane, juste avant qu'il ne s'effondrât. J'eus enfin une vision des plus singulières, éclairée par une chandelle, comme si l'on eût souhaité ainsi y attirer notre attention. Une paire de jambes se balançaient du plafond, les pieds chaussés effleurant presque l'épaule de sir John qui, confus, remuait la tête en tous sens. Le reste du corps m'était invisible. Mais je m'approchai avec précaution, en proie à quelque curiosité morbide, n'ayant jusque-là jamais vu de pendu.

— Non, monsieur, je ne le connais point, disait M. Bailey. Avec leurs noirs atours, je ne les distingue pas les uns des autres.

Je me plaçai aux côtés du capitaine et considérai le corps. Sa face était hideuse, tout à fait déformée, avec une langue noircie qui pendait de la bouche. Mais je le reconnus.

— Qui est là ? s'enquit sir John. Est-ce toi, Jeremy ?

— Oui, monsieur, répondis-je. Mais le pendu, c'est Isham Henry.

— Ah, le typographe. Ils ont dû le pendre pour trahison... Aux yeux de frère Abraham, il est plus aisé de croire qu'il a un Judas dans ses ouailles plutôt que de se savoir lui-même dupé.

Le magistrat se tourna dans ma direction et m'accorda alors toute son attention :

— Merci, Jeremy. Tu nous as été grandement utile. À présent, va-t'en.

— Mais sir John...

— Va-t'en, te dis-je.

— Cette bâtisse...

Avant que je ne pusse le mettre en garde et qu'il ne pût m'ordonner derechef de gagner la sortie, une autre voix résonna à quelque distance et attira aussitôt notre intérêt.

— Sir John Fielding ! Avancez donc !

C'était frère Abraham, à n'en point douter.

Sans une parole de plus à mon adresse, le magistrat se mit à cheminer dans la direction de ladite voix. M. Bailey et moi échangeâmes un regard... lui de curiosité, moi de panique.

— Quelle est donc cette odeur ? murmurai-je.

— L'huile de lampe, répondit le capitaine. À présent, sauve-toi. Tu as entendu ce que t'a dit sir John.

Et lui, en soldat loyal qu'il était, se hâta de rejoindre son chef, qui venait de franchir une porte sur la gauche. Celle-ci menait, j'en étais certain, dans la salle de prière, à savoir la salle à manger autrefois sise en la demeure et depuis lors transformée.

Diable de demeure, s'il en fut ! J'aurais juré qu'elle ne passerait pas la nuit, à en croire les bruits terrifiants que je percevais au-dessus et tout autour de moi. Ballottée par le vent, la maison répondait par des plaintes et des gémissements. La nuit, disais-je ? Il me sembla bel et bien que la bâtisse s'écroulerait sur nous d'une minute à l'autre. Ne s'en rendaient-ils point compte ? M. Bailey était-il donc sourd ? Je savais en tout cas que sir John ne l'était pas. À moins d'avoir déjà connu pareille situation, peut-être semblerait-il alors impossible qu'une telle catastrophe puisse se produire. Mais comment pouvait-on croire que le toit lui-même ne fût pas près de s'effondrer ? Ou les murs de s'écrouler ? C'était pourtant le message que je recevais de cette pauvre maison. Je sentis qu'il m'incombait de le transmettre à sir John.

Il m'avait dit qu'il s'avérait parfois nécessaire de battre en brèche ses défenses. Je m'y employai de ce pas. Je me dirigeai donc — toujours avec maintes précautions — vers cette porte par laquelle le magistrat et à présent Benjamin Bailey avaient disparu. Je demeurai hésitant dans l'embrasure, m'aplatis contre le mur, en me demandant comment les convaincre tous deux de me suivre.

Ils s'étaient arrêtés à mi-chemin environ du bout de cette longue salle. À son extrémité, derrière la chaire, se tenait frère Abraham, une torche allumée en main.

— Approchez-vous encore ! leur cria-t-il.

— Non, refusa sir John. Nous sommes bien assez proches.

— Vous ne me faites point confiance ! Quel dommage... mais la méfiance est mutuelle. Dites à votre homme de remiser ces pistolets qu'il tient dans les mains, ou je plongerai cette torche à l'endroit même où je suis et nous brûlerons tous. C'est en mon pouvoir. L'Apocalypse, chapitre treize, verset treize. « Elle accomplit des prodiges étonnants : jusqu'à faire descendre, aux yeux de tous, le feu du ciel sur la terre[1]. »

Au signal de sir John, M. Bailey se débarrassa de ses pistolets.

— Si mes souvenirs sont exacts, le « elle » dans le passage que vous venez de citer n'est autre que l'une de ces grandes bêtes qui peuplent les pages de cet ouvrage fort déroutant. Vous n'allez assurément point endosser pareil travestissement ?

— Les grandes bêtes jouent un rôle majeur dans la prophétie. Par ailleurs, l'ouvrage n'a rien de déroutant, si vous en possédez comme moi la clé.

— Oh, cela ne fait pas l'ombre d'un doute ! Mais je ne suis pas venu discuter des Écritures avec vous. Je suis ici pour vous persuader de vous rendre.

— À vous ? Espèce d'imbécile aveugle, le plancher que vous foulez en ce moment même est inondé de...

Les dernières paroles de frère Abraham furent étouf-

1. In *La Bible de Jérusalem, op. cit.* (*N.d.T.*)

fées par un grand bruit sourd en provenance des étages supérieurs, un bruit de raclement et de chute. Peut-être une partie du toit avait-elle cédé, à moins qu'une cheminée ne se fût effondrée. Mais à en croire l'odeur qui exhalait de toute part et l'interprétation que m'en avait fournie M. Bailey, je savais pertinemment de quoi le plancher était imprégné.

— Et où se trouvent les autres Frères spirituels ? Ils doivent aussi se livrer.

— N'avez-vous donc rien compris ? Vous êtes un homme mort, ainsi que votre sergent de ville... aussi mort que votre espion que nous avons pendu quelques minutes à peine avant votre arrivée. Il nous a trahis, comme la vieille femme a tenté de le faire aussi. Tous ceux qui s'opposent à moi périront et seront voués à la damnation éternelle. C'est également écrit dans le livre. Moi... et seulement moi... en ai la clé.

— Aucune des deux personnes auxquelles vous avez fait allusion n'a été mon espion. Vous n'avez point été trahi par Isham Henry, mais plutôt par votre suffisance. C'est vous, monsieur, qui avez témoigné de la plus grande niaiserie.

— Mais... songez aux formidables ravages que causera un incendie par une nuit de tourmente telle que celle-ci !

— Si je suis, selon vous, un homme mort, je ne dispose alors d'aucun pouvoir pour remédier à cela. Pour la dernière fois, je ne puis que vous demander instamment de vous rendre.

— Et moi, pour la dernière fois, je rejette votre requête et j'en appelle au jugement divin sur votre personne.

— Monsieur Bailey, ordonna sir John d'une voix ferme et autoritaire, sortez votre pistolet et abattez cet homme.

Frère Abraham, qui pouvait à peine en croire ses oreilles, lança sa torche à terre et une petite flamme stable se mit à brûler... ce n'était guère les feux de l'enfer auxquels il semblait s'attendre.

Sur ces entrefaites, un cataclysme s'amorça au-dessus de nos tête. Je courus dans l'allée entre les bancs pour rejoindre sir John et M. Bailey. Plâtre et autres gravois pleuvaient sur moi. Je m'agrippai aux deux hommes, juste au moment où le capitaine faisait feu sur frère Abraham, qui, cédant à la panique, s'enfuyait par une porte dérobée, à droite, derrière la chaire. Le coup partit de guingois.

— Sauve qui peut ! hurlai-je. Le plafond s'effondre !

Ne tolérant aucune résistance, je saisis sir John par le bras, tandis que le plancher du dessus dégringolait par pans entiers, et que les murs eux-mêmes tremblaient de plus en plus violemment. Je l'attirai de toutes mes forces vers la porte. M. Bailey nous rattrapa et agrippa l'autre bras du magistrat. Sir John se déplaçait aisément, il nous suffisait de le piloter.

Nous sortîmes alors de la grande salle, passâmes en courant devant le cadavre d'Isham Henry, qui se balançait vivement au bout de sa corde. Ses pieds me heurtèrent lorsque je le croisai et je les repoussai vivement.

Nous surgîmes tous les trois sur le trottoir et poursuivîmes notre course folle dans la rue. Les sergents Kelly et Sheedy fondirent sur nous et nous gratifièrent de force bourrades et claques dans le dos, en nous acclamant pour notre fuite.

Dans un ultime rugissement, les murs s'écroulèrent. Ils s'affaissèrent vers l'intérieur, pour la plupart, encore que le plus proche de nous, avec le poids des autres, semblât presque se réduire en miettes sous nos yeux, répandant à foison éclats de bois et bris de verre sur les pavés, de sorte que nous fûmes contraints de reculer encore davantage, sur le trottoir d'en face.

Puis vint ce qui parut être le silence... mais le vent soufflait encore. Toutefois, la bâtisse s'était entièrement écroulée. Elle ne formait plus qu'un gros tas d'éboulis de bois. Je perçus alors un son pour le moins singulier. C'était un rire. Mon regard se porta sur la droite et je découvris sir John littéralement secoué de spasmes. Je craignis que le pauvre, anéanti par ce qu'il venait de vivre, ne succombât à quelque crise de démence.

— Qu'est-ce donc, monsieur ? m'enquis-je. Vous allez bien ?

— Oh, tout à fait bien ! répondit-il entre deux gloussements. Je pensais à frère Abraham.

— Il s'est échappé.

— Oh, peut-être, mais permets-moi d'en douter. Non, ce qui m'a frappé, c'est que si le bougre s'y entendait en Saintes Écritures, il faisait certainement un piètre chimiste. Ce qu'il escomptait de l'huile de lampe m'a stupéfié.

— Elle n'aurait point brûlé ?

— Oh, certes si ! Je gage que tu étais là pour voir la flamme s'allumer.

— Euh... oui, monsieur.

— Mais l'huile de lampe se consume de façon lente et régulière. C'est là son avantage. Elle brûle toute la nuit. Le pauvre imbécile l'ignorait. Jusqu'ici, il n'avait sans doute jamais mis les pieds dans une ville telle que Londres, qui dispose de réverbères à chaque coin de rue et le long de chaque artère. Il a dû les considérer d'un air ébaubi, en se disant : « Je peux provoquer un grand incendie avec ceci. » Ma foi, il aurait pu y parvenir ce soir, si le feu avait eu le temps de prendre. À présent, la demeure s'est éboulée dessus et l'a étouffé dans l'œuf. Tu ne vois aucune fumée, n'est-ce pas ?

— Non, monsieur... seulement de la poussière, mais point de fumée.

— Quand bien même, nous devons réveiller le lord-maire et lui dire de dépêcher ses pompiers, au cas où le feu viendrait à prendre brusquement.

Il s'interrompit et fronça les sourcils.

— Mais est-ce que je me trompe, ou le vent n'est-il pas en train de tomber ?

C'était vrai. Les mugissements s'étaient mués en murmures, désormais. Nous parlions à présent de nos voix habituelles, alors que quelques minutes plus tôt nous étions forcés de crier.

— Oh, Jeremy, Jeremy, prononça sir John en secouant vivement la tête. Que Dieu nous garde des actes malveillants de rustres prêcheurs tels que frère Abraham.

Ayant dit cela, il sombra dans le silence. Puis son rire le reprit. Réussissant enfin à recouvrer son sérieux, il déclara :

— Après mûre réflexion, j'admets qu'Il y est parvenu.

CHAPITRE XII

Où justice est rendue
et où un accord est conclu avec
le président de la Haute Cour

La fin d'Abraham Watt, autrement connu sous le nom de frère Abraham, se révéla des moins glorieuses. Ayant échappé à la mire de Benjamin Bailey, notre homme, de crainte que le second pistolet n'atteignît mieux sa cible que le premier, courut rejoindre un petit groupe de ses fidèles qui se tenaient non loin de l'entrée sur cour, priant et tremblant de peur face aux bruits et aux secousses de la demeure en train de s'effondrer. Ils sentirent... ou plutôt virent... que le plafond allait s'abattre sur eux, mais ils demeurèrent là, comme frère Abraham le leur avait ordonné. Car bien qu'ils eussent foi en Dieu, ils reconnaissaient en Abraham Son prophète et lui obéissaient sans sourciller.

Le voyant apparaître encore plus effrayé qu'eux-mêmes, les frères restants furent saisis de la plus grande confusion. Il ne prit pas le temps de les appeler. Pas plus qu'il ne s'arrêta pour leur dire de le suivre. Frère Abraham se rua simplement dans le groupe, écartant quiconque se trouvait sur son chemin, entre lui et la porte. Et lorsqu'il atteignit celle-ci, il l'ouvrit en grand et s'enfuit. Ce qui suscita la panique chez ses fidèles, qui se bousculèrent les uns les autres, gesticulant et luttant pour franchir l'huis dans son sillage.

Face à cet exode soudain, le sergent Rumford conseilla

au jeune agent Cowley de tenir bon, puis ordonna au premier fuyard qui sortait de la maison de s'arrêter et de se livrer. Mais frère Abraham ne voulut rien entendre. L'agent Rumford brandit son pistolet et fit feu. Étant un ancien soldat, il ne tirait que pour tuer, et il tua bel et bien. Un coup net, à courte portée, droit au cœur.

L'effet sur les frères fut immédiat et, sur le sergent Rumford, pour le moins déroutant. Oh, certes, ils s'arrêtèrent ! Mais tandis qu'il rechargeait son pistolet, il les vit errer d'un air désœuvré autour de leur chef abattu. Jadis, il avait vu un boulet de canon décapiter un soldat sur place, après quoi le tronc de celui-ci avait fait quelques pas avant de choir. Ils semblaient agir de même, se dit-il, comme ils déambulaient sans but et en silence.

Tout cela fut rapporté par le sergent Rumford à sir John, lorsque Cowley et lui conduisirent leurs prisonniers de l'autre côté de la maison effondrée, dans la rue. Mais à ce moment-là, alors que le vent était tombé et que les voisins réveillés étaient sortis pour contempler, bouche bée, la ruine, sir John dut faire face à un autre problème. On avait entendu des appels au secours du tréfonds de la bâtisse écroulée. Les pauvres et les indigents avaient été enfermés à double tour dans leurs pièces en sous-sol, sans doute pour périr brûlés ou étouffés, dans le grand incendie que frère Abraham avait prévu. On mit les détenus au travail, afin de déterrer les personnes prisonnières des décombres. Un seul fut exempté de cette besogne, et ce à cause de sa blessure à l'épaule droite... l'homme sur lequel j'avais tiré. Comme on leur avait donné des ordres, les frères œuvrèrent avec adresse et libérèrent les pauvres gens en un tournemain.

Au bout d'une heure, la brigade des pompiers arriva avec son gros engin. Ils n'apprécièrent guère d'avoir été mandés sur des lieux dépourvus d'incendie flagrant. Les explications de sir John ne parvinrent pas à apaiser le courroux de leur chef, même s'il reconnut qu'ils devaient demeurer quelque temps sur place et inspecter le site, au cas où un feu se déclarerait. Ils ne restèrent pas longtemps, cependant, et s'en allèrent dans une colère noire.

Nous nous décidâmes aussi à quitter enfin cet endroit, théâtre de tant de misère et de fourberie. Sir John laissa un seul sergent de garde — qui était venu avec le groupe de Grub Street — et renvoya tous les badauds dans leurs foyers. Ce fut ainsi que nous finîmes par regagner Bow Street et que s'acheva cette longue nuit.

J'ignore s'il veilla tard ou s'il se leva de bonne heure, mais j'appris que sir John avait entendu en salle d'audience les dépositions à l'encontre des frères ayant survécu à la bataille chez Boyer... y compris, bien sûr, celui que j'avais blessé.

Le frère Elijah aux yeux tristes, qui s'était immédiatement livré, témoigna contre ses camarades dans l'affaire de l'expédition punitive contre la maisonnée Crabb. Il reconnut y avoir lui-même participé et avoua avoir asséné un coup, mais son acte et les cris des agonisants lui avaient tant soulevé le cœur qu'il en avait vomi et lâché sa hache. Ce qui, évidemment, expliquait pourquoi John Clayton avait eu celle-ci en main, lorsqu'on l'avait appréhendé. Frère Elijah s'était vu sévèrement châtié pour ce manquement et on l'avait dépêché avec le groupe d'assassins à l'assaut de la maison Boyer, afin qu'il fît ses preuves. Tom Cranford porta témoignage, ainsi que M. Boyer en personne. Et l'initiateur principal de ces horribles crimes — auxquels s'ajoutaient ceux de Moll Caulfield et d'Isham Henry — fut désigné par sir John comme étant Abraham Watt, à présent défunt. Tous les prisonniers furent déférés à l'Old Bailey et envoyés à Newgate, en attente de jugement... hormis frère Elijah, qui fut envoyé à la prison de Fleet.

Tout cela, on me le rapporta, car je n'assistai point aux audiences, sir John ayant donné l'ordre formel qu'on me laissât dormir toute la journée durant. Lorsque je descendis d'un pas trébuchant l'escalier, c'était presque le moment du souper, mais Mme Gredge m'obligea à attendre l'heure du repas. Sir John apparut alors et me narra par le menu sa séance de grande activité au tribunal. Il parut cependant mécontent de la façon dont la situation se présentait. Restait le problème des prisonniers capturés par le sergent Rumford, lorsque la demeure s'était effondrée.

— Nous savons que l'un d'entre eux a pris part à l'assaut chez Boyer, me dit sir John, car tu l'as blessé là-bas. À propos, j'aimerais autant que tu évites de manier les armes à feu, Jeremy. Je t'ai certes permis de brandir un pistolet il y a quelque temps, mais c'était une erreur. Tu as encore en ta possession celui que t'a prêté M. Nicholson, n'est-ce pas ? Rends-le-lui demain, je te prie.

— Bien, monsieur.

— Parmi les cinq restants, il y en a sans doute un ou deux qui auront participé à la pendaison d'Isham Henry. Cet individu, frère Elijah, a bien précisé qu'aucun des cinq n'avait collaboré à l'attaque de la maisonnée Crabb. En l'occurrence, je ne sais comment séparer les coupables des simples observateurs, car personne ne portera témoignage contre le reste de la bande. Je n'en ai inculpé aucun, mais les ai consignés dans la chambre de sûreté pour réfléchir... soit ils comparaissent en justice pour meurtre, soit ils témoignent et sont libres. Voilà ce que je leur ai proposé.

— Je comprends le problème, sir John. Ne pourriez-vous point leur parler et les convaincre que c'est pure folie de garder le silence ?

— J'ai tenté de le faire, répondit-il. Mais ils tiennent tous le même discours et s'emploient à m'embrouiller, semble-t-il, de la même façon. Je crains que frère Abraham ne vive encore à travers eux.

— Ne pourriez-vous pas les placer en présence de frère Elijah ? Peut-être pourra-t-il les persuader, lui.

— Peut-être seraient-ils capables de le pendre.

Nous conversâmes ainsi à l'office, ce soir-là, longtemps après que Mme Gredge nous eut souhaité une bonne nuit et m'eut prié de ne point oublier mes corvées d'après le souper.

Le magistrat en vint enfin au sujet qui avait dû l'inciter à entamer ce dialogue avec moi.

— Nous avons quelque chose à régler, déclara-t-il.

— Oui, monsieur.

— Tu m'as désobéi.

— C'est exact, monsieur.

— Je t'ai explicitement prié de nous quitter, après que tu as eu la bonté d'identifier pour moi Isham Henry. Pourtant, tu n'as point obtempéré, n'est-ce pas ?

— Non, monsieur.

— Tu n'as pas quitté les lieux pour y revenir ensuite ?

— Non, monsieur.

— Tu n'as donc aucunement suivi mes instructions. Ton premier élan a été de me désobéir et tu l'as suivi jusqu'au bout. Est-ce par simple curiosité ? Qu'as-tu à formuler pour ta défense ?

En vérité, je n'avais pas préparé ma réponse, alors que je savais pertinemment que l'occasion se présenterait entre nous. Comme c'était maintenant le cas, je ne pouvais que laisser parler mon cœur.

— Monsieur, déclarai-je, j'étais curieux, comme je le suis toujours lorsque vous œuvrez dans le domaine de la loi, mais ce n'est point cela qui m'a empêché de partir. Lorsque j'ai aidé Moll Caulfield à échapper à l'effondrement de ce bâtiment, qui la laissa sans logis, j'ai vécu l'expérience la plus effroyable de ma vie. Je savais que j'entendrais toujours les grincements et gémissements de la charpente qui ont précédé son écroulement final. Cette nuit-là, la nuit dernière, j'ai perçu ces mêmes bruits atroces en la demeure des Frères spirituels. J'ai tenté de vous prévenir qu'elle allait s'effondrer sous peu, mais je suis sûr que votre esprit anticipait la suite des événements. J'ai songé que, dans ce cas-là seulement, j'avais une meilleure appréciation du danger. Alors, je suis resté.

Je me suis dit que je saurais quand l'ultime éboulement serait proche, et, à ce moment-là, je me précipiterais et vous attirerais vers la sortie, peu importe que vous résistiez ou non. Et c'est ce que j'ai fait, sir John. Je ne vous ai pas interrompu pour vous supplier de fuir. Je n'ai pas écouté à dessein... même si j'admets avoir tout entendu. Je n'ai fait que patienter, jusqu'à ce que je ne puisse plus attendre davantage.

Je marquai une pause, puis enchaînai :

— Le ra...

— Penses-tu que tu puisses... non, poursuis. J'écouterai tout ce que tu as à me confier.

— ... le rabbin m'avait demandé de veiller sur vous, et il avait dit une prière pour moi, afin de m'aider dans cette tâche.

Il frappa la table de sa paume :

— Il n'est *pas question* qu'un gamin de treize ans veille sur moi, *pas plus* qu'un rabbin. Tu as fait non seulement insulte à ma personne, mais de surcroît à celle de M. Bailey. Je puis très bien veiller sur moi, et dans les cas où cela m'est impossible, M. Bailey s'en charge.

— Oui, monsieur.

Il observa un silence plus long que je ne l'eusse souhaité ; sa face demeurait insondable.

— Ne cherche pas à te surpasser, Jeremy, déclara-t-il enfin. Souviens-toi de ton âge. Respecte-le. Profites-en... dans la mesure du possible. Il ne sied pas à un garçon de ton âge de se mêler à une rixe et de tirer au pistolet, pas plus qu'il ne t'incombe de décider des instructions auxquelles tu dois ou non obéir. Bien que tu aies pensé le contraire, M. Bailey et moi étions conscients du danger signalé par les craquements et grincements sonores des poutres vermoulues de cette vieille bâtisse. Je possède, comme tu le sais, une ouïe très fine. Pourtant, nous nous sommes avancés. Telle était ma décision. M. Bailey ne s'y est point opposé, alors qu'il aurait pu. Nous avons pris ce risque ensemble. La nature de notre besogne nous contraint parfois à nous exposer à de tels dangers... M. Bailey — Dieu le bénisse —, plus souvent que moi. Toutefois, puisque dans les deux cas, le coup de pistolet et le refus de suivre mes instructions, tes actes étaient bien intentionnés et sans conséquences graves, il serait plus qu'injuste de ma part de ne point les oublier.

— Merci, monsieur, dis-je avec la gratitude la plus sincère.

— À l'avenir, dans les nombreuses années qui t'attendent, souviens-toi de mes paroles : ne cherche pas à te surpasser. Ne te précipite pas à corps perdu dans l'âge adulte.

Ce disant, il claqua dans ses mains, concluant ainsi la discussion, et se leva de table.

— N'oublie pas tes tâches d'après le souper pour Mme Gredge, et accomplis toutes celles dont elle t'a chargé. Quant à moi, Jeremy, je m'en vais au lit, à présent, et j'espère dormir du sommeil du juste plus longtemps qu'il ne m'est coutumier. Je suis complètement fourbu.

Le lendemain, tard dans la matinée, après que Mme Gredge m'eut libéré de mes corvées, je retournai chez Boyer, dans Grub Street, afin d'y retrouver M. Nicholson et lui remettre son pistolet de duel. Il s'avère pour le moins délicat d'arpenter les rues de Londres en plein jour, avec une arme à feu à la main, aussi la glissai-je dans mon habit, en y posant par-dessus un mouchoir en lin fourni par la gouvernante, afin de dissimuler le véritable contenu de ma poche. Malgré tout, je gardai la main dedans en marchant vers Grub Street, comme pour me protéger des « avale-tout-cru » (l'un des nombreux nouveaux termes que j'avais empruntés à Jimmie Bunkins).

Je trouvai l'établissement Boyer bondé de curieux. Les événements de l'avant-veille avaient eu tôt fait de se répandre aux quatre coins de la ville. On vendait même une gazette dans les rues : « Les assassins de Grub Street pris en embuscade », sans doute l'œuvre de M. Ormond Neville, publiée à la hâte par M. Boyer. Ce qui avait attiré ses clients habituels, chacun y allant de son exclamation et de sa question, ainsi que bon nombre de ceux qui n'avaient jamais mis les pieds dans l'échoppe. On acheta quantité de livres, on en vola quelques-uns, mais le surcroît des ventes compenserait amplement les dommages causés par l'arrestation des Frères spirituels.

Je me faufilai parmi la clientèle et n'apercevant point M. Nicholson dans l'alcôve, au bureau derrière lequel nous nous étions cachés, j'avisai le même commis qui était allé quérir M. Boyer pour moi. Je demandai à voir M. Nicholson.

— Il est derrière, dans l'atelier. Qu'est-ce que tu lui veux ?

— Je dois lui rendre son pistolet.

— *Son pistolet ?* Oh, mais je te reconnais ! C'est toi qui étais porteur d'une lettre de sir John Fielding, au début de toute cette affaire. Maintenant, tu souhaites rendre le pistolet de M. Nicholson. Tu as dû être présent pendant la grande bataille.

— J'y étais, en effet, admis-je avec modestie.

— Sois franc avec moi, a-t-il réellement tiré et blessé l'un de ces démons en noir ?

Je luttai pour ne point rétablir la vérité en me poussant du col.

— Oh oui, dis-je, c'est exactement ce qui s'est passé.

— Diable ! s'écria-t-il. Imagine ! Notre M. Nicholson !

Il secoua la tête, comme anéanti par la nouvelle.

— Ma foi, reprit-il, tu peux aller dans l'arrière-boutique et le trouver par toi-même. Je suis certain qu'il sera ravi de te voir... vous êtes compagnons d'armes, pour ainsi dire.

Je remerciai le vendeur et franchis la porte menant aux ateliers d'imprimerie et de reliure. Ceux de la maison

Boyer étaient près de deux fois plus grands que celui de Crabb, et tout y fleurait l'industrie et la rigueur. Je trouvai M. Nicholson en train de vérifier l'épreuve d'une page de titre et le saluai avec affabilité. Lui, en revanche, parut plus ou moins embarrassé de ma visite. Il marmonna ses remerciements, s'enquit de ma santé, et me pria de l'excuser, se plaignant du lourd travail qui pesait sur ses épaules. Peut-être craignait-il que je ne le misse à nu, si je demeurais plus longtemps.

Un témoignage de la faiblesse humaine, songeai-je. Comme je lui lançais un dernier regard en prenant congé, je notai qu'il avait glissé le pistolet dans sa ceinture, tel quelque boucanier des Caraïbes. Il avait fière allure, de la sorte.

— Jeremy ! Jeremy, mon garçon !

Comme l'on m'interpellait, je me retournai et découvris un Tom Cranford en tablier qui s'approchait. Ce n'était point son habituel lieu de travail. Je m'interrogeai sur sa présence ici. Il me saisit la main et la serra vivement. Il avait recouvré toute sa bonne humeur.

— Tu es sorti indemne de la grande bataille, n'est-ce pas ?

— Oh, tout à fait !

Puis, sans vouloir jouer les indiscrets, mais néanmoins curieux, j'ajoutai :

— Mais, Tom, puis-je vous demander ce que vous faites chez Boyer ?

— Ma foi, j'y travaille, répondit-il. C'est mon premier jour, pardi. Hier, M. Boyer et moi, nous avons témoigné au tribunal de sir John. Et ensuite, je lui ai dit : « Monsieur, il vous manque un compagnon, car ce traître d'Isham Henry a reçu ce qu'il méritait, maintenant. J'aimerais solliciter sa place, car je suis deux fois plus habile qu'il ne l'a jamais été à la composition. »

— Et qu'en a-t-il dit ?

— Il m'a répondu : « Vos manières me plaisent, jeune homme. Je me souviens que vous aviez postulé au même moment que Henry, lorsque la maison Crabb a dû fermer pour cause d'assassinat. J'ai choisi Henry parce qu'il était votre aîné... il avait cinq années d'expérience de plus que vous, si je ne m'abuse. Par ailleurs, vous venez de livrer un bon témoignage. » Alors, M. Boyer m'a dit de me présenter à son maître imprimeur, M. Rees, le lendemain matin... c'est-à-dire aujourd'hui.

— Alors, adieu à M. Dodsley ?

— Et qu'il aille au diable ! Je gagne au change. M. Rees m'a confié qu'on nous accordait régulièrement des vacances ! Les compagnons travaillent d'autant mieux. Mais ça ne me concerne pas encore, alors je ferais bien de reprendre mon ouvrage. Toutefois, je ne pouvais pas te laisser partir sans te saluer.

— Vous allez vous plaire ici.

— J'en suis sûr. Présente mes hommages à sir John. C'est un grand homme, ma foi.

L'homme que tout le monde avait oublié dans la turbulence de la grande embuscade de l'établissement Boyer n'était autre que John Clayton. Il se morfondait encore à la prison de Fleet. Cependant sir John songeait toujours à lui. Le matin de ma visite chez Boyer pour rapporter le pistolet, le magistrat se rendit en fiacre jusqu'à Bloomsbury Square, pour s'entretenir avec William Murray, comte de Mansfield, président de la Haute Cour de justice. Il venait y quérir les documents nécessaires à la libération de M. Clayton. En vérité, sir John avait tout pouvoir de procéder à cette libération, mais il venait demander la signature du président par courtoisie, puisque c'était lui qui avait tellement insisté pour juger Clayton. Néanmoins c'était bien avant les nombreuses arrestations et la parution d'une nouvelle gazette. Nul doute que le président de la Haute Cour se montrerait des plus coopératifs... et il le fut, jusqu'à un certain point. Il formula cependant une requête, à savoir qu'après avoir été libéré de la prison de Fleet Clayton lui soit amené pour un bref entretien.

Si la demande se révélait des plus modestes, sir John y vit néanmoins l'opportunité d'avoir gain de cause concernant M. Clayton. Aussi obtint-il que le Dr Samuel Johnson se trouve chez lord Mansfield, le lendemain matin, pour accueillir Clayton, et il me chargea de conduire ce dernier de la prison à la résidence. Nous serions donc tous présents à cette fameuse entrevue.

— De cette manière, déclara le magistrat, la présence du Dr Johnson démontrera combien le poète est tenu en haute estime dans les cercles littéraires. L'idée vient du lexicographe, car il souhaite apporter son concours à Clayton. Il lui a offert l'hospitalité jusqu'à ce que tout soit réglé pour lui.

— Et que prouvera ma présence ? m'enquis-je en toute innocence.

— Que cet ancien pensionnaire de Bedlam, celui qu'on accusait de meurtre, peut sans crainte être confié aux bons soins d'un garçon d'un âge tendre comme le tien... En l'occurrence, tu n'as *aucune crainte*, je présume ?

Tout se déroula donc comme il l'avait prévu. M'étant vu confier de l'argent pour payer le fiacre, et rappeler au passage de ne point oublier le pourboire du cocher, je m'en allai seul de bonne heure le lendemain matin pour la prison de Fleet. Lorsque l'attelage arriva, je priai le conducteur d'attendre et me présentai au gardien, puis au directeur de la maison d'arrêt. Je remis les documents nécessaires à la mise en liberté de John Clayton et l'on m'indiqua qu'il serait amené aussitôt.

— Qui est censé l'accompagner ? s'enquit le directeur.

— Moi-même, monsieur.

— Humm... fit-il, sans plus de commentaire.

J'attendis raisonnablement dans le bureau que l'on amenât Clayton. Son état ne me parut guère différent de celui dans lequel je l'avais vu au cabinet de sir John... il semblait même en meilleure condition, à vrai dire. Rasé et lavé de frais, il eût fait bonne impression à quiconque, si ce n'étaient ces vilains atours. D'autant qu'ils exhalaient une odeur quelque peu nauséabonde.

Je ne pus m'empêcher d'observer qu'il avait l'air tant soit peu déçu de constater que moi, et moi seul, étais venu l'attendre.

— Je pensais que le Dr Johnson serait ici, déclara-t-il.

— Nous devons le retrouver en la résidence du président de la Haute Cour.

Je ne pus m'empêcher de lancer un regard au directeur de la prison. Il prit soigneusement note de notre destination et, tandis que je m'inclinais pour le remercier, il me stupéfia en se levant pour tendre la main à Clayton. Ce dernier en fut tout autant surpris, mais il la lui serra.

— Eh bien, dit le chef de la maison d'arrêt, j'espère que votre séjour parmi nous n'aura pas été trop déplaisant, monsieur... heu... Clayton.

— Quand bien même, je ne suis pas fâché de m'en aller.

— Oh, sans doute, sans doute !

Le directeur eut un rire forcé et ajouta :

— Je puis demander au gardien de dépêcher un homme pour qu'il aille vous quérir un fiacre.

— Nous en avons déjà un qui attend, intervins-je.

— Oh, parfait, parfait...

— Monsieur Clayton ? repris-je en désignant la porte d'un geste, et nous prîmes tous les deux congé.

Une fois dans la voiture qui s'ébranlait, M. Clayton trahit quelque embarras. Il ne cessa de joindre et de disjoindre ses larges mains, puis il les écarta et agrippa fermement ses genoux. Je craignis que d'une certaine manière il ne sombrât dans un de ses délires. Je ne souhaitais guère voir apparaître Eusebius, et encore moins Petrus.

— Le président de la Haute Cour est-il responsable de mon acquittement ? questionna-t-il soudain.

— Oh non, monsieur ! Sir John Fielding s'est chargé de tout. Le président l'a simplement suivi.

— Il m'a semblé peu amène à mon endroit, lorsque je l'ai rencontré. À quelles conditions suis-je relaxé ?

— À aucune condition du tout. Vous êtes parfaitement libre. N'avez-vous point eu vent de la nouvelle ?

— Mais enfin, non, dit-il. Le Dr Johnson, qui d'ordinaire me tenait au courant, n'a pu me rendre visite hier. Qu'as-tu donc à m'apprendre ?

Dieu sait que j'avais nombre de choses à lui apprendre ! Aussi lui narrai-je l'histoire de bout en bout, de sorte qu'elle dura tout le long du trajet jusqu'à Bloomsbury Square. Je lui expliquai comment ses renseignements, au sujet de M. Crabb et du lugubre prêcheur, furent entièrement confirmés par le témoignage de Tom Cranford. Je lui parlai du piège tendu par sir John chez Boyer. Je lui décrivis l'embuscade, et même (encore que cela eût déplu au magistrat) le rôle modeste que j'y avais joué. Puis, lui rappelant la tourmente qui avait sévi trois nuits plus tôt, je racontai à M. Clayton comment la demeure même des Frères spirituels s'était écrasée sur eux, et comment leur responsable avait été abattu, alors qu'il tentait aveuglément de s'enfuir.

Je me flatte de lui avoir livré un récit honnête. À en juger par sa réaction, je crois même le lui avoir conté de main de maître. Dès que j'eus commencé, il parut boire chacune de mes paroles et être comme transporté loin de ses frayeurs. Lorsque j'eus achevé, il poussa un profond soupir, sans une once de misère aucune, mais bel et bien de soulagement.

— Alors, il s'agit des hommes qui ont assassiné tous les membres de la maisonnée Crabb ? s'enquit-il. Ce sont eux que j'ai entendus, lorsque je me cachais, n'est-ce pas ?

— Tout à fait.

— Et on les a arrêtés pour ces effroyables meurtres ?

— Oui, monsieur, et traduits en justice.

— Alors, alléluia et trois hourras pour sir John Fielding ! Il était de mon côté, après tout.

— Soyez-en certain, dis-je.

Puis, en regardant par la vitre du fiacre, je m'aperçus que nous nous approchions de Bloomsbury. En fait, alors que nous nous arrêtions devant l'imposante demeure, j'entrevis le Dr Johnson qui faisait les cent pas sur le seuil.

— Je n'ai plus qu'une seule question, déclara M. Clayton. Si je suis libéré sans condition, pourquoi dois-je rencontrer le président de la Haute Cour ?

— Je ne saurais vous répondre, monsieur. Tel a été son souhait et sir John a jugé qu'il valait mieux accéder à sa requête.

Je réglai au cocher la somme qu'il exigea, puis lui versai un shilling de pourboire — comme le magistrat me l'avait demandé — pour nous avoir attendus à la prison de Fleet. Tandis que je m'affairais à cette tâche, M. Clayton s'empressa de rejoindre le Dr Johnson, lequel l'accueillit avec aménité et confirma (puisque je surpris leur conversation) que tout ce que j'avais dit était vrai.

Je gagnai la porte d'entrée en confiance, pendant que les deux hommes continuaient à converser avec effusion des événements des trois jours et trois nuits précédents. J'avais pris soin de revêtir mes meilleurs effets et, à mes yeux du moins, il me semblait incarner le parfait jeune citadin. Je gardais en mémoire que le majordome m'avait auparavant refusé l'accès en la demeure, en raison de mon apparence dépenaillée. Ce jour-là, il ne me chasserait point.

Je frappai avec force à l'huis et le maître d'hôtel ouvrit promptement. Il n'était pas impressionné de me revoir.

— Oui, mon garçon, qu'est-ce ?

— M. John Clayton, le Dr Johnson et maître Jeremy Proctor sont ici présents, en réponse à l'invitation de Sa Seigneurie, le président de la Haute Cour de justice, proclamai-je.

— Je pensais que *seulement* M. Clayton était... mais, soit, soupira-t-il, entrez.

Et nous entrâmes, moi fermant la marche, en bonne place pour observer le dédain du majordome envers l'accoutrement de M. Clayton, lequel s'avérait bien plus haillonneux et malpropre que le mien dans mes plus mauvais jours ; le domestique leva les yeux au ciel et frémit des narines sous l'odeur. Cependant, il ne faillit pas un instant aux règles de la bienséance.

— Par ici, je vous prie.

Il nous conduisit à la bibliothèque et, s'inclinant, nous y fit entrer. Le président de la Haute Cour se leva et tendit la main à la ronde, mais il resta debout, indiquant par là que nous étions censés l'imiter. L'entrevue serait donc brève.

— Eh bien, monsieur Clayton, déclara-t-il, vous voilà sorti, n'est-ce pas ? Un homme libre.

— C'est ce que j'ai cru comprendre de la bouche de ce jeune homme, qui a présenté les documents pour ma relaxe et m'a accompagné jusqu'ici.

Me désignant de l'index, le président répliqua, surpris :

— C'est *lui* qui vous a escorté jusqu'ici ?

— Oui, monsieur, c'est bien moi, répondis-je, sans qu'on me l'eût demandé.

— Ma foi, me dit-il, tu peux dire à sir John qu'il a marqué un point.

Puis, à l'adresse du Dr Johnson :

— Et qu'est-ce qui vous amène ici ? J'aurais cru que vous eussiez de meilleures occupations que d'apparaître en de telles circonstances.

— Milord, répondit-il, je suis venu pour me porter garant de cet homme, John Clayton, si besoin est, de vous assurer de ses talents poétiques, et de sa capacité à en vivre. Il m'a confié détenir des copies au propre de tous les écrits censés composer son second recueil. Un éditeur réputé a accepté de le faire paraître, selon des termes qui lui sont favorables. Il est vraisemblable qu'il se vendra davantage que son premier ouvrage, lequel se révéla une réussite financière considérable... pour l'éditeur, feu M. Crabb.

— Je vois. Dites-moi, monsieur Clayton, où se trouve cette copie de votre manuscrit ?

— Ma foi, monsieur, elle se trouve dans le Somerset.

— Alors, accordez-moi l'insigne faveur de la poster à l'éditeur. En d'autres termes, monsieur Clayton, retournez là-bas et demeurez-y. Nous n'avons déjà que trop à faire avec ceux qui, comme la plupart d'entre nous, peuvent se réclamer d'une unique nature. Pour ceux, tels que vous — et j'accepte votre témoignage à ce sujet —, qui sont affligés de plusieurs, la justice n'est point préparée. Je ne souhaite pas que de telles difficultés soient jamais présentées à moi ou à mes autres juges. Suis-je clair sur ce point ?

Ce qui parut limpide, en tout cas, c'était que M. Clayton éprouvait quelque peine à accepter pareille clause. Il hésita :

— Eh bien... je...

Le Dr Johnson s'avança :

— Milord, si ce que vous proposez peut paraître difficile pour M. Clayton, cela peut aussi se révéler son meilleur remède en qualité de poète. Je lui ai moi-même conseillé de demeurer à la campagne, où il puise son inspiration et vit plus aisément à moindre frais. « Laissez Londres aux plumitifs », lui ai-je dit. Cependant, même pour un poète bucolique, il peut s'avérer nécessaire d'accomplir certains voyages à Londres, ne serait-ce que pour voir ses œuvres mises sous presse et s'occuper incidemment de leur publication.

— Je comprends et accepte cela, docteur Johnson, tant que M. Clayton continuera à résider hors de Londres et que ses visites en ville se borneront à... n'être que des visites.

Puis, à l'adresse du poète :

— Afin d'alléger le fardeau que je vous ai fait porter, je vous offre ceci, monsieur...

Ce disant, le président exhiba de la vaste poche de son habit une petite bourse où les pièces d'argent tintèrent, lorsqu'il la posa sur la table.

— Avec cette somme, poursuivit-il, j'espère vous dédommager modestement pour le temps que vous avez passé à Bedlam et à la prison de Fleet. Le montant devrait couvrir l'achat d'une tenue complète, dont vous avez cruellement besoin, et vos frais pour rentrer chez vous en coche. Je ne vous demande point de me signer un quelconque papier d'agrément eu égard aux conditions que j'ai exposées, car aucun document de la sorte n'aurait de valeur légale ; je vous enjoins simplement à accepter cet argent, car en agissant ainsi vous m'offrirez l'assurance de demeurer en résidence loin de cette cité. Est-ce entendu ?

John Clayton hocha la tête. Il s'avança et s'empara de la bourse.

— Vous me donnez votre parole de gentleman, monsieur Clayton ?

— Vous l'avez, milord.

— Souffrez que nous scellions cet accord d'une poignée de main.

Et tous deux joignirent le geste à la parole, non sans une certaine solennité. La porte s'ouvrit alors et, comme par magie, le majordome apparut pour nous reconduire.

Une fois dans la rue, John Clayton commenta à part lui :

— C'est la première fois de ma vie que je m'entends qualifier de gentleman... et de la bouche même du président de la Haute Cour.

Ledit président traita les Frères spirituels bien plus sévèrement. Ceux qu'on avait capturés chez Boyer, ainsi que le blessé appréhendé à la demeure de Half Moon Passage, furent condamnés à la potence ; seul Elijah Biggle, aussi dénommé frère Elijah, qui porta témoignage contre les autres, échappa au bourreau et fut condamné à vingt ans de transportation à la colonie de Virginie. Les cinq ayant participé à la pendaison qui coûta la mort d'Isham Henry subirent un semblable bannissement. Ils furent déportés à bord du même navire que frère Elijah, dont on apprit ensuite qu'au milieu de la traversée, en proie au remords d'avoir trahi ses condisciples, il s'était lui-même pendu.

John Clayton tint parole et demeura en son domicile du Somerset. Lorsqu'il sortit des presses de chez Boyer et Nicholson, son second recueil de poésie connut un vif succès, en partie dû à la célébrité incongrue que lui apportèrent son arrestation, son hospitalisation et son emprisonnement, au cours de ce qui resterait longtemps gravé dans les mémoires comme le « massacre de Grub Street ». Cet ouvrage lui rapporta suffisamment d'argent pour qu'il se mariât et achetât une chaumière, où il continua à écrire. Le fait que ses livres suivants n'eussent pas autant de popularité — et qu'ils ne fussent pas, selon le Dr Johnson, d'aussi bonne facture — l'entraîna à boire. Petrus fit quelques réapparitions, ce qui le conduisit à l'hospice d'aliénés du comté pour de nouveaux séjours, dont aucun ne s'avéra aussi bref que le premier. Pourtant, il persista à écrire, qu'il fût pensionnaire ou non de l'hôpital, et il assura le Dr Johnson (par lettre) que le travail auquel il s'adonnait alors se révélerait son œuvre maîtresse.

Sir John Fielding et Katherine Durham se marièrent, lors d'une paisible cérémonie célébrée en une chapelle de Saint-Paul, à Covent Garden, au mois de septembre. Les langues allèrent bon train eu égard au court veuvage du magistrat. Mais sir John faisait fi de ces commérages et, après un bref voyage de noces à Bath, les deux tourtereaux, désormais mari et femme, s'attelèrent à une œuvre de charité qui les occuperait durant les années à venir, le Foyer Marie-Madeleine pour prostituées repenties.

Imprimé en France sur Presse Offset par

BRODARD & TAUPIN

GROUPE CPI

La Flèche (Sarthe), 5881
Dépôt légal : mars 1999
N° d'édition : 2998
Nouveau tirage : janvier 2001